Knaur

Von Lynn S. Hightower ist außerdem erschienen:

Flashpoint Killer
Der blinde Fleck
Tödlicher Ritt

Über die Autorin:

Lynn S. Hightower, geboren in Chattanooga, Tennessee, lebt heute in Kalifornien. Um ihren Romanen authentischen Charakter zu geben, beobachtet sie die Arbeit der Polizei aus nächster Nähe. Sie begleitet Streifenbeamte, informiert sich bei Ermittlern der Mordkommission und war Zeugin von Autopsien. 1994 gewann sie den renommierten *Shamus Award*.

LYNN S. HIGHTOWER

ZAHLTAG

ROMAN

Aus dem Amerikanischen von
Frauke Czwikla

Knaur

Die amerikanische Originalausgabe erschien 2000 unter dem Titel
»The Debt Collector« bei Delacorte Press, New York

Besuchen Sie uns im Internet:
www.knaur.de

Deutsche Erstausgabe Juni 2002

Umschlaggestaltung: ZERO Werbeagentur, München
Umschlagabbildung: The Image Bank, München
Satz: Ventura Publisher im Verlag
Druck und Bindung: Clausen & Bosse, Leck
Printed in Germany
ISBN 3-426-61959-8

5 4 3 2 1

Für den besten Sohn der Welt
Alan Hightower, USMC (United States Marine Corps)
SEMPER FI

Danksagung

Ich bedanke mich bei Captain Kevin Sutton, dem Leiter des Notrufeinsatzkommandos der Polizei von Lexington-Fayette, für seine Unterstützung.

Mein aufrichtiger Dank gilt Detective Maria Neal, ebenfalls Angehörige der Polizei von Lexington, und Detective Jim Murray vom Cincinnati Police Department für die Beantwortung meiner endlosen Fragen. Den Rechtsanwälten John O. Morgan und James D. Lyon danke ich für ihre Informationen zu Schuldeneintreibung und Inkassobüros, und dem Anwalt C. William Swinford danke ich für seine Anekdoten. Dem pensionierten FBI-Agenten Charles Lewis danke ich dafür, dass er mir Einblick in die Arbeit des FBI gestattete, und auch dafür, dass er all meine Fragen geduldig beantwortete. Danken möchte ich auch dem Fluglotsen Duff Ortman für seine Informationen und Geschichten. Bei der Arzthelferin Lynn Hanna und Philip Wagner, dem Direktor der Notaufnahme des Community Hospital von Georgetown, bedanke ich mich für die medizinischen Informationen, die sie mir zukommen ließen, bei Pat Hanna bedanke ich mich für die Musik.

Ich danke George Smock; von allen Reitern Kentuckys mag ich ihn am liebsten.

Auch bei Amy Matthews, die mir ihr Süßwarengeschäft, das Kentucky Seasons, auslieh, möchte ich mich bedanken. Benjamin danke ich aus tausend Gründen. Matt, Phil und Stuart danke ich für ihre Unterstützung, die weit über das hinausgeht, was die Pflicht gebieten mag. Rebecca und Jay. Und, wie immer, meinen Kindern, Alan und Laurel und Rachel. Meinem Team.

1

… bei Durchsicht unserer Unterlagen stellen wir fest, dass Ihre letzte Rechnung bis heute nicht beglichen wurde. Falls Sie diesen Betrag zwischenzeitlich überwiesen haben, betrachten Sie dieses Schreiben als gegenstandslos. Wir wissen Ihre Aufmerksamkeit und Zusammenarbeit in dieser Sache zu schätzen. Wir bitten Sie, in Zukunft alle laufenden Verbindlichkeiten bei Eintreffen der Rechnung zu begleichen. Durch die Befolgung dieser Bitte vermeiden Sie weitere Eintreibungsmaßnahmen, einschließlich der Einschaltung eines Inkassobüros.

Als alles vorüber war, oder zumindest so weit vorüber, wie so eine Angelegenheit vorüber sein kann, konnte Sonora im Rückblick den exakten Moment bestimmen, von dem an alles schiefging. Es gab Zeiten, da wollte sie dem Fall die Schuld geben, Zeiten, in denen sie dachte, dass, hätten sie und Sam in jener sommerlich milden Nacht im März nicht Bereitschaft gehabt, alles anders gekommen wäre, die Dinge niemals so außer Kontrolle geraten wären.

Und dann dachte sie wieder, nein, sie hatte andere Fälle untersucht, Fälle die genauso schlimm, ja vielleicht noch schlimmer gewesen waren. Vielleicht war sie selbst das Problem. Vielleicht war sie zu verletzlich gewesen. Aber vielleicht lag es auch gar nicht an ihr, wer zur Hölle konnte das schon wissen. Wenn man es genau betrachtete, war das Leben eine Reise. Man setzt einen Fuß vor den anderen und entscheidet sich für einen Weg und die Dinge geschehen – gute, schlechte, es gibt keine Garantien. Es ist einfach eine Reise. Ein Trip, den man machen muss.

Der, wie so oft bei der Polizeiarbeit, mit dem Klingeln eines Telefons seinen Anfang nahm.

In der Nacht zuvor hatte sie, vielleicht war es eine Vorahnung, von etwas so Altem und Bösem wie der Erbsünde geträumt. Aber als das Telefon klingelte, hatte Sonora, die Nase tief in einem Buch vergraben, den Traum vergessen. Sie hatte sich auf dem Sofa zusammengerollt, las *Penelope und der Dandy* von Georgette Heyer und der Duft des im Backofen in Senf-Barbecue-Sauce schmorenden Schweinebratens erfüllte die Küche. Clampett, der dreibeinige Hund, der ganze einhundertsechs Pfund auf die Waage brachte, lag vor dem Herd und bewachte den Braten.

Der Braten war in Sicherheit.

Heather, sie ging in die sechste Klasse, und Tim, vor kurzem war er siebzehn Jahre alt geworden, sahen fern: eine Wiederholung von *Home Improvement*. Danach kamen *Die Simpsons*.

Ohne Zweifel hatten sie Hausaufgaben zu erledigen. Vor zwanzig Minuten hatte Sonora von ihrem Buch hochgesehen und Tim, der sich auf einem Sofakissen lümmelte, das Schaumstoffkügelchen wie Popcorn verlor, und Heather, die ihre Beine über einen Sitzsack gefläzt hatte, den sie ihr zu ihrem Geburtstag auf einem Flohmarkt gekauft hatten, betrachtet und sich für Ruhe und Frieden an Stelle von elterlichen Erziehungsmaßnahmen entschieden.

Eine gute Entscheidung. Einen Augenblick, der kam und ging, wie es Augenblicke so an sich haben, konnte man ebensowenig festhalten wie Wasser in der hohlen Hand.

Sie ließ das Buch sinken, unwillig, es ganz aus der Hand zu legen, während sie dachte, dass es wohl zu spät war, um Salat zu machen. Sie stand auf, um den Reis abzustellen, und sah, dass Tim ihr das schnurlose Telefon reichte.

»Für dich«, sagte er.

Sie war nicht sicher, wer überraschter war. Sie lehnte sich über die Arbeitsfläche, während sie Clampett mit den Zehen kraulte. Er schenkte ihr sein Hundelächeln. Sein Speichel hatte kleine Pfützen auf dem Fußboden gebildet. Ein Tribut an ihre Kochkunst.

»Blair«, meldete sie sich.

»Sonora?«

»Sam, Liebling. Ich habe dich seit mindestens zwei Stunden nicht mehr gesehen.«

»Soll ich dich mit dem Firmenwagen abholen oder triffst du mich dort?«

Etwas in seiner Stimme. »Wo ist dort, Sam?«

»Das findest du nie. Ich hole dich lieber ab.«

»Worum geht es?«

Seine Stimme wurde ausdruckslos. »Mord an einer Familie.«

Sonora legte auf. Sah die Kinder an, die sie beobachteten. Erfahrene Polizistenkinder. Sie wussten, dass etwas nicht in Ordnung war.

»Gehst du zur Arbeit?«, fragte Tim desinteressiert. Sie wusste, dass er am Telefon hängen würde, sobald sich die Tür hinter ihr geschlossen hatte.

»Ja«, erwiderte sie. »Esst ohne mich und macht die Küche hinterher sauber. Hast du verstanden, Tim?«

Er nickte.

»Darf ich mir die Zehennägel lackieren?«, fragte Heather.

»Im Badezimmer, nicht hier drin.« Nicht, dass es darauf ankam, es ging ums Prinzip. Sonora musterte flüchtig das Sofa. Staubiges Rosa, die Polster voller Tintenflecken, übersät mit Hundehaaren.

Sie holte ihre Tasche. Schaltete den Fernseher ab. Die Kinder schauten sie missmutig an.

»Kommt in die Gänge und macht euch Abendbrot. Stellt

Clampett einen kleinen Teller mit Braten hin. Heather, du kümmerst dich darum.« Sie wusste, dass Tim es vergessen würde. »Und schließt die Türen ab. Habt ihr mich verstanden?«

Tim nickte. »Essen und abschließen. Hast du deine Waffe geladen, Mom?«

»Sam holt mich ab, ich tue es im Auto.«

»Stell den Fernseher wieder an«, sagte er.

»Stell ihn selber wieder an.«

Sie griff nach ihrem schwarzen Allzweckblazer und der Krawatte, die sie über die Lehne eines Küchenstuhls gehängt hatte, schnürte ihren linken Reebok wieder zu und war auch schon draußen, stand im Zwielicht, wartete auf Sam.

2 Mord an einer Familie. Das war der Ruf, vor dem Sonora sich fürchtete, der Ruf, dem kein Angehöriger der Mordkommission, gleichgültig wie erfahren und abgebrüht er auch immer sein mochte, folgte, ohne dass Angst in ihm aufflackerte; unglückliche Schmetterlinge tief im Bauch.

Sie stand auf der einen Seite der Veranda, direkt an der Garagenecke. Einer ihrer Nachbarn bog in die Einfahrt gegenüber ein und winkte ihr zögernd zu. In einer Gemeinschaft junger Familien mit kleinen Kindern war eine verwitwete Beamtin der Mordkommission mit Teenagern ein Objekt der Furcht und Faszination. Sie konnte es ihnen nicht verdenken. Halbstarke Jungs, aus deren Autolautsprechern dumpfe Bässe wummerten, hatten sie früher auch nervös gemacht, bevor sie selbst einen ihr eigen nannte.

Sam hatte ihr die Adresse nicht genannt, aber es würde ein Haus genau wie das gegenüber sein, genau wie das nebenan.

Einige Polizisten machten sich über Otto Normalverbraucher wegen seiner Naivität lustig, verhöhnten Eltern, die nicht an jeder Ecke einen Pädophilen sahen (von Tag zu Tag wurden es weniger), und Menschen, die das Konzept des zweibeinigen Bösen nicht völlig verinnerlicht hatten. Sonora wusste, dass diese Verachtung dem Neid entsprang.

Sie hatte nie jemandem, nicht einmal Sam, verraten, wie häufig sie die Verbrecherkartei der Kinderschänder durchging, die die Straßen von Cincinnati heimsuchten. Es gab immer wieder Momente großer innerer Verunsicherung, wenn sie, zum Beispiel im Supermarkt oder wenn sie die Kinder zu Graeters mitnahm, glaubte, ein bekanntes Gesicht zu erkennen. Und sich nicht erinnern konnte, ob sie das Gesicht von einem Elternabend der Schule her kannte oder ob es zu einem Typen aus der Verbrecherkartei gehörte, der sich nach seiner Gefängnisstrafe wegen Vergewaltigung einer Achtjährigen wieder auf freiem Fuß befand.

Sie warf einen Blick über die Schulter auf ihr eigenes Haus: Die Vorhänge im Wohnzimmer waren noch nicht zugezogen, Heather lag zusammengerollt auf dem Sofa, Tim lief telefonierend den Flur auf und ab. Es schien so hell dort drin, so gemütlich, während das Sonnenlicht verschwand und die Dunkelheit sich verdichtete.

Sie fühlte sich irgendwie losgelöst. Vielleicht lag es einfach daran, dass ihr, als sie in das Wohnzimmer schaute, bewusst wurde, dass ihre Babys erwachsen wurden und bald fort sein würden, das mit dem Älterwerden aufdämmernde Wissen, dass das Leben nicht verharrt, dass alles sich ändert, gerade wenn man meint, die Dinge im Griff zu haben, und man loslassen muss, ob man will oder nicht.

Ein seltsames Gefühl durchströmte sie, wie Heimweh, nur dass sie nicht wusste, was Heimat war. Sie drückte sich an die warme, raue Ziegelwand ihres Hauses und schaute die Straße hinunter. Der goldfarbene Taurus kroch um die Straßenecke und bog in ihre Einfahrt ab, die Scheinwerfer schimmerten milchig in der Dämmerung. Sie konnte Sam hinter dem Steuer des Autos kaum erkennen.

Sie bewegte sich nicht. Sie hatte ein schlechtes Gefühl. Wenn sie sich nicht umwandte und mit irgendeiner Entschuldigung – sie war krank, irgend etwas, egal was – ins Haus zurückkehrte, könnte sie gehen und wieder zurückkommen und alles würde anders sein. Nichts würde jemals wieder so sein wie zuvor.

Sie spürte eher als dass sie es sah, dass Sam sie anschaute. Lauschte dem laufenden Motor. Wusste, dass Sam sich fragte, warum sie sich nicht von dem harten Komfort der ausgebleichten roten Ziegel in ihrem Rücken löste. Sonora legte den Gurt ihrer Tasche über ihre linke Schulter, das Gewicht der Beretta drückte sanft auf ihre Hüfte, und machte sich auf den Weg zur Arbeit.

3 »Es ist in Olden«, teilte Sam ihr mit. Etwas wie Bedauern lag in seiner Stimme. Seine Kleidung wirkte ausgelaugt – seine Khakihose knitterte an Bund und Knien, sein Krawattenknoten war verrutscht, ein Zipfel seines blauen Baumwollhemdes hing über den Hosenbund, der Kragen war aufgeknöpft und hing schlaff herunter. Er fuhr sich mit dem Kamm durch seine Haare – glatt, braun und seidig, auf der Seite gescheitelt, eine Strähne hing ihm ins Auge. Eine Rasur war überfällig.

Sonora fröstelte, ihr Verstand füllte sich plötzlich mit den Bildern des Traums der vergangenen Nacht. Seltsame Sache, Träume, wilde Tiere des Verstands. Versucht man sie zu erzwingen, verbergen sie sich und verschwinden. Aber entspannt man sich, lässt sie von allein herankommen, dann wird das Bewusstsein von Bildern, Gefühlen und Erinnerungen überschwemmt, so als ob Träume dadurch hervorgelockt würden.

Sie hatte von ihrem Bruder Stuart geträumt, der nun schon seit vier Jahren tot war – war es wirklich schon so lange her? Eine kleine blonde Soziopathin hatte ihn umgebracht, die mit Sonora ein Todesspiel spielte. Berufsrisiko, aber es sollte die Familie nicht berühren, begriffsstutziges Böses, das sich nicht an die Regeln hielt, und es hatte ihr den Bruder genommen.

Das Trauerding. Alles wie gehabt.

»Sonora? Alles in Ordnung bei dir?«

So still zu sein war für sie beide untypisch. Sonora schaute ihn von der Seite an, sie fragte sich, ob er wieder einmal Streit mit seiner Frau hatte oder einfach nur müde war.

»Sam, träumst du viel?«

Er sah sie an. »Ob ich träume?«

»Ja. Träumen.«

Dass ihre Frage ihn weder überraschte noch irritierte, war ein deutliches Zeichen, dass sie schon zu lange zusammenarbeiteten.

»Nur wenn ich Pizza mit Peperoni esse. Oder mit Chili.«

»Du träumst, wenn du Chili gegessen hast?«

»Unter anderem.« Er steuerte den Taurus über die Zufahrt zu einem Neubaugebiet, vorbei an einem kleinen Teich. »Hier ist es. Das ist Olden.«

Sonora sah so viele Dinge, ihre Sinne waren geschärft, die Härchen in ihrem Nacken stellten sich auf, ihr Copinstinkt und ihre Nervosität machten sie wachsam. »Hübsch hier«, war alles, was sie sagte.

Sam nickte. »Einer meiner Cousins lebt zwei Straßen weiter.«

»Wirklich?«, fragte Sonora.

»Nein, das hab ich erfunden.«

»Genauso wie den Cousin?«

»Der lebt zwei Straßen weiter, in Canasta.« Sam trat leicht auf die Bremse und brachte den Taurus beinah zum Stehen, um fünf Enten die Straße zum Wasser hin überqueren zu lassen. Sonora hatte nie zuvor bemerkt, wie sie sich nach vorne warfen, sich selbst mit den Halsmuskeln weiterzogen.

Sam kontrollierte den Rückspiegel. Blinkte links. »Kennst du diese Gegend?«

»Nein.«

»Das kommt noch.«

Die Halogenlampen der Straßenbeleuchtung warfen ein weiches Licht auf die jungen Bäume, die weißen Randsteine aus Beton, auf die Häuser mit ihrem frischen Anstrich und der schimmernden Verkleidung – all die Versprechungen und Verheißungen von rohem Holz und neuen Bauten.

Heute war der dritte Tag, der den Sommer schon erahnen ließ, der Winter war nur eine Erinnerung. Der ungewohnte Sonnenschein lockte die Menschen aus ihren Häusern. Ein Mann in ausgebeulten grünen Hosen führte einen muskulösen Golden Retriever spazieren, neben ihm schob eine Frau einen dunkelblauen Kinderwagen. Der Rasen des Hauses an der Ecke Trevillain und Olong war zum ersten Mal in diesem Jahr gemäht worden und Büschel frisch geschnittenen Grases wehten über den Bürgersteig. Das Verandalicht brannte, obwohl es gerade erst dämmerte und man noch genug sehen konnte. Kinder in Cordhosen und Sweatshirts rollten sich über den frisch gemähten Rasen einen kleinen Hügel hinunter. Es begann gerade kühl und frisch zu werden. Morgen beim Aufwachen würden die Kinder heiser sein.

Sam bog nach rechts ab und die Gegend veränderte sich, die Häuser wurden kleiner und die Bäume, die echten Schatten spendeten, höher, alles sehr gepflegt, die Rasenkanten sauber abgestochen, die Gärten fantasielos bepflanzt, aber makellos. Die Autos in den Einfahrten waren zwischen drei und zwölf Jahre alt, selten Wagen mit Allradantrieb oder Importe, nur solide Ford Probes und Crown Victorias und gelegentlich ein Firebird oder TransAm, der die Anwesenheit von Teenagern verriet.

Jemand hatte die Feuerwehr alarmiert. Menschen strebten den Bürgersteig entlang, ein paar von ihnen hielten kleine Kinder an der Hand. Sie wirkten nur ein wenig neugierig, was Sonora davon überzeugte, dass sie von dem Auflauf angezogen wurden und keine Ahnung hatten, was wirklich geschehen war.

Zwei Rettungswagen flankierten das Fahrzeug der Feuerwehr, Lichter blinkten, die Sanitäter standen dicht beieinander, redeten und rauchten.

»Keine Überlebenden«, sagte Sonora.

4 Das Haus lag am Ende einer Sackgasse – 436 Edrington Court. Der Rasen war üppig und reif für den ersten Schnitt. Er war noch nicht zu hoch. Er konnte noch eine Woche warten, es sei denn, es würde viel regnen.

Sonora zögerte auf dem Weg zum Haus, sie war sich der Menge auf der kreisrunden Einfahrt kaum bewusst, des Feuerwehrwagens, der Männer in blauen Hemdsärmeln. Sie musterte die Wagen in der Einfahrt – ein älterer Saturn, ziemlich verbeult, neben einen braunen Chrysler LeBaron gequetscht.

Sie schaute über ihre Schulter und zählte drei Streifenwagen, die so geparkt waren, dass sie den Rettungsfahrzeugen nicht den Weg versperrten. Streifenbeamte hielten die Leute davon ab, mehr als ein paar Meter an die Grundstücksgrenze zu treten, ihre Stimmen klangen gerade eben noch höflich.

Sie ging langsam voran, ihre Konzentration hüllte sie ein wie ein Tuch. Der Lärm schwoll ab, zumindest in ihren Ohren, und sie bewegte sich mit methodischer Präzision, ohne jede Eile, wie ein Taucher auf dem Meeresgrund – so verhielt sie sich, wenn sie arbeitete; eigentlich ungewöhnlich für sie, denn normalerweise war sie ein A-Typ, eine, die sich über jede Kleinigkeit aufregte.

Am Ende der Einfahrt blieb sie stehen und untersuchte den Briefkasten. Die Flagge war oben. Jemand hatte *Die Stinnets* in weißen Buchstaben auf das matte Schwarz gemalt, und daneben klebte ein Abziehbild eines roten Vogels mit gelbem Schnabel.

Sonora zog ein Paar Gummihandschuhe aus der Tasche,

drehte sich diskret um, um sie überzustreifen, und öffnete den Briefkasten. Er war leer. Sie hörte das Dröhnen eines Motors und schwerer Reifen. Der Wagen der Spurensicherung kroch die Sackgasse entlang, der Fahrer hatte Angst vor den Rettungswagen und amoklaufenden Kindern.

Sie warf noch einen Blick auf die aufrecht stehende Flagge auf dem Briefkasten und schaute noch einmal hinein. Da war etwas – ein Stein oder ein kleiner grauer Kiesel. Sonora steckte ihn in einen Spurensicherungsbeutel und legte ihn wieder hinein. Mit gekrümmtem Finger winkte sie einen der Streifenpolizisten herbei. Er sah den Ausweis an ihrer Krawatte, die Handschuhe und eilte heran.

»Ja, Ma'am?«

Sie las sein Namensschild. »Officer Byrd? Bleiben Sie bitte hier bei dem Briefkasten und sagen Sie der Spurensicherung, sie sollen ihn gründlich einstäuben.«

Er nickte und tat exakt das, was ihm aufgetragen worden war. Die Grundausbildung der Polizisten war eine wundervolle Sache. Sonora fragte sich, ob es eine Möglichkeit gab, ihren Sohn dorthin zu schicken, nur so zum Spaß.

Meine Kinder, beruhigte sie sich selbst, sind sicher zu Hause.

Ihre Haare hingen ihr in die Augen. Sie schob sie mit dem Handgelenk aus der Stirn und ging weiter die Einfahrt hinauf.

Der LeBaron war offensichtlich in aller Hast geparkt worden: Seine Reifen standen in schrägem Winkel, die Tür auf der Fahrerseite stand auf. Er vermittelte das Gefühl, dass etwas nicht stimmte. Als Sonora sich näherte, konnte sie auf dem Weg einen Bund mit Autoschlüsseln erkennen, direkt unter der geöffneten Tür. Sie beugte sich hinab. Die Schlüssel, zehn an der Zahl, waren an einem Messingring befestigt, an dem ein Lederstreifen mit der Aufschrift »Jeep« befestigt war.

Jeep? Konnten sie keinen Schlüsselbund mit einem Schild finden, auf dem »LeBaron« stand?

Die Innenausstattung des LeBaron war schwarz. In dem Getränkehalter neben der Konsole stand ein rot-weißer Kaffeebecher aus Plastik, der mit Reese's-Cup-Papierchen vollgestopft war. Auf den genoppten Fußmatten, die ziegelrot waren und nicht zum grauen Teppich passten, befand sich Schmutz. Der Rücksitz war vollgemüllt mit Zeitungen, rosa Rechnungen, einer Schirmmütze mit der Aufschrift »Glidden« und einer überfüllten schwarzen Kunstledertasche, aus deren Mitte ein Stapel Notizpapier wie eine Zunge heraushing. In der linken Ecke stand ein Babysitz umgekehrt zur Fahrtrichtung.

Die Scheinwerfer brannten, wenn auch schwach, und ein rotes Glühen auf dem Armaturenbrett signalisierte, dass die Batterie fast leer war.

Sonora trat einen Schritt vom Auto zurück und warf einen Blick über ihre Schulter auf die Vorderseite des Hauses. Direkt neben der Veranda sah sie ein lila und grünes Dreirad – die abgefahrenen Gummireifen verbeult und von altem Matsch und Asphalt verschmutzt. Ein Polizist mit bleichem Gesicht stand auf der Zementveranda. Er wandte den Blick vom Rettungswagen und dem Dreirad ab. Er hätte aus Stein sein können. Die Eingangstür, dunkelgrün, mit einem Trittschutz aus Messing, war halb geöffnet.

Sonora schaute in den Saturn, der sauber auf der rechten Seite der Einfahrt geparkt worden war. Ein Tiegel mit zuckerwatterosa Lipgloss lag auf der Ablage der Beifahrerseite, und eine Beanie-Baby-Schildkröte baumelte vom Rückspiegel. Ein Sweatshirt, butterblumengelb, war zusammengeknüllt, mit der Innenseite nach außen, auf dem Beifahrersitz liegengelassen worden, obenauf thronte ein Paar leuchtend roter Leinenschuhe.

Sonora machte den ersten Eintrag in ihrem geistigen Notizbuch. Weiblich, zwischen sechzehn und achtzehn. Kleinkind, zwischen drei und sechs Jahre alt. Sie schlug ihren Notizblock auf. Schrieb rasch. Ihre Handschrift war noch nie gut gewesen, aber jahrelange Polizeiarbeit hatte sie gelehrt, leserlich zu schreiben.

Jemand hatte entlang des Fußwegs der zur Veranda führte Blumenzwiebeln gesetzt. Krokusse, lila und gelb und weiß.

Sonora stieg zur Veranda hinauf, direkt hinter Sam, der stehengeblieben war, um sich mit dem Streifenpolizisten an der Tür zu unterhalten – noch ein Anfänger mit schwarzen Haaren, der Schweiß perlte von seinen Schläfen.

»Geht es Ihnen gut?«, hörte sie Sam mit leiser, vertraulicher Stimme fragen.

Der Junge nickte.

Sam wartete. Seufzte. »Womit haben wir es zu tun?«

»Wir haben die Nachbarn befragt. Wir nehmen an, dass hier eine fünfköpfige Familie lebt.«

»Sie nehmen an?«, fragte Sonora.

Sam sah sie verärgert an.

»Sie nehmen an?«, fragte sie noch einmal.

»Ja, Ma'am.« Der Streifenjunge nickte. Er räusperte sich, hielt die Augen gesenkt, konzentrierte sich auf seine Notizen. »Männlicher Erwachsener, Mitte Dreißig, der Vater, Carl Stinnet, tot, seine Leiche befindet sich im Wohnzimmer. Weiblicher Teenager, sechzehn, Tammy Stinnet, in einem der Schlafzimmer. Willie Stinnet, Spitzname Wee-One, zwei Jahre alt, im Wohnzimmer, zusammen mit dem Vater. Weibliche Erwachsene, die Mutter, Joy Stinnet, vermisst. Weiblicher Säugling, zwei Monate, Chloe, Spitzname Baby-Bee, vermisst.«

»Hat irgend jemand etwas gesehen? Oder gehört?«, fragte Sam.

Der Officer nickte. »Ein Auto, das den ganzen Nachmittag vorm Eingang parkte. Ein alter Monte Carlo, viertürig, mit Rostschutzfarbe auf der rechten Stoßstange und unter der Tür, Baujahr '87 oder '88.«

»Ziemlich genau.«

»Wir hatten Glück.« Der Streifenjunge senkte den Kopf. »Ein Teenager unten an der Straße. Er bemerkte ihn heute nachmittag, als er von der Schule nach Hause kam.«

»Hat er jemanden gesehen?«, erkundigte sich Sonora.

»Nicht, dass er sich erinnern kann. Aber eines der Familienautos, ein weißer Jeep Grand Cherokee Laredo, Baujahr '97, wird vermisst.«

»Ist schon ein Fahndungsbefehl raus?«, fragte Sam.

Der Streifenjunge nickte. »Erledigt, Sir.«

Sam klopfte dem Jungen auf die Schulter und verschwand nach drinnen. Sonora sah noch einmal zurück auf die Krokusse, dann folgte sie ihm. Sam war im Flur stehengeblieben, und sie rannte in ihn hinein, prallte mit der Nase gegen seinen Rücken.

»O Jesus, lieber Gott«, sagte er.

Sie würde sich daran erinnern. An die Art, wie er es gesagt hatte. O Jesus, lieber Gott.

5

Sie hatten den Hund der Familie umgebracht. Er war tapfer gestorben, hatte eine breite Blutspur hüfthoch an der Wand hinterlassen, ein Knurren verzerrte noch sein Gesicht, eine Kugel saß in seinem Bauch, eine weitere steckte in seinem linken Schulterblatt. Der Vater war ungefähr sieben Meter von dem Hund entfernt gestorben, man hatte ihn an einen Ahornstuhl gefesselt zurückgelassen. Der Stuhl war unter seinem Gewicht zur Seite gestürzt und von der Sofaecke auf halbem Weg aufgehalten worden. Es war ein höllischer Kampf gewesen.

Der Stuhl, auf dessen Sitzfläche ein rot kariertes fleckiges Sitzkissen festgebunden war, sah aus, als ob er nicht hierhergehörte, als ob er aus der Küche hereingeschleift worden wäre. Eines der Beine war durchgebrochen, eine Kugel, vermutete Sonora. Die Handgelenke des Mannes waren mit Kordeln gefesselt worden, deren blutdurchtränkte Enden zwischen den Stäben der Rückenlehne hinunterhingen.

Sonora musterte den Hund. Sie nahm an, dass die Wunde in der Schulter die erste gewesen war. Vom Anblick der Blutspuren her zu schließen, war der Hund noch eine Weile umhergelaufen. Sie kannte sich mit Blutspuren aus, und sie fragte sich, ob all das Blut wirklich nur von dem Hund stammte. Sie glaubte es nicht.

Einen Moment lang dachte sie an Clampett, der sie und die Kinder beschützte, das Gesicht vom Alter weiß gesprenkelt und voll hündischer Weisheit. Dann machte sie innerlich zu, spürte die schaurige Eiseskälte, die sie umfing – vertraut, irgendwo zwischen Schock und Resignation.

Sie schaute weg. Und gleichzeitig überall hin.

Es war ein hübsches Haus, sauberer als die meisten, jedenfalls unter normalen Umständen, wovon im Augenblick keine Rede sein konnte.

Die Bücherregale in der Ecke waren eingebaut, weiß lackiert und gesprenkelt mit Blut und jener anderen dünnen, dunklen Substanz. Kaffee? Glasbruchstücke und die Überreste von etwas, dass aussah wie ein zerschmetterter Kaffeebecher, flogen überall herum. Band G einer Enzyklopädie und einige zerlesene Exemplare des *Scientific American* hatten sich mit einer braunen Flüssigkeit vollgesogen. Ein Katalog der Pottery Barn war in zwei Hälften zerrissen und auf den Boden geworfen worden.

Der Videorekorder war eingeschaltet, das Fernsehbild statisch, der Ton abgedreht. Eine leere Hülle lag geöffnet oben auf dem Fernseher, *Wallace und Gromit: Die Technohose.* Zeichentrickfiguren. Ein Hund auf dem Cover, der grinste.

War das Wallace, fragte sich Sonora, oder Gromit?

Der Teppich war ziemlich neu, in einer Farbe, die Irisches Leinen genannt wurde. Sie wusste es von den Mustern, die sie sich angesehen hatte, als das Verlangen nach einem neuen Teppich so überwältigend geworden war, dass sie sich einige ausgesucht hatte.

Er würde ersetzt werden müssen.

Sonora registrierte, dass die Vorhänge über dem Panoramafenster locker herabfielen. Die goldfarbene Kordel stammte demnach von dort.

Also Gelegenheitstäter. Wer auch immer es gewesen war, hatte kein eigenes Seil mitgebracht.

Sie ging zurück zum Vater und hockte sich neben Sam, der die immer noch gefesselten Hände des Mannes so weit anhob, wie es die Kordeln zuließen. Ein Streifen weißer Haut am linken Handgelenk hob sich stark gegen die tiefe Bräune des Unterarms ab. Was Sonora verriet, dass dieser

Mann viel Zeit im Freien verbracht hatte und ihm die Uhr gestohlen worden war.

Es war wegen seines zerschlagenen Gesichts schwer zu beurteilen, aber sie schätzte, dass er gut ausgesehen hatte. Er trug hellbraune Chinos, die voller Blutflecken waren, und ein am Hals offenes Polohemd. Es hatte sich von selbst geöffnet, als eine Kugel in den Adamsapfel eingedrungen war und ihn getötet hatte.

Sie fragte sich, wie er wohl gestern ausgesehen haben mochte. Sie würde sich die Familienfotos ansehen müssen.

Sein linkes Auge war zugeschwollen und ein eingetrockneter Streifen Blut rann aus seiner ebenfalls geschwollenen Nase. Auf dem Hemd befand sich Erbrochenes, mittlerweile eingetrocknet, eine gelbbraune Kruste.

Sam drehte die Hände vor- und zurück und stieß einen leisen Pfiff aus. Wenn reine Willenskraft ausgereicht hätte, ihn zu befreien, wäre Carl Stinnet schon lange nicht mehr an diesen Stuhl gefesselt gewesen, aber die dicke Polyesterkordel mit einem Durchmesser von gut zwei Zentimetern hatte es unmöglich gemacht.

Das rechte Auge des Mannes, von einem kühlen Grau und blutunterlaufen, stand weit offen und war unversehrt. Sonora betrachtete sein rechtes Bein. Eine Kugel hatte sein Schienbein zerschmettert und war durch die Wade ausgetreten, dieselbe Kugel, die auch das Stuhlbein getroffen hatte.

»Die Uhr fehlt.« Sam kontrollierte die Hosentaschen des Mannes. »Keine Brieftasche.«

Sonora beugte sich tiefer über die Leiche. »Sam, hast du eine Pinzette oder so was?«

Er hob die Augenbrauen, was sie ärgerte.

»Lass das, Sam.«

»Lass was?« Er reichte ihr eine spitze Zange mit roten Griffen.

»Mich so mit hochgezogenen Augenbrauen anzusehen.«

»Warum nicht?«

»Weil ich es nicht mag, darum nicht. Hier, schau dir das an.«

»Was ist das?«

»Ich weiß nicht, deshalb frage ich dich ja. Es sieht aus wie ein kleiner Kiesel oder so was, aber ich habe genau so einen im Briefkasten gefunden, und dieser hing im Haar von diesem Mann.«

Sam nahm die Zange. Unterzog den Kiesel einem Schnüffeltest, zuckte die Achseln, zog einen Spurensicherungsbeutel aus der Tasche. Der Beutel blieb hängen und zog drei weitere Beutel hinter sich her. Sonora trennte sie voneinander und zog einen davon auf.

»Was ist das?«, fragte sie.

»Irgendein Ding, verdammt, ich weiß es nicht. Wir schicken es ins Labor. Vermutlich einfach ein Stein.«

»Aber im Briefkasten war auch einer, Sam, hast du überhaupt zugehört?«

»Ein Stein?«

»Ja, genau wie dieser. Ich finde das merkwürdig.«

Sam hockte sich auf die Fersen. Sah sie eindringlich an. »Beiß dich da nicht fest, Sonora. Wir müssen uns hier noch jede Menge Zeug ansehen.«

»Meinst du?«

Sonora hörte Stimmen, schwere Schritte auf der Veranda, Männer in Stiefeln. Wartend. Die Techniker der Spurensicherung.

Sam erhob sich und sie schaute zurück durch den Raum zu dem Hund. Da war etwas, hinter dem Sofa. Sie hielt sich nicht damit auf, aufzustehen, sondern kroch auf allen vieren zu dem blauen Streifen.

Sie sah es, als sie um die Ecke des Sofas kroch – eine winzig kleine Faust, pummelig, in einen Ärmel aus blauer Baumwolle geschmiegt. Ein kleiner Junge, zwei oder drei, lag zusammengerollt neben dem Schwanz des Hundes. Die Augen des Kindes waren halb geöffnet, wie bei einem Komapatienten, seine Wangen zeigten Tränenspuren, die schon lange getrocknet waren. Sonora berührte die weiche, porzellanweiße Haut des Halses, der, wie sie erkennen konnte, gebrochen war.

Ein rascher Tod. Sie schaute an der Wand hoch, zu den weit gefächerten Blutspritzern, die der Hund hinterlassen hatte. Sah eine Delle im Putz, die aussah, als wäre ein verirrter Baseball dagegen geprallt. Das Kind war gegen die Wand geschleudert worden, nahm sie an, was sehr wahrscheinlich den Hund hatte durchdrehen lassen.

»Das Baby ist hinter dem Sofa«, sagte Sonora. Sie legte einen federleichten Finger auf den Kopf des Kindes, bemerkte die dicken Windeln unter dem Overall, den kleinen blauen Baumwollrolli mit Winnie Puh auf der linken Schulter. Sehr klein für ein Dreirad. Vielleicht ein Erbstück, das man aus der Garage geholt hatte, als das Wetter schön wurde.

»Wenigstens ging es schnell – Genickbruch.« Ist das meine Stimme?, dachte Sonora. Bin ich diese kühle, professionelle Frau? Sie stand auf, ihre Knie waren weich.

»Ich hab eine Blutspur«, sagte Sam, und sie folgte ihm in den Flur.

»Stammt sie vom Vater?«

»Was?«, fragte Sam.

»Die Blutspur. Ist sie vom Vater?«

»Nein, Sonora, siehst du? Sie kommt aus dem Flur, führt zum Fernseher und dann hinaus in die Küche.«

»Wallace und Gromit«, bemerkte Sonora, während sie den roten und braunen Flecken den engen Flur hinunter folgte. Etwas gab unter ihren Füßen nach und quiekte. Sie erstarrte, ihr Magen verkrampfte sich. Sam schaltete seine Taschenlampe ein. Sah hinunter.

Ein Gummihamburger.

»Hundespielzeug«, sagte Sonora.

Sam nickte. »Wallace und was?«

»Egal.«

Ein Lichtstreifen fiel über den Teppich. Die Badezimmertür war offen. Die Blutspur führte von dem teppichbelegten Flur auf die goldgelben Fliesen. Sam trat einen Schritt hinein.

»Geh zur Seite«, sagte Sonora.

Der Duschvorhang war von den blauen Plastikringen gerissen und als blutiges Bündel in eine Ecke geknüllt worden. Sonora sah vorsichtig nach. Nichts außer dem Duschvorhang, keine unangenehmen Überraschungen.

Die Außenseite der Toilettenschüssel war blutverschmiert. Ein leuchtend rosa, fleckiger Tennisschuh mit Plateausohle, dessen Senkel immer noch zu einer Doppelschleife gebunden waren, thronte auf einem dunkelgrünen, feuchten und blutigen Handtuch, das hinter den Spülkasten gestopft worden war. Sam kroch auf allen vieren herum.

»Hier liegt ein Zahn, vermutlich hat jemand einen Faustschlag ins Gesicht abgekriegt. Und eine lange braune Haarsträhne.«

»Mach dir eine Notiz. Ja?« Sonora lief den Flur hinunter. Sie blieb bei einem Zimmer zu ihrer Rechten stehen, die Tür stand offen. Ein Himmelbett mit rosa Tagesdecke. Kleidung in ordentlichen, niedrigen Stapeln, so als ob jemand die Wäsche sortiert hätte. Sonora ging hinein und stellte sich mitten in den Raum. Nahm flüchtig einen weißrosa Bilderrahmen wahr, aus dem das hübsche und noch immer kindliche Gesicht des Mädchens schaute, das mit auf der Brust gefalteten Händen auf der zerknitterten Tagesdecke lag. Eine klaffende Wunde zog sich quer über ihre

Kehle wie ein schwarzer blutiger Blitz. Sie trug einen rosa Tennisschuh mit Plateausohle, das Gegenstück zu dem im Bad, am anderen Fuß eine heruntergerutschte weiße Baumwollsocke. Ihr perlmuttfarbener Pulli hatte einen Riss an der Schulter, der einen beigen BH-Träger entblößte, aber ihre Jeans, ausgebeult, und tief auf den schmalen, knabenhaften Hüften sitzend, wurden nach wie vor von einem dünnen Ledergürtel an Ort und Stelle gehalten.

Sonora legte einen behandschuhten Finger auf das Kinn des Kindes, berührte das zarte, leblose Gesicht, registrierte den Bluterguss und die Schwellung, die sich unter der Kinnlinie zu zeigen begannen. Keine Totenflecken, das Kind war geschlagen worden. Ihre Hände waren nicht gefesselt. Es wirkte, als ob liebende Hände sie zum Bett getragen und aufgebahrt hätten. Ein reumütiger Mörder? Niemand hatte wegen des Babys und des Vaters im Wohnzimmer Reue gezeigt. War dem Mörder die Zeit davongelaufen? Und dennoch. Kugeln und kalte Gleichgültigkeit für die Opfer im Wohnzimmer, Messer und Bedauern für das Mädchen im Schlafzimmer.

Zwei Täter?

Sonora beugte sich tief über das Bett. Die Tagesdecke unter dem Mädchen war blutrot, das Blut war bis zur Matratze durchgesickert. Also war sie auf dem Bett getötet und dort liegengelassen worden.

Sonora fragte sich, wer im Badezimmer so heftig geblutet hatte.

Sie zog eine Stiftlampe aus der Tasche ihres Blazers und leuchtete in den Mund des Mädchens. Eine Zahnspange – weiß, nicht aus dem klirrenden Metall, das sie aus ihrer Kindheit kannte – aber kein Zahn fehlte. Und trotzdem würde sie wetten, dass die Strähne, die Sam im Bad gefunden hatte, zu diesen langen braunen Haaren gehörte.

Sonora schaute hinter sich auf das Foto. Was hatte der

Streifenpolizist noch gleich gesagt, wie ihr Name lautete? Tammy?

Sie hatte vorstehende, schwerlidrige Augen, dünnes, sandfarbenes Haar und ein breites, glückliches Lächeln. Das Foto zeigte sie mit zwei Freundinnen, sie hatten die Arme umeinander gelegt und trugen alle die gleichen roten Badeanzüge mit dem Aufdruck *Brill-High-Schwimmteam*. Die drei Mädchen wirkten vergnügt, nass und so, als ob sie ein bisschen frieren würden.

Sonora erhob sich, schaute sich im Zimmer um, das abgesehen von dem Pizzarand auf einem Pappteller auf dem Fensterbrett makellos sauber war. Der Schreibtisch, begraben unter Papieren und Büchern, war staubfrei. An den Bettpfosten baumelten blaue und gelbe Bänder. Sonora zog vorsichtig mit ihrer linken behandschuhten Hand daran, an der sich kein Blut befand. Schwimmwettkämpfe.

Sie ging zurück in den Flur und fand Sam im nächsten Zimmer, das mit einem nagelneuen Stockbett und einem Babybett auf der anderen Seite fürchterlich übermöbliert war. Zwei Kleinkinder in einem Zimmer – ein volles Haus. Das Zimmer war in Blau gehalten, das Reich eines kleinen Jungen und seiner Spielzeuglaster. Überall lagen Bausteine herum. Ein winziger Fußball war ans Bettende gekullert. Ein Berg von Legosteinen lag neben einer leeren Trommel. Sie mussten einen Höllenlärm gemacht haben, als sie ausgekippt wurden, dachte Sonora.

Sie balancierte über Legos und Holzbausteine. Sah die weiße Wiege, die von dem Kopfende des Babybetts verdeckt wurde. Sie war mit gestepptem gelbem Gingham gesäumt und mit einem frischen Baumwolllaken bezogen, auf das kleine Bären gedruckt waren. Eine regenbogenfarbene Decke lag ordentlich gefaltet am Fußende, ein gelber Schnuller auf dem Laken.

Neben der Wiege stand der Wickeltisch, auf dem sich

Johnsons Babypuder, Babyöl, Feuchttücher und eine Flasche mit einer dunkelbraunen Flüssigkeit und einem orangen Korken nebeneinander aufreihten. Vitamine.

Sonora hatte ihren eigenen Kindern genau die gleichen Vitamine verabreicht, und sie erinnerte sich, dass die Flüssigkeit stark nach Rost roch und überall rostbraune Flecken hinterließ. Sie schaute ins Windelfach. Wegwerfwindeln, die kleinen. Sie sah sich ein letztes Mal im Zimmer um, atmete tief den sanften Geruch des Puders ein, der ihr tausendundeine Erinnerung an ihre Kinder zurückbrachte – spät in der Nacht, früh am Morgen, wie sie eine Windel anlegte, während die kleinen Beinchen in der Luft strampelten, wie sie die Sohlen der winzigen rosa Füßchen küsste. Sonora machte sich rasch und sorgfältig Notizen.

Sie sah quer durch den Raum zu Sam. »Hast du etwas?«

»Keine Blutspuren in diesem Zimmer, Gott sei Dank. Und du?«

Sie zeigte dorthin. »Die Tochter liegt auf ihrem Bett, die Kehle ist durchgeschnitten.« Sie trat zurück und ließ ihn vorangehen. War es Einbildung oder konnte sie tatsächlich das Blut riechen? »Warst du schon im Elternschlafzimmer?«

»Noch nicht.«

»So wie es hier aussieht, glaube ich nicht, dass die Mutter und das Baby überlebt haben.«

Sam schaute sie von der Seite an. »Vielleicht haben sie die Mutter mitgenommen, um den Geldautomaten auszuräumen. Und das Baby dazu, damit die Mutter keine Dummheiten macht.«

»Hast du den Beamten gefragt, wer das hier gemeldet hat?«

»Die Nachbarin. Sah die offene Tür des LeBaron, als sie von der Arbeit nach Hause kam. Hat nicht groß darüber nachgedacht. Ging nach dem Abendbrot raus, um das Baby spazierenzufahren. Sah, dass die Tür immer noch offenstand. Hat versucht, anzurufen. Niemand hob ab. Die Eingangstür war abgeschlossen.

Als ihr Mann nach Hause kommt, erzählt sie es ihm. Er schaut durch das Wohnzimmerfenster. Die Vorhänge sind zugezogen. Hat ein komisches Gefühl. Beginnt sich zu fragen, warum der Hund nicht gebellt hat, als er durch das Fenster spähte. Beschließt, die Polizei zu rufen.

Die Streifenbeamten gehen hintenrum zur Küche, entdecken ein eingeschlagenes Fenster, eine Blutspur und gehen rein.«

»Und keine Spur von der Mutter und dem Baby?«

»Nein. Aber eine riesige Blutlache im Elternschlafzimmer.«

»Nach dir.«

Sonora zögerte auf der Türschwelle, registrierte die zerknautschte Tagesdecke, bedeckt von Handtüchern, einige gefaltet, andere zusammengeknüllt. Das Bett stand in einem seltsamen Winkel, auf dem Teppich konnte man Abdrücke erkennen, also hatte es jemand verschoben. Die Nachttischlampe war auf den Boden gekracht, die Glühbirne zerschellt und der Rüschenschirm im Paisleymuster, das ausgezeichnet zu der Bettdecke und den Vorhängen passte, verbeult.

Eine zerschrammte, antike Kommode aus Walnussholz nahm die gesamte gegenüberliegende Wand ein. Über einem Spiegel mit abgeschrägten Ecken, der durch eine Kugel, die ein Loch in der rechten Hälfte nahe der Oberkante hinterlassen hatte, gesprungen war, hing ein kleines Kruzifix aus Rosenholz. Eine Reihe von Fotos waren in die Ecken des hölzernen Rahmens gesteckt worden. Ein blutiger Daumenabdruck verschmierte das Glas.

Sonora runzelte die Stirn. Sah Sam an. »Was?«

»Was was?«

»Ich dachte, du hättest was gesagt. Hast du was gesagt?«

»Nein.« Er wandte sich zum Einbauschrank. »Mannomann.«

»Was jetzt?«

»Im Schrank sieht es aus wie nach dem dritten Weltkrieg. Oder wie in deinem Schlafzimmerschrank, wenn man von dem Blut absieht.«

»Ist da Blut?«

»Und wie.«

Sonora hörte Schritte, aus dem Augenwinkel nahm sie eine Gestalt im Flur wahr. »Blair?«

Sie erkannte die Stimme sofort. Tief, rau und barsch. »Crick ist da«, sagte sie.

»Wurde auch Zeit.« Sam sah sie über die Schulter hinweg an. »Was glaubst du, wie viele es waren?«

»Zwei erscheint mir am wahrscheinlichsten. Wir haben das Mädchen, das aufgebahrt im Schlafzimmer liegt, die Kleidung unberührt, die Kehle durchschnitten. Als ob der Killer Reue verspürt hätte.«

»Hat er sie dorthin gelegt?«

»Nein, aber ihre Hände waren über der Brust gefaltet.«

»Im Wohnzimmer sieht es nicht gerade nach Reue aus.«

»Ein anderer Täter. Vielleicht waren es zwei, die sich gegenseitig aufgestachelt haben.«

»Zwei Mannschaftskameraden in einem psychotischen Pinkelwettbewerb?«

»So in der Art.«

»Blair? Delarosa?«

»Hier drin«, antworteten Sam und Sonora gleichzeitig.

Cricks bullige Gestalt ließ den Flur schrumpfen. »Sie arbeiten schon zu lange zusammen, Sie sind ja schlimmer als ein altes Ehepaar. Was haben wir hier drin?«

»Das Chaos.« Sonora spürte, wie die Anspannung in Magen, Schultern und Hals zunahm. Crick hatte immer diese Wirkung auf sie. Aber sie war froh, dass er da war. Man konnte viel über ihn sagen, aber eine positive Eigenschaft hatte er: Er war grundsolide.

Sam kam aus dem Schrank. »Hier drin ist eine Blutspur, eine ist im Bad. Im Flur sind Flecken.«

»Was dagegen, wenn ich die Spurensicherung reinlasse?«

Sam schüttelte den Kopf. Sonora sagte nein, aber sie fühlte sich gedrängt. Sie machte sich immer noch Notizen.

Crick rieb sich das Kinn. »Die Streife meldete, dass sich hier drin drei Leichen befinden, ein männlicher Erwachsener Mitte Dreißig, eine weibliche Heranwachsende, ein männliches Kleinkind. Eine weibliche Erwachsene Mitte Dreißig und ein weiblicher Säugling werden noch vermisst.«

»Das plus die verschiedenen Blutspuren ist in etwa alles«, sagte Sam. »Jemand hat im Bad einen Zahn verloren.«

»Das Mädchen war es nicht.« Sonora trat zur Seite, so dass Crick hinter ihr her in das Schlafzimmer gehen konnte. Sie schaute zurück auf das Einschussloch im Spiegel, auf den blutigen Daumenabdruck, fragte sich, Opfer oder Angreifer? Es sah aus, als ob einige der im Rahmen steckenden Bilder fehlen würden. Es gab Lücken.

Sie schaute genauer hin. Einige Schwarzweißfotos aus den sechziger Jahren, ein paar neue in leuchtenden Farben. Ein Baby in einem Hochstuhl, dem ein Breifaden am Kinn hinabrann, ein pummeliges, langhaariges Mädchen, das einen Cockerspaniel im Arm hielt, der uralt aussah. Eine Frau im Rollstuhl mit grauen Locken, die ein Gratefull-Dead-T-Shirt und ein breites Grinsen trug, eins von einem kleinen Jungen mit einer Roy-Rogers-Brotdose – dieses Foto war schwarzweiß. Der Herr des Hauses, fragte sich Sonora, als er in der Cowboy-Phase war?

Glückliche Erinnerungen.

Crick trampelte schwerfällig an ihr vorbei, diesmal in die andere Richtung. »Die Nachbarn sagen, dass der LeBaron in der Einfahrt Joy Stinnet gehört, der Mutter. Der Vater ist Malermeister, ihm gehört ein Jeep Cherokee, der ebenso wie Mutter und Kind verschwunden zu sein scheint. Der Garten wird von Streifenbeamten durchsucht, aber der erste Durchgang hat nicht viel gebracht. Kinderspielzeug. Ich lasse nach der Mutter und dem Kind und dem Jeep fahnden. Finden Sie ein Scheckbuch oder einen Bankbeleg, dann können wir damit weitermachen. Vielleicht wollen sie die Mutter benutzen, um an das Geld zu kommen.«

»Haben wir auch schon gedacht«, bemerkte Sam.

Crick entfernte sich, seine Stimme hallte überlaut durch den Flur. »*Irgend etwas* muss es schließlich sein, wir haben hier ein Abzählproblem.«

6 Sonora, die sich Notizen machte, hielt inne, um ihren Füller zu schütteln, der beinahe, aber nicht völlig leer war. Sam befand sich im Schrank. Vielleicht hatte er einen Füller. Sie machte einen Schritt, dann blieb sie stehen, legte den Kopf auf die Seite und lauschte. Da war es wieder, das Flüstern. Hatte jemand das Radio angelassen? Sie schaute über ihre Schulter, obwohl es wahrscheinlich keiner ihrer Kollegen war. Polizisten flüsterten nie, und das Haus war von Lärm erfüllt, seit Crick den Befehl zur Invasion der Spurensicherer gegeben hatte.

Es waren zu viele Menschen. Angst konnte einen Raum erfüllen und dieser Tatort sprach zu ihr.

Die Techniker waren überall, ihre Stimmen produzierten eine nüchterne dumpfe Melodie, die irgendwie tröstlich war. Es gab ihr ein Gefühl der Geborgenheit, ein vertrautes Weißes Rauschen, Sicherheit, ein Gegengift gegen ihre schwarzen Gefühle der Einsamkeit.

Sie warf einen kurzen Blick zum Schrank. Sah Crick, der, die Ellbogen gegen die Türpfosten gestemmt, mit Sam sprach, auch von ihnen flüsterte keiner. Trotzdem. Sie alle, auch die Spurensicherung, arbeiteten in gewisser Weise still, vielleicht aufgrund von Schock oder aus Achtung oder einer Mischung aus beidem. So ein Blutbad ereignete sich nicht gerade jeden Tag in Cincinnati.

Sonora ging zurück zu der Kommode. Wild English Garden Lotion von Victoria's Secret, Wimperntusche, Toner, Augencreme und Lidschatten von Merle Norman. Etwas von Estee Lauder in einem hübschen gelben Kästchen, auf dem die Scherben des zerschossenen Spiegels einen glitzernden Überzug bildeten.

Auf dem Fußboden in der hinteren linken Ecke entdeckte sie einen Ghettoblaster. Vielleicht kam das Geräusch von dort. Die Frau hatte möglicherweise Radio gehört. Sonora kroch dicht am Boden vorwärts, die rechte Hand, vom Handschuh geschützt, glitt die Kante der Kommode entlang. Mit dem Daumenballen konnte sie eine Delle tasten, als ob jemand mit einem Hammer darauf geschlagen hätte.

Ein nadelkopfgroßes rotes Licht glühte neben dem Schalter. Demnach war der Ghettoblaster eingeschaltet. Sonora beugte sich hinunter, hörte nichts. Der Schalter stand auf CD und das Programm blinkte. War Musik gelaufen, als der oder die Mörder hereingekommen waren? Sonora stellte sich die Mutter im Schlafzimmer vor, die Lautstärke der Musik übertönte den Lärm der Eindringlinge.

Sie würde es später überprüfen, wenn die Spurensicherung fertig war.

Über die Schulter schaute sie zum Bett. Ein wirrer Haufen sauberer Handtücher lag auf der rechten Hälfte, ein ordentlicher Stapel gefalteter Handtücher auf der linken. Falls die Mutter – nenn die Frau beim Namen –, falls Joy Rechtshänderin war, hätte sie mit dem Rücken zur Schlafzimmertür gestanden.

Sonora ging zum Bett und schnüffelte an einem der Handtücher. Der Duft nach sauberer, frisch aus dem Trockner kommender Baumwolle war unverwechselbar. Wäsche direkt aus der Maschine.

Aber warum stellte sich die Frau mit dem Rücken zur Tür, wenn im Haus ein Kleinkind lebte? Sonora hätte erwartet, dass sie mit dem Gesicht zum Flur stand.

Die Tagesdecke war faltig und zerknittert, die Handtücher lagen dichter zusammen, als sie angenommen hatte. Die Spurensicherung würde die Tagesdecke auf Sperma und Blutspuren untersuchen, aber es war nichts zu erkennen.

Sie hob ein Kissen vom Kopfende des Bettes. Sie fand einen winzigen Schnuller und eine leere Flasche – eine Saugflasche von Playtex, die Kunststoffteile waren von der weißen, dickflüssigen Säuglingsnahrung verschmiert, die in der Falte unter den Kissen steckte.

Demnach hatte Joy Stinnet die Wäsche gefaltet, eine Pause gemacht, um dem Baby die Flasche zu geben, während laute Musik aus dem Ghettoblaster drang.

Sonora wandte sich zum Schrank, während sie Sam und Crick beobachtete, die auf Händen und Knien und mit der Konzentration von Ingenieuren, die eine Brücke entwerfen, Spritzer untersuchten.

Eine riesige Menge Blut hatte auf dem Boden des Schranks eine Lache gebildet, die sich über gefütterte blaue Häschenpantoffeln und graue Schneestiefel aus Kunststoff ergoss. Jemand war in einen Stapel Jeans gefallen – ungefähr dreißig Paar in unterschiedlichen Stadien der Abnutzung, Jeans für jedes vorstellbare Gewicht. Es war so eine Teenagermacke, wenn das Selbstbewusstsein von der Größe abhängt, bei der man die Jeans noch zuknöpfen kann, ohne bewusstlos zu werden.

Wessen Blut?, überlegte sie.

Nicht das des Vaters. Er war auf dem Stuhl sitzend erschossen worden. Und es war auch nicht das Blut der Tochter, ihre Kehle hatte man direkt auf dem Bett durchgeschnitten.

Dann blieben nur noch die Mutter und das Kind übrig.

Ein Stapel Waschlappen war auf den Boden gestürzt, als seien sie erst gefaltet und dann fallen gelassen worden. Hatte Joy Stinnet sie in der Hand gehalten, als sie angegriffen wurde? Hatte die Frau den begehbaren Schrank betreten, war dort überfallen worden und zum Bett zurückgekrochen? Das viele Blut und die Lache zeigten an, dass sie eine Weile dort gelegen hatte. Hatte man sie für tot gehalten? Das ergab keinen Sinn, falls sie gekidnappt worden war.

Sonora folgte im Geist der Blutspur vom Schrank zum Bett. Warum das Bett? Hatte das Baby dort gelegen – auf dem Bett?

Sie schob sich an Sam und Crick vorbei. Die gerüschte Tagesdecke hing auf einer Seite hinunter, berührte beinah den Boden, als ob jemand sie hinuntergezogen oder -gerissen hätte. Die Blutspur führte direkt dorthin.

Sonora, nun auf allen vieren, hob die Decke an. Sie fand Dunkelheit, den Geruch nach Staub und den an Eisen erinnernden Gestank von Blut. Sie spürte es, bevor sie es sehen konnte, hörte das Flüstern ganz klar und deutlich.

Der Kopf der Frau war so nahe, dass Sonora mit dem Fuß leicht ihre rote, tränengefleckte Wange hätte streifen können. Joy Stinnets Augen waren offen, und ihr Mund bewegte sich.

»*… gegrüßet seist du Maria, voll der Gnaden, der Herr ist mit dir, gebenedeit bist du unter den Weibern, und gebenedeit ist die Frucht deines Leibes, Jesus. Heilige Maria, Mutter Gottes, bitte für uns Sünder, jetzt und in der Stunde unseres Todes. Gegrüßet seist du Maria, voll der Gnaden ….*«

Sonora nahm alles innerhalb eines Herzschlags wahr: die vor Schmerz glasigen Augen der Frau, ihren weit aufklaffenden Unterleib, die linke Hand, die den langen, grausamen Schnitt vom Bauch zum Brustkorb bedeckte, der das graue und rosa weiße von blauen Adern durchzogene Gewirr ihrer Därme und die Ansammlungen gelber Fettklümpchen enthüllte. Und in ihrem rechten Arm ein Bündel, still, aber atmend, ein puppenhaftes Baby, dessen Augen fest zusammengekniffen waren und dessen Brust sich mit jedem schwachen Atemzug hob.

Das Flüstern. Das war es, was sie gehört hatte.

7 In ihrer gesamten Karriere als Detective war Sonora noch nie so nah daran gewesen, die Kontrolle zu verlieren, wie in diesem Moment, und der stetige Klang ihrer eigenen Stimme, die nach Sam rief, nach jemandem rief, der die Rettungssanitäter alarmierte, stand im Gegensatz zum Klopfen in ihrem Hals und dem Hämmern ihres Herzens.

Sam war schnell. Er hob das eine Ende des Bettes hoch, während Sonora auf die andere Seite rannte. Gemeinsam stemmten sie das Bett hoch, stellten es wieder ab, und rissen das Bettzeug hinunter. Die Frau unter dem Bett begann zu kreischen.

Sonora konnte nicht fassen, dass jemand so viel Blut verlieren konnte und trotzdem noch die Kraft fand, so laut zu schreien. Die Härchen auf ihren Armen stellten sich auf. Sie lief zu der Frau und kroch an ihre Seite.

»Ich bin Polizistin, Ma'am, Sie sind jetzt in Sicherheit. Ein Rettungswagen ist hier, wir werden Ihnen helfen.«

Die Frau wandte den Kopf und ihre Augen trafen die Sonoras. Die Intensität ihres Blicks ließ sie zurückzucken.

Die Frau hörte auf zu schreien, und Sonora konnte das Baby weinen hören. »Gott sei Dank«, hörte sie Sam sagen, sah ihn nach dem Baby greifen, das blutverschmiert war, ob mit dem eigenem oder dem der Mutter, konnte Sonora nicht sagen. Joy Stinnet griff mit ihrer linken Hand nach Sonora, ließ die Bauchwunde aufklaffen. Ihre Hand war kalt und glitschig und klebrig. Sonora zuckte zusammen und hielt sie fest.

»Männer –« Sie atmete in hastigen, keuchenden Zügen, als würde sie rennen, rennen, rennen.

»Ein Mann? Oder mehr als einer?«

»Der Engel kam. Er gab mir das Baby und befahl mir, nicht herauszukommen.« Die Frau würgte und presste Sonoras Hand. Etwas prickelte in Sonoras Hand wie ein elektrischer Schlag und sie spürte, wie das Blut aus den zerschnittenen Handflächen über ihre verschlungenen Finger strömte. Sie bemerkte die Hautfetzen, die von Joy Stinnets Unterarmen hinunterhingen, und spürte ein seltsames Kribbeln im Rücken. Verteidigungswunden machten sie immer fertig.

»Ich hörte, wie mein Mann nach Hause kam. Ich hörte ihn –«

»Können Sie mir sagen, wie die Männer aussahen? Haben Sie einen Namen gehört? Haben –«

»Mein kleiner Rusty hat gebellt.« Tränen flossen über Joy Stinnets Wangen. »Und sie haben auf ihn geschossen, ich habe ihn jaulen hören.«

Die Rettungssanitäter kamen wie der Blitz durch die Tür geschossen, die Eliteeinheit des Notrufs, die schweren, schwarzen Taschen sprangen auf. Ein beleibter Mann mit kurz geschorenen roten Haaren hockte sich neben Sonora, nickte ihr zu und lächelte die Frau an.

»Ich heiße Chris, Ma'am, Sie werden wieder gesund, verstehen Sie? Können Sie mir Ihren Namen sagen?«

»Das ist Joy«, sagte Sonora. Sie zog sich zurück, wartete darauf, beiseite geschoben zu werden, aber Chris schüttelte den Kopf.

»Okay, Joy, halten Sie durch. Ich schaue mir nur kurz Ihr hübsches kleines Mädchen an, sie hat nicht einen einzigen Kratzer. Detective Blair wird Ihre Hand halten und mit Ihnen reden. Okay, Joy, ich und meine Partner untersuchen Sie in der Zwischenzeit.«

Sonora fragte sich, woher er ihren Namen kannte, und spürte einen kurzen Stich der Enttäuschung, der, wie sie zu ihrer Schande wusste, der Feigheit entsprang. Sie hing immer noch am Haken. Sie konnte sich nicht zurückziehen und jemand anders weitermachen lassen.

»Joy? Joy, wissen Sie, wer das getan hat, haben Sie jemanden erkannt? Können Sie mir sagen, wie viele -?«

Die Lider der Frau flatterten, ihre Atmung ging schnell und flach. Sonora registrierte, dass ihre schwarzen, schulterlangen Haare an ihrem Hinterkopf klebten. Ihr von Wimperntusche verschmiertes Gesicht war totenblass, um ihre Augen lagen unheimliche, dunkle Schatten, die Sonora schon zuvor bei anderen Opfern gesehen hatte, die am Rand des Todes schwebten.

Die Hand krampfte sich um die Sonoras.

»Zwei Männer«, drängte Sonora.

»Zwei. Und der Engel.«

Ein weiterer Rettungssanitäter, seinem Schild zufolge hieß er Hodges, stand neben Chris und zog ein Funkgerät aus seinem Gürtel. »Das nächste Krankenhaus ist, da das weiter südlich geschlossen wurde, das – «

»Am Jewish hat Gillane Dienst.« Das war der Jüngere mit dem zurückgegelten schwarzen Haar, der gerade den Blutdruck maß.

Sonora war seltsam berührt, als sie den Namen hörte, seltsam berührt, aber getröstet. Gillane.

»Wir fahren zum Jewish«, beschloss der Rettungssanitäter namens Chris. Gute Entscheidung, dachte Sonora. »Legt einen großlumigen Zugang, damit wir etwas Flüssigkeit in sie hineinpumpen können.«

Sonora rätselte, was zum Teufel Joy Stinnet mit »der Engel« meinte. Menschen sagten alle möglichen Dinge, wenn sie den letzten Gang antraten.

»Sagen Sie es mir«, flehte Joy Stinnet, als der junge Sanitäter eine Sauerstoffmaske auf ihr Gesicht gleiten ließ. Sonora wusste, was sie wissen wollte.

Sie hörte ein statisches Knistern, als der rothaarige Sanitäter das Funkgerät aus seinem Gürtel riss, hörte das Drängen in seiner Stimme. »Eine Frau, Mitte Dreißig, Schnittwunde vom Nabel bis zum rechten Rippenbogen. Leber und Gedärme sind betroffen, hoher Blutverlust. Sauerstoff zehn Liter in der Minute. Blutdruck 80 palpatorisch, Herzfrequenz hundertzwanzig.«

Sonora barg die blutbedeckten Hände der Frau zwischen ihren eigenen, sah, dass aus der Bauchwunde etwas austrat, das wie Infusionslösung aussah. Was immer sie in sie hineinpumpten, kam sofort wieder heraus.

Sie blickte Joy Stinnet in die Augen, fragte sich, nur ganz kurz, wie lange sie wohl ihr Baby umklammernd unter dem Bett gelegen hatte. »Joy, Ihr Ehemann ist noch rechtzeitig nach Hause gekommen.«

Die Frau beobachtete sie. Schluchzte tief auf.

»Ein Teufelskerl, Ihr Mann. Er und Ihr Hund.« Sonora lächelte, ein verkrampftes Lächeln. »Ich will nicht behaupten, dass sie nicht verletzt worden sind, aber sie werden wieder gesund werden. Ihr kleiner Junge und Ihre Tochter, ich glaube, sie hat mir gesagt, sie hieße Tammy, stimmt das?«

Die Frau beobachtete sie, beobachtete ihr Gesicht.

»Tammy hat Ihren kleinen Jungen, sie hat ihn gerade eben nach draußen gebracht, es geht ihm gut – er ist natürlich verängstigt, aber es geht allen gut, Ma'am. Rusty wird ein oder zwei Tage beim Tierarzt bleiben müssen, aber er und Ihr Mann haben die Schlacht gewonnen.«

Joy Stinnet drehte den Kopf zur Seite, Tränen rannen unter den Rändern der Sauerstoffmaske hervor. Die Hände, die Sonora umklammerte, wurden eisig. Joy Stinnets Schluchzer wurden leiser und verklangen, ihr Blick verschwamm. Chris riss seinen Kopf hoch und Sonora, endlich, stand auf und trat aus dem Weg.

8 Es lag eine gewisse Schönheit darin, jemanden zu beobachten, der seine Sache verstand, dem wirklich etwas an dem lag, was er tat. Wenn man genau hinsah, konnte man die kontrollierte Intensität in Gillanes Fingern erkennen, der über dem Körper der Frau auf der schmalen metallenen Pritsche die Symphonie des Lebens dirigierte.

Joy Stinnets Herz war in ihrem Schlafzimmer stehengeblieben. Den Sanitätern war es nicht gelungen, es wieder zum Schlagen zu bringen, weder mit Elektroschocks noch mit Infusionen, noch mit Gebeten. Gillane hatte auch nicht mehr Glück. Die Frau war gegangen, Sonora hegte keinerlei Zweifel, sie wartete nur darauf, dass alle anderen es auch begriffen.

Sie hatte Ärzte, Krankenhäuser und ihre Werkzeuge der Zerstörung und Wiederbelebung immer verabscheut. Aber Gillanes in Handschuhen steckende Finger, weiß, schlangenhaft, stark, die Konzentration, die sein angespannter Kiefer und das Zwinkern seiner Augen verrieten, die Art, wie er sich der Arbeit widmete, die er schon so oft getan hatte und so gut kannte, zeigte die Sicherheit der Routine, aber keine Langeweile. Er stand dort, sein Verstand raste, er war hochkonzentriert und vermittelte den seltsamen, aber beständigen Eindruck, kurz vor einer Entdeckung zu stehen.

Nur einen winzigen Moment verspürte Sonora so etwas wie Eifersucht auf die Frau auf der Pritsche. So verletzlich, so aus der Bahn geworfen, der Sorgfalt und Konzentration eines Arztes ausgeliefert, der so talentiert wie ein Maler war, konfrontiert mit einer Leinwand, auf der ein verabscheuungswürdiges Geschehen, ein Bild des Todes, gezeichnet war, bewaffnet mit sterilen Instrumenten, wie Pinsel, die er benutzen wollte, um diese Linien des Todes in Lebenslinien zu verwandeln.

Sonora fragte sich, ob es richtig gewesen war, diese Frau zu belügen, ihr einen leichten Abschied zu ermöglichen. Wäre sie noch am Leben, wenn sie ihre Kinder rächen müsste? Hätten der Zorn und die Schmerzen sie lange genug am Leben erhalten, damit Gillanes Notaufnahmezauber hätte wirken können?

Sie musterte ihn, groß und kräftig, sah seine katzenartigen Augen im Profil, die glattrasierte Wange, ein gutaussehender Mann. Die hektischen Bewegungen verlangsamten sich, auch wenn er ohne Unterbrechung weiterarbeitete, aber sie erkannte die kaum wahrnehmbare Schwere, die seinen Nacken, seine Schultern und seinen Kiefer zu befallen schien, und sie wusste, dass er zu dem gleichen Schluss gelangt war.

»Lasst sie gehen«, sagte er.

9 Sonora stand mit dem Rücken zu der kühlen, gefliesten Wand, die Arme verschränkt, einen Fuß abgestützt. Sie sah auf ihre Uhr und fragte sich, wie lange es noch dauern würde, bis Sam sie hier aufsammelte und mit zurück ins Revier nahm.

Ein Assistenzarzt hielt Joy Stinnets Baby unter den wachsamen Augen zweier Schwestern und eines Technikers von der Beatmung hoch in die Luft. Eine der Schwestern bewegte die Hände, als wäre sie drauf und dran, ihm das Baby zu entreißen.

Er nahm das kleine Mädchen fest in den Arm und senkte den Kopf, um einen Kuss auf ihren Nacken zu hauchen. Sie war gebadet und in ein rosa Baumwollnachthemd gesteckt worden, das so lang war, dass ihre winzigen Füße völlig darunter verschwanden. Die Ärmel waren über den kugeligen rosa Babyhändchen sorgfaltig umgeschlagen worden. Sie schenkte ihm ein breites Grinsen, Speichel glänzte auf dem rosigen Gaumen.

Sonora erinnerte sich an die Zeit, als Heather und Tim noch Babys gewesen waren und sie sie so gehalten hatte, an die weiche Haut, an das erste richtige Haar, das auf ihren Köpfchen wuchs, an die großen Augen. Daran, sie hochzuhalten und anzulächeln, zu sehen, wie sie ihre Beine streckten und ihr gaumiges, breites Babylächeln lächelten. Sie waren so niedlich gewesen in ihren kleinen Strampelanzügen.

Babylächeln und sanftes Versprechen. Kein Zweifel, dass Joy und Carl Stinnet dasselbe mit ihren drei Kindern getan hatten, es gehörte zum alltäglichen, ganz gewöhnlichen Elterndasein, zum alltäglichen, gewöhnlichen Familienleben.

Dad kommt von der Arbeit nach Hause, die halbwüchsige Tochter macht dem kleinen Sohn in der Küche etwas zu essen, die Mutter faltet im Schlafzimmer die Wäsche und gibt auf das Baby acht. So etwas geschah jeden Tag, überall. Es war die Arroganz von Mord, die Sonora immer fassungsloser machte, je älter sie wurde.

Die Plastikvorhänge der Kabine wurden zur Seite geschoben, und Gillane war der erste einer Handvoll Mediziner, die wie Ameisen aus einem Ameisenhügel herausströmten. Eine Frau in Rosa huschte hinein. Zeit zum Saubermachen, für den Identifikationszettel an den Zehen und die Leichenhalle.

Nicht die Leichenhalle des Krankenhauses. Sonora würde Vorbereitungen treffen müssen. Gerichtsmedizin und vier Autopsien.

Gillane sah sich um. Suchte er nach ihr? Er wechselte abrupt die Richtung, als er sie entdeckte, und ihre Blicke trafen sich. Er kam auf sie zu.

Manchmal existierte etwas zwischen einem Mann und einer Frau. Unausgesprochen und doch verstanden, wie das P in Symptom. Sonora hatte immer geglaubt, dass einer von beiden eigentlich etwas sagen müsste, um es irgendwie offiziell zu machen; die Anziehung könnte sich sonst ja genausogut nur in ihrem Kopf abspielen.

Mittlerweile traute sie ihren Instinkten. Wenn es da war, war es da. Es bedeutete nicht einmal, dass man etwas unternehmen musste. Manchmal war es sogar besser, wenn man es unterließ.

»Das Zeug an deinen Händen, stammt es von ihr? Nicht von dir?« Er nahm sie mit, ohne ihre Antwort abzuwarten, steuerte sie zu seinem Dienstzimmer, wo er ausruhen oder Patienten untersuchen, den Papierkram erledigen oder einfach Mundharmonika spielen konnte. In dem Zimmer würden sich, wie sie von früheren Begegnungen her wusste, eine Gitarre, ein Laptop, eine Hohner-Mundharmonika und sehr wahrscheinlich ein Karton mit Twinkies befinden.

»Ich bin gerade verrückt nach Mangos«, bekannte er. »Möchtest du eine?«

»Aber ich hab' doch dich!«

Das Lächeln flackerte.

»Ich warte auf Sam«, sagte Sonora, aber irgendwie ging sie schon neben ihm her den grün gekachelten Korridor hinunter.

»Genaugenommen habe ich im Moment keine Pause.« Er gab den Zahlencode ein, öffnete die Tür und warf ihr über die Schulter einen kurzen Blick zu. »Dein Hemd ist hin.«

»Erzähl mir was, das ich noch nicht weiß.«

Gillane nahm sie an Ellbogen und Schulter und zog sie zum Waschbecken, wo er das Wasser aufdrehte. Er ließ rosa, nach Pfefferminz duftende Seife aus dem Spender auf seine Hand laufen und schäumte sie ein.

»Ich habe nie begriffen, warum eine Frau mit deinem Beruf ständig Weiß trägt.«

»In Weiß sehe ich süß aus.«

»Du bist das einzige mir bekannte Mitglied einer Mordkommission, das süß aussieht. Na ja, da war eins in Houston. Aber der war zu klein.« Gillane schaute zu ihr hoch. »Das war ein *Scherz*.« Er nahm gefaltete Papierhandtücher und trocknete ihre Hände. Sie blieb ruhig stehen; sie wusste nicht genau, warum. Sie musste gehen. Die Arbeit rief. Tausend Dinge waren zu erledigen.

»Was hältst du da in der Hand, Sonora?« Er zog einen langen, goldenen Faden aus ihrer Hand, spülte ihn ab und hielt ihn hoch. Ein kleines Goldkreuz baumelte an einem Goldkettchen, das nicht dicker als ein feiner Draht war.

»Es gehörte ihr. Joy Stinnet.«

Gillane schob sie sanft zu der schmalen Liege. »Setz dich, Schätzchen.«

Es war ein winziger Raum, der stark nach Popcorn aus der Mikrowelle und altem Kaffee roch, karg und funktional, mit einem Schreibtisch, einer Liege und einem Waschbecken. Ein Regalbrett, auf dem eine Mikrowelle stand, hing direkt neben einer Gibson-Akustikgitarre. Die Wände waren bis auf einen Kalender von 1997 völlig kahl. Ein Pferdekalender. Araber.

»Ich muss los.«

»Eine Tasse Kaffee, das schuldest du mir. Ich will die Einzelheiten wissen.«

Sie setzte sich, nach wie vor nicht sicher, warum sie nicht schon längst unterwegs war. Sam würde nach ihr suchen. Allerdings, man durfte sich ja wohl das Blut von den Händen waschen und den Lippenstift nachziehen.

»Wonach suchst du?« Er hatte ihr den Rücken zugewandt und goss Kaffee in einen grauen Becher mit der Aufschrift *Kentucky State Police*, dann gab er Milch und eine Art Schokoladenpulver dazu.

»Meinen Lippenstift.«

»Warte, ich leih dir meinen.«

Sie wusste nie genau, wann er sie aufzog.

Er reichte ihr den Kaffee, nahm eine weiße Thermodecke, die ordentlich gefaltet am Fußende des Betts gelegen hatte, und legte sie ihr um die Schultern. Ihr wurde bewusst, dass er sie gegen Schock behandelte.

Sie war nicht sicher, ob es sie störte. Die Decke war weich und der Kaffee warm in ihren Händen. Sie nahm einen Schluck. Nicht zu süß und entschieden schokoladig. »Gott, das tut gut.«

»Wenn ich nur einen Dollar für jedes Mal bekommen hätte, wenn eine Frau das zu mir gesagt hat.«

»Gillane?«

Er saß neben ihr. Begann, ihre Schultern zu massieren. Winzige feste Bewegungen mit starken Fingern. Er war ein großer Mann, langbeinig, und so nah bei ihm konnte sie eine Art Seife oder Rasierwasser riechen, würzig und ein bisschen süß.

»Sie hatte überhaupt keine Chance, stimmt's?«

»Glaubst du, ich hätte sie retten können und hab mir nicht genug Mühe gegeben?« Es zeigte das Ausmaß seines Vertrauens, dass er nicht verletzt klang.

»Nein. Aber wir haben sie lange Zeit nicht entdeckt. Sie lag unter dem Bett, verängstigt und flüsternd, und wir sind überall dort herumgelaufen.«

»Trink deinen Kaffee. Nein, Schätzchen, sie hatte eine acht Zentimeter lange Schnittwunde in der Leber, und selbst wenn ich sie in der Sekunde hier gehabt hätte, als man ihr die Wunde zufügte, sind solche Leberschnitte schwer zu schließen; man kann die Blutung nicht stoppen. Es war kein schöner Tod, aber ansonsten hätte sie noch vierundzwanzig Stunden so weitergemacht und wäre dann langsam einer Peritonitis erlegen, und das macht keinen Spaß. Gesetzt den Fall, sie hätte das überlebt, hätte sie den Rest ihres Lebens ihr Kolon in einem Beutel an ihrer Hüfte herumtragen müssen.«

»Ich verstehe.«

»Im Mittelalter haben sie einem Opfer mit solchen Verletzungen Zwiebelsuppe eingeflößt. Das haben sie uns an der Uni erzählt – aber man weiß ja nie, ob sie so was nicht einfach erfinden.«

»Zwiebelsuppe?«

»Dann schnüffelt man an der Wunde. Wenn man die Zwiebeln riechen kann, weiß man, dass der Patient den Abgang machen wird.«

Sonora erinnerte sich an die Infusionsflüssigkeit, die aus der Wunde geflossen war.

»Was ist da draußen passiert?«, fragte Gillane.

Sonora holte tief Luft, in dem Wissen, dass sie jetzt die Gerüchteküche eröffnete. »Die ganze Familie wurde ermordet. Zwei Männer und ein Engel schlugen eine Scheibe des Küchenfensters ein und überraschten die halbwüchsige Tochter und das Kleinkind in der Küche. Sie – die Mutter – war in einem der hinteren Schlafzimmer, faltete die Wäsche und passte auf das Baby auf.«

»Ich habe das Baby gesehen.«

»Sie ist okay. Alle anderen sind tot. Keiner starb leicht. Der Tochter hat man die Kehle durchgeschnitten. Der kleine Junge – Gott, Gillane, ein Zweijähriger, vielleicht war er drei. Wir haben ihn mit gebrochenem Genick im Wohnzimmer gefunden. Wenigstens ging es schnell. Irgendwann mittendrin kam der Vater nach Hause. Sie holten einen Stuhl aus der Küche und banden ihn mit Vorhangkordeln daran fest. Es sieht aus, als hätte er vieles mit angesehen, seine Handgelenke sind völlig wundgerieben. Außerdem hatten sie einen Hund. Den haben sie ebenfalls getötet.«

»Hast du ›ein Engel‹ gesagt?«

Sonora zuckte mit den Achseln. Nahm noch einen Schluck Kaffee.

»Triffst du dich noch mit diesem Trottel?«

»Was?«

»Stammt nicht von mir. Sam sagt das. Ich habe gehört, du wärst Feuer und Flamme.«

»Nein, der ist Geschichte.«

»Gut, ich werde dich anrufen.«

»Ich werde weder für dich noch für jemand anders auch nur einen Moment Zeit haben und übrigens, dein Timing ist wirklich beschissen.« Sie stellte die Kaffeetasse auf den Schreibtisch und warf die Decke ab.

»Darf ich dir ein Twinkie anbieten, bevor du gehst?«

Das ließ sie zögern. Der Trottel hätte ihr niemals ein Twinkie angeboten. Es schien das größte Vergnügen darin zu finden, ohne alles auszukommen. Einfaches Essen, nichts Aufregendes, Hauptsache es sättigte, schien ihn glücklicher zu machen als eine wirklich gute Mahlzeit. Er hätte einen ausgezeichneten religiösen Fanatiker abgegeben, einen fabelhaften Mönch. Bei einem Liebhaber zählten solche Eigenschaften allerdings nicht besonders.

»Ich hätte gern ein Twinkie.«

Gillane beugte sich hinunter und zog einen offenen Karton unter dem Bett hervor. Er warf ihr eine Zellophanhülle zu, in der zwei Twinkies Seite an Seite nebeneinandersteckten. »Ich rufe dich an.«

»Ich werde nicht zu Hause sein.« Sie öffnete die Tür zum Korridor.

»Sonora?«

»Was ist denn noch?«

»Du hast gesagt, sie hätte flüsternd unter dem Bett gelegen? Was hat sie geflüstert?«

»Gegrüßet seist du Maria, voll der Gnaden.«

»Aha. Ihren Katechismus.«

»Ja, ihren Katechismus.«

10

Als Sonora durch die automatischen Türen der Notaufnahme ins Freie trat, sah sie Sam, der auf der anderen Seite hineinging. Den Taurus hatte er schräg am Fahrbahnrand abgestellt.

»Wie geht es ihr?«, fragte Sam.

»Viel, viel besser als dir oder mir.«

»Wir haben Joy Stinnets nächsten Verwandten ausfindig gemacht, zumindest hier in der Gegend. Einen Großonkel – er lebt draußen in Indian Hill. Ihre Nachbarin sagt, sie hätten einander sehr nahegestanden. Crick möchte, dass wir heute abend noch rausfahren.«

Sonora nickte. Sie schob sich an Sam vorbei und ließ sich auf den Fahrersitz des Taurus fallen.

»Was?«, fragte Sam. »Ich fahre doch immer.«

Sonora kurbelte den Sitz bis zum Anschlag hoch, damit sie über das Lenkrad schauen konnte. Sie sah sich selbst im Rückspiegel und fand, dass sie sehr gelassen wirkte.

Sam ließ sich auf den Sitz neben ihr gleiten. »Wenn du weiter daran herumdrehst, kriege ich ihn nie wieder in die Stellung, die ich möchte. Übrigens, du musst die Spur wechseln, das ist die falsche Ausfahrt.« Sein Funkgerät knisterte. Er hatte sich nicht angeschnallt. »Delarosa … ja, Sir.«

Sonora konnte die Stimme am anderen Ende vernehmen, die über das statische Krachen hinweg Informationen weitergab.

»Sonora?«, sagte Sam. »Konntest du von Joy Stinnet etwas erfahren?«

»Sie hat das Bewusstsein nicht wiedererlangt.«

Sam murmelte in das Funkgerät, dann schaute er hoch. »Wo zum Teufel fährst du hin?«

»Was hat Crick gesagt?«

»Sie suchen nach dem Jeep, der Fahndungsbefehl ist raus. Ein weißer Grand Cherokee mit einem Marinesaufkleber am Heckfenster.«

»War der Mann ein ehemaliger Ledernacken?«

»Vielleicht gefiel ihm der Aufkleber nur. Bist du – was zum Teufel, fährst du etwa nach Hause?«

»Willst du, dass ich den nächsten Verwandten der Frau mit ihrem Blut auf dem Hemd gegenübertrete?« Es war eine gute Entschuldigung für ihre spontane Eingebung. Sie musste zu ihren Kindern, sie leibhaftig sehen, sich vergewissern, dass es ihnen gutging.

»Ich habe Crick gesagt, wir wären unterwegs.«

»Sind wir.«

»Warum knöpfst du nicht einfach deinen Blazer über den Flecken zu?«

»Erstens würde es meinen Blazer ruinieren und zweitens sind es sowieso zu viele Flecken.«

Sam verschränkte die Arme. Starrte aus dem Fenster. Immer noch kein Sicherheitsgurt.

Es war ein seltsames Gefühl, als sie in ihre Straße einbog. Alles vertraut, aber anders. Sie fuhr in die Einfahrt, schob die Automatik auf Parken, stellte den Motor aber nicht ab.

»Bleib hier, ich bin in einer Minute zurück.«

»Das habe ich befürchtet.«

»Was?«

»Hör gar nicht hin, geh schon.« Er stieg aus dem Taurus und ging zur Fahrerseite. »Ich werde eine Weile brauchen, um den Sitz wieder richtig einzustellen.«

»Das ist mir scheißegal.«

Sam schaute verblüfft. Sonora ging es genauso. Sie zuckte

mit den Achseln, schüttelte den Kopf und lief zur Garage, während sie in ihrer Handtasche nach der Fernbedienung kramte und den Schalter mit dem Daumen betätigte. Entdeckte, zu spät, ihre direkten Nachbarn, die auf der Vorderveranda saßen, ihre Gesichter waren in der Dunkelheit nur schwer zu erkennen, trotzdem konnte sie schwören, dass die Köpfe ihr zugewandt waren.

»Guten Abend, wie geht es Ihnen?« Ihr Tonfall war höflich, freundlich. Sie wartete die Antwort nicht ab, sondern ging in die Garage und schlängelte sich vorbei an zwei Abfalltüten, einem uralten grünen Zelt, das sein Leben dunkelblau begonnen hatte, einem Karton mit kostbaren Familienfotos, die schon vor einem Jahr ins Haus hätten geholt werden müssen, einem roten Kanu, das umgedreht unter einem weißen, metallenen Stockbett lag, und einer Tasche mit alter Umstandskleidung, die sie sich nicht wegzuwerfen traute.

Links raschelte etwas.

Clampett begrüßte sie schwanzwedelnd in der Küche, er freute sich, sie zu sehen. Mütter und Hunde. Bedingungslose Liebe.

Sie kniete sich hin und umarmte ihn. Er roch nicht besonders gut. Sein zerschlissenes rotes Halstuch war verschwunden. Vermutlich hatte er es abgemacht und gefressen. Das war so seine Art.

Ein überwältigend deprimierendes Gefühl überschwemmte sie beim Anblick und dem Geruch der schmutzigen, klebrigen Küche: Schweinebraten auf dem Tranchierbrett, ein Topf mit reisverklebtem Boden auf dem Herd und neben den Resten von Schwein, Reis und Brot, die die Kinder von ihren Tellern gekratzt hatten, verstopften Salatblätter, Zwiebelschalen, Tomaten- und Pilzstückchen den Ausguss.

Die Küchenfenster standen weit offen, die Sonnenblenden hingen auf das Fensterbrett hinab und klapperten im Luftzug.

Die Männer, die Joy Stinnet und ihre Familie abgeschlachtet hatten, waren durch das Küchenfenster eingedrungen.

Sonora schloss die Fenster und verriegelte sie. Bemerkte die auf dem Tresen verschüttete Milch und die Servietten auf dem Fußboden, die Clampett zerfetzt hatte. Sie betrachtete das schmutzige Geschirr, die offene Ketchupflasche. Ihre Betäubung ließ nach, wie Scheinwerfer, die durch Nebel drangen, und sie spürte eine Aufwallung von Glück. Ihre Welt war noch immer intakt.

Draußen tönte eine Hupe. Was zum Teufel dachte Sam sich dabei, zu dieser späten Stunde?

Sonora wusch sich die Hände. Das nach Zitronen duftende Palmolive produzierte weichen weißen Schaum, der auf die Essensreste im Ausguss fiel und dem Geruch nach Gemüse und gebratenem Fleisch einen sauberen Duft beimischte.

Sie riss drei Papiertücher vom Halter, viel zu heftig, und die Rolle drehte sich weiter, Papiertücher kräuselten sich über den Tresen und bildeten auf dem Boden einen Haufen. Das rosa und blaue Bild eines Häuschens mit einem Herz, in dem geschrieben stand *Gott segne unser glückliches Heim*. Heather hatte sie ausgesucht. Sie mochte Papiertücher und sie hatte eine Vorliebe für die teuren Marken.

Sonora hob den Haufen auf, öffnete die Tür des Schränkchens unter dem Ausguss und warf sie in den Mülleimer.

Etwas sprang sie an, und Sonora schrie auf, schreckte zurück, verlor das Gleichgewicht und stürzte zu Boden. Die Maus, die für eine Maus sehr groß war, machte sich, mit Clampett im Schlepptau, über den Küchenboden davon.

Sonora blieb einfach liegen und wartete darauf, dass ihr

Herz wieder ruhiger schlug. Erinnerte sich an das raschelnde Geräusch in der Garage.

Mit ein bisschen Glück war es nur diese eine Maus, und Clampett würde sich darum kümmern.

Sie stand auf und schob den Mülleimer zurück unter die Spüle. Sie hielt sich nicht damit auf, die dunklen Tiefen dahinter zu untersuchen, sondern ging den Flur hinunter, um nach den Kindern zu schauen.

Das Haus war still, bis auf Clampett, der mit dem Kopf voran gegen das Sofa gerannt war und nun zusammengekauert davor lauerte.

Sonora probierte Tims Tür. Verschlossen. Heathers ebenfalls, dieses Pack. Sie nahm die Haarnadel, die sie im Badezimmer aufbewahrte, steckte sie in das Schloss und hatte beide Türen in Sekundenschnelle geöffnet.

Tim lag auf seiner Matratze, das Zimmer roch so aromatisch wie eine Schulturnhalle. Seine Kollektion von Radkappen wuchs. Er behauptete ihr gegenüber immer, dass er sie am Straßenrand fand, aber sie begann, sich Sorgen zu machen. Sie schloss die Tür, ging weiter zu Heathers Zimmer und fand ihre Tochter unter ineinander verknäuelten Decken schlafend vor, eine CD der Hansons – offensichtlich auf Repeat gestellt – dudelte leise.

Fröhliche Musik.

Sie stand im Flur, als sie bemerkte, dass ein dunkler Fleck von ihren Reeboks den Teppich verschmiert hatte. Blut.

Sonora schälte sich aus dem Hemd und knüllte es zusammen, um es wegzuwerfen. Schrubbte ihren Bauch mit einem Waschlappen. Der BH war ebenfalls voller Blutflecken. Sie streifte ihn ab und warf ihn zu dem Hemd. Verdammt. Sie fand einen anderen BH, der an der Schranktür hing und zog ein anderes weißes Hemd an. Sie warf den Waschlappen auf den Stapel blutiger Kleidung und spürte wie ein Prickeln – so etwas wie Erwartung oder, Gott vergebe ihr, Aufregung – ihr Rückgrat hinunterlief. Sie gehörte zu den Guten. Es tat gut, zu den Guten zu gehören.

Sonora schloss ihre Schlafzimmertür, um die Mäuse am Eintritt zu hindern, fragte sich, wann sie das nächste Mal nach Hause kommen würde, dann nahm sie ihr gesamtes Bargeld und stopfte es in die Notfallkasse. Sie füllte Clampetts Wasserschüssel. Er akzeptierte ein Tätscheln seines Kopfs, aber blieb beim Sofa, auf der Jagd nach der Maus.

Sonora schaute sich ein letztes Mal im Haus um. Dann schloss sie die Haustür ab und ging die Einfahrt hinunter zu Sam, der mit dem Handy telefonierte, vermutlich sprach er mit seiner Frau.

Er streckte den Kopf aus dem Fenster. Er war auf den Fahrersitz gerutscht. »Das hat aber gedauert. Hast du noch eben schnell einen Hackbraten gemacht, oder was?«

Sonora schüttelte den Kopf. »In der Kühltruhe liegen siebenundfünfzig Fertigmahlzeiten – diesmal bin ich vorbereitet.«

»Ich habe dich schreien hören.«

»Das war wegen einer Maus.« Sonora stieg ins Auto ein. Zog sanft die Tür zu.

Sam fummelte an der Sitzeinstellung herum, ließ den Sitz mit schmerzerfüllter Miene betont auffällig nach vorn und hinten gleiten. Er sah sie von der Fahrerseite her an. »Ich habe Neuigkeiten für dich, Sonora. Es ist immer mehr als eine. Sie tauchen niemals alleine auf, Sonora. Du hast keine Maus. Du hast Mäuse.«

»Es war nur eine, Sam.«

Er widersprach ihr nicht, aber er lachte, und das war schlimmer.

11

Es berührte Sonora, dass der einzige lebende Verwandte von Joy Stinnet ein Großonkel war, der draußen in Indian Hill lebte. Als Kind hatte sie die Schar der Großeltern, Tanten, Onkel und Cousins für selbstverständlich gehalten. Die Picknicks am Vierten Juli und am Memorial Day waren halb Pflicht, halb Vergnügen gewesen.

Nun war ihre Familie weit verstreut, ihre Mutter und ihr Bruder tot, die Großeltern kaum mehr als eine Erinnerung. Sie sorgte sich wegen Tim und Heather, die nur mit ihr aufwuchsen.

Und natürlich mit Clampett. Dem besten Hund der Welt.

»Besuchst du deine Familie häufig?«, erkundigte sich Sonora bei Sam. Sie wusste, dass er das tat, sie wollte ihn nur dazu bringen, darüber zu reden.

Er blinzelte durch die Windschutzscheibe, und sie erkannte diesen Blick, den Blick eines Mannes, der lieber sterben würde, als zuzugeben, dass er sich verfahren hatte.

»Meine *Familie* häufig? Geh ich denn nicht jeden Abend nach Hause?«

»Nein, ich meine Tanten und Großeltern und Cousins und so was.«

»In jedem längeren Urlaub meines Lebens.«

»Schwer vorstellbar, all diese Pick-ups auf einer Stelle.«

Sam zwinkerte ihr zu. »Seit sieben Monaten hast du schon so miese Laune.«

»Mein Rekord liegt bei anderthalb Jahren.«

»Klar, Sonora, aber hast du die Bedeutung nicht begriffen? Hast du diesen Kerl nicht vor sieben Monaten kennengelernt?«

»Den Trottel? Wieso? Ich bin mit ihm fertig. Sam, du hast die Abzweigung verpasst.«

»Das war nicht unsere. Ich glaube, wir hätten an der Kreuzung wenden müssen. Stand da nicht Cricket Lane?«

»Woher zum Teufel soll ich das wissen, es ist dunkel.«

»Hast du noch mal von ihm gehört?«

»Nein.«

»Hast du ihn angerufen?«

»Nein. Glaubst du, ich sollte?«

Sam hielt an, stieß mit dem Wagen zurück, wendete und fuhr in die andere Richtung. »Nein, tu das nicht, das würde Gruber das Herz brechen.«

»Gruber? Wenn der überhaupt für jemanden etwas übrig hat, dann für Sanders.«

»Ich habe nicht gesagt, er hätte etwas für dich übrig, Sonora. Er hat die Kasse gewonnen, das ist alles.«

Sam kurbelte sein Fenster herunter und schaute zur Seite. Er schien einen Beschluss zu fassen. »Rechts oder links?«, fragte er sie.

»Links.«

Er fuhr nach rechts.

»Welche Kasse?«

»Er hat getippt, dass es August wird, bevor du mit dem Typen fertig bist. Ich selbst hatte auf Juli getippt. Und Sanders hatte geglaubt, ihr würdet heiraten.«

»Sanders hat dabei mitgemacht?«

»Sie hat nicht mitgemacht, sie meinte, es wäre geschmacklos und du würdest sie umbringen, wenn du dahinterkämst, aber sie war der Meinung, ihr würdet heiraten.«

»Ihr habt wegen des Trottels gewettet, so wie damals, als es darum ging, wann Molliters Frau ihr Baby bekommt?«

Sam nickte.

»Ihr habt tatsächlich darauf gewettet, wann mit meinem Freund Schluss ist?« Sie hatte geweint, und die hatten gewettet.

»Eigentlich war es ein bisschen komplizierter: Ob du ihn rausschmeißen würdest oder er dich, ob du –«

»Ob ich was?«

»Nichts.«

»Verdammt, Sam.«

»Schrei mich nicht an, ich habe kein Geld darauf gesetzt.«

»Vielen Dank, wenigstens dass.«

»Sie haben mich nicht gelassen. Weil ich dein Partner bin, nahmen sie an, ich könnte Insiderinformationen haben.«

»Und Gruber hat gewonnen?«

»Hundertachtzig Dollar.«

»Ich *hasse* euch Kerle.«

»Mich nicht.«

»Dich ganz besonders. Verdammt. Du bist an der Kreuzung eben schon wieder rechts gefahren.«

»Das war ein Feldweg.«

»Ja? Und, verstößt es gegen das Gesetz, an einem Feldweg zu wohnen?«

»Es ist nicht üblich.«

»Wenn du so oft wie ich draußen auf dem Land wärst, Sam, würde dich ein kleiner Feldweg nicht weiter überraschen.«

»Weißt du, seit du dieses Pferd hast, benimmst du dich wie eine vorwitzige Bauerngöre.« Sam fuhr langsamer, Kies knirschte unter den Reifen und verriet jedem im Umkreis von fünf Meilen ihre Anwesenheit.

»Ich lerne vielleicht erst spät im Leben, Sam, aber ich lerne.«

»Hast du ihn eigentlich schon mal geritten?«

»Nicht oft. Er macht mir angst und außerdem habe ich wenig Zeit.«

»Verkauf ihn.«

»Keine Chance, zufällig liebe ich dieses Pferd. Und ich hänge gern in diesen Läden rum, und mittlerweile gebe ich sogar zu, dass ein Pick-up schon war für sich hat.«

»Werden die Wunder denn niemals enden?«

12

Joy Stinnets Großonkel lebte in einem Häuschen auf dem Land, das einst ein bescheideneres gewesen war. Aber da die Stadt immer weiter vorrückte und die Städter sich ausbreiteten, war die Gegend zu einem Hafen für die Menschen geworden, die ihr Geld für einen Besitz ausgeben wollten, der in der Nähe der Stadt lag und trotzdem die Annehmlichkeiten des Landlebens bot. Das Beste oder Schlechteste beider Welten, je nach Standpunkt.

Sam parkte den Taurus etwa dreißig Meter vom Haus entfernt. Die Zufahrt wurde auf der rechten Seite von einem durchhängenden Drahtzaun flankiert, links von einer Baumreihe.

Das Haus war klein. Weiße Schindeln.

Sonora folgte Sam über den verwilderten Rasen, sie trat auf bröckelnde, rote Ziegel, die jemand in längst vergangenen, glücklicheren Tagen als Trittsteine ausgelegt hatte. Das Verandalicht brannte, eine Sechzig-Watt-Glühbirne in einer schwarzen Metallfassung, die über der schweren Holztür in verblichenem Grün angebracht war.

Die Zementstufen führten auf eine kleine Veranda zwischen der und dem Haus sich ein 20 Zentimeter breiter Spalt voller Blätter befand, der wahrscheinlich alles mögliche enthielt – Dinge, über die Sonora lieber nicht nachdenken wollte.

»Im Haus brennt kein Licht«, bemerkte Sonora. Es war ihr peinlich. Wenn es nun das falsche Haus war? Das war auch früher schon passiert.

»Vermutlich schon zu Bett gegangen.« Sam schaute sie von der Seite an. Er klopfte an die Tür.

Ein Hund bellte, ein erstickter, panischer Klang, als ob das Tier aus tiefem Schlaf gerissen worden wäre.

Sam und Sonora warteten. Der vordere Teil des Gartens wurde von Bäumen gesäumt: Immergrün, Eichen, ein Japanischer Ahorn. Viele Möglichkeiten, sich zu verstecken, dachte Sonora, aber schattig und kühl im Sommer.

Der Hund beruhigte sich. Sam klopfte wieder.

»Niemand zu Hause?«, fragte Sonora ihn.

»Das hättest du gern.«

Auf der linken Seite des Hauses wurde in einem Zimmer Licht angemacht: ein Schlafzimmer. Sie warteten.

Auf der anderen Seite der Tür waren plötzlich Geräusche zu vernehmen. Ein Riegel, der zurückgeschoben wurde. Die Tür klemmte, der Klang energischen Ziehens, dann schwang sie auf.

Der Mann, der im Türrahmen stand, war nach Sonoras Schätzung einen Meter achtundneunzig groß und irgendwo zwischen achtzig und achthundert. Er trug einen gelbbraunen Flanellpyjama, den jemand gebügelt hatte, und einen um die Taille geschnürten Bademantel aus braunem Velours. An den Füßen saßen braune Lederhausschuhe, die mindestens Größe achtundvierzig hatten. Seine Schulterknochen standen hervor, sein Gesicht war mager, und obwohl seine Figur ohne weiteres zusätzliche fünfzig Pfund vertragen konnte, wirkte er weder hager noch ausgezehrt. Er sah aus wie ein Mann, der die meiste Zeit seines Lebens fit und aktiv gewesen war.

Er trug eine Brille, die Drahtbügel schlangen sich um seine Ohren, die aus dem kurzgeschorenen, weißgrauen Haar hervorragten.

»Wer stört mich so spät am Abend?«

Die Stimme machte ihn älter.

Ein Basset stand ruhig neben dem Bein des Mannes. Die Augen des Hundes waren rot gerändert und tränten. Er war ganz eindeutig aus einem gesunden Schlaf gerissen worden.

Sam zeigte seinen Ausweis. »Sir, ich bin Detective Delarosa. Das ist meine Partnerin, Detective Blair. Wir sind Polizeibeamte, Sir, vom Cincinnati Police Department, und wir suchen Mr. Franklin Ward.«

»Das bin ich. Ich bin Franklin Ward.« Der Mann leckte sich die Lippen, er war ganz auf den Ausweis konzentriert, den Sam ihm hinhielt, er nahm ihn mit beiden Händen und hielt ihn ein Stück weg. Weitsichtig. Seine Hände zitterten. Die Handrücken waren mit Altersflecken gesprenkelt.

Der Mann ließ sich Zeit. Er säuberte seine Brillengläser mit dem Saum seines Bademantels, setzte sie wieder auf und las Sams Ausweis Wort für Wort, wobei sich seine Lippen lautlos murmelnd bewegten.

Sie warteten. Die Hände des Mannes – Maschinen, die sich erst noch warmlaufen mussten – schienen nicht zusammenzuarbeiten.

»Ist etwas passiert?«, fragte Ward sie. »Ich habe ein reines Gewissen.«

»Ja, Sir, das steht völlig außer Frage. Ich fürchte, wir bringen schlechte Nachrichten.«

Sam beließ es dabei, seine Stimme war stetig, beruhigend.

»Dann kommen Sie lieber herein. Stören Sie sich nicht an der Hündin, sie wird Ihnen nichts tun.«

Die größte Gefahr, die von diesem Basset ausging, dachte Sonora, war, dass er einem auf dem Fuß einschlief.

Der Mann winkte sie zu einem Sofa, über das eine alte goldfarbene Tagesdecke mit Fransen geworfen war. Von der dicken Schicht Hundehaare zu schließen, die den Überwurf bedeckten, war dies der Lieblingsplatz der Hündin. Franklin Ward nahm in einem alten braunen Lehnsessel Platz, dessen Vinylbezug an der Armlehne mit Isolierband repariert worden war. Er saß mit durchgestrecktem Rücken, seine Hände ruhten auf seinen Knien.

Er erinnerte Sonora an ihren Großvater. Er war gestorben, als sie zwei war, aber sie erinnerte sich an einen großen Mann mit Brille und Flanellhemd, der sie in die Luft warf, bis ihr Magen flatterte, und sie wieder auffing. Er hatte sie seinen »kleinen Keks« genannt.

Franklin Wards stille, zittrige Bereitschaft berührte sie stärker als die Tränen und die Hysterie, die sie von ähnlichen Besuchen bei anderen Menschen kannte. Das Warten, bis man ihm etwas sagte, musste eine Qual für ihn sein. Er bereitete sich auf den Schlag vor. Wartete darauf. Dieses eine Mal würde sie es Sam überlassen.

»Mr. Ward, gibt es jemanden, den sie anrufen können, damit er zu ihnen kommt?«

Er nickte. Ging zum Telefon, einem alten, klobigen, schwarzen Modell mit Wählscheibe. Seine Finger zitterten, und er wählte langsam, mühevoll. Schaute zu Sonora. »Meine Nichte, wissen Sie, meine Großnichte. Sie kümmert sich um mich. Ist ständig mit den Kindern hier. Ich sorge für ihr Pferd … Hallo, Joy? Joy?« Er lauschte. »Oh, es ist diese Maschine.«

Er runzelte die Stirn. »Lassen Sie mich noch einmal wählen, sie müsste um diese Zeit eigentlich zu Hause sein.«

Sonora blickte zu Sam. »Tu etwas.«

Sam funkelte sie an, stand auf und streckte die Hand nach dem Telefon aus.

Ward schaute zu ihm herüber. »Lassen Sie es mich nur noch einmal versuchen. Vielleicht sollten Sie lieber für mich wählen.«

»Mr. Ward, es betrifft Ihre Nichte.«

Ward schaute Sam an, als ob er ihm gedroht hätte. »Ich werde mich lieber setzen.«

Sam legte den Hörer vorsichtig auf und zog seinen Stuhl

zum Sofa hinüber. »Mr. Ward, wann haben Sie das letzte Mal mit Ihrer Nichte gesprochen?«

Der Mann leckte sich die Lippen. »Gestern nachmittag. Und sie rief mich heute morgen an und bat mich, etwas Maisöl in Abigails Futter zu geben. Abigail ist ihre Stute. Joy hatte sie untergestellt, aber sie und Carl hatten in letzter Zeit einige Schwierigkeiten, deshalb habe ich ihr angeboten, das Pferd eine Zeitlang zu nehmen.«

»Was für Schwierigkeiten?«, fragte Sonora.

Ward wollte es ihr nicht sagen. »Geldschwierigkeiten. Carls Geschäft – er hat ein Malerunternehmen. Einer seiner Hauptkunden ging pleite, und Carl wurde nicht bezahlt. Wegen des Babys hatten sie einige unerwartete Rechnungen, und irgendwie schien alles gleichzeitig schiefzugehen. So etwas passiert. Sie sind gute Leute. Bitte sagen Sie mir, was das alles soll.«

»Mr. Ward, es tut mir leid, Ihnen das sagen zu müssen, aber Ihrer Nichte ist etwas zugestoßen.« Sonora fragte sich, warum man immer »zugestoßen« sagte. Als ob Joy Stinnet einem Soziopathen mit einem Messer vorgestellt worden wäre.

»Ist sie tot?«

»Ja, Sir, das ist sie.«

»Aber …« Ward nahm seine Brille ab und putzte sie wieder mit dem Flanellgürtel. »Sie sind Polizeibeamte? War es ein Autounfall? Ist Carl zu Hause?«

»Sir. Ihre Nichte wurde ermordet.«

»Ermordet?«

»Ja, Sir.«

»Wie kann das sein?«

»Jemand ist in ihr Haus eingedrungen.«

»Sind Sie sicher, dass es die richtigen Leute sind? Sie haben ein schönes neues Haus in diesem Neubaugebiet … oh, verflixt, ich kann mich nicht an den Namen erinnern, aber die Straße heißt ...« Er griff in eine Schublade, zog eine Bibel, die King-James-Version, heraus und entnahm ihr ein paar Zettel, die in der Mitte gelegen hatten. Seine Finger bewegten sich wie dicke Würste durch die Blätter. »Hier hab ich es, es ist Edrington Court, drüben in Cincinnati.«

Sonora rutschte nach vorn. »Mr. Ward, wir meinen das richtige Haus.«

»Was ist mit den Kindern? Mit Carl?«

»Mr. Ward –« Sonora blickte zu Sam. Warum tat sie das schon wieder? »Mr. Ward, keiner von ihnen hat überlebt.«

»Keiner hat überlebt? Sie meinen, sie wurden alle getötet?«

»Alle außer dem Baby. Einem Mädchen. Ungefähr zwei Monate alt.«

»Aber, ich kann das nicht – ich kann es einfach nicht glauben.« Tränen strömten aus den Augen des Mannes. »Was in aller Welt ist passiert?«

»Wir sind dabei, es herauszufinden, Mr. Ward. Jemand ist eingedrungen und hat alle, außer dem Baby, ermordet. Ihre Nichte hat es geschafft, sie unter dem Bett zu verstecken und sie zu retten. Sir, gibt es irgend jemanden, den wir verständigen können, damit er bei Ihnen bleibt?«

»Joy. Sie ist alles an Familie, was ich habe.«

»Wir können eine Sozialarbeiterin holen.«

»Mrs. Cavanaugh lebt unten an der Straße. Sie schaut nach mir und bringt mir dreimal die Woche das Abendessen. Ich kann sie anrufen, falls ich jemanden brauche.«

»Wir bleiben bei Ihnen, bis sie kommt. Wenn Sie mir ihre Nummer sagen könnten –«

»Sie fällt mir nicht ein. Aber sie hängt in der Küche an der Wand.«

»Ich rufe an«, sagte Sam. Er flüchtete.

»Mr. Ward, kann ich Ihnen ein Glas Wasser holen? Oder Ihnen einen Kaffee kochen? Oder ... irgend etwas?«

Er antwortete nicht.

Eine merkwürdige Stille senkte sich über ihn, als sei er unfähig oder unwillig zu kommunizieren. Die Nachricht war zuviel für ihn gewesen. Es war die Art Nachricht, die für jeden zu viel war.

Sonora hatte zunächst geglaubt, dass sein Alter ihn verwundbar machte, aber nun fragte sie sich, ob nicht das Gegenteil der Fall war, ob seine Lebenserfahrung ihn nicht abgehärtet hatte. Er verwandelte sich gleich hier und jetzt. Er war ein anderer Mensch, ein distanzierter Mensch, seine Augen waren wie leere Fenster, sein Körper ein harter, undurchdringlicher Panzer. Durchhaltemodus. Schmerzmodus. Kein Heulen und Zähneklappern, kein Leugnen, nur ein gequältes Hinnehmen. Er hatte das schon zuvor durchgemacht. Das einzig Weiche an ihm waren die Tränen, die über seine nachwachsenden Bartstoppeln auf Kinn und Wangen flossen.

Er war der letzte Überlebende seiner Familie. Außer dem Baby. Nur noch zwei.

So viele Fragen. Sie würde wiederkommen müssen. Sie biss die Zähne zusammen, um ihrer Ungeduld Herr zu werden, um gegen das Gefühl zu kämpfen, dass ihnen die Zeit davonlief.

13

Der fünfte Stock des Board-of-Elections-Gebäudes leuchtete wie eine Fackel; die Parkplätze hinter dem Verladekai waren voll. Cincinnatis Elite war vollzählig angetreten.

Sonora bemerkte einen Blutfleck auf der Spitze ihres Reeboks, als sie an dem Glaskasten vorbei durch die Schwingtüren das Revier betrat. Sie runzelte die Stirn, während sie die Szene in Wards Wohnzimmer noch einmal vor sich abrollen ließ. Sie glaubte nicht, dass er es bemerkt hatte. Aber Molliter, ihr am wenigsten geschätzter Kollege, musterte sie noch ein zweites Mal. Er schien geistig abwesend. Sein karottenrotes Haar war zu einer Bürste geschoren, die Freudentränen in die Augen eines jeden Armeewerbers getrieben hätte, und seine pergamentdünne Haut bildete um Augen und Mund ein Netz feiner Fältchen, die seine Sommersprossen, so zahlreich wie Sandkörnchen, überdeckten. Er hielt eine Akte an die Brust gepresst, als würde er den Fahneneid schwören. Sonora konnte den dünnen, rotgoldenen Flaum auf seinen Handrücken erkennen. Sie hatte immer gehofft, er würde einmal eine Enthaarungscreme benutzen.

Er blieb unvermittelt stehen. Musterte sie von oben bis unten. »Ich bete für sie«, sagte er leise.

Sonora schaute über seine Schultern, entdeckte Crick, der mit dem Rücken zu ihr in eine Unterhaltung mit Sanders vertieft war, und ging zu ihm. Sie spürte Sams massige Gestalt hinter sich, während sie den Flur entlanglief.

Crick drehte sich um und musterte sie, und sie spürte, wie

sich ihr Magen verkrampfte, während sie auf seine Frage wartete, wo sie so lange gesteckt hatten.

»Und?«, fragte er.

»Die Frau ist tot«, antwortete Sam. »Joy Stinnet ist auf dem Operationstisch der Notaufnahme gestorben.«

Sonora nickte. »Ich war dabei, sie hat das Bewusstsein nicht wiedererlangt.«

Crick rieb sich den Nacken. »Verdammt. In Ordnung. Setzen Sie sich hin, gleich jetzt, Sonora. Schreiben Sie ganz genau auf, was sie zu Ihnen gesagt hat, Wort für Wort.«

Sonora setzte sich an ihren Schreibtisch. Starrte die Schreibmaschine an. In ihrem Kopf herrschte völlige Leere. Crick schaute zu ihr herüber und sie begann irgendeine Taste zu tippen. JJJJJJ ... sie schaute auf. Sie wollte wissen, was zum Teufel dort vorging.

Crick unterhielt sich in gesenktem Ton mit Sam. »Bis jetzt nichts über den Jeep. Die Spurensicherung arbeitet noch, aber Mickey ist im Labor, er ist vor einer Viertelstunde gekommen. Er kommt rüber, sobald er kann. Was ist mit dem Baby?«

»Nicht ein Kratzer«, antwortete Sam.

Sonora hatte das Tippen eingestellt.

»Sanders soll sich mit den nächsten Angehörigen beschäftigen. Molliter überprüft alle Gefängnisausbrüche und Exsträflinge und Gruber koordiniert die Zeugenaussagen der Nachbarn. Im Augenblick sind drei Streifenbeamte dort draußen, sie vernehmen die Leute und gehen von Tür zu Tür.« Er sah hoch und stellte fest, dass Sonora nicht mehr tippte. »Sind Sie fertig?«

»Fast.«

»Okay, geben Sie es bei NCIC ein, und schauen Sie, ob Sie einen Treffer landen. Wie viele Männer waren es? Ergibt die Aussage der Mutter einen Sinn?«

»Zwei Männer und ein Engel.« Sonora merkte, dass Molliter aufgehört hatte und ihnen zuhörte.

Crick sah sie an.

»Das hat sie gesagt.«

»Zwei klingt wahrscheinlicher«, sagte Crick. »Es müssen zwei gewesen sein.«

Sonora nickte. Zwei Männer, die einander aufstachelten. Sie hatte so ein Zusammenspiel schon vorher gesehen, eine Art verabscheuungswürdige Performance, zwei Bestien, die »Kannst du das auch?« spielten. Zu dritt funktionierte es nicht. Eine dritte Person bedeutete eine Bande, Vorsatz, ein Verbrechen, bei dem Geld von einer Hand in die andere wechselte, Geschäft. Die Vorhangkordeln, mit denen Carl Stinnet gefesselt worden war, wiesen auf ein Gelegenheitsverbrechen hin.

Sonora sah auf die Uhr. Sie fragte sich, wie lange die Spurensicherung dort draußen noch brauchen würde und ob sie heute nacht noch einmal hinfahren konnte. Sie tippte noch mehr Buchstaben. Sie schloss die Augen und versetzte sich zurück in den Flur, rief sich die Schreie der Frau ins Gedächtnis, als sie die Tagesdecke weggerissen hatten.

Was zum Teufel hatte sie gesagt?

Jemand hinter ihr rief ihren Namen im gleichen Moment, als ihr Telefon zu klingeln begann. Sie nahm ab.

»Cincinnati Police Department, Mordkommission, Blair am Apparat.«

»Detective Blair oder Delarosa bitte.«

Eine Männerstimme, nicht unfreundlich, der Tonfall verriet eine gewisse Selbstsicherheit. Nicht das routinierte Jammern oder scheinheilige Säuseln eines typischen Informanten.

»Ich bin Blair.«

»Ich habe gehört, Sie hätten einen schlimmen Fall.«

Sonora fuhr hoch, bemühte sich, den Argwohn aus ihrer Stimme zu verbannen. »Wer spricht dort, bitte?«

»Entschuldigung. Mein Name ist Jack Van Owen, ich bin Rentner, früher Mordkommission, ist Crick da?«

»Ja, ich werde –«

»Nein, holen Sie ihn nicht. Ich möchte mit Ihnen sprechen, aber ich weiß, dass Sie sehr beschäftigt sind und mir den Hörer am liebsten ins Gesicht knallen würden. Ich habe früher mit Crick gearbeitet. Ich war elf Jahre lang sein Partner. Wenn ich Ihnen gesagt habe, was zu sagen ist, können Sie zu ihm gehen, er wird für mich bürgen.«

Sonora lehnte sich im Stuhl zurück. Der Name war ihr vertraut. Jack Van Owen.

»Ich würde Sie nicht gerade jetzt stören, aber … Sie bearbeiten den Mord an einer Familie und unter den Beweisstücken befinden sich auch Olivenkerne. Ist das richtig?«

Sonora spürte, wie sich ihr Kiefer verkrampfte.

»Polizeifunk«, erläuterte die Stimme, in der eine Spur Amüsement mitklang. »Alte Gewohnheit, verstehen Sie?«

»Niemand hat etwas von Olivenkernen gesagt.«

»Ich rate. Sie haben Olivenkerne gefunden, richtig?«

»Sie entwerfen das Szenario, sagen Sie es mir.«

»Hören Sie, Detective Blair. Entschuldigung, fangen wir noch einmal von vorne an. Ich versuche nicht, Sie hereinzulegen, und ich habe nicht die Absicht, Ihre Zeit zu verschwenden. Vor achtzehn Jahren habe ich einen Typen verhaftet, der süchtig nach Oliven war, hatte ständig ein Glas dabei, schlimmer als ein Raucher. Er hat die Kerne auf seine Opfer gespuckt. Das letzte Mal, als ich von ihm hörte, saß er noch in LaGrange, aber er sollte im vergangenen Mai entlassen werden. Ich dachte mir, er könnte Ihr Mann sein.«

»Wirklich? Sie haben den Fall einfach so gelöst?«

Tiefe Atemzüge am anderen Ende. »Alles was ich Ihnen sagen kann, ist, dass ich Freunde bei der Spurensicherung habe. Ich möchte niemanden verärgern. Mickey kennt mich.«

Seine Stimme hatte etwas. Ein Bariton, selbstbewusst, gepflegte Ausdrucksweise. Nicht die Art Stimme, bei der man einfach auflegte.

Vielleicht ist er der Mörder, dachte Sonora. Hängt sich in die Ermittlungen.

»Nein, Detective, ich bin kein Mörder, der sich den Kick geben will. Aber falls er Ihr Mann ist, sind die Opfer wahrhaftig zu bedauern. Er ist ein ekelhafter Typ, ein eiskalter Soziopath, nicht besonders helle, oder falls doch, macht er keinen Gebrauch davon. Ausgesprochen schizophren. Höllisch gefährlich, wenn er in Wut gerät. Sie müssen sich eine Mischung aus *Auf Messers Schneide* und *Clockwork Orange* vorstellen. Sind Sie alt genug, um sich daran zu erinnern?«

»Ja, ich kenne den Film.«

»Sie klingen jünger.«

»Mein Sohn hat ihn sich ausgeliehen.«

»Ach so.« Er zögerte kurz, und es lag etwas in seiner Stimme, eine Andeutung, dass er sie heiß fand und interessant. Vielleicht halluzinierte sie aber auch. »Okay. Nun, unser Junge, Lanky, war damals nicht auf Raubmorde spezialisiert. Er ist ein etwas nervöser Typ, nicht organisiert genug, um großartige Pläne schmieden zu können, und er lebt in einem komplett anderen Sonnensystem, das kann ich Ihnen versichern. Damals war er ein Gelegenheitsvergewaltiger, ein kleiner Dieb, und ich glaube, er ist ein paarmal wegen Dealerei angeklagt worden. Er lässt sich treiben, wissen Sie, jemand, den man für die Drecksarbeit anheuert. Zu dem Zeitpunkt, als ich seiner habhaft wurde, endeten seine Verbrechen immer in einem Mord, egal wofür er angeheuert worden war. Er hat sich da draußen mit Sicherheit nicht geändert. Und mit einem Messer bewaffnet, ist dieser Kerl ein ganz brutaler Frauenmörder.«

»Geben Sie mir mehr Einzelheiten«, sagte Sonora.

Eine weitere kurze Pause, in der er seine Gedanken ordnete. »Er greift die Frauen von hinten an und schlitzt sie von unten nach oben auf. Bauchaufschlitzen gehört zu seinen Spezialitäten.«

Sonora holte tief Luft. Kontrollierte die Anruferidentifizierung. Ein Jack Van Owen. »Sie sollten lieber herkommen. Warten Sie, noch nicht auflegen. Hat unser Freund Lanky Kumpel, mit denen er herumhängt?«

»Lassen Sie mich nachdenken. Ja, vielleicht. Da gab es einen Jungen. Eine Art Neffe von ihm. In gewisser Weise ein tragischer Fall. Als er ein Kleinkind war, tauchte seine Mutter ihn in eine Wanne mit heißem Wasser, sie hatte vergessen, die Temperatur zu kontrollieren. Hat ihn beinah gekocht, er kann damals nicht älter als zwei oder drei gewesen sein. Keine Misshandlung, einfach nur ein Unfall. Sie war nicht besonders schlau, aber nicht böse. Der Thermostat funktionierte nicht, und das Wasser kochte fast. Zumindest hat der Junge das gesagt. Eine kahle Stelle auf dem Kopf, auf der das Haar nicht mehr wächst, Narbengewebe auf Händen, Armen und Beinen. Barton Melville Kinkle, jedermann nennt ihn Barty. Ungefähr ein Meter fünfundsiebzig, hellbraunes Haar, drahtig. Als ich ihn das letzte Mal gesehen habe, wog er ungefähr siebzig Kilo. Schüchtern, nervös. Wirkt wie Blödmanns Gehilfe, kann einem nicht in die Augen sehen, seine Hände zittern, wenn er mit Leuten spricht, die er nicht kennt. Normaler IQ, aber augenscheinlich unfähig, eine Stelle zu behalten. Braune, blutunterlaufene Augen, begeisterter Dopezüchter. Soweit ich mich erinnere, verdorrten immer ein paar Pflanzen unter seinem Bett. Hat nicht gerade einen grünen Daumen.«

Sonora kritzelte wie verrückt, versuchte mit ihm Schritt zu halten.

»Letzte bekannte Adresse?«

»Er muss im System sein«, erwiderte Van Owen. »Lanky hat eine Schwester, sie lebt in Kentucky, an der Woodford-Fayette-Grenze, in der Nähe einer Kleinstadt namens … ich muss nachdenken, Versailles. Ihre Adresse müsste sich irgendwo in seiner Akte finden.«

»Falls sie noch dort lebt.«

»Falls sie es tut, Detective, ist er mit Sicherheit auf dem Weg zu ihr.«

»Klingt, als ob Sie ihn sehr gut kennen.«

»Ich habe im Vernehmungszimmer ein wenig Zeit mit ihm verbracht.«

»Sonst noch etwas?«

»Was, vielleicht eine Telefonnummer, unter der Sie ihn erreichen können?«

»Langsam, langsam, Van Owen, ich muss Sie das fragen. Danke fürs Kurzfassen, Ihren Mangel an Fragen und die Informationen.«

»Waidmannsheil, Detective.« Die Leitung war tot.

Sonora trommelte mit dem Finger auf den Tisch. Mit wem von der Spurensicherung hatte er gesprochen? Mickey, er musste es sein, sonst war noch keiner zurück, es sei denn, es war jemand von der Zentrale, aber zu dieser Nachtstunde war sie nicht besetzt. Sie musste dem nachgehen.

Sie stand auf und ging zu den Schwingtüren, die das Großraumbüro der Mordkommission vom Labor der Spurensicherung trennten. Als sie durch die Türen trat, dachte sie darüber nach, wie zuvorkommend es von Van Owen gewesen war, direkt mit ihr zu sprechen und nicht den Weg über Crick zu nehmen. Er hatte die Beziehung erwähnt, um seine Glaubwürdigkeit zu untermauern, aber keinerlei Vorteil aus ihr gezogen. Nina war im Labor und sprühte Kleber in ein Aquarium. Sie schaute nicht auf. »Was?«

Nina trug eine schwarze Schmetterlingsbrille, und ihre

Haare, schwarz und glatt, lösten sich aus ihrem Pferdeschwanz.

»Kennst du einen Mann namens Jack Van Owen?«

»Nein.«

»Wo steckt Mickey?«

»In der Herrentoilette.«

»Ich komme gleich wieder.«

Sonora ging zu ihrem Computer, gab Bartys Namen ein und trommelte mit den Fingern auf den Tisch. Die Adresse von Lankys Schwester tauchte auf. Old Frankfort Pike.

»Hey, Sam?«, rief sie und reckte den Hals. »Kennst du einen Ort in Kentucky namens Versailles? Wurden da nicht du und Ludwig der Dreizehnte geboren?«

Sam schaute sie nur an und rieb sich den Nacken. »Du sprichst es falsch aus. Die Eingeborenen nennen es Versayles. Alles andere enttarnt dich als jemanden von außerhalb.«

»Ich bin von außerhalb.«

»Und nein, du hast mich in die falsche Ecke des Staates gesteckt. Diese Stadt liegt in der Nähe von Lexington. Weißt du nicht mehr, dieser Daniels, mit dem du früher zusammen warst, lebte dort.«

Sonora runzelte die Stirn. »Natürlich weiß ich das noch. Ungefähr eine Stunde von hier, oder?«

»Vielleicht, wenn du am Steuer sitzt. Die meisten Leute brauchen anderthalb.«

»Wie kommt's, dass sie Versayles sagen und nicht Verseie?«

»Sonora, wenn du bei Arbys bist, bestellst du dann ein Hähnchen Cordon *Bleu* oder ein Hähnchen Cordon *Blue*?«

»Ich bestelle immer das Hähnchen mit Speck-Zeugs bei Wendys.«

»Lass es mich anders formulieren. Die Menschen in Kentucky brauchen keine Klugscheißerin aus Ohio, die ihnen sagt, wie man Versailles ausspricht. Warum reden wir überhaupt darüber?« Er stand auf und schaute ihr über die Schulter. »Warum tippst du einzelne Buchstaben?«

Sonora wies auf den Computerschirm. »Lanky Aruba hat eine Schwester, die in Versailles wohnt.«

»Wer zum Teufel ist Lanky Aruba?«

»Ich habe gerade mit einem pensionierten Polizisten telefoniert, mit Jack Van Owen, und er –«

»Jack Van Owen?«

»So hat er sich vorgestellt.«

»Cricks ehemaliger Partner?«

»Ja, das hat –«

»Zu Hölle, Sonora, der Typ ist … er ist eine verdammte Legende.«

»Und ich hatte mein Autogrammalbum nicht dabei.« Sonora sah Crick zu ihrer linken an der Kaffeemaschine in ihre Richtung schauen.

Seine Kaffeetasse verharrte mitten in der Luft. »Hat jemand Van Owen gesagt?«

»Ja.« Sonora riss das Blatt aus der Schreibmaschine und schob es in ihre mittlere Schreibtischschublade. Leichter gesagt als getan – die Schublade war bis zum Rand vollgestopft und wollte sich nicht schließen lassen.

»Jack Van Owen?«

»Das hat er gesagt.« Sonora schob heftiger, aber die Lade saß fest.

Crick wandte sich ihrem Tisch zu. »Lassen Sie mich mit ihm sprechen.«

»Er hat schon aufgelegt.« Sonora schob fester und die Lade quietschte schrill, schloss sich aber bis auf ein paar Zentimeter.

»Komm, ich helfe dir«, sagte Sam

»*Nein*. Danke.«

»Siehst du? Seit sieben Monaten unausstehlich.«

Crick ließ seine Tasse stehen, ein Zeichen ernsthaften Interesses, und kam zu ihrem Tisch. »Lassen Sie mich mit ihm reden.«

»Ich habe es doch schon gesagt, Sir, er hat aufgelegt.«

»Wenn Jack Van Owen anruft, verbinden Sie mich mit ihm. Was wollte er?«

»Er hatte Informationen über einen Typen, den er vor achtzehn Jahren verhaftet hat, jemanden namens Lanky Aruba und einen weiteren Mann, Barty Kinkle.«

»Kinkle.« Crick ging zurück zu seiner Tasse und nahm einen Schluck Kaffee. Spülte ihn im Mund hin und her. »An Kinkle kann ich mich nicht erinnern, aber Aruba sagt mir etwas, da krieg ich ein mieses Gefühl.«

»Van Owen kennt beide. Er sagte, Aruba sei verrückt und brutal, er spuckt Olivenkerne auf seine Opfer. Ich kann mir nicht erklären, woher Van Owen von den Olivenkernen weiß.«

»Vermutlich hat er einen seiner Kumpel bei der Spurensicherung angerufen; aber trotzdem, der Kerl scheint beinah hellsehen zu können. Der beste Polizist, mit dem ich jemals gearbeitet habe.« Er wies mit der Tasse auf Sonora. »Wenn Ihnen dieser Mann etwas erzählt, hören Sie besser zu.« Crick nahm einen weiteren Schluck Kaffee. Wartete.

Sonora griff nach ihren Notizen. »Aruba ist eine Art Onkel von Barton Melville Kinkle, und Aruba hat eine Schwester in Kentucky. Van Owen glaubt, dass er sich an sie gewandt hat. Falls er unser Mann ist.«

»Wie viele Olivenkernkiller gibt es in Cincinnati, was meinst du?«, erkundigte sich Sam.

Crick rieb sich das Kinn. »Demnach hält Jack Aruba und Kinkle für die Mörder?«

»Ja. Und falls sie es sind, glaubt Van Owen, dass sie nach Kentucky gehen. Wenn nicht, liegen sie vermutlich zu Hause im Bett.«

»Das können wir überprüfen«, sagte Sam.

Sonora spürte, wie jemand sie am Ärmel zupfte. Es war Sanders, fünfzehn Pfund schwerer als vor einem Jahr, in dem sie endlich eine lang andauernde, selbstzerstörerische Beziehung beendet hatte, aber immer noch mit demselben glatten, sandfarbenen Pagenschnitt, den Bubikragen und den Faltenröcken. Das zusätzliche Gewicht ließ sie älter erscheinen.

Sie schaute entschuldigend. »Ich habe eine Adresse für dich, Sonora. Die nächsten Angehörigen von Carl Stinnet.«

14

Ihr Leben bestand aus Nachtschichten, dachte Sonora. Ein Lichtkegel, den die Lampe in die Schatten und die Dunkelheit warf, beleuchtete die Unterlagen auf ihrem Schreibtisch. Sie heftete das getippte, zweiseitige Protokoll von Joy Stinnets letzten Worten in einen Ordner, atmete die Ausdünstungen von Erschöpfung und Konzentration, ein Mensch allein, bei der Arbeit, einsam. Ungewöhnlich für einen Dienstag, es brachte sie aus dem Rhythmus. Die Welt saß draußen im Applebee's oder in anderen Bars, zusammen mit Jay Leno und ihren besseren Hälften, und sie war hier, allein mit den Männern der Spätschicht, schwitzte unter den Halogenlampen und arbeitete an Dingen, die ihr das Herz zusammenzogen.

Sie ließ die halbvolle Kaffeetasse auf dem Tisch stehen und ging nach Hause.

Sie war lang, die Fahrt raus nach Blue Ash. Irgendwie hatte der gewaltsame Tod der Familie Stinnet sie infiziert, sich in ihrem Verstand festgesetzt wie Schlick auf dem Grund eines schmutzig braunen Flusses. Sie konnte die Dinge nicht aufhalten. Sie sah nur die Auswirkungen, in der erschrockenen, schockierten Stille nach dem Sturm und den Schreien, dem Blut und den Tränen.

Eines Tages würde auch sie sterben. Über die Kante springen. Sonora bemühte sich, den Gedanken abzuschütteln. Konnte es nicht. Die Erkenntnis ihrer Sterblichkeit war ihr ebenso vertraut wie die Lust.

Sie war viel zu müde, viel zu niedergeschlagen. Polizeiarbeit barg diese Gefahr in sich.

Clampett war froh, sie zu sehen.

Als sie am Küchentisch vorüberging, dämmerte Sonora, dass sie schon eine Weile nicht mehr in die Obstschale geschaut hatte. Sie wollte immer dafür sorgen, dass sie mit knackigen Äpfeln, festen Kiwis und was die Saison sonst noch so bot, gefüllt war. Aber das gehörte nicht zu den Dingen, die man wochenlang sich selbst überlassen konnte. Ihr schlechtes Gewissen plagte sie kurz, während sie vorbeiging, in der Hand einen Teller mit Schweinebraten und Reis, heiß aus der Mikrowelle; die dicke weiße Serviette schützte ihre Finger nur unzureichend vor der Hitze. Sie setzte sich, Clampett zu ihren Füßen, blätterte in der Zeitung, trank einen Schluck Wasser, aß einen Bissen Schweinebraten.

Ihr Appetit verließ sie so plötzlich, dass sie das Stück Braten in die Serviette spuckte. Sie legte ihre Gabel hin und stellte den Teller für Clampett auf den Boden. Er benötigte keine Zwischenmahlzeit, war aber immer außerordentlich dankbar.

Sie nahm ihre Waffe aus der Handtasche und schaute nach, ob sie gesichert war. Dann ging sie in Richtung Schlafzimmer und schaltete im Gehen alle Lichter aus. Sie war schon zuvor mit dunklen Dingen in Berührung gekommen, war durch Ruinen gelaufen, die Schuhe klebrig von Strömen von Blut.

Sonora wusch sich das Gesicht, putzte sich die Zähne und zog sich ein weißes Baumwollhemd an, das ihr fast bis zu den Knien reichte. Das Hemd, mit dem sie am liebsten schlief. Heute nacht hatte sie es sich verdient.

Sie dachte darüber nach, wie mitleiderregend sie in dem Nachthemd wirken mochte. Es musste mehr im Leben geben als das. Vielleicht eine Person, mit der man am liebsten sein Bett teilte.

Sie öffnete das Fenster, und Clampett kam herein und legte seine schwarze, feuchte Schnauze auf das Fensterbrett.

Er wollte nicht mit ins Bett, wenn das Fenster geöffnet war. Sie konnte es ganz für sich alleine haben.

Sie rollte sich auf der Seite zusammen, die Lampe war aus, ein Bein unter der Decke, eines draußen. Der Wind machte das Zimmer kühl und feucht, dunkel und geheimnisvoll.

Und durch die Nachtluft drang der hallende Ton eines Zuges. Das Signalhorn tutete, und im Hintergrund hörte sie das Stampfen der Maschine und der riesigen Güterwagen, die über die rostigen Schienen dahinrollten.

Die Geräusche erinnerten sie an eine andere Nacht, an eine Nacht wie diese, mit dem Geruch nach Regen in der Luft, einer Koppel voller Pferde, dem Bellen eines Bluthunds, der eine Spur verfolgte, und der Suche nach einem vermissten Kind.

Sie verdrängte die Erinnerung. Das Signalhorn tutete wieder. Die Musik der Züge – sie weckte immer eine Sehnsucht in ihr, sie wusste nur nicht, wonach.

Sonora schloss bei dem Versuch einzuschlafen die Augen. Statt dessen hörte sie ein Flüstern. Die Stimme Joy Stinnets. *Gegrüßet seist du, Maria, voll der Gnaden.*

Ein Geräusch wie das Öffnen eines Fensters ließ sie aus dem Schlaf hochschrecken. Sonora schob die Decken zurück, sprang aus dem Bett und lief den Flur hinunter. Die geladene Beretta riss sie im Laufen von der Wäschekommode.

Dass Clampett völlig entspannt vor dem Fenster liegenblieb, hätte ihr zu denken geben können. Dennoch kontrollierte sie jede Tür, jedes Fenster.

Sie stand mitten im Flur, vor den Kinderzimmern, ihre Knie waren wie Wackelpudding. Sie wagte sich nicht in die Schlafzimmer, brach die Türen nicht auf. Statt dessen stand sie mit dem Rücken an die Wand gelehnt und dachte, wie wundervoll es war, zu wissen, dass die Kinder lebten, schliefen, in seliger Unwissenheit.

Plötzlich gaben ihre Beine nach. Sie glitt an der Wand hinunter und landete auf ihren Knien, langsam, weich, wie eine Frau, die sich entspannte.

Nach all der Zeit. Nach allem, was sie gesehen und getan hatte. All die Male, die sie starre, leblose Gelenke berührt hatte, durch Blut und Scherben, Tränenspuren und Patronenhülsen gewatet war. War sie im Begriff, die Kontrolle zu verlieren? Warum jetzt?

Clampett trappelte hinaus in den Flur und legte sich neben sie, er hechelte ein wenig, seine Zungenspitze war rosig und feucht. Gutmütige braune Augen. Die Welt war ein schlimmer Ort. Auf der einen Seite der Hund, auf der anderen der Tod des alltäglichen Amerika im blutgetränkten Heim von Carl und Joy Stinnet.

15

Sonora erwachte mit dem Gedanken an den alten Mann, Franklin Ward. Das Zimmer war wegen des geöffneten Fensters eisig, und sie hatte sich in Embryonalstellung zusammengerollt. Worin, rätselte sie, bestand nur die Anziehungskraft der Embryonalhaltung?

Sie schaute auf den Wecker. Fünf Uhr siebenundvierzig. Es hatte noch nicht einmal geklingelt. Um acht Uhr musste sie Sam beim Haus der Stinnets treffen. Sie konnte rasch duschen und hätte, falls sie ihren Kaffee unterwegs trank, immer noch Zeit genug, noch einmal mit Ward zu sprechen, bevor sie zurück zum Heim von Joy und Carl Stinnet fuhr.

Bei Tag war das Haus einfach zu finden. Es besaß eine Art heimeligen Charme, und Sonora fühlte sich schuldig, weil sie eine so schlimme Nachricht in ein Haus gebracht hatte, das in den Vierzigern erbaut und dottergelb gestrichen war.

Am Abend zuvor, als Sam und Sonora die schreckliche Botschaft überbracht hatten, war Mrs. Cavanaugh nicht mehr gewesen als eine Telefonnummer an der Wand. An diesem Morgen begrüßte sie Sonora an Franklin Wards Haustür und lud sie ins Wohnzimmer ein, das nach Kaffee und Frühstücksspeck duftete.

Mrs. Cavanaugh – »Nennen Sie mich Bonnie«, darauf hatte sie bestanden – verkündete, dass im Ofen warme Biskuits waren. Ihrem Tonfall nach zu schließen, hatte es noch nie jemand gewagt, ihre Biskuits abzulehnen. Sonora war durch die Tatsache, dass es in dieser Welt immer noch Leute gab, die vor dem Frühstück buken, vage getröstet. Sie hatte das Gefühl, sich in einer anderen Dimension zu befinden.

Sie folgte Bonnie Cavanaugh hinter dem Sofa entlang, wobei sie kurz das Bild betrachtete, das Ward ihr gezeigt hatte, bevor sie gestern nacht gegangen waren – einen Schnappschuss, verblichen und zerknittert, in einem angelaufenen Silberrahmen, von ihm und seinem Bruder in Uniform, bevor sie losgezogen waren, um im Zweiten Weltkrieg zu kämpfen.

Wenn er in diesem Krieg gekämpft hatte, musste er … Aber hier ließ Sonoras Bildung, beziehungsweise die Aufmerksamkeit, die sie ihr gewidmet hatte, sie im Stich. Sie konnte sich nicht an die genaue Jahreszahl des Kriegseintritts erinnern. Sie schätzte 1942 oder 1943.

Aber selbst sie, trotz ihres miserablen Gedächtnisses für historische Ereignisse, hatte eine Ahnung davon, wie furchtbar dieser Krieg gewesen war. Sie blieb vor dem Bild stehen und widerstand dem Drang, den Rahmen von der Wand zu nehmen. Sie waren wundervolle Geschöpfe aus der Vergangenheit: Franklin Ward und sein kleiner Bruder Emerson, groß und jung in ihren nagelneuen Uniformen, von der lokalen Zeitung unsterblich gemacht, Halbwüchsige, die in den Krieg zogen. Sie waren nur zwei Jahre älter gewesen als ihr Sohn jetzt.

Nur wenn man Kinder hatte, wurde einem bewusst, dass Kriege von Kindern ausgefochten wurden.

Bonnie Cavanaugh sah Sonora über ihre Schulter hinweg an, sie wartete höflich. Ihre Erscheinung war sehr widersprüchlich. Wenn man nur die körperlichen Aspekte betrachtete, war sie beinah lachhaft unattraktiv. Schiefe Vorderzähne, die über ihre Unterlippe ragten. Ein langes Bassetgesicht, das unter dem Gewicht der Jahre erschlafft war. Furchtbares Haar. Braun und fisselig, zu lang, streng aus einem Gesicht zurückgekämmt, das niemals hübsch gewesen war.

Aber sie hatte etwas. Ein friedvoller Zauber umgab sie, sie

strahlte Wärme aus. Zweifellos hatte auch sie Sorgen. Die Linien auf ihrer Stirn waren zu tief eingegraben, um nur von Alter und Sonne herzurühren, und die vereinten Kräfte von Stress und Schwerkraft hatten Falten links und rechts ihres Mundes entstehen lassen.

Aber sie hatte etwas. Vielleicht war es nur die ruhige Sicherheit dieser Frau, ihre Ausstrahlung großer Lebenserfahrung, die ihre natürliche Güte nicht beeinträchtigt hatte.

Sonora hatte Menschen, Männer wie Frauen, kennengelernt, bei denen ihr die Haare zu Berge gestanden hatten, Männer und Frauen, die sie in Stücke gerissen hätte, wenn sie an ihre Tür geklopft und versucht hätten, über ihre Schwelle zu treten, in den Lebensraum ihrer Kinder einzudringen.

Sicher führte diese Frau ein ganz gewöhnliches Leben. Aber Sonora erschien sie außergewöhnlich. Sie hätte gerne einen Stuhl an den Küchentisch gezogen und Bonnie Cavanaugh von ihren Schwierigkeiten erzählt, von dem Traum von ihrem Bruder und dem Flüstern, das sie im Schlaf gehört hatte, Joys Stimme, die den Katechismus betete.

Sie hatte nicht vorgehabt, mit dieser Frau zu sprechen und sie wollte kein Biskuit. Aber das war, bevor sie Mrs. Cavanaugh kennengelernt, bevor sie bemerkt hatte, dass sie eine Frau war, mit der man reden konnte.

Bonnie Cavanaugh führte Sonora in die Küche und bot ihr einen Stuhl an. Sonora nahm vor einem verschrammten Eckschrank aus Ahornholz Platz. Darin leuchtete in bunten Pastelltönen mexikanisches Geschirr, Originale, abgesprungen und verkratzt, die Farben verblichen. Mrs. Cavanaugh deckte den Platz vor Sonora mit einem hellblauen Teller und einer karierten Stoffserviette, servierte ihr zwei Biskuits und schenkte ihr Kaffee in eine Tasse aus weißem

Porzellan mit tiefrosa Blumen darauf. Mitten durch die Untertasse verlief ein Riss, der geklebt worden war.

Nichts auf dem Tisch gehörte zusammen, trotzdem passte irgendwie alles, wie bei einem seit vierzig Jahren verheirateten Ehepaar.

»Milch?«

Sonora nickte.

Mrs. Cavanaugh nahm eine kleine Packung halbfette Milch aus dem Kühlschrank, stellte sie neben Sonoras Tasse und reichte ihr einen winzigen Teelöffel, der so schwer war, als sei er aus echtem Silber.

Sonora schnitt ein Biskuit auseinander und revidierte ihre ursprüngliche Annahme, Mrs. Cavanaugh gehöre zu der Kategorie von Frauen, die man einfach übersah. Es war eine weitverbreitete Ansicht, dass Frauen ab einem gewissen Alter unsichtbar wurden. Sonora wurde bewusst, dass dies, genau wie andere weitverbreitete Ansichten und Mythen, völliger Blödsinn war. Diese Frau strahlte so viel Selbstvertrauen und Sicherheit aus, dass sie sicher kaum übersehen werden konnte, und falls es doch einmal geschah, würde sie sich nicht darum scheren.

Sonora goss Milch in ihren Kaffee, rührte um und goss noch etwas nach, bis er die hellbraune Farbe annahm, die sie am liebsten mochte. »Haben Sie Joy und Carl gut gekannt, Mrs. Cavanaugh? Haben Sie und Mr. Ward sich nahegestanden?«

»Oh, Schätzchen, Joy war andauernd hier.« Bonnie Cavanaugh stellte Apfelbutter, Margarine und Brombeergelee in Sonoras Reichweite. »Zwei-, dreimal in der Woche, bis sie das letzte Baby bekam, danach konnte sie nicht mehr so oft weg.« Sie nahm auf dem Stuhl gegenüber Sonora Platz. »Sie und Franklin waren unzertrennlich, schon seit Joy ein kleines Mädchen war. Er hatte keine eigenen Kinder, und Sie können mir glauben, sie war sein ein und alles. Er ist jetzt draußen und bürstet Abigail, Joys altes Pferd. Er hat die Stute für Joy gekauft, als sie dreizehn wurde. Sie hat ihr seit ihrer Mädchenzeit gehört.«

Bonnie Cavanaugh stützte sich auf ihren linken Ellbogen, lächelte und brach in Tränen aus. Sie kramte eine gelbes Kleenex aus ihrer Tasche. »Wissen Sie, ich muss einfach weinen, ich kann es nicht ändern, ich hoffe, es macht Ihnen nichts aus. Ich kannte Joy, seit sie, oh, ich weiß nicht, elf oder zwölf war. Sie war ein wirklich liebes Mädchen, nie ein böses Wort, nicht einmal, das hab ich nie erlebt, nicht zu Franklin, nicht zu mir. Sie ist ihr ganzes Leben lang ein braves Mädchen gewesen, fast immer lustig und vergnügt, außer wenn sie Sorgen hatte, dann wurde sie ganz still.« Das Kleenex trat wieder in Aktion, saugte Tränen auf, wischte Bonnie Cavanaughs gerötete Nase.

»Wie standen die Dinge zwischen Joy und ihrem Mann?«

»Carl war ein Traum.« Mrs. Cavanaugh legte die Hände flach auf den Tisch, ein Zipfel des gelben Tuchs schaute unter ihrer Rechten hervor. »Das ist nicht einfach so dahingesagt, ich meine es ernst. Es ist nicht gerade allgemein bekannt, weil sie nicht gern darüber sprach, aber Joy war vorher schon mal verheiratet, vor Jahren, als sie achtzehn war. Hat ungefähr sechs Monate gehalten. Der Junge hat sie im Stich gelassen und ist zwei Wochen vor Tammys Geburt abgehauen. Franklin hat ihr die ganze Zeit beigestanden, was mehr ist, als man von ihrer Mom oder ihrem Papa sagen kann.«

»Sind beide gestorben?«

»Vor acht Jahren, bei einem Motorradunfall. Sie fuhren am Wochenende immer mit einer Harley in der Gegend herum, obwohl sie den Rest der Woche über völlig normal waren. Er war bei Proctor & Gamble Vorarbeiter in der Erdnussbutter-Produktion. Ein Typ in einem großen grünen Caddie hat sie nicht gesehen und sie mit Tempo 100 gegen die Seitenabsperrung auf der Interstate 71 geschoben. Sie hat noch einen Tag gelebt, das arme Ding, aber er war auf der Stelle tot.«

Instant-Kaffee, dachte Sonora. Instant-Kartoffelbrei. Instant-Tod. Sie sagte: »Dieser Exmann. Lebt er hier irgendwo in der Gegend?«

Mrs. Cavanaugh schaute sie ausdruckslos an, dann schüttelte sie den Kopf. »Guter Gott, nein. Sie hatte vor Jahren mal von ihm gehört, ein paar Monate nach Tammys Geburt, er wollte das Fahrgeld für den Bus, damit er sich Tammy anschauen konnte. Sie hat es ihm geschickt, und er ist nie aufgetaucht. Joy hat geweint und geweint. Einmal hat er noch angerufen, aber Franklin hat sich dann darum gekümmert, und wir haben nie wieder etwas von ihm gehört. Das ist jetzt … Guter Gott, sechzehn Jahre her. Tammy –«

Aber an dieser Stelle brach ihre Stimme. Sie putzte sich die Nase. »Entschuldigen Sie, ich wollte sagen, dass Tammy nichts – Tammy hatte gar nichts von ihm, nicht das kleinste bisschen. Wir haben einfach so getan, als sei es eine unbefleckte Empfängnis gewesen, wissen Sie, weil Joy es nicht mochte, wenn wir ihn erwähnen.«

»Wie hieß er?«

»Bobby Purcell. Als wir das letzte Mal von ihm gehört haben, lebte er irgendwo in Nevada.« Mrs. Cavanaugh stützte den Kopf auf die Hände. »Es tut mir leid. Ich kann einfach nicht fassen, dass so etwas passiert ist. Es kommt mir so unwirklich vor.«

Sonora sah auf ihr Biskuit.

»Schätzchen, es tut mir leid, aber so etwas, und so plötzlich. Was hat der gemacht, der das getan hat … Was hat er ihnen angetan?«

»Ma'am, er … er hat sie einfach umgebracht. Es ging schnell«, erwiderte Sonora.

»Das Sozialamt hat heute morgen wegen des Babys angerufen. Franklin kann sie nicht nehmen. Ich habe mich angeboten, aber sie versuchen, Carls Schwester ausfindig zu machen. Franklin hat ihnen heute morgen die Nummer gegeben.«

Sonora nickte. Sie schnitt das Biskuit in zwei Hälften und bestrich sie mit einer dünnen Schicht Apfelbutter. Sie biss ein winziges Stück ab und nickte. »Wunderbar.« Bonnie Cavanaugh lächelte. Sonora legte das Biskuit zurück auf den Teller. »Mrs. Cavanaugh, schien Joy sich wegen irgend etwas Sorgen zu machen, erhielt sie merkwürdige Telefonanrufe, oder –«

Die Frau wandte den Blick ab. Sie schien verlegen.

Eine Affäre, dachte Sonora.

Bonnie Cavanaugh legte die Fingerspitzen auf die Tischplatte. Die Haut an ihren Händen war weiß und wächsern. »Sie hatten eine ziemliche finanzielle Durststrecke. Der Herr weiß, dass wir das in unserem Leben alle mal durchmachen müssen. Ich weiß, dass Franklin ihnen so viel gegeben hat, wie er entbehren konnte.

Sehen Sie, es hat alles angefangen, als Carl diesen Unfall hatte. Er ist Malermeister, und er stolperte über einen Eimer mit Farbe, eine ganz blöde Sache, aber er fiel komisch hin und brach sich den Knöchel und zwei Rippen. Und dann hat ihn eine ganz üble Grippe erwischt, wäre beinah eine Lungenentzündung draus geworden. Und weil er selbständig war, konnten sie die Krankenversicherung nicht weiter bezahlen, und weil sie gerade Chloe bekommen hatte, waren da eine Menge Rechnungen, und Carl konnte doch nicht arbeiten. Ich weiß, dass sie versucht haben, aus ihrem Leasingvertrag für das Auto auszusteigen, aber sie konnten nichts machen, ohne ihre Kreditwürdigkeit einzubüßen. Und sie hatten gerade das Haus gebaut, was den größten Teil ihrer Ersparnisse verschlungen hat. Wenn's kommt, kommt alles auf einmal. Es wäre immer noch gutgegangen, aber dann ist einer von Carls größten Kunden pleite gegangen, und er schuldete Carl schrecklich viel Geld. Ein anderer Scheck, den er bekommen hat, ist geplatzt, und Carl konnte den Kerl nicht auftreiben. Außerdem musste er seine Arbeiter bezahlen und das Finanzamt. Es war wirklich schlimm. Joy kam immer hierher, aber sie sagte kein Wort, sie war so niedergeschlagen, so voller Sorgen, Sie wissen, wie das ist, wenn jemand so geistesabwesend und besorgt herumläuft, dass er einen nicht mal mehr ansieht. Sie hatte Ringe unter den Augen, und ich wusste, dass sie nicht mehr schlafen konnte.

Franklin hat es schließlich aus ihr rausgequetscht. Er nahm Abigail in seinen Stall, damit Joy keine Stallgebühren mehr bezahlen musste, und löste seine Sparbücher auf, damit sie die Arbeiter bezahlen und Lebensmittel kaufen konnten. Carl hat von morgens bis abends gearbeitet, trotz seinem Fuß und allem, und ich glaube, sie hatten es fast geschafft. Er bekam endlich etwas von dem Geld, das man ihm noch schuldete, und die Dinge sahen schon etwas rosiger aus. Joy schien mir ein wenig fröhlicher, und sie hatte begonnen, von zu Hause aus Schreibarbeiten zu übernehmen. Das hat sie zwar erschöpft, mit dem Baby und so, aber es deckte die laufenden Kosten. Und Tammy hat bei Sonic gearbeitet und das Geld zu Hause abgegeben.

Ich weiß, dass man ihnen ein paarmal das Wasser abgedreht hat, und Franklin ist selbst hingegangen und hat die Rechnung bezahlt, weil Joy sich so geschämt hat, dass sie es nicht konnte. Sie haben einige lange Gespräche über Strategie geführt, das Notwendigste zuerst bezahlen und so, wissen Sie.«

»Ich weiß.« Sonora riss das Biskuit auseinander, damit es so wirkte, als würde sie essen. »Sie sagen, Carl und Joy haben sich sehr gut verstanden? Auch mit all den Geldschwierigkeiten?«

»O ja, sie haben zusammengehalten. Ich meine, er war schon irgendwie fertig, aber kann man ihm das übelnehmen?«

Sonora strich mit dem Finger an der Tischkante entlang. Sah Mrs. Cavanaugh direkt in die Augen. »Bei den Morden war eine gewisse Art von … Wut im Spiel. Hatte einer der beiden Feinde? Ich weiß, das das irgendwie melodramatisch klingt, zumal für die Vorstadt. Aber hatten sie Streit mit jemandem, hat ihnen jemand Schwierigkeiten gemacht?«

Mrs. Cavanaugh schaute verständnislos. »Nein, Ma'am. Nicht, dass ich wüsste.«

»Gar nichts?«

Mrs. Cavanaughs Augen verengten sich. »Na, ja, nicht direkt niemand. Wegen dieser Rechnungen hat man sie regelrecht gehetzt. Leute haben am frühen Morgen oder spät in der Nacht angerufen, das ging ständig so. Ich weiß, dass Joy deswegen völlig fertig war und Franklin ihr immer wieder sagte, dass es gegen so etwas Gesetze gibt. Nun, ich hab meine Rechnungen immer bezahlt, und ich halte nichts von Kreditkarten, aber so ist das heutzutage nun mal. Joy und Carl waren trotz allem einfach anständige Leute, die eine harte Zeit durchmachten, und wie man sie behandelt hat, ist eine Schande. Joy saß hier und weinte. Sie hat mir im Vertrauen gesagt, dass sie sich bedroht fühlt, aber Franklin und ich redeten ihr gut zu, durchzuhalten und einfach nicht ans Telefon zu gehen.«

Sonora nickte. Sie dachte einen Moment nach und wählte ihre Worte sorgfältig. »Ich weiß, wie einen das aufbringen und verärgern kann, aber diese Art von Drohungen habe ich nicht gemeint.« Sie klopfte mit dem Finger auf die Ecke des Tischtuchs und fragte sich, wie sie diese Frau auf den schmutzigen Pfad ihrer eigenen Gedankengänge leiten konnte. »Wissen Sie, Mrs. Cavanaugh, manchmal, wenn Leute stark unter Druck stehen, können sie … etwas tun, was sie normalerweise nie tun würden. Das bedeutet nicht, dass sie schlechte Menschen sind.«

Sonora beobachtete die Frau. Nichts außer einem verständnislosen Blick.

»Zum Beispiel könnte einer der beiden ein Verhältnis angefangen haben. So etwas bringt Ärger, wie zum Beispiel einen eifersüchtigen Liebhaber.«

Mrs. Cavanaugh verzog den Mund. Ihr Gesichtsausdruck war nahezu cartoonmäßig, aber Sonora war nicht nach Lachen zumute.

»Nein, Ma'am, soweit ich weiß, gab es da nichts.«

»Würden Sie es denn wissen?«, fragte Sonora.

»Na ja, ich habe mich gewundert, warum Joy die ganze Zeit so unruhig war. Und ich erkenne die Anzeichen, auch wenn man es nicht glauben sollte: Sie können sich gar nicht vorstellen, was der Ehemann meiner Tochter dem Mädel antut und auch weiterhin antun wird, bis sie sich endlich ein Rückgrat wachsen lässt und den Kerl rauswirft. Aber ich glaube nicht. Nicht bei Carl und Joy.«

»In Ordnung.« Sonora nahm ihre Handtasche und legte die Serviette auf den Tisch. »Können Sie sich die Adresse des Ex-Ehemanns beschaffen?«

»Ach Gott, da hab ich meine Zweifel. Na ja, vielleicht hat Franklin ihn im Auge behalten. Vielleicht hat er das getan und nichts davon erzählt. Er ist ein altmodischer Kavalier, und er hat sich möglicherweise gedacht, dass ein Onkel sich hinter den Kulissen darum kümmern sollte, um Joy vor unnötiger Aufregung zu bewahren.«

»Sie sagten, er sei schon wach? Er ist draußen im Stall?«

»Gott, ja, der Mann steht mit der Sonne auf. Wahrscheinlich redet er mit dem alten Pferd. Essen Sie Ihre Biskuits auf, dann bringe ich Sie raus.«

16

Sonora ging unter dem wohlwollenden, aber wachsamen Blick von Mrs. Cavanaugh hinüber zu dem kleinen, leicht baufälligen Stall. Das halbe Biskuit, das sie gegessen hatte, lag ihr schwer im Magen. Sie zögerte an der Schwelle zum Stallgang. Sie hörte die dünne und müde Stimme eines Mannes, obwohl sie ihn nicht entdecken konnte.

»... einsames, altes Ding. Schwer, Königin des Stalls zu sein, wenn außer dir keiner hier ist, stimmt's, Mädchen? Komm Abigail, hier hast du noch eins. Ich werde dann wohl derjenige sein müssen, der dich verwöhnt.«

Sonora erkannte das schnaubende Geräusch eines Pferdes, das sich der gastronomischen Ekstase überließ, die eine Möhre, ein Apfel oder ein Zuckerstück hervorrief.

»Arme alte Abigail, armes altes Ding. Du vermisst sie jetzt schon, habe ich recht, Mädchen?«

Sonora trat einen Schritt zurück und zählte bis fünfzehn, dann drückte sie gegen die offenstehende Stalltür. Sie erwartete das Knirschen rostiger Angeln und wurde nicht enttäuscht.

»Hallo?«, rief sie beim Eintreten.

Der Stall war klein und höhlenartig, mit Lehmboden, winzig. Zwei Boxen auf der einen Seite und auf der rechten eine offene Fläche, vollgestellt mit Heuballen, alten Futtersäcken, einer rostigen Schubkarre, Säcken mit Kiefernholzspänen und einem verrosteten Miststreuer neben einer Aluminiumleiter. Drei schmutzverkrustete Fensterventilatoren lagen auf einer uralten, modrigen Matratze.

»Wer ist da?« Ward trat aus der Box, eine Bürste mit roten Borsten in der Hand. Er trug verblichene braune Kordhosen und ein braunes Flanellhemd. Er wirkte frisch, sauber und gepflegt bis hinunter zu seinen glänzenden, braunen Stallstiefeln.

»Detective Blair, Mr. Ward, Sonora Blair. Ich war gestern Nacht schon einmal hier.«

»Haben Sie ihn, Officer?«

In seiner Stimme lag echte Hoffnung. Sonora staunte immer wieder über den Optimismus der Menschen. Sogar die Abgestumpftesten erwarteten tief in ihrem Innersten sofortige Vergeltung.

»Bald«, sagte sie.

Er antwortete nicht.

Sonora ging umher, atmete den Duft von Pferden und Heu und spürte, wie sich die Anspannung in ihren Schultern löste, wie der vertraute Geruch von Pferden und Leder die Gereiztheit besänftigte, die ihr allmählich ebenso vertraut wurde wie ihr Gesicht. Vor der Box blieb sie stehen. Es war eine geräumige, aber einfache Futterkrippe mit unebenem Lehmboden, der großzügig mit gelben Kiefernholzspänen eingestreut worden war. Sie passte zu dem einfachen, schwarz geteerten Stall aus Holzplanken. Ein Fenster war grob aus dem Holz der Außenseite gesägt worden und wie ein primitiver Fensterladen geöffnet. Ein blauer Wassereimer stand neben einem Futtertrog aus schwarzem Kunststoff. Heu türmte sich in einer Ecke, und das Pferd, das gerade fraß, wandte den Kopf, warf Sonora einen raschen Blick zu und drehte sich wieder zu seinem Futter zurück.

»Alfalfa?«, erkundigte sich Sonora.

»Sie kennen sich aus«, bemerkte Ward. Er ging wieder zur rechten Flanke des Pferdes und bürstete es mit festen Strichen. Sonora begann sich nach ihrem eigenen Pferd zu sehnen: Hell Z Poppin, ein durchaus passender Name für diesen Araber.

»Sie ist zu wählerisch für Timotheusheu«, sagte Ward. »Hebt den Kopf nur für Alfalfa. Joy hat sie fürchterlich verwöhnt.«

Ihr eigenes Pferd, Poppin, musste sich mit Timotheusheu vom letzten Jahr begnügen und war darüber auch nicht allzu glücklich.

»Woher bekommen Sie das Alfalfa?«, erkundigte sich Sonora.

»Von Freunden.«

»Wenn die noch mehr haben, nehme ich es.«

»Sie haben ein Pferd, oder?«, fragte Ward.

»Einen Wallach, Araber. Hell Z Poppin.«

»Wird er seinem Namen gerecht?«

»Hin und wieder.«

Franklin Ward kicherte. »Araber sind so.«

Die Stute, Abigail, war so breit, dass Sonora sich fragte, ob sie Zwillingsfohlen erwartete, aber sie lächelte einfach und sagte, »Schönes Pferd«.

Ward bürstete weiter. »Das alte Ferkel hier war noch nie eine Kostverächterin. Wenn in ein paar Wochen das Gras gut ist, müssen wir sie auf eine Diätweide stellen.«

Und warum füttern Sie dann Alfalfa?, fragte sich Sonora, hielt aber den Mund. Es existierten ebenso viele Ansichten über Pferde wie Reiter, und es zahlte sich nicht aus, zu sagen, was man dachte, es sei denn, man hatte etwas für Feuerwerk, offenen Krieg und Faustkämpfe übrig.

Wenn sie eins in den Monaten, die sie Poppin besaß, gelernt hatte, dann war das, den Mund zu halten.

»Mr. Ward, ich weiß, dass Sie eine schwere Zeit durchmachen, und wenn Sie möchten, dass ich Sie noch in Ruhe lasse, werde ich es tun. Aber ich möchte Ihnen dringend ein paar Fragen stellen.«

Er nickte. »Tun Sie das. Wenn es Ihnen nichts ausmacht, würde ich gerne weiterbürsten. Abigail mag das, und es beruhigt meine Nerven. Sie haben selbst ein Pferd, sicher wissen Sie, was ich meine.«

Ganz genau. Sie studierte ihn, nur einen Moment lang. Er besaß diese kuriose Mischung aus Zerbrechlichkeit und Kraft, die man nur bei älteren Menschen fand, die eine gewisse Art von Leben geführt hatten. Ein großer Schatz an Lebenserfahrung und ein gut ausgebildeter und letztlich verlässlicher Instinkt, der ihnen einen gewissen Zauber verlieh, gefangen in einem Körper, der zu versagen begann, wenn sie endlich, zum guten Schluss, so viele Dinge erkannt hatten.

Übte sie zu starken Druck aus? Sie fragte sich, wie es um sein Herz stand. Konnte ein Mann seines Alters *keine* Herzprobleme haben – der Mann hatte im Zweiten Weltkrieg gekämpft.

Sonora schlug ihren Notizblock auf. Sie lehnte sich an die raue Holzwand. »Ich habe gehört, dass Ihre Nichte und deren Mann sich in Geldschwierigkeiten befanden.«

Ward nickte. »Das Wasser stand ihnen bis zum Hals, aber sie waren dabei, sich herauszuwinden.« Er sah Sonora an. »So etwas kann jedem passieren. Sogar Donald Trump hatte Liquiditätsprobleme. Jeder, der behauptet, so was wäre ihm noch nie passiert, lügt.«

»Ja, Sir, ich verstehe. Wie war ihre Ehe?«

»Sie war gut«, sagte er.

Irgendwie war sie nicht in der Lage, diese Sache weiter zu verfolgen. »Sie und Joy standen sich sehr nahe, stimmt das?«

»Nah genug.«

Was immer das heißen mochte.

»Hat Sie mit Ihnen gesprochen? Sich Ihnen anvertraut?«

»Sie hat über die Kinder gesprochen. Über Abigail. Wie Carls Geschäft lief, solche Sachen. Sie gehörte nicht zu denen, die mit ihren Sorgen hausieren gehen.«

»Wurde sie irgendwie bedroht? Wurde bei ihnen eingebrochen? Hat sie seltsame Telefonanrufe erwähnt?«

»Nein. Nein, nichts dergleichen, soweit ich weiß.«

»Hatten sie oder Carl irgendwelche … Feinde?«

Er hörte auf zu bürsten. »Officer, wir reden über eine einfache, alltägliche, durchschnittliche amerikanische Mittelschichtfamilie aus Cincinnati, Ohio. Sie liehen sich Videos und bestellten Freitagabend Pizza, und Joy blieb zu Hause bei den Kindern. Solche Leute haben keine Feinde. Sie handeln weder mit Drogen noch mit Regierungsgeheimnissen, sie gehen samstags Lebensmittel einkaufen und an den meisten Sonntagen zur Kirche.«

»Was ist mit Joys Exmann?«

»Der Pickelfurz? Wer hat Ihnen von ihm erzählt?«

»Er ist Tammys Vater.«

»Nein, nicht nach meiner Definition. Außerdem ist er schon lange fort. Ich habe den Jungen vor sechzehn Jahren rausgeschmissen, und wir haben seitdem nichts mehr von ihm gehört. Und wir werden auch nichts von ihm hören.«

»Hat er eine Adresse?«, fragte Sonora.

»Das letzte Mal, als ich von Bobby Purcell gehört habe, lebte er in Kansas und arbeitete in einem Taco Bell. Überbesetzt, wenn Sie mich fragen.« Über den Rücken des Pferdes schaute er sie an. »Sind Sie gut im Hufe auskratzen, Detective?«

Sonora sah von ihrem Notizbuch auf. »Hufe auskratzen? Es geht so.«

»Mein Rücken bringt mich dabei um. Das gehört zu den Dingen, die Joy –«

Sie wusste, wohin das führte. »Haben Sie einen Hufkratzer?«

Er wies auf eine rote Kunststoffkiste. Sonora kramte zwischen den Baumwolllappen und Bürsten, bis sie den Kratzer mit dem schwarzen Griff fand. Sie steckte ihren Notizblock in die Jackentasche.

»Die Stute ist sanft, oder?«, fragte sie.

»Teufel, sie besitzen einen Araber. Sie ist nur ein kleines Quarterhorse.«

Sonora beugte sich hinunter und nahm den linken Hinterlauf zwischen ihre Hände. Die Stute besaß zierliche Füße, einen gesunden, elastischen Hufstrahl, gut geformte Hufe. Sie kratzte festgetretenen Dung, Schmutz und Kies aus dem Huf des Pferdes. Sam würde das eine Beziehung aufbauen nennen, vermutete sie.

17

Sonora quälte sich auf dem Weg nach Olden durch den frühmorgendlichen Auf-Dem-Weg-zur-Arbeit-die-Kinder-zur-Schule-bringen-Verkehr, der die Hauptstraßen verstopfte und sogar in den Vorstadtstraßen Cincinnatis beinah für so etwas wie Betrieb sorgte.

Sie fuhr am Teich vorbei – keine Enten an diesem Morgen –, bog zum Edrington Court ab und schlürfte dabei ihren MacDonald's-Kaffee, der sie jedesmal zusammenzucken ließ, egal wieviel Milch sie hineingoss. Cincinnati mochte professionelle Sportteams sein eigen nennen, aber sie würde nicht eher zufrieden sein, bis nicht ein Starbuckcafé an jeder Ecke eröffnet hatte.

Eine Schar Kinder wartete am Straßenrand auf den Schulbus. Sonora fuhr an einem Haus mit offener Tür vorbei, aus dem ein kleiner Junge zum Gehweg lief.

Er schien ungefähr sieben oder acht zu sein, trug riesige schwarzweiße Tennisschuhe und eine Mütze der Chicago Bulls und kämpfte sich mit einem Aquarium den Pfad hinunter, das zu groß und zu schwer für ihn war. Sonora konnte ein mütterliches Schaudern nicht unterdrücken. Eine große Frau mit birnenförmiger Figur in dunkelblauen Jogginghosen schloss die Haustür ab und folgte dem Jungen den Gehweg entlang, überholte ihn und öffnete die Heckklappe eines roten Honda Civic, der auf der geteerten Einfahrt stand.

Der Junge erinnerte sie an Tim vor einigen Jahren. Gott, er war so schnell gewachsen. Plötzlich war ihr nach Weinen zumute, ohne dass sie gewusst hätte, warum.

Zuwenig Schlaf oder sie wurde verrückt.

Sie, die sich normalerweise schon in ihrer eigenen Straße

verirrte, fand den Weg zum Haus der Stinnets so zielsicher wie eine Taube ihren Schlag.

Das Farmhaus aus grauem Stein hatte mittlerweile eine düstere, unpersönliche Ausstrahlung angenommen, nicht länger ein Heim, sondern ein Tatort. Sonora war erleichtert, als sie Sam sah, der im vor dem Haus parkenden Taurus saß. Sie parkte neben ihm am Ende der Sackgasse. Der Saturn stand immer noch auf der Einfahrt. Der LeBaron, wegen seiner offenstehenden Tür ein vermutlicher Tatort, war von der Spurensicherung zur gründlichen Untersuchung weggebracht worden.

»Du bist spät dran«, sagte Sam, stieg aus dem Auto und reichte ihr einen Becher Kaffee. Eine Mokka-Schokolade-Mischung mit einer Andeutung von Nussaroma, ohne Sahne. Ihr absoluter Lieblingskaffee. Er lehnte an der Autotür und trank aus seinem eigenen Becher, in dem sich, wie Sonora wusste, starker schwarzer Espresso befand, vorausgesetzt, er hatte welchen bekommen können. Er wirkte müde, aber frisch geduscht. Er lächelte sie träge an. »Du hast verschlafen, stimmt's?«

Sonora nahm einen vorsichtigen Schluck aus dem weißen Plastikdeckel, der auf ihrem dicken Pappbecher steckte. »Du bist höchstens fünf Minuten vor mir hiergewesen.« Sie wandte sich zum Gehweg. Er war nicht ohne sie hineingegangen. Sie nahm es ihm nicht übel. Sie wäre ohne ihn auch nicht hineingegangen.

Er lief hinter ihr her, dichter als üblich. »Fünf Minuten? Wer sagt das?«

»Ich. Der Kaffee ist noch heiß.«

Er pfiff. »Was für eine Detektivin. Hast du jemals –«

»Daran gedacht, zur Polizei zu gehen?« So weit war es gekommen. Sie beendeten die Sätze des anderen. »Vielleicht, wenn ich meine Karriere als exotische Tänzerin beendet habe.« Sonora zerriss das Band vor der Eingangstür und schloss das Vorhängeschloss auf, das die Polizei angebracht hatte. Sie warf einen Blick zurück über die Schulter. Drei der Krokusse waren niedergetrampelt worden. Vermutlich, als die Rettungssanitäter die Leichen hinausgebracht hatten.

Sie ging hinein und blieb im Wohnzimmer stehen, wo sie auf Sam wartete.

Im Haus war es warm, zu warm. Die Luft schien seltsam dick und erwartungsvoll, und in dem Zimmer herrschte eine Schwere, als wären die Wände von Emotionen gesättigt. Sonora ging zum Telefon und kontrollierte das Anruferdisplay. Als sie am Abend zuvor gegangen waren, war es verdächtig leer gewesen – keine Aufzeichnungen auf der Anzeige des Geräts, das genug Speicherplatz für fünfundsechzig Namen und Nummern bot. Zwischen gestern abend und heute morgen waren sechs Anrufe eingegangen, einer von Franklin Ward, der aus seinem Wohnzimmer telefoniert hatte, als sie und Sam die Nachricht überbrachten, und fünf weitere, die nicht registriert waren.

Das rote Lämpchen des Anrufbeantworters blinkte. Zwei Nachrichten. Sonora drückte auf Play.

»Bitte rufen Sie American Express an unter 1-800 …«

»Bitte rufen Sie Star Bank Visa an, unter 1-800 …«

Sonora sah Sam an. »Auf dem Weg hierher bin ich noch bei ihrem Großonkel vorbeigefahren.«

»Bei Ward? Wie haben sie es aufgenommen, so früh am Morgen eine Polizistin auf ihrer Türschwelle vorzufinden?«

»Sie haben mich mit Biskuits gefüttert.«

»Einige Leute haben immer Glück. Hast du etwas Nützliches herausgefunden?«

Sonora zuckte mit den Achseln. »Nicht viel. Die Familie hatte ernsthafte finanzielle Probleme.«

»Meinst du?« Sam wies auf den Anrufbeantworter.

»Und ein Exmann, aber so weit im Hintergrund, dass die Wahrscheinlichkeit minimal ist. Sonst nichts, die Stinnets waren genauso, wie sie wirkten. Eine durchschnittliche Familie aus der Mittelschicht.«

»Durchschnittliche Familien der Mittelschicht werden aber nicht abgeschlachtet, Sonora.«

»Diese schon.«

»Was hast du über den Ex?«

»Teenagerehe. Das Mädchen, Tammy, stammt aus dieser Ehe, aber er ist stiftengegangen, als sie geboren wurde.«

»Erzähl mir was Neues.«

»Wurde zuletzt in einem Taco Bell in Kansas City gesehen.«

»Geschieht ihm recht. Hat sie irgend jemand belästigt? Vorladungen, Affären, eine Fehde mit dem Postboten?«

»Nur Visa.«

»Wenn einen das umbringen würde, wären wir alle tot. Sollen wir hier drin anfangen?«

»Wo wir schon mal hier sind.«

Sonora saß am Küchentisch und arbeitete sich durch Rechnungen und Papierkram, die in keiner erkennbaren Ordnung gestapelt lagen, genau wie bei ihr zu Hause. Sie wünschte, die Menschen würden ihr Leben durchorganisieren.

Eine flüchtige Durchsuchung von Speisekammer und Kühlschrank enthüllte sorgfältig überlegte Einkäufe: Erdnussbutter, Frühstücksflocken, Tomatensauce in Gläsern und Makkaroni mit Käse. Tiefgefrorene Burritos. Eine Sechserpackung Miller Lite, aus der eine Dose fehlte, eine geschlossene Flasche Wein. Sonst befand sich kein Alkohol im Haus. Sie und Sam hatten an den üblichen Stellen nach Joints gesucht, das Medizinschränkchen auf Schlaftabletten und Glücklichmacher kontrolliert. Nichts außer Migränetabletten, Antihistaminen und einer Batterie von Kinderarzneien: Hustensaft, Gel für zahnende Kinder und Paracetamolsaft. Fünfzig Milligramm Tabletten Voltaren für Carl Stinnet, dreimal täglich oder nach Bedarf gegen die Schmerzen. Vermutlich wegen des gebrochenen Knöchels. St. John's Bierwürze.

»Aha«, sagte Sam.

Sonora sah von den Papieren hoch. Sie hielten sich überwiegend in der Küche auf und betraten die Schlafzimmer nur, wenn es nicht zu vermeiden war.

»Überfälliges Video. *Was geschah wirklich mit Baby Jane?*«

»Wie lange?«

»Drei Wochen.«

»Das ist die Lösung. Sie sind von diesen uniformierten Typen von Blockbuster Video ausgelöscht worden. Hast du verräterische Büchereimahnungen gefunden?«

»Mach dich nur lustig. Wenn wir erst einmal den Video-Terrorismus besiegt haben, darfst du dich bei mir für den Orden, die Beförderung und die Einladungen in die Talk-Shows bedanken.«

»Vielleicht kriege ich einen Buchvertrag.« Sonora legte die Papiere zusammen und gähnte.

»Was dabei?«, fragte Sam.

»Nur Rechnungen.«

»Genau wie zu Hause, was?«

»Ruhe.«

18

Sam sang vor sich hin. *You're darn tooting, I like Fig Newton.*

Sonora blieb vor den Aufzügen im Board-of-Elections-Gebäude stehen. »Es heißt *Newtons*«, sagte sie.

»Was?«

»Es heißt *Fig Newtons*, mit einem *s. You're darn tootin', I like Fig Newtons.*«

»Nein, das reimt sich nicht.« Sam griff nach der Tür, bevor sie sich schließen konnte, der altbekannte Kampf. »Steig in den Aufzug, mach schon.«

Sie schüttelte den Kopf. »Fahr schon mal rauf. Ich hab was vergessen.«

»Was?«

»Fahr einfach.« Sie flitzte um die Ecke davon. Was zum Teufel war mit ihr los? Warum konnte sie nicht in den blöden Fahrstuhl steigen, mit dem sie beinah jeden Arbeitstag ihres Lebens gefahren war, und das hieß, beinahe an jedem Tag ihres gesamten Lebens.

Vielleicht war es einer mit übersinnlichen Fähigkeiten. Vielleicht würde er steckenbleiben. Sie würde Sam retten können. Sie wanderte durch den Flur und fragte sich, ob das Treppenhaus nun hinter Tür Nummer eins, Tür Nummer zwei oder Tür Nummer drei lag.

Sie rannte – zehn Absätze mit je zwölf Stufen – und war völlig außer Atem und verschwitzt, als sie durch die Türen des Reviers platzte. Sam stand mit Crick und Gruber und einem Mann, den sie nicht kannte, an der Kaffeemaschine. Der Mann schlug Crick gerade auf die Schulter, und die beiden grinsten einander an wie zwei Hunde, denen man eine Spazierfahrt im Auto angeboten hatte.

»Das war schnell«, begrüßte Sam sie. »Hast du es?«

»Hab ich was?«

»Was immer du vergessen hattest.«

»Oh, klar.« Sonora strich sich das Haar zurück. Der Fremde betrachtete sie mit einem wissenden Lächeln, bei dem Sonora hätte schwören können, dass er ihre Gedanken las. Er hob eine rote Coca-Cola-Dose zum Gruß und trank einen Schluck. Alles an ihm, bis auf einen Becher Kaffee, der in seiner Hand hätte kleben müssen, verriet den Polizisten. Wurde ein Neuer eingestellt? Niemand sagte ihr jemals etwas.

Er stellte die Dose ab. »Detective Blair? Wir haben telefoniert. Jack Van Owen.« Er streckte seine Hand aus, und sie schüttelte sie, wobei sie ihn so intensiv anstarrte, dass Sam begann, sie merkwürdig anzusehen, und Crick sich räusperte.

»Wie ist es dir ergangen?«, erkundigte sich Crick bei ihm.

Van Owen nickte wie ein Mann, bei dem alles in Ordnung war. »Schau, ich bin nicht hier, um euch im Weg herumzustehen. Aber ich habe von den Olivenkernen gehört und dachte sofort an Aruba. Du kennst ihn nicht, das war vor deiner Zeit.«

Crick schaute hinüber zu Sonora und schüttelte den Kopf über Van Owen. »Blair glaubt nicht, dass es vor meiner Zeit überhaupt schon etwas gab.«

Van Owen grinste Sonora an. »Er war auch damals schon ein Cop, Schätzchen, nur nicht bei der Mordkommission.« Er wandte sich an Crick. »Du warst bei dieser Sondereinheit, Organisiertes Verbrechen und so, richtig?«

»Etwas in der Art.«

Welche Art, hätte Sonora gern gewusst, aber sie war klug genug, nicht nachzufragen. Crick hatte immer wie ein

Mann gewirkt, der alles gesehen hatte und den nichts mehr erschüttern konnte. Von Geburt an abgebrüht.

»Was amüsiert Sie, Detective?«

»Nichts, Sir.« Es war die Vorstellung von Crick als Baby. Sich das auszumalen, gelang ihr nicht.

Sie gestand sich ein, dass Van Owen sie überraschte. Sie hatte erwartet, dass er viel älter war, und versuchte, sich nun an alles zu erinnern, was sie über den legendären Van Owen gehört hatte. Sie wusste, dass er wegen Dienstunfähigkeit pensioniert worden war. In Erfüllung seiner Pflicht hatte ihn eine Kugel an der linken Hirnrinde getroffen. Sie suchte nach einer Narbe. Es gab keine. Doch. Da, nein, dort war sie, direkt am Haaransatz.

Der Mann hatte etwas.

Es gab Menschen, die Theorien über das Karma entwickelt hatten, die glaubten, dass man wieder und wieder mit den gleichen Seelen zusammentraf. Sonora war zynisch und pragmatisch und fand, dass Karma sich gut als Name für Kräutertee machte. Ein neues Erzeugnis aus dem Hause Teekanne.

»Erfreut, Sie kennenzulernen«, sagte sie. Seine Hand ruhte warm in der ihren, ein fester Druck, dann zog er sie fort.

Das war also der berühmte Detective Van Owen.

Wenn Sam der Cowboy in braunen Hosen und blauem Kambrikhemd, mit schweißfleckigem Stetson und einem ständigen Lächeln war, dann war Jack Van Owen der Mann in der geblümten Seidenweste. Sie stellte ihn sich mit einer dicken Zigarre vor, in kluge Überlegungen versunken, makellos in maßgeschneiderten schwarzen Hosen, nach einem teuren Rasierwasser duftend, in seinem Atem ein leichtes Aroma des besten Bourbon.

Frauen würden ihm nachschauen, Männer argwöhnisch reagieren. Aber Van Owen würde ihnen auf den Rücken klopfen, und was immer er von ihnen wollte, sei es illegal, unethisch oder unmoralisch, es gäbe ein Zwinkern und ein Grinsen und ein Stück vom Kuchen, solange sie taten, was ihnen gesagt wurde, und ihm nicht in die Quere kamen.

Er runzelte die Stirn, dann lächelte er sie verhalten an, was seine Wangen aufplusterte wie bei einem Eichhörnchen mit Nüssen in den Backentaschen. »Entschuldigung, aber welches Parfüm benutzen Sie?«

»Escada«, antwortete Sonora, sich bewusst, dass Crick und Gruber und Sam von dieser Wendung des Gesprächs leicht erstaunt waren. Sie spürte Angst in sich aufsteigen. Die Jungs würden sie mit dieser Sache nicht so leicht davonkommen lassen.

Van Owen nickte. »Es tut mir leid, ich bin Ihnen zu nahe getreten. Es war nur wegen meiner Frau, sie liebte diesen Duft, Gott segne sie.«

Eine Gesprächspause entstand, in der die Lebenden von der Erinnerung an die Toten zum Schweigen gebracht wurden.

Sonora war verärgert. Verletzt in Ausübung seiner Pflicht. Eine tote Frau. Er würde den Mitleidsbonus bekommen.

Crick beugte den Kopf. »Mickey ist in Vernehmungszimmer drei, er bereitet alles vor. Wollen wir?«

Die letzte Bemerkung galt Van Owen, der zögerte und auf seine Uhr blickte. »Wenn du denkst, dass ich von Nutzen sein kann.«

»Ein wenig Hintergrundwissen wäre schön, falls sich herausstellen sollte, dass es die Burschen waren. Du kennst sie.«

»Und ob.« Van Owen nahm seine Coladose. »Lass mal sehen, ob ich mich noch an den Weg erinnern kann.«

19 Sonora saß neben Sam, der sich zu ihr hinüberbeugte und ihr ins Ohr flüsterte. »Was für ein Parfüm trägst du denn nun wirklich? Eau de Gaul?«

»Lass mich in Ruhe.«

Er schubste ihren Stuhl mit seinem Fuß, Größe 48, zur Seite.

Gruber schob ihren Stuhl wieder an den Tisch und setzte sich neben sie. »Was für ein Parfüm benutzt du, Sonora?«

Das war nur der Anfang, dachte sie. Blöder Jack Van Owen. Sie hasste diese pensionierten Typen, die Crick immer hinzuzog. *Eines Tages wirst du es selbst sein*, sagte die barsche Stimme in ihrem Kopf.

»Es ist ein Deodorant, Gruber, das solltest du auch mal ausprobieren.«

»Sie schießt und trifft.«

Mickey schaute sie an. »Wir haben die Abdrücke noch nicht identifiziert, aber wir haben ein paar sehr gute entdeckt. Unter anderem deine, Sonora.«

»Meine? Wo?« Ihr Gesicht lief rot an.

»Das Bett.«

»Entschuldige bitte, dass ich versucht habe, ein Leben zu retten.«

Crick hob die Hand. »Was hast du noch, Mickey?«

»Überall Abdrücke, wie ich schon sagte, außer auf dem Anrufbeantworter. Er wurde abgewischt.« Mickey, ein kleiner Mann mit fassförmigem Oberkörper, dessen von dunklen Härchen bedeckte Unterarme aus einem kurzärmeligen, gestreiften Hemd ragten, setzte sich auf die Tischkante. »Die kleinen grauen Kiesel, wie du sie nennst, Blair, sind Olivenkerne, genau wie ich von Anfang an vermutet hatte.«

Van Owen nickte.

»Wir haben sie im Briefkasten, auf der Leiche des Vaters und einen im Haar von Joy Stinnet gefunden.«

Sonora zuckte zusammen. Von diesem hatte sie nichts gewusst.

»Etwas über den vermissten Jeep?« Crick fragte Gruber.

»Bis jetzt nicht.«

»Was haben Sie von den nächsten Angehörigen in Erfahrung gebracht?« Crick sah von Sam zu Sonora.

»Wir haben nur mit Joys Leuten gesprochen.«

Sam lockerte seine Krawatte. »Ganz gewöhnliche, normale Menschen.«

»Hinweise auf Drogenmissbrauch irgendwo im Haus?«

Sam schüttelte den Kopf. »Und wir haben danach gesucht, das können Sie mir glauben.«

»Was hat die Befragung der Nachbarn ergeben?« Crick wandte sich wieder an Gruber.

»Sie scheinen beliebt gewesen zu sein. Niemand ist etwas Merkwürdiges an den Leuten aufgefallen, die dort ein und aus gingen. Manchmal waren es Maler, die Stinnet beschäftigt hat, einige von ihnen sahen ein bisschen derb aus. Die schlimmste Beschwerde, die mir zu Ohren gekommen ist, war, dass einige von Tammys Freunden die Anlagen in ihren Autos zu laut laufen ließen. Aber sie war beliebt, hat bei einigen Nachbarn auf die Kinder aufgepasst, wenn sie nicht beim Schwimmtraining oder Wettkämpfen war. Kein Besuch von Fremden mitten in der Nacht. Die Nachbarin von nebenan sagt aus, dass bei ihnen normalerweise gegen dreiundzwanzig Uhr die Lichter ausgingen, aber dass danach im Elternschlafzimmer oft noch der Fernseher lief. Sie glaubt, dass sie sich im Bett immer noch Letterman angesehen haben, weil sie und Joy sich häufig über die Nummer eins der Top-Ten-Listen unterhalten haben.«

Crick lehnte sich im Stuhl zurück und rieb seine Nasenwurzel. »Das führt zu nichts.«

»Sie hatten ernsthafte Geldprobleme«, sagte Sonora.

Crick runzelte die Stirn. »Haben Sie den Eindruck, dass sie sich Geld von der Mafia oder einer ähnlichen Organisation geliehen hatten?«

»Nein, Sir. Visa und American Express.« Sonora blickte Sam an, sie wusste, dass er an den Witz über Blockbuster Video dachte. Er verengte die Augen zu Schlitzen und schüttelte ganz leicht den Kopf.

Dachte er im Ernst, dass sie es tun würde?

»Okay.« Crick schob seinen Stuhl vom Tisch zurück. »Jack, wie wäre es, wenn du uns erzählst, was du über diesen Irren mit den Olivenkernen weißt.«

Van Owen drehte sich so, dass er sie alle im Blick hatte, und ein verhaltenes Lächeln breitete sich über seinem Gesicht aus. Sonora stellte fest, dass sie nicht das Zeug hatte, diesem Lächeln zu widerstehen.

Objektiv betrachtet, was aber nahezu unmöglich war, wenn man fünf Sekunden mit ihm verbracht hatte, war er nur ein durchschnittlich aussehender Mann. Sonora versuchte herauszufinden, warum. Entschied, dass es hauptsächlich an seinem Lächeln lag. Es machte ihn anziehend, für Frauen und für Männer. In seinen Augen lag etwas Wissendes, etwas, das den Eindruck vermittelte, er wüsste alles über einen und mochte einen trotzdem.

»Der Kerl, an den ich denke –«

»Er isst Oliven«, unterbrach ihn Gruber.

»Ja, grüne Oliven mit Kernen. Kein Fan von der mit Paprika gefüllten Sorte. Sind Sie ein Fan davon, Detective?«

»Ja, bin ich«, antwortete Gruber.

»Dieser Typ nicht. Seine Name ist Lancaster, alias Lanky

Aruba. Vermutlich ist ein Bild von ihm hier in der Akte.« Das galt Crick, der nickte und den Ordner aufschlug. »Hier haben wir es. Schauen Sie ihn sich gut an und seien Sie vorsichtig bei diesem Mann. Er ist wirklich dort draußen, er ist paranoid und gefährlich. Er steht auf sämtlichen Fahndungslisten von Secret Service und FBI, aber ist Gott sei Dank zu unterbelichtet, um einen Anschlag zu verüben.«

Gruber gab das Foto an Sonora weiter. Sie runzelte die Stirn, etwas war an diesem Karteifoto seltsam. Sie kaute auf der Innenseite ihrer Wangen und entschied schließlich, dass sich seine Situation nicht in seinem Ausdruck spiegelte. Die Leute auf den Verbrecherfotos zeigten Gefühle – sie waren ängstlich, wütend oder verwirrt. Entweder das, oder sie verfielen ins andere Extrem, das von einem leeren, gleichmütigen Gesichtsausdruck bis zum Gefängnishofstarren reichte.

Aber dieser Typ – es könnte genausogut ein Schnappschuss mit einer Polaroid sein; die Kamera schien ihn völlig kalt zu lassen. Man hatte ihn aufgenommen, als er hochschaute, nach links, das rechte Auge zugekniffen, als hätte er an der Decke etwas entdeckt, das ihn erstaunte. Sein Haar war lockig und ganz kurz geschnitten, und er hatte eine Rasur nötig. Gewaschen, mit einem normalen Ausdruck in den Augen statt dieser erstaunten Kälte, wäre er vielleicht attraktiv gewesen, aber er hatte eine seltsame Ausstrahlung, wie ein Außerirdischer, die ihn für *Herzblatt* oder ähnliche Sendungen völlig disqualifizierte.

»Ungefähr ein Meter achtundachtzig.« Van Owen schaute in die Akte. »Eins sechsundachtzig. Blondes Haar, blaue Augen, eine Narbe rechts am Kinn, seit das Foto gemacht wurde.«

»Daran können Sie sich erinnern?«

Van Owen lächelte sie schief an. »Ich habe sie ihm verpasst. Er versuchte, das Mädchen am Empfang anzugreifen, als wir ihn hinausbrachten. Damals war da noch keine Glasscheibe.« Van Owen zeigte ihr die Innenfläche seiner Hand. »Völlig unerwartet, ohne Vorwarnung. Der Typ war in Handschellen, zwei Beamte neben ihm, um auf ihn aufzupassen. Ich folgte ihnen nach draußen – ich sprach mit ihm, nur so leeres Gerede. Ich habe keine Ahnung, was ihn dazu brachte. Was hat er noch mal gesagt?« Van Owen blickte zur Decke hoch. »Etwas über die Hopi-Indianer, die die Demokraten wählten, soweit ich mich erinnere. Es hatte weder Sinn noch Verstand. Unheimlicher Typ.«

Crick warf eine Akte von seinem Schoß auf den Tisch. Nahm einen weiteren Umschlag mit einem Foto heraus. Reichte es Sonora.

»Das ist sein Neffe oder Cousin oder so.«

»Stiefneffe, glaube ich«, bemerkte Van Owen. »Ein gewisser Barton Melville Kinkle.«

Gruber schnaubte. »Lanky Aruba und Barton Kinkle. Was waren das doch für Verlierer.«

Van Owen sprach weiter. »Keine Anklagen außer zweien wegen Marihuanabesitzes, beide Fälle wurden als minderschwere Vergehen eingestuft. Er hat der Jury leid getan. Teufel, mir tut er auch leid. Er ist einfach das schwache Glied. Stolpert in Dinge hinein. Einfach zu manipulieren, leicht einzuschüchtern. Vermutlich das geringste Selbstwertgefühl auf dem Planeten.«

Sonora schaute sich das Bild ein zweites Mal an, bevor sie es an Sam weitergab. Verdammt, und ob sie Mitleid mit ihm empfand. Vielleicht, weil er so verängstigt wirkte. Er hatte hellbraunes Haar, das er in einer Art Topfschnitt trug, und eine kahle Stelle wie eine Mönchstonsur am Hinterkopf, die man auf der Profilaufnahme erkennen konnte. Seine Augen waren wie kleine braune Knöpfe, seine Brauen dünn und gewölbt. Seine Haut sah ungesund aus. Er war die Art von Typ, die immer feuchte, verschwitzte Hände hatte.

»Was fährt er?«, fragte Sonora.

»Kein Führerschein. Er fällt beim schriftlichen Test immer durch«, antwortete Van Owen. »Er erzählte mir, dass die Demokraten den Test auswerten.«

»Nicht Aruba, der Junge. Was fährt er?«

Crick sah sie an. »Wir haben es durchlaufen lassen, ohne Ergebnis. Demnach ist sein Auto vermutlich nicht versichert. Stellen Sie sich das vor.«

Van Owen sah auf seine Uhr. »Ich muss gehen.«

Für einen Mann mit der stämmigen Statur eines Exboxers war Crick rasch auf den Beinen. Er schüttelte Van Owen die Hand. »Danke fürs Vorbeikommen, Jack.«

»Gern geschehen.« Van Owen nickte der Runde zu. Wandte sich zur Tür.

Gruber rollte seinen Stuhl herum. »Hey, eine Frage noch, es dauert auch nicht lange.«

Van Owen drehte sich um, sein Gesichtsausdruck erinnerte an den eines Vaters, der beim Schlafengehen einmal zu oft um ein weiteres Glas Wasser gebeten wurde. »Und die wäre, Detective?«

»Wie haben Sie den Typen dazu gebracht, mit Ihnen zu reden? Er hat doch mit Ihnen geredet, oder?«

»Ja, das tat er. Konnte nicht mehr aufhören, nachdem er einmal angefangen hatte. Sein Geständnis war absolut unantastbar. Es überführte ihn.«

»Es ist dieser alte Van-Owen-Zauber«, bemerkte Crick.

Van Owen lächelte. »Ich habe dem Kerl einfach ein Glas Oliven mitgebracht.«

»Wenn ich ihm also ein Glas Oliven mitbringe, ohne Paprika, sagt er mir alles, was ich wissen will?«

Hör doch auf, dachte Sonora.

Van Owen verlagerte sein Gewicht. »Ich will Ihnen noch rasch eine kleine Gutenachtgeschichte erzählen. Aruba hat seine Vermieterin auf dem Treppenabsatz im zweiten Stock direkt vor seiner Wohnung ausgeweidet. Dann ging er geradewegs in seine Küche und holte ein Bündel Lappen, um die Sauerei aufzuwischen. Wurde von einem der Nachbarn beim Aufwischen ertappt und hat ihn ebenfalls umgebracht. Nun, so wie der alte Lanky sich daran erinnert und wie er es mir erzählt hat, stand er in der einen Minute noch dort und stritt sich mit der alten Dame darüber, ob neues Linoleum verlegt werden musste, und das nächste, was er weiß, ist, dass er das Blut aufwischte. Er erinnert sich überhaupt nicht daran, dass er sie von hinten gepackt und aufgeschlitzt hat.«

»Das hat er Ihnen so gesagt?«, fragte Gruber.

Van Owen nickte. »Und falls Sie ihn kriegen, Detective – und falls er Ihr Mann ist, hoffe ich, dass Sie ihn kriegen –, dann sorgen Sie dafür, dass er in Handschellen steckt, dass ihm Beinfesseln angelegt werden und der Bastard an den Boden gekettet wird.« Er winkte und ging durch die Tür. »Denkt an Eure Sicherheit, Kollegen.«

20 Sanders stand mit dem Rücken zum Waschbecken in der Damentoilette und sah Sonora zu, die ihren Lippenstift auftrug.

»Er ist zu rot«, sagte Sonora.

»Ich glaube, ich mag diesen lieber als den violetten. Gib ihn mir mal.« Sanders streckte die Hand aus.

»Was stimmt denn nicht mit dem Violetten?«, fragte Sonora.

»MAC? Ist der neu?«

»Ja, er ist neu. Was stimmt nicht –«

»Ich mag ihn einfach nicht, du hast mich gebeten, ehrlich zu sein.«

»Nein, habe ich nicht.« Sonora schaute auf die Uhr. Elf Uhr dreißig. »Kommst du mit zum Essen – übrigens, was hältst du von diesem Van Owen?«

»Ich finde ihn süß. Ich kann nicht mit zum Essen. Ich mache die Jenny-Craig-Diät. Ich muss diese kleine Dose Chili und Salat essen. Aber heute nachmittag krieg ich eine halbe Birne.«

»Ein *halbe* Birne? Keine ganze?«

»Weißt du was? Ich nehme dabei ab, also halt den Mund.«

»Gib mir den Lippenstift wieder.«

Sanders nahm einen Kamm von der Ablage über dem Waschbecken und fuhr sich damit durch ihre feinen, seidigen Haare. »Hör mal, sag's nicht weiter, aber ich glaube, mit deiner Theorie über einen dritten Mann könntest du recht haben. Hast du dir die Haare schneiden lassen?«

»Meine Haare? Ja. Vor drei Wochen, hast du es jetzt erst bemerkt?«

»Sieht gut aus. Irgendwie peppig. Ein bisschen wie Marilyn.«

»Manson?«

»Monroe.«

»Wer hat dir von meiner Dritter-Mann-Theorie erzählt?«

»Ich hab gehört, wie Sam mit Gruber darüber gesprochen hat. Sie waren beide der Ansicht, dass du die Sache verkomplizierst und zuviel hineindeutest. Was sie wirklich sagen wollten, war *eben typisch Frau.* Diese Frau meinte etwas Bestimmtes, als sie sagte, zwei Männer und ein Engel. Lach nicht, aber hast du mal darüber nachgedacht –«

»Erwähne es nicht mal!«

»Ich hab nichts gesagt. Schau, Sonora, ich brauche deinen Rat.«

Sonora steckte den Lippenstift zurück in ihre Tasche. »O mein Gott, nicht schon wieder«, murmelnd richtete sie ihre Krawatte.

»Nein, nein, er ist nicht verheiratet.«

»Sie hat also doch ein Gehirn.«

»Es ist Gruber.«

»Gruber?«

»Es wäre mir sehr recht, wenn du seinen Namen nicht aussprechen würdest, als wäre er etwas, was an deiner Schuhsohle klebt.« Sanders ließ einen Finger über den Rand des Waschbeckens wandern. »Findest du nicht, dass er gut aussieht?«

Sonora holte tief Luft. »Nein, finde ich nicht. Ebensowenig wie die meisten Frauen in Cincinnati und Umgebung oder an der gesamten Ostküste, wenn du weißt, was ich damit sagen will.«

»Es ist nur eine Verabredung zum Essen.«

»Erzähl noch einen. Zum Teufel, Sanders, er ist dein Partner, warum willst du mit ihm essen gehen, ihr esst doch sowieso andauernd zusammen.« Bei einem Blick in den Spiegel sah Sonora Sanders Gesichtsausdruck. »Hast du mit ihm geschlafen?«

»Nein.«

Sonora las ja. »Hör mal, Sanders, der Mann ist dein Partner. Du siehst ihn jeden Tag, du arbeitest mit ihm, wohin kann das schon führen, außer in eine Katastrophe.«

»Ich mag ihn wirklich, Sonora.«

»Ja, Schätzchen, und er mag dich wirklich.«

»Glaubst du?«

»Denk nicht mal dran. Das Elend ist vorprogrammiert, und du weißt es. Aber halt mich auf dem Laufenden.« Nicht, dass man ihr etwas erzählen müsste. Sie wusste genau, was passieren würde: Sie würde einfach eine Art Straßenkontrolle auf dem Weg in die Katastrophe sein.

»Warte nur noch einen Moment. Willst du mir wirklich erzählen, du hättest noch nie mit Sam geschlafen?«

»Natürlich nicht«, log Sonora. »Bis dann.«

Sie schoss aus dem Waschraum und prallte direkt auf Sam. Er hielt sie am Ellbogen fest.

»Immer in Bewegung bleiben, Mädchen, ich habe die Adressen von Barton Kinkles Wohnung und seiner Arbeitsstelle.«

»Aber –«

»Komm schon, oh, gut, du hast deine Tasche. Wir besorgen uns unterwegs etwas zu essen. Ich habe telefoniert – Mann, was für ein Rot!«

»Was? Der Lippenstift?« Sie folgte ihm den Flur hinunter. »Magst du ihn nicht?«

Er blieb stehen. Trat einen Schritt zurück. Legte den Kopf auf die Seite. »Lass mir ein bisschen Zeit, mich daran zu gewöhnen. Ich mag ihn lieber als den Violetten.«

»Habe ich dich *gefragt* –«

»Wie ich schon sagte, ich habe bei der Polizei in Lexington, Kentucky, angerufen und mit einer Frau gesprochen, Detective Mai Yagamochi –«

»Klingt ganz nach einer von deinen typischen Magnolien aus Stahl.«

»Sie will bei der Schwester Arubas vorbeifahren und nachschauen, ob der Jeep dort ist, sich einfach mal umsehen. Sie hat es für mich überprüft, die Adresse ist definitiv in Fayette County, also liegt es in ihrem Amtsbereich.«

»Wie klang sie?«

»Ziemlich gut. Irgendwie aufgeregt. Muss sich dort vermutlich ziemlich bedeckt halten, gerade jetzt.«

»Klar, was für ein Schock.«

Er wandte sich in Richtung der Schwingtüren, und sie musste laufen, um mit ihm Schritt zu halten.

»Ich denke, wir sollten Kinkles Wohnung durchsuchen, uns etwas zu essen besorgen und dann zu seiner Arbeitsstelle fahren.«

Sonora hängte sich die Tasche über die Schulter. »Wo arbeitet er?«

»Nachtportier im Hampstead Inn an der Montgomery.«

»An der Montgomery? Wo an der Montgomery? Diese Straße ist grob geschätzt hundert Kilometer lang.«

»Ausfahrt sieben.« Sam drückte den Abwärtsknopf des Aufzugs.

»Oh, klar, da wo die Ausfahrten sechs, acht, sieben gezählt werden?«

»Ich wette, für Auswärtige ist das die reine Hölle.«

»Es gibt kein Gesetz, dass Nummern in der richtigen Reihenfolge aufgeführt werden müssen.«

»Nicht in Cincinnati.«

Die Fahrstuhltüren glitten auf. Sam trat ein und sah sie an. Sonora holte tief Luft und ging hinein. Na also, sie war tapfer und nahm den blöden Aufzug.

»Sam, lass uns zuerst was essen, ich habe Hunger.«

»Oh, komm schon, die Wohnung dauert nicht lange.«

»Es sei denn, er ist *da*. Dann geraten wir womöglich in eine Schießerei, wer zum Teufel weiß, was alles passieren kann.«

»Es ist gesünder, mit leerem Magen erschossen zu werden, Sonora.«

21

»Willst du meine Vorhersage hören?«, erkundigte sich Sonora.

Sam steuerte auf den Parkplatz der Kilmar Arms zu. Mit zusammengekniffenen Augen musterte er den vierstöckigen, verwitterten Backsteinbau. »Der erste Halt auf unserer Reise, das Heartbreak Hotel.«

»Was?«, fragte Sonora.

»Das hier ist die erste Anlaufstelle für jeden geschiedenen Mann in Cincinnati direkt nachdem er sich von seiner Frau getrennt hat. Es ist billig, nah bei Downtown, und man kann drei kleine dunkle Bars, ein MacDonald's, Arby's und eine Wäscherei mit Getränkeautomat, Flipper und einem Münzwechsler bequem zu Fuß erreichen.«

Sonora schlug die Autotür zu. »Und warum weißt du so gut darüber Bescheid?«

Sam schlüpfte in seinen braunen Regenmantel, der Sonnenschein vom Tag zuvor war nur noch eine Erinnerung. »Viele meiner Freunde sind nach ihrer Trennung hier gelandet. Wir gehen immer die Straße runter, um Bier zu trinken und Football zu gucken.«

»Gut, dass sich für dich so viele glückliche Erinnerungen mit diesem Ort verbinden, Sam. Es freut mich zu hören, dass die Depressionen und lebenserschütternden Krisen deiner Freunde ihn dir nicht vergällt haben.«

Sam schloss den Taurus ab. »Hey.« Er breitete die Arme aus. »Ich muntere sie auf. Bring sie rein, bring sie raus. Es gehört zum Kreislauf des Lebens, Sonora. Man kann es ebensogut genießen.«

Sie folgte ihm die sechs Backsteinstufen hinauf, die an

beiden Seien von einem schwarzen, schmiedeeisernen Geländer flankiert wurden, und ging durch eine große, schwere Tür mit einem halbrunden Fenster darüber, das wie ein Oberlicht wirkte. Sonora blieb im Foyer stehen und reckte den Hals, um einen staubbedeckten Kronleuchter zu betrachten, der besser in den Ballsaal eines Chicagoer Hotels alten Stils gepasst hätte, um dort bei Hochzeitsempfängen und Silvesterpartys zu erstrahlen.

»Was zum Teufel«, sagte sie.

»Was für ein Ort!« Sam grinste sie an wie ein Junge mit seinem ersten Auto. »In den Zwanzigern erbaut.« Er zeigte zur Decke. »Hohe Decken, hier hat ein Mann Luft zum Atmen. Klar, es könnte sauberer sein, und es gibt keine Klimaanlage. Schau mal da rüber, an den Wänden sind Rippenheizkörper, die sieht man heutzutage nicht mehr oft. Ein tolles Haus.«

»Es ist der Geruch nach frittiertem Fisch, der das ganze perfekt macht.«

Sam stieg die Treppe hinauf. »Ich habe nie herausgefunden, wo der Geruch herkommt. Zu den Suiten –«

»Suiten?«

»Gehören keine Küchen, Kochen ist verboten, aber die meisten Männer nehmen ja ohnehin nicht die Kücheneinrichtung mit, wenn sie gehen.«

»Sind Schlagbohrer erlaubt?«

»Sehr witzig.«

»Kein Fahrstuhl?« Die hölzernen Stufen knarrten. Die Geländer wären Kunstwerke gewesen, wenn man sie gesäubert, geschliffen und poliert hätte. Sonora spürte eine raue Stelle unter ihrem Daumen. Jemand hatte seine Initialen eingeritzt. SDM.

»Nein.« Sam keuchte ein bisschen. »Und der Typ wohnt im vierten Stock. D-acht.«

»Sam, wie können sie das Kochen verbieten?«

»Sie lassen einem eine Popcornmaschine.«

»Was braucht ein Mann mehr?«

»Wie lautet deine Vorhersage?«, fragte Sam.

»Mein Gott, hast du zugehört?«

»Ich höre dir immer zu.«

»Mann, hier ist es wirklich ruhig. Nur Bewohner mit Bürojobs.«

Sam zuckte die Achseln. »Oder Nachtschichtarbeiter, die tagsüber schlafen.«

»Okay. Meine Vorhersage. Kinkle ist zu Hause, tief schlafend, wie ein guter Nachtportier, und dieser Van Owen – schätze, der ist wohl in Ordnung, Sam.« Sie blieb auf dem Absatz im dritten Stock stehen, um wieder Luft zu bekommen. Ihre linke Seite schmerzte schwach, eine leise Erinnerung. Vor fünfzehn Monaten hatte ihr ein anderer sanftmütiger, mitleiderregender Mann mit geringem Selbstbewusstsein die Rippen eingetreten. Sonora nahm ihre Waffe aus der Tasche. Allmählich waren ihr die schweren Jungs lieber.

»Magst du ihn nicht?«

»Wen?«

»Van Owen.«

»Nein, es ist nicht so, dass ich ihn nicht mag, aber mir scheint das alles zu einfach, Sam. Er gibt uns ein paar Namen, und wir sammeln die Typen ein. Bitte.«

»Was ist mit dem Antiquitätenhehler, der seine Visitenkarte fallen ließ?«

»In Ordnung, aber außer ihm?«

»Da war der Riverfront-Würger.«

»Stimmt, aber, verdammt, Sam, der Mann hat gestanden.«

»Das nennst du nicht *einfach*? Ich mag es, wenn sie ins Büro spaziert kommen.«

»Ich werde erst glücklich sein, wenn sie mir Essen mitbringen.«

Sam hob den linken Arm, seine Waffe hielt er in der Rechten. Sie standen links und rechts neben einer zerkratzten Mahagonitür, auf der eine Sechs aus Messing direkt über dem Türspion angebracht war. Sam klopfte und trat zur Seite.

»Hey, Sam?«

»Was?«

»Hast du nicht acht gesagt?«

»Hä?«

»Hast du nicht gesagt, der Mann lebt in D-acht?«

»O ja klar. Hab ich.«

Die Tür zur Sechs öffnete sich. Ein Mann in Jogginghosen und sauberem Unterhemd mit V-Ausschnitt sagte »Cloris?«. Seine Stimme klang hoffnungsvoll. Sein dunkles, schütteres Haar war feucht und glatt zurückgekämmt, als hätte er gerade geduscht. »Oh.« Er sah sie mit traurigem Dackelblick an. »Ja?«

Der Geruch von Popcorn und Zigarettenrauch wehte aus seiner »Suite« in den Korridor. Sonora sah ein Klappbett mit Stahlrahmen, eine gestreifte Matratze, zerwühlte blaue Decken, einen offenen Koffer und einen riesigen, nagelneuen Fernseher.

»Die falsche Wohnung«, sagte Sonora.

»Oh. Okay.«

»Tut uns leid«, sagte Sam zu der sich schließenden Tür.

Sonora schüttelte den Kopf. »Der Mann hat kein Wort über die Waffen verloren.«

»Er hat andere Dinge im Kopf.« Sam führte sie um den Treppenabsatz zu Nummer acht.

Dieses Mal klopfte Sonora. Sie war an der Reihe.

Niemand kam zur Tür. Sie warteten. Lauschten. Nichts.

»Okay.« Sam klang fröhlich. »Auf zum Hampstead Inn.«

»Ich will essen.«

»Unten an der Straße ist ein MacDonald's. Wir können hin laufen.«

»Verdammt. Ich kann kein MacDonald's mehr sehen.«

»Sie haben Beanie Babies.«

»Oh, okay.«

22

Der Parklatz des Hampstead Inn war frisch geteert, frisch markiert und fast leer. Sonora, die es sich auf den Vordersitzen des Taurus bequem gemacht hatte, zog eine der Hackfleischscheiben aus ihrem Big Mac und warf sie zurück in die braune, fettfleckige Tüte.

»Hey«, rief Sam. »Meine Fritten sind da noch drin.«

»Hol sie raus.« Sonora biss von ihrem Hamburger ab, aß eine Pommes und trank einen großen Schluck Cola. Es ging nichts über prickelnde, eiskalte Cola.

Sam streckte den Arm über den Sitz und wischte mit dem Daumen Dressing von ihrem Mund. »Warum machst du das?«

»Was?«

»Das Fleisch runternehmen.«

»Eine Scheibe habe ich draufgelassen. Ich will einfach keine zwei.«

»Dann bestell dir doch einen Hamburger Royal.«

»Der schmeckt ganz anders als ein Big Mac. Hier, nimm deine Pommes, Sam. Glaubst du, Gruber schläft mit Sanders?«

Sam hielt augenblicklich inne, sich eine Faust voll Pommes frites in den Mund zu stopfen. »Wie kommst du darauf?«

»Komm schon, was meinst du? Du wirst noch mal ersticken, wenn du deine Pommes weiter so isst.«

»So schmecken sie besser. Es ist wie bei Popcorn – man muss sich einen ganzen Haufen auf einmal in den Mund schieben.«

»Sieht auch hübsch aus, wenn das Essen so aus dem Mund fällt.«

»Ach klar, ich liege nachts wach und mache mir Gedanken darüber, wie ich beim Essen aussehe.«

Er schnippte gegen den Strohhalm in ihrer Cola, an dem sich ein roter Lippenstiftring befand. »Ich glaube, ich mag dieses Rot. Es ist irgendwie sexy.«

»Weißt du, was das größte Problem mit Kinkle und Aruba ist?«

»Dass sie eiskalte Killer sind?«

»Nein. Ich kann keine Verbindung entdecken. Warum sind sie bei den Stinnets aufgetaucht? Warum sie?«

»Ich habe darüber nachgedacht.«

»Und?«

»Ich weiß es nicht.«

»Was ist mit Sanders und Gruber?«

Sam kaute. Wischte sich den Mund mit einer Papierserviette ab. »Vermutlich haben sie ein- oder zweimal miteinander geschlafen. Haben wir auch.«

»Sam.«

»Na ja, stimmt doch.«

»Das war vor Urzeiten und gehört nicht zum Thema.«

»Gut, aber es stimmt trotzdem.«

»Okay.«

»Es ist nicht so, dass ich es vergessen hätte.«

»*Okay.*«

Er lächelte sie schräg von der Seite an, was, wie Sonora dachte, vermutlich sexy wirken sollte. Sie bot ihm den Rest ihrer Pommes frites an, und er nahm den roten Karton vorsichtig zwischen Daumen und Zeigefinger.

»Warum magst du Van Owen nicht, Sonora? Abgesehen davon, dass er dich vor Gott und der Welt angemacht hat?«

»Er hat mich nicht angemacht, Sam.«

»Er mag dich.«

»Tut er nicht.«

»Tut er doch.« Sam griff nach ihrer Hand. Zog ihr Gelenk an seine Lippen. »Was hast du gesagt, was das für ein Parfüm ist?«

»Eins, das dir gefallen wird, Sam. Eau de Pommes frites, mit einer moschusartigen Andeutung von Fett und dem blumigen Bukett von jodiertem Salz.«

»Hör auf, du machst mich ganz verrückt.«

»Isst du *immer* noch?«

»Nein, ich bin fertig.«

»Bist du?«

»Ja.«

»Dann können wir jetzt gehen?«

»Klar. Aber zieh dir lieber noch mal die Lippen nach, Baby.«

23 Das Hampstead Inn war ein Apartmenthotel, das sich auf Reisevertreter spezialisiert hatte. Die Lobby, in der es nach Kiefernholz und altem Kaffee roch, war mit Teppichboden ausgelegt, dessen Farbe mittlerweile ein leicht verblichenes Butterblumengelb war.

In einem merkwürdigen, mit Linoleum ausgelegtem Vorraum stand eine Kühltheke, die mit Eiskrem und gefrorenen Burritos gefüllt war. Ein Colaautomat summte und leuchtete. Ein orangeleuchtendes Lämpchen warnte, dass die Maschine kein Wechselgeld mehr enthielt. Eine kleine Auswahl von Magazinen stapelte sich neben einer abgegriffenen Sammlung von Taschenbüchern, und verschiedene Päckchen mit Drogerieartikeln lagen neben einer Mikrowelle.

Atmosphäre war auf dem Altar der Bequemlichkeit und Nützlichkeit geopfert worden.

Hinter der Rezeption weitete sich die Lobby zu einem großen Raum, in dem kleine runde Tische aufgestellt waren. Auf der Hälfte von ihnen standen runde Aschenbecher aus Alufolie, auf den anderen kleine weiße Plastikschilder, auf denen eine brennende Zigarette in einem durchgestrichenen roten Kreis abgebildet war. In einem Fernseher mit riesigem Bildschirm lief das unvermeidliche Programm von CNN, und auf einem langen, leeren Serviertisch an der Wand – auf dem dankenswerterweise eine laufende Kaffeemaschine stand – prangte eine Notiz, die darauf hinwies, dass es zwischen sieben und elf an jedem Tag Bagels und Croissants gab. Ein Zeitungsständer mit der Aufschrift *USA Today* war leer, die Ständer für *The Post* und *The Enquirer* waren noch zur Hälfte gefüllt.

Ein Mann in gelbem Hemd mit braunem Schlips stand hinter der Rezeption. Er beugte sich über eine schlanke Frau, deren dauergewelltes brünettes Haar über ihre Schultern wallte und deren lange Fingernägel die Tastatur eines Computers auf fast unmögliche Weise attackierten.

Sam legte seinen Ausweis auf den Tresen. »Würden Sie den Manager herbitten, wenn Sie einen Augenblick Zeit haben?«

Sonora hätte auf den *Augenblick Zeit* verzichtet, aber Sam stammte aus dem Süden und war daher höflich – Sonoras Überzeugung nach zu seinem Nachteil.

Der Mann ging um das Mädchen herum, die bei seinem Weggang panisch hochschaute, und drückte seinen Magen gegen die Kante des Tresens. Oben auf dem Kopf war er kahl, das Haar an den Seiten zu lang und gewellt, seine Ohren waren sauber und klein. Er besaß große Ähnlichkeit mit dem Pillsbury Doughboy, nur ohne dessen ansteckendes Lächeln.

»Ich bin der Manager.« Auf seinem Namensschildchen stand *Kreski, Jim MGR*.

Er hatte sich gerade vorgestellt, als ein Mann in Leinenhosen, weißem Hemd und Pepitablazer beide Hände auf den Tresen legte und Sonora dichter an Sam drängte. »Entschuldigen Sie, kann ich hier irgendwo einen Kaffee Latte bekommen?«

»Bei Vincent's«, antwortete Sonora. »Gleich unten an der Straße. Sie machen den besten Kaffee in der ganzen Stadt.«

Das Mädchen hinter dem Tresen schaute sie erstaunt an.

»Wie weit?« Der Mann war hartnäckig. »Sie können zu Fuß gehen«, versicherte ihm Sonora.

»Danke!« Er klopfte einmal auf den Tresen und wandte sich zum Ausgang.

Sonora sah Kreski, Jim MGR an. »Können wir uns hier irgendwo unterhalten?«

Kreski machte wieder diese seltsamen Seitwärtsbewegungen, wie eine Krabbe auf dem Eis, kam hinter dem Empfang hervor und führte sie zu einem rechteckigen Tisch am anderen Ende der Lobby. Er bedeutete ihnen, sich zu setzen. »Kaffee? Möchten Sie etwas trinken?«

Sonora schüttelte den Kopf und setzte sich mit dem Rücken zum Fernseher.

»Nein, danke«, antwortete Sam. »Mr. Kreski, wir sind wegen eines Ihrer Angestellten hier, einem der Nachtportiers. Barton Kinkle.«

»Barty?« Kreskis Augen hingen an dem großen Bildschirm hinter ihnen.

Sonora beugte sich vor. »Mr. Kreski, würden Sie den Platz mit mir tauschen?«

»Oh, natürlich.«

Sonora warf Sam einen Blick zu, als sie an die andere Seite des Tischs ging und sah, wie er ein Lächeln unterdrückte. Sonora machte es sich auf Kreskis Stuhl bequem und stützte die Ellbogen auf den Tisch. »Das ist schon besser.«

»Ist etwas nicht in Ordnung?«, fragte Kreski.

»Das fragen wir Sie«, erwiderte Sam.

»Schauen Sie, Sie sind von der Polizei.«

»Das wissen wir.« Sonora lehnte sich zurück und schlug die Beine übereinander. »Mr. Kreski, wann haben Sie Barty zum letzten Mal gesehen?«

»Er hat Sonntag gearbeitet. Montag war sein freier Tag. Er hätte gestern nacht arbeiten müssen, aber er ist nicht gekommen.«

Sams Blick war freundlich, beinah desinteressiert. »Hat er sich krank gemeldet oder so etwas?«

Kreski schüttelte den Kopf. »Weder angerufen noch vorbeigeschaut. Ich habe genug von dem Burschen, das kann ich Ihnen flüstern.«

»Wieso?«, fragte Sonora. »Hat er das schon häufiger gemacht?«

»Nein, das ist das erste Mal, dass er nicht Bescheid gegeben hat. Aber er ist häufig krank, er hat Asthma und Allergien.« Kreski sprach wie ein Mann, der Allergien für eine Erfindung fauler Arbeitnehmer hielt. »Bis jetzt hat er immer angerufen und Gründe genannt. Normalerweise ist er in dieser Hinsicht sehr zuverlässig. Geben Sie Kinkle eine Anweisung, und Kinkle befolgt sie. Das ist ein Teil seines Problems.«

»Wie meinen Sie das?« Das kam von Sam.

»Er verärgert die Gäste. Er ist nicht sehr verbindlich. Er ist aggressiver als notwendig. Ein Beispiel.« Kreski beugte sich zu Sam. »Sie brauchen einen Fön und rufen unten an, damit man Ihnen einen hinaufbringt. Das ist kein Problem, wir machen das gern, obwohl der Gast eigentlich unten an der Rezeption dafür unterschreiben muss. Kinkle bringt ihn weder hoch, noch lässt er jemand anderen damit hinaufgehen. Er besteht darauf, dass der Gast, und sei es im Bademantel, hinunterkommt und an der Rezeption den Empfang bestätigt. Dummes Zeug. Macht die Leute wütend. Aber das ist Kinkle. Er hält sich an die Regeln, verstehen Sie? Weiß nicht, wann er nachgeben muss.«

»Meinen Sie, es gefällt ihm? Den Leuten Schwierigkeiten zu machen?«

»Nein, Ma'am, er macht es nicht absichtlich. Er kann nur nicht mit Menschen umgehen. Er ist leicht einzuschüchtern, und dann stellt er auf stur und hält sich strikt an die Regeln, weil er solche Angst hat, etwas falsch zu machen. Dadurch geht natürlich noch mehr schief. Ich meine, wenn jemand ihn nur schräg von der Seite ansieht, fangen seine Hände an zu zittern. Da stehen einem die Haare zu Berge.

Außerdem, und ich weiß, das klingt kleinlich, aber seine Wegbeschreibungen sind fürchterlich – das gleiche in Grün nehme ich an, er wird nervös und denkt nicht darüber nach, was er tut. Gibt unsere vorgedruckten Karten raus und markiert Strecken, ohne die geringste Ahnung zu haben, was er da vorschlägt. Zu seinen Gunsten muss ich sagen, dass ich nicht glaube, dass Absicht dahintersteckt.«

»Das macht natürlich alles wesentlich besser«, bemerkte Sonora.

»Und diesen Monat habe ich ihn zweimal dabei erwischt, dass er während der Arbeitszeit geschlafen hat.«

Sam machte eine Handbewegung. »Ich dachte, das hätte bei Nachtportieren Tradition.«

»Bei uns nicht. Ich weiß, dass er auch noch einen Tagesjob hat, und er tut mir leid, aber er wird dafür bezahlt, wach zu sein. Aufmerksamkeit. Das ist eins unserer Hauptmerkmale.«

»Wissen Sie, wo er tagsüber arbeitet?«, fragte Sam.

Kreski breitete die Arme aus. »Für irgendein Inkassobüro. Können Sie sich das vorstellen? Der Kerl könnte nicht einmal eine Fliege einschüchtern. Aber wissen Sie was.« Kreski kratzte sich am Kinn. »Möglicherweise ist er ganz gut. Er ist irgendwie unheimlich, wenn er so anfängt zu zittern. Ich würde zahlen, nur damit er von meiner Haustür verschwindet.«

»Geldeintreiben bedeutet heutzutage hauptsächlich Telefonarbeit«, bemerkte Sonora.

Kreski nickte. »Wie ich gehört habe, stellen sie praktisch jeden ein. Aber ich wette, man muss aufmerksam sein.«

Sam stand auf. »Danke, Mr. Kreski. Falls er anruft oder zu seiner nächsten Schicht erscheint –«

»Das wäre morgen«, sagte Kreski.

Sonora gab ihm ihre Karte. »Rufen Sie uns einfach an.« Sie folgte Sam zum Ausgang und hörte auf dem Weg, wie das Mädchen vom Empfang einer Frau in einem engen braunen Rock und mit riesiger Sonnenbrille Vincent's empfahl.

Kreski lief hinter ihnen her. »Falls ich Barty sehe, soll ich dann erwähnen, dass Sie hier waren?«

»Das überlassen wir Ihrem Urteil«, erwiderte Sam.

»Vermutlich besser nicht.«

Sonora schüttelte ihm die Hand, dankte ihm noch einmal und folgte Sam auf den Parkplatz. Er ging langsamer, damit sie ihn einholen konnte. »Was hältst du davon, wenn wir bei diesem Vincent's vorbeifahren? Wir holen uns einen Kaffee, und ich sage dir, ob er wirklich der beste der Stadt ist.«

»Können wir nicht.«

Sam öffnete die Wagentür. »Und warum nicht?«

»Weil ich es erfunden habe.«

24

»Sam, irgendwas gefällt mir nicht.«

»Mir gefällt auch etwas nicht, Sonora. Und zwar, was du mit dem Kirschstrudel machst.«

»Ich hebe ihn auf.«

»Wofür?«

»Sam, du weißt doch, dass mein Bruder diese Dinger geliebt hat.«

»Ich weiß, dass Stuart tot ist und ihn nicht mehr essen kann. Außerdem schuldest du ihn mir.«

»Wie kommst du darauf?«

»Dieses Café zu erfinden. Ich hab mich schon so gefreut. Der beste Kaffee von Cincinnati, hat sie gesagt.«

»Ich kann mir nicht erklären, wer wen im Badezimmer geschlagen hat. Wer hat den Zahn verloren? Ich habe mit Mickey gesprochen und er sagte, es wäre ein Olivenrest daran gewesen –«

»Ein Oliven*rest*?«

»Ein Stückchen Schale oder so – der Verkehr ist nicht zu fassen, die Ampel ist schon zweimal umgesprungen.«

»Was ist denn mit diesem Olivenrest.«

»Er klebte an dem Zahn, den wir im Bad gefunden haben.«

»Was ist daran so merkwürdig?« Sam sah über die Schulter und begann, den Taurus in die linke Spur zu ziehen, dann bremste er, als ein Pontiac LeMans heranschoss und die Lücke dichtmachte. »Verdammt. Schau Sonora, zwei Dinge. Erstens, gib mir den Kirschstrudel. Zweitens, wenn sich an dem Zahn ein Olivenrest befindet, dann gehört dieser Zahn zu Lanky Aruba. Das ist eine forensische Goldhöhle.«

»Gold*grube*. Aber verstehst du nicht, es geht mir darum, dass du nicht an einen dritten Mann glaubst, und Crick glaubt auch nicht, dass sich ein dritter Mann dort befunden hat.«

»Wenn du die Psychologie in Betracht ziehst –«

»Ja, in Ordnung, wenn ich die psychologische Seite in Betracht ziehe, glaube ich selbst nicht, dass ein dritter Mann anwesend war. Aber Joy Stinnet sagte, es sei ein Engel dort gewesen, Sam.«

»Ein Engel ist kein Mann.«

»Sehr witzig.«

»Gib mir den verdammten Strudel.«

»Ich hab dir doch gesagt, dass ich ihn aufhebe. Auf dem Heimweg fahre ich am Friedhof vorbei, ich war schon ziemlich lange nicht mehr dort. Ich kann mir einfach nicht erklären, wer Aruba so hart auf den Mund geschlagen hat, dass ihm ein Zahn ausgefallen ist. Ich meine, kannst du dir Barton Kinkle dabei vorstellen? Ich kann es nämlich nicht.«

»Aber er muss es gewesen sein. Es sei denn, es war Carl Stinnet.«

»Nein, ich habe seine Hände untersucht. So ein Schlag hätte bei demjenigen, der ihn ausgeführt hat, eine Spur hinterlassen. Ich kann mir einfach nicht vorstellen, dass es Kinkle war. Jemand hat Joy Stinnet unter das Bett geschoben, jemand hat das Baby gerettet und jemand hat Aruba eine verpasst – und dieser Jemand wirkt verdammt furchteinflößend, wenn du mich fragst.«

»Okay, dann war es ein Engel.«

»Sam, ich meine es ernst.«

»Klar, Sonora, ich auch. Zum Teufel, wenn du deinem toten Bruder Strudel bringst, kannst du auch an Engel glauben. Hör mal, ich schlag dir ein Geschäft vor.«

»Was?«

»Teil ihn. Die Hälfte für mich, die andere für Stuart. Es

wird ihn nicht stören, er ist tot. Der gute Wille zählt, stimmt's? Wie Blumen, nur dass du eigenartigere Dinge vorziehst. Kannst du dir eigentlich keine Blumen leisten?«

»Nein, Sam, ich will ihm nur etwas bringen, das er mochte.«

»Sehr buddhistisch von dir.«

»Okay, wir teilen den Strudel, aber dann müssen wir jetzt auf dem Weg zum Büro am Friedhof halten.«

»Wir sind im Geschäft, aber nur, wenn du dich beeilst, Sonora. Zack, zack, rein und raus – keine Weinkrämpfe und solchen Scheiß.«

»Sam, du bist ein einfühlsamer, fürsorglicher Mann.«

»Schön, das bin ich. Schau dir diesen Verkehr an.«

Die schwarzen Eisentore standen weit offen und hießen sie willkommen. Sam bog rechts ab und folgte der schmalen Teerstraße, die sich an Grabsteinen und Gewölben und welkenden Blumenarrangements vorbeiwand, wobei er ein wenig schneller fuhr, als die Achtung vor den Toten geboten hätte. In einer Hand hielt er etwas mehr als die Hälfte eines Kirschstrudels. Die sirupartige rote Füllung rann über seine Finger.

»Ich begreife immer noch nicht, warum du mir nicht die kleine Pappschachtel überlassen kannst.«

»Ich will den Strudel nicht ohne Verpackung auf dem blöden Grabstein liegenlassen.«

»Entschuldigung, ich wusste nicht, dass es dafür Regeln gibt.« Er parkte an dem üblichen Platz auf der rechten Seite der Straße unter einer uralten Ulme, die nicht so wirkte, als ob sie den nächsten Sturm überstehen würde. »Soll ich mitkommen?«

»Nein, es dauert nicht lange. Auf dem Rücksitz liegen Papierservietten.«

Sie schlug die Wagentür zu, überquerte die Straße und

bahnte sich ihren Weg durch den vertrauten Irrgarten. Hawkins, Baldwin, Mr. und Mrs. Theodore. Ein Soldatengrab mit einer winzigen amerikanischen Flagge und einer Erwähnung der Tet-Offensive. Der Grabstein eines Teenagers, der 1987 bei einem Autounfall umgekommen war. Auf diesem Grab lagen immer neue Ballons und frische Blumen, die am jeweils letzten Tag jeden Monats gebracht wurden.

Er kehrte zurück, der Traum, den sie in der Nacht gehabt hatte, bevor sie zu dem Massaker an der Familie Stinnet gerufen worden war.

Es hatte mit Sonnenschein begonnen, der so intensiv war, dass sie ihre Augen nicht öffnen konnte, ohne zu blinzeln. Es waren Leute dort gewesen, und der Duft nach Blumen, süß und kühl, und das Murmeln einer Menge bei einem glücklichen Ereignis. Ihre Kinder waren dort gewesen.

Und sie hatte geheiratet. In ihren Haaren steckten Blumen, Blumen überall; sie befand sich im Freien, überall Tische und ein weißes Zelt, das über einer Holzplattform errichtet worden war. Musik spielte.

Irgendwie gingen die Kinder hinter ihr, und sie trug ein Hochzeitskleid, reich verziert mit Perlen, Spitze und stoffüberzogenen Knöpfen. Und sie hatte hinuntergeschaut und Blut gesehen, leuchtend rot, so viel Blut, das Vorderteil ihres Kleides hatte sich damit vollgesaugt. Sie hielt den Rock hoch, spürte, wie das glückliche Gefühl verschwand, weil etwas geschehen war, etwas Dunkles und Furchtbares, und sie hatte Angst gehabt.

Und dann stand plötzlich Stuart vor ihr, und sie sah an ihm hoch und sagte das Lächerliche und Offensichtliche: *Was tust du denn hier? Warum bist du nicht tot?*

Er hatte die rechte Hand erhoben, die Handfläche zeigte nach vorne, und er hatte das schreckliche Ding vertrieben.

Und alles im Garten, die gesamte Menge, erstarrte. Nur

sie und Stuart konnten reden und sich bewegen, Tränen rannen ihr über das Gesicht, Tränen des Glücks, Tränen der Erleichterung.

Und er hatte sie angelächelt. *Ich bin lebendig, wenn du mich brauchst.*

Sonora rückte die drei Zimtschnecken-Pappschachteln von MacDonald's zurecht. Die Schnecken waren fort. Das war immer so. Eichhörnchen? Obdachlose? Sie stellte den Strudel neben den Schachteln ab und legte die übriggebliebenen Pommes frites, die sie in der Tüte gefunden hatte, dazu.

25

Sonora saß an ihrem Schreibtisch, ihr gegenüber Judice Stinnet, Ehefrau von Eddie Stinnet, des Halbbruders von Carl Stinnet, der kaum Kontakt zu ihm gehabt hatte. Sie hörte Grubers laute und barsche Stimme, der an dem Schreibtisch direkt hinter ihr ins Telefon sprach. Sam war in Cricks Büro verschwunden, um Bericht zu erstatten. Sonora beneidete Sam um seinen unheimlichen Instinkt dafür, welche Gespräche es zu vermeiden galt. Sie hätte lieber sechsmal die Woche mit Crick gesprochen als einmal mit Judice und Eddie Stinnet.

»Es schreibt sich J-U-D-I-C-E.« Obwohl Eddie der Blutsverwandte war, besorgte Judice das Reden.

»Ja, Ma'am, ich habe es notiert.«

»Die meisten Leute schreiben es falsch.«

Sonora war müde, und offen gestanden war es ihr scheißegal. »Wann haben Sie zum letzten Mal mit Carl gesprochen?« Sie richtete die Frage an Eddie, in der schwachen Hoffnung, dass er derjenige wäre, der antworten würde.

Er sah seinem Bruder nicht besonders ähnlich, dachte sie, während sie sich die Bilder von Carl ins Gedächtnis rief, die im Schlafzimmerspiegel gesteckt hatten. Eddie war klein und schmal, ein wenig älter, mit streichholzdünnen Armen und Beinen und einem kleinen Kugelbauch. Eine Kamera hing um seinen Hals wie bei einem leidenschaftlichen Touristen. Sonora mochte ihn nicht.

»Carl rief uns vor drei Monaten an und verlangte Geld, so war das.« Judice sprang in die Bresche. Das Wort *verlangte* weckte Sonoras Interesse. Es passte nicht in das Bild, dass sie sich von Carl Stinnet gemacht hatte.

Eddie wurde rot. Ziegelrot. Zu hoher Blutdruck, dachte Sonora.

»So war das nicht.« Seine Stimme klang scharf und Judice presste die Lippen zusammen. Eddie konnte sie ganz offensichtlich an die Kandare nehmen, was Sonora sehr überraschte. »Er hat nur angedeutet, dass ein Darlehen ihm sehr gelegen käme, und gesagt, dass er es zurückzahlt.«

Die Stimmung zwischen den beiden war erstaunlich angespannt, und Sonora empfand beinah Mitleid für Judice, obwohl es schwierig war, sich nicht über diese Frau zu ärgern. Die riesigen Cheshire-Cat-Ohrringe und ihre öde, geschraubte Konversation waren auch nicht gerade eine Hilfe. Judice war eine grobknochige Frau, und sie trug einen Kaftan in einer irritierenden Farbe, die weder grün noch braun war und nur jemanden kleidete, dem Matschfarben stand. Ein Schal mit Seidenfransen lag um ihre Schultern. Sie hatte enorm dickes Haar, lockig und fisselig, das auf beiden Seiten von einem Paar türkisfarbener Kämme gehalten wurde, die es dem Haar erlaubten, über ihre breiten, fleischigen Schultern zu fließen.

Zwanzig Minuten zuvor hatte Sonora in einem Anflug von Mitgefühl und mit Bedauern im Blick die beringte Hand der Frau geschüttelt. Beides hatte sich bei Judices erster Frage, wie es mit einer Lebensversicherung aussah, in Luft aufgelöst.

»Waren Sie in der Lage, Carl zu helfen?«, erkundigte sich Sonora. Hauptsächlich, um sie zu ärgern. Aber ihre Reaktion würde interessant sein, und sie war eine typische Polizistin. Sie musste einfach mit dem Stock in diesem Ameisenhügei stochern.

»Ich bin Handwerkerin.« Judice neigte den Kopf, als ob sie eine Hommage entgegennähme.

Was hatte das damit zu tun, fragte sich Sonora, der Ehrerbietung gerade unmöglich war. Sie lehnte sich in ihrem

Stuhl zurück und schlug die Beine übereinander. »Sie malen? Wie Carl?«

»*Kunst*-Handwerkerin. Ich töpfere. Ich bin sicher, dass sie schon Sachen von mir in Katalogen gesehen haben. *Pots by Judice*. Es ist kein Name, den man leicht vergisst.«

»Ich kaufe nicht oft Töpferwaren, es tut mir leid.«

Die Gesicht der Frau nahm ein ungesundes Rosa an, aber es dauerte eine Weile, deshalb schätzte Sonora, dass Judices Blutdruck sich in gesünderen Bereichen bewegte.

»Ich ärgere mich nicht, wenn Leute den Namen nicht kennen, es *überrascht* mich nur. Es gibt keinen Grund, sich zu entschuldigen.«

Eddie schlug die Beine übereinander. Bei Sonora entstand der Eindruck, dass er das alles schon einmal gehört hatte und unruhig wurde. »Was genau ist passiert?«

»Wir geben keine Einzelheiten weiter«, erwiderte Sonora. »Aber Ihr Bruder –«

»Halbbruder«, korrigierte Judice.

Sonora ging durch den Kopf, dass die Frau vielleicht gar nichts dafür konnte. »Ihr Bruder wurde ermordet, Mr. Stinnet, die ganze Familie wurde umgebracht, außer dem Baby.«

»Wir können sie nicht nehmen«, sagte Judice. »Ich habe meine Arbeit. Ich kann auf keinen Fall ein Kind großziehen. Und falls ich es doch täte, müsste ein finanzielles Arrangement getroffen werden, damit ich ein Kindermädchen einstellen kann.«

»Mit Kindermädchen könnte es gehen«, sagte Eddie. Sonora bezweifelte, dass einer der beiden jemals ein Kindermädchen getroffen hatte. Sie wusste, dass sie noch keins gesehen hatte. »Das Baby ist bei Ihrer Schwester.« Sie sah Judice an. »Halbschwester?«

Die Frau wandte langsam den Kopf und schaute Eddie an. »Du hast mir nicht gesagt, dass Amber das Baby hat.« Ihr

Kopf schnellte zurück zu Sonora. »Hat sie sich schon in der nagelneuen Villa in Yuppieville breitgemacht? Ich kann förmlich hören, wie sie behauptet, das sei *das Beste für das Baby. Dieselbe Umgebung.*«

»Im Haus ist niemand. Wir haben es versiegelt.«

»Und wie lange wird *das* dauern?«

So lange ich will, dachte Sonora. Sie wählte ihre Worte mit Bedacht. »Es ist im Augenblick nicht bewohnbar.«

Das brachte sie zum Schweigen. Eddie erhob sich, ging zum Fenster und schaute hinaus. Er hob die Kamera an den Mund, als wollte er sie küssen oder etwas trinken, und begann, Aufnahmen zu machen.

Eine nervöse Angewohnheit?, fragte sich Sonora, die den Hals reckte, um ihn zu beobachten. Eine Art, Abstand zu gewinnen? Man konnte eine Münze werfen, wer von den beiden anstrengender war. Das Gespräch dauerte schon ewig, und sie hatte nichts Brauchbares aus ihnen herausgeholt.

»Mr. Stinnet, bitte setzen Sie sich. Ich werde Sie nicht mehr lange aufhalten.«

Eddie kehrte zu dem Stuhl vor Sonoras Schreibtisch zurück. Sie war sich des ständig wachsamen Grubers bewusst. »Mr. Stinnet, hat Carl Ihnen gegenüber irgendwelche Probleme erwähnt? Kam es Ihnen vor, als würde ihn etwas beunruhigen?«

Judice hob den Kopf. »Als er vor drei Monaten um Hilfe bat, haben wir ihm einen Scheck über fünfzig Dollar geschickt. Meine Kunst ist gerade erst an dem Punkt, wo mein Ruf beginnt, sich auszuzahlen.«

»Hat er den Scheck eingelöst?«, fragte Sonora.

»Ja. Er hat uns einen wirklich netten Brief geschrieben«, erwiderte Eddie. »Versprach, das Geld zurückzuzahlen, sobald es ihm möglich wäre.«

Armer, verzweifelter Bastard, dachte Sonora.

Judice breitete die Arme aus. »Ohne eine Entschädigung kann ich das Kind nicht nehmen. Mehr kann ich nicht anbieten – ein Kindermädchen, das sich um die Kleine kümmert und eventuell leichtere Arbeiten im Haushalt erledigt, damit ich meiner Arbeit nachgehen kann.«

»Es wurden bereits andere Abmachungen getroffen«, sagte Sonora langsam in der Hoffnung, dass es ankommen würde.

»Dann lege ich meine karmische Bürde nieder.«

Das reichte. Sie hätte ohnehin längst nach Hause gehen sollen. Sonora stand auf und schüttelte ihnen die Hände. Falls sie im Besitz von Informationen waren, musste sie sich die anderswo besorgen. »Mr. und Mrs. Stinnet, ich befürchte, dass draußen Reporter lauern. Ich gebe einem Streifenbeamten Bescheid, der Sie hinten hinaus und sicher zum Auto bringen wird.«

Judice schaute Eddie an. Sonora sah, wie etwas zwischen ihnen hin- und herwechselte, es war die telepathische Kommunikation zweier Menschen, die einander sehr gut kannten. Eddie Stinnet erhob sich und fingerte an dem schwarzen Plastikriemen seiner Kamera herum.

»Das ist schon in Ordnung.«

26

Sonora, die auf der Suche nach etwas, was sie zum Abendessen kochen konnte, in der Tiefkühltruhe kramte, warf einen Blick auf den Fernseher und entdeckte Eddie Stinnet. »Verdammt. Das habe ich kommen sehen.«

»Mom?« Heather wurde immer hübscher, heute trug sie Zöpfchen, hautenge Jeans und ein knapp sitzendes T-Shirt.

»Guck dir das an, Heather. Quatsch mit Soße.«

»Koch das doch zum Abendbrot.«

»Quatsch mit Soße?«

Eddie besaß mehr Kamerapräsenz, als Sonora vermutet hätte, Judice stand seltsam klein und schüchtern hinter ihm. Aber jede Ehefrau wäre angesichts der blinden Wut, die Stinnet für die Kameras vortäuschte, zusammengeschrumpft.

»Ist das eine Drohung, Sir?« Eine hübsche Brünette mit üppigen roten Lippen hatte den Anstand, entsetzt auszusehen. Vermutlich noch neu im Geschäft.

Eddie wich zur Seite aus. Sie hatten ihn in der Straße neben dem Board of Elections Gebäude gestellt. »Er war mein *Bruder.*«

»Halbbruder«, murmelte Sonora.

»… ich weiß nicht, was diese Menschen hier wollen, aber Carl war mein Bruder und dort, wo ich herkomme, kümmern wir uns um unsere Familien.«

Sonora ging wieder zum Tiefkühlgerät. »Ein Mann mit Familiensinn, wer hätte das gedacht? Ich wette mit dir um fünf Dollar, dass Judice gleich einen ihrer Pötte hochhält.«

»Judice wer? Mom, hörst du mir überhaupt zu?«

»Natürlich hab ich dir zugehört.« Hatte sie aber nicht.

»Ich meine, Susan ist so eine *Emanze*, und sie ist im Jungfrauen-Klub in der Schule, sie glaubt tatsächlich, dass man vor der Hochzeitsnacht keinen Sex haben sollte, das ist doch völlig realitätsfremd heutzutage.«

»*Emanze* ist *kein* Schimpfwort. Falls du – hey, Moment mal, was soll das heißen, Sex haben?«

»Mom, du hast selbst gesagt, man sollte niemanden heiraten, mit dem man nicht geschlafen hat.«

»So was habe ich nie gesagt.«

»Doch, hast du, zu mir und Tim, bei MacDonald's.«

»War ich betrunken?«

»Mom, es stimmt, ich kann mich genau erinnern. Tim findet es vernünftig –«

»Jede Wette, dass er das tut.«

»Mom, es ist mein Leben, du musst das akzeptieren.«

Sonora schob die Tür der Tiefkühlfachs mit dem Fuß zu. »Wo du gerade Tim erwähnst, er wird heute abend nicht hier sein, nur du und ich. Was hältst du davon, wenn wir uns ein paar Steaks grillen, klingt das gut?«

»Aber ich schlafe bei Megan.«

»Nicht während der Schulzeit.«

»Wir machen unser Ägypten-Projekt fertig, und die Kostüme liegen bei ihr, weil wir uns verkleiden müssen, und letzte Woche hast du gesagt, ich dürfte. Ihre Mutter fährt uns morgen zur Schule. Ich meine, es ist ja nicht so, dass *du* jemals Zeit hättest, mich irgendwohin zu fahren.«

Sonora legte die Steaks auf die Arbeitsfläche. Hatten sie wirklich darüber gesprochen? Die Kinder wussten nur zu gut, wie geistesabwesend sie war, und nutzten das weidlich aus.

»Bist du im Jungfrauen-Klub?«

»Ich? Auf gar keinen Fall, Mom. Wenn man zum Jungfrauen-Klub gehört, schmeißt einen die Clique raus und man muss mit der Kirchenjugend rumhängen. Die beten in der Kantine. Viele von den Kids tun es.«

»In der Kantine beten?«

»Sex haben.«

»Oh, um Himmels willen, Heather, die meisten lügen. Es gibt nicht besonders viele Elfjährige, die Sex haben.«

»Das hoffst du. Mach dir keine Sorgen, im Augenblick will ich es ja gar nicht. Ich warte damit bis zur High School.«

»*High School?* Heather, du wirst in der High School keinen Sex haben.«

»Aber warum nicht?«

Sonora wusste, wann sie an der Angel hing, was ihr auch nicht weiterhalf. »Was ist mit Aids?«

»Ich werde Kondome benutzen.«

»Und Schwangerschaft?«

»Kondome.«

»Überleg es dir gut und sag zuerst das Alphabet auf.«

»Mom, irgendwie versuchst du mich zu sabotieren. Das habe ich nicht mehr gemacht, seit ich acht Jahre alt war.«

»Heather, Mädchen, die in der High School Sex haben, bedauern es meistens hinterher. Sie werden ausgenutzt. Sie können damit noch nicht umgehen –« Sonora bemerkte, dass Heather sie nachmachte.

»Tut mir leid, Mom, aber das hast du mir schon mindestens tausendmal erzählt.«

Sonora stützte die Ellbogen auf die Arbeitsfläche und beugte sich zu ihrer Tochter hinüber. »Okay, Heather, jetzt kommt die Wahrheit. Du solltest vor dem College keinen Sex haben, weil kein Junge in der High School es so gut kann, dass es den geringsten Spaß macht, und ich wette mit dir, dass er es am nächsten Tag in der Schule allen seinen Freunden erzählen wird und dich verletzt und dich vor der ganzen Schule lächerlich macht.«

Heather runzelte die Stirn. Sonora, eine Veteranin der

Verhörtechnik, wusste, wann sie gewonnen hatte. »Such deine Sachen zusammen, Schätzchen, dann fahr ich dich zu Megan. Aber räum erst den Geschirrspüler ein.«

»Ich habe keine *Zeit*.«

»Nimm sie dir.«

27

Sie würde die Nacht ganz allein zu Hause sein, aber Sonora hatte keine Angst. Sie freute sich fast von ganzem Herzen darauf; nur fast, denn ein Teil ihres Herzens war wegen des Trottels immer noch nicht gebrauchsfähig. Das Schlimmste an dieser Beziehung war die Leere gewesen.

Aber heute abend hatte sie Clampett, die Mäuse und das Haus ganz für sich allein.

Sie steckte ihre Haare hoch, gönnte sich ein Paar nagelneuer, dicker weißer Baumwollsocken und schlüpfte in ein graues T-Shirt, das sie bei Gap gekauft hatte, als es noch Gap gewesen war. Die weißen Buchstaben auf der Vorderseite waren nur noch eine ferne Erinnerung, Ärmelbündchen und Kragen verschlissen und flaumweich. Es war wieder kühl geworden, aber sie zog die abgeschnittenen Jeans von Abercrombie & Finch an, die weit waren und bequem saßen. Sie blieb für einen kurzen Blick vor dem Spiegel stehen und fand, dass sie ziemlich süß aussah. Sie fühlte sich verdammt gut, wenn sie es schaffte, nicht an den Trottel zu denken.

Sonora mopste den Ghettoblaster aus Heathers Zimmer und ließ die CD laufen, die gerade darin steckte. *Tubthumper* von Chumbawamba. Sie drehte die Lautstärke hoch, öffnete eine Flasche Wein, die sie sich aufgehoben hatte, und hackte Knoblauch.

Nach dem ersten halben Glas tanzte sie, nur ein bisschen, und Knoblauch flog von der breiten Klinge des Messers – Chicago Cutlery, was für ein Luxus – und blieb auf dem Schneidebrett kleben. Clampett begann zu bellen. Sonora ignorierte ihn. Die Kinder waren für die Nacht sicher bei

Freunden untergebracht, und es gab niemanden, den sie hätte sehen wollen. Es sei denn …

Sie lief zur Tür. Es war bestimmt nicht der Trottel, aber sie musste nachschauen.

Ein Auto in der Einfahrt, das ihr irgendwie bekannt vorkam. Und ein Mann auf der Veranda. Keaton Daniels. Ihre Vergangenheit holte sie ein.

»Oh«, sagte Sonora. In ihrem Bauch hatten sofort Schmetterlinge zu flattern begonnen, und ihre Hände zitterten. Verdammt, dachte sie.

»Hallo, Sonora.«

Etwas an der heiseren Art, in der er ihren Namen aussprach, ließ die Schmetterlinge verschwinden. Das Theatralische daran, das Flehen um Mitgefühl.

»Willst du reinkommen?«, fragte Sonora.

Er lächelte sie auf diese altvertraute Weise an, die sie früher geliebt hatte. »Kommt darauf an, was du mit dem Messer vorhast?«

Sie sah hinunter. »Du müsstest dir nur Sorgen machen, wenn du eine Knoblauchzehe wärst.« Sie winkte ihn herein und er lächelte und folgte ihr.

»Du trägst deine Haare heute abend offen?«

Sonora legte ihre Hände hinter den Rücken und stach sich mit der scharfen Spitze des verdammten Messers in die Handfläche. Sie spürte, wie das Blut feucht und ölig darüberrann, und ballte die Faust. Sie sah an sich selbst hinunter, sah die weiten, alten, abgeschnittenen Jeans, wandernde Lumpen, das uralte, gammelige T-Shirt mit dem Loch unter dem Arm. Auf einmal kam sie sich pummelig vor. Schlampig. Ganz sicher nicht süß.

Sie schob gerade die Tür mit der Hüfte zu, die Hände hinter dem Rücken zu Fäusten geballt, als ein riesiger weißer Cadillac Convertible, Baujahr ’58, mit heruntergelassenem Verdeck in die Straße zu ihrem Haus einbog.

Keaton ging zurück zur Tür und schaute hinaus. Er war ein gutaussehender Mann, groß, breitschultrig, mit dunklen Locken und braunen Augen. Seine von ihm getrennt lebende Frau und sein geliebter Bruder waren von der gleichen Psychopathin ermordet worden, die auch Sonoras Bruder Stuart umgebracht hatte. Es war ein Jahr voller Zeichen und Veränderungen gewesen, und die kleine blonde Serienmörderin, die sie beide ins Unglück gestürzt hatte, schrieb Sonora heute noch in regelmäßigen Abständen aus ihrer Zelle. In der Polizeiarbeit war nichts jemals vorüber.

»Der Mann in dem Wagen.« Keaton wies mit dem Kopf in Richtung Caddie. »Was tut der? Ich habe ihn schon an der Ampel gesehen, er hat mich geschnitten. Ich wäre nicht überrascht, wenn man seine Stereoanlage bis Cleveland hören könnte. Was zum Teufel tut er da?«

Sonora sah aus dem Fenster. Sie wollte verdammt sein, wenn das nicht ein tolles Auto war. Sie hatte sich immer einen Convertible gewünscht, und dieser konnte sogar einen Pferdeanhänger ziehen. Allein die Vorstellung, mit heruntergelassenem Verdeck darin zu fahren, einen Sattel auf dem Rücksitz.

»Kennst du den Mann?«

Bildete sie sich den Hauch von Missbilligung in seinem Ton nur ein? War er auch früher schon so … aufgeblasen gewesen?

Er sah wundervoll aus. Frisch geduscht, makellos gebügelte Khakis und ein blau gestreiftes Hemd unter einem grauen Pullover. Er ging durch den kleinen Vorraum die Treppe hinauf in ihr Wohnzimmer, und sie atmete einen Hauch des vertrauten Rasierwassers ein.

Der Bastard.

Sie lief hinter ihm die Stufen hoch, rutschte in ihren Socken aus und fing sich am Geländer. Sie manövrierte sich schwungvoll um ihn herum und sauste in die Küche, um ihre eigene Musik abzustellen, die man vermutlich ebenfalls bis Cleveland hören könnte.

»Da ist dein Freund«, bemerkte Keaton, und Sonora schaute hoch, machte einen Satz und öffnete die Glasschiebetür.

»Gillane, verdammt, was treibst du auf meiner hinteren Veranda?«

Er trat zurück. »Hast du nun bei mir angerufen und eine mitleiderregende kleine Botschaft hinterlassen, dass du nicht schlafen kannst und ob ich etwas für dich hätte oder nicht?«

Sonora spürte, wie die Röte ihr vom Hals ins Gesicht stieg, obwohl sie nicht wusste, was an der Tatsache, dass man wegen Stress nicht schlafen konnte, so demütigend sein sollte. Aber Alpträume waren Privatsache, jedenfalls soweit es sie betraf.

»Komm rein«, forderte sie ihn auf.

Keaton hatte beinah Habachtstellung eingenommen, als ob er sie dabei erwischt hätte, wie sie mit dem örtlichen Drogendealer verhandelte, und es ihn in Verlegenheit brachte, Zeuge des Geschäfts zu sein.

Gillane sah ihn über die Schulter hinweg an. »Es ist nur Benadryl, nicht verschreibungspflichtig. Aber nur eine pro Nacht, Sonora, so klein wie du bist. Du brauchst nicht viel, und du wirst ja wohl nicht mit dem harten Zeug anfangen wollen.« Gillane wanderte in die Küche und schnüffelte buchstäblich herum. »Was kochst du? Hey, wie geht es dem Pferd?«

Keaton starrte ihn an.

»Ich habe ein Pferd gekauft«, erklärte Sonora. »Hell Z Poppin.«

»Du hast was?«

»Ein Pferd.«

»Du hast ein Pferd gekauft?«

Gillane öffnete die Schränke, bis er die Weingläser fand. »Clos du Bois, Pinot Noir, 1996. Wer Sie auch sind, darf ich Ihnen ein Glas anbieten? Guter Stoff.«

»Gern. Übrigens, ich heiße Keaton Daniels.«

Gillane schenkte ein. »Du musst mich nicht vorstellen, Sonora.« Er drehte sich um und streckte die Hand aus. »Gillane.«

Sonora gefiel, dass er den Doktortitel wegließ.

»Ich bin Arzt am Jewish, ich arbeite in der Notaufnahme.«

Sonora verdrehte die Augen.

»Sie sprechen wie ein Einheimischer«, sagte Gillane zu Keaton. »Ich kann keinen Akzent wahrnehmen, und ich habe ein ziemlich gutes Ohr dafür.«

»Er ist es nicht«, sagte Sonora. »Er ist nicht der Trottel.«

Gillane warf ihr einen Blick zu. »Du meinst, das ist noch ein *anderer?*«

Exakt in diesem Moment schoss Clampett wie ein junger Hund an ihnen vorüber, auf der fieberhaften Jagd nach drei verzweifelten Mäusen.

28

Gillane amüsierte sich sichtlich. Sonora nicht. Auch Keaton, der ein Ende des Sofas hochhielt, unter dem die Mäuse Zuflucht gesucht hatten, war nicht begeistert. Clampett, der ihrem Geruch gefolgt war, hatte die Mäuse in die Enge getrieben und kauerte mit wedelndem Schwanz vor ihnen.

»Kannst du bitte deinen Hund dort herausholen, bevor ich das Ding fallen lasse?« Keaton klang nicht glücklich. Sonora wusste, wie schwer das Sofa war.

»*Clampett.* Fuß.«

Clampett führte seine Fähigkeit des selektiven Hörens vor. Entweder das oder er ignorierte sie.

»Clampett!« Sonora griff den Hund am Halsband, zerrte ihn ins Badezimmer und schloss die Tür. Clampett winselte und kratzte an der Tür.

»Er wird den Lack zerkratzen«, schrie Keaton.

»Ach, halt den Mund«, erwiderte Sonora.

»Was war das?«, erkundigte sich Gillane mit engelsgleicher Stimme.

»Nichts.« Sonora kehrte ins Wohnzimmer zurück. Gillane lag vor den Mäusen auf dem Bauch. Als die drei winzigen braunen Nager in Sonoras Richtung liefen und bei ihr Zuflucht suchten, wandten beide Männer den Blick auf ihre Füße.

»Verdammt noch mal! Nein! Warum kommen sie zu mir?«, rief Sonora entgeistert.

»Ich scheuche sie weg«, sagte Gillane.

»Tu ihnen nicht weh!« Sonora, die ein Geschirrtuch in

der Hand hielt, warf es vorsichtig über die Mäuse und hob das Tuch samt Inhalt behutsam auf. »Mach die Haustür auf, schnell, sie hoppeln herum.«

Gillane öffnete die Tür, und Sonora raste wie ein Güterzug hinaus. Sie lief direkt in den Garten ihres Nachbarn und legte das Tuch sanft auf den Rasen. Die Mäuse flitzten hinaus, machten aber keine Anstalten, im Gebüsch zu verschwinden

Sonora hockte sich hin und schaute sie an. »Kommt nicht wieder. Sucht euch ein neues Zuhause. Wenn ihr wiederkommt, lasse ich den Hund auf euch los.« Sie griff nach dem Geschirrtuch, überlegte es sich anders und ging mit leeren Händen ins Haus zurück.

Gillane saß mit einem Weinglas in der Hand auf dem Sofa, und Keaton stand auf der anderen Seite am Kamin, den Ellbogen auf den Sims gestützt, als würde er für *Town & Country* posieren.

Gillane unterbrach sich mitten im Satz, er hatte irgend etwas über seine Autolautsprecher gesagt und grinste Sonora an. »Was hast du mit ihnen gemacht?«

»Ich habe sie freigelassen.«

»Die drehen einfach um und kommen wieder rein«, sagte Keaton.

»Sie hofft wahrscheinlich, dass sie ins Nachbarhaus ziehen.«

»Na ja, was soll ich denn tun?«, erwiderte Sonora. »Sie haben sich zu mir geflüchtet. Soll ich sie jetzt umbringen?«

Gillane sah Keaton an. »Diese Frau trägt eine Waffe. Sie erschießt vermutlich Menschen.«

»Keine Menschen, die mich um Hilfe anflehen.« Sonora nahm einen Schluck Wein und zählte im Geist die Steaks. Genug für alle.

»Vergiss nicht, den Hund rauszulassen«, erinnerte Gillane sie. Als ob sie das vergessen könnte, bei dem Aufstand, den Clampett machte.

»Bitte nicht«, sagte Keaton.

Sonora, die keineswegs die Absicht gehabt hatte, den Hund hinauszulassen, war eine Spur verärgert. »Gillane, warum wirfst du nicht den Grill an, ich koche.«

»Ich kann nicht bleiben.« Er stand auf und stellte sein halbvolles Weinglas auf dem Kaminsims ab. »Sonora, dein Benadryl ist in dem Schrank mit dem Müll über dem Herd. Ich erspare dir meinen Kommentar, aber denk daran, dass Medikamente nach drei Jahren wirkungslos werden. Nein, Süße, bleib sitzen. Ich finde allein zur Tür. Ruf mich an, falls es nicht wirkt.« Sonora brachte ihn trotzdem zur Tür und verdarb damit seinen Abgang, hauptsächlich, weil sie noch einen Blick auf den Wagen werfen wollte. Er fuhr ruhig davon, winkte und sie schloss die Tür hinter ihm ab und kehrte ins Wohnzimmer zurück, wo Keaton Gillanes Platz auf dem Sofa eingenommen hatte.

Sie setzte sich in den Schaukelstuhl. Sie hatte kalte Füße, trotz der neuen Socken. »Also«, sagte sie und streifte Keatons Miene mit einem Blick. Er hatte die ganze Zeit in ihrem Unterbewusstsein rumort, und sie war sich dessen nicht einmal bewusst gewesen, so sehr war er Teil ihrer inneren Landschaft.

Sie wollte hinauflaufen und den roten Lippenstift auflegen, den Sam mochte. Sie lachte kurz – der Wein und der Mann hatten sie unsicher gemacht und ihr war bewusst, dass sie wegen des blöden Trottels Schlafstörungen gehabt und Tränen vergossen hatte, und dabei war es doch so: Eine Tür schließt sich, und eine andere geht auf. War das nicht ein Sprichwort? Sie war froh, dass diese Tür offenstand.

Er lächelte sie zärtlich an. »Was ist so komisch?«

»Ich bin einfach froh, dich zu sehen.« Sie hatte immer gewusst, dass er zurückkommen würde.

»Sonora, ich kann nicht zum Essen bleiben, aber trotzdem vielen Dank.«

»Nein?« Hatte sie ihn eingeladen?

Er setzte sein Weinglas ab und rieb sich die Hände. »Hab ich dir erzählt, dass ich heiraten werde?«

»Heiraten?« Ihre Lippen waren so steif, als hätte sie draußen in der Kälte gestanden. »Glückwunsch. Wer ist sie?«

»Eine Lehrerin ...«

Er redete weiter, aber sie hörte nicht zu. Sie stand auf und ließ Clampett aus dem Badezimmer. Der Hund raste zu Keaton, verlor ein paar Haare und sabberte auf die Khakihosen, bevor er loyal zu Sonora zurückkehrte, die wieder im Schaukelstuhl Platz genommen hatte.

Sie rieb Clampetts Ohren, und er belohnte sie mit einem Blick voll reiner Liebe, bei dem sie sich etwas besser fühlte, aber nicht viel.

»Warum bist du denn hier?«, fragte Sonora und erkannte an seinem erstaunten Blick, dass sie ihn mitten im Satz unterbrochen haben musste. Reiß dich zusammen, dachte sie.

»Trudy –«

»Und wer ist Trudy?«

»Meine Verlobte.«

»Aha.«

»Sie unterrichtet Biologie an der High School. Sie hat da einen Schüler, einen Außenseiter, mal kommt er, mal kommt er nicht, aber es wird besser. Hat Probleme mit seinem Vater, deshalb verbringt er eine Menge Zeit bei seiner Großmutter. Er verehrt diese Frau bedingungslos, sagt Trudy. Egal, er macht sich große Sorgen um seine Großmutter, und Trudy hat ihn dazu gebracht, sich ihr anzuvertrauen. Trudy kann so gut mit den Kindern, sie vertrauen ihr wirklich.«

»Sie klingt wundervoll, Keaton.«

Er lächelte. »Der Junge sagt, seine Großmutter werde bedroht.«

»Von wem?«

»Von einer Art Geldeintreiber, ich fürchte, die Einzelheiten sind ein bisschen wirr.«

»Diese Leute sind nichts als Scheiße, Keaton, aber sie können einem nicht weh tun.«

Keatons Blick verriet ihr, dass Trudy mit Sicherheit nicht »Scheiße« gesagt hätte. Dieser Blick verletzte sie sehr. Nach all der Zeit hatte sie sich immer noch nicht von ihm gelöst. Sie hatte geglaubt, sie hätte es, aber da waren sie, all die alten Gefühle, direkt unter der Oberfläche, auf dem besten Weg, ihren Seelenfrieden zu zerstören. Nicht, dass sie ihren Seelenfrieden gehabt hätte. Vielleicht war ihr Timing diesmal wirklich gut. Sie fühlte sich schon elend genug. Er konnte ihre Zufriedenheit nicht erschüttern, wenn sie nicht zufrieden war.

»Sonora? Was meinst du?«

Sie hatte etwas verpasst. »Du sagst, sie wird von Geldeintreibern bedroht. Keaton, dagegen gibt es Gesetze. Den Verbraucherschutz. Sag ihr, sie soll eine Zeitlang nicht ans Telefon gehen.«

»Sie behauptet, sie hätten ihr gesagt, dass in einem Haus am Edrington Court etwas passieren würde, und heute hat sie davon in der Zeitung gelesen.«

Sonora beugte sich vor. »Zum Teufel. Wann?«

»Zwei Tage vorher.«

»Du sprichst von –«

»Ja, dem Massenmord. Ich wusste, dass du den Fall hast. Sie ist völlig verängstigt, Sonora.«

»Jede Wette.«

»Wirst du dich mit ihr treffen?«
»Gib mir die Adresse.«
»Von ihrer Wohnung oder ihrem Arbeitsplatz?«
»Wo ist sie *jetzt*, Keaton? Sei nicht so lahmarschig.«

29

Sonora fütterte Clampett, dann verriegelte sie das Haus und sah auf ihre Armbanduhr. Eine Viertelstunde bis zu Sams Wohnung, weitere fünfunddreißig Minuten, um die Großmutter zu finden. Ihr Name lautete Martha und sie stellte Süßwaren her, die sie in einem Deli zubereitete, das sie für die Nachtstunden gepachtet hatte, um die Produktionsauflagen der Gesundheitsbehörden erfüllen zu können. Ihr Enkel verbrachte die Nächte bei ihr, half ihr bei der Arbeit oder machte seine Hausaufgaben. Im Augenblick stand er Wache.

Sonora hatte Keaton entschieden untersagt, Trudy abzuholen und sie zu begleiten, und er hatte sie in einen Zustand schmallippiger Entrüstung verlassen. Als ob er dadurch, dass er ihr die Information gegeben hatte, Teil der Ermittlungen sein dürfte. Er hatte sich mit einer Inbrunst bei ihr bedankt, die er sichtlich nicht empfand, auf die sie aber ein Recht zu haben glaubte. Sie hielt sich nicht damit auf, ihm zu erklären, dass Menschen sich vor Publikum nur selten freimütig äußerten, schon gar nicht über ihre finanziellen Angelegenheiten. Außerdem waren Zivilisten bei einer Ermittlung ungefähr so erwünscht wie Kopfläuse im Schönheitssalon.

Nicht, dass sie auf die überwältigende Trudy nicht neugierig gewesen wäre, aber das war privat, und jetzt arbeitete sie.

Sonora war leicht gereizt, als sie sich auf den Weg machte. Jeder andere war daheim, aß Abendbrot und machte es sich gemütlich. Sie schien in einem anderen Universum zu leben.

Dennoch war sie da, sie lauerte in ihrem Hinterkopf, die Angst, das Deli zu betreten und das gleiche Blutbad vorzufinden, das sie im Haus der Stinnets erwartet hatte. Konnte ein so brutales Massaker wirklich das Ergebnis einer fehlgeschlagenen Inkassoaktion sein? Es schien unmöglich. Und dennoch … die Mörder hatten Brieftaschen und Bargeld zurückgelassen, aber den Briefkasten durchsucht und die Informationen über die Anrufer gelöscht – sowohl auf dem Gerät zur Identifizierung der Nummern als auch dem Anrufbeantworter – die beiden üblichen Wege der Inkassobüros. Sonora fuhr schneller als sonst und hoffte, dass Sam fertig war. Sie hatte das Gefühl, es sei schon zu spät. Keaton hatte zu viel Zeit verschwendet und zu viel geredet.

Sam kam aus der Haustür, als sie vorfuhr, er hatte demnach auf sie gewartet. Sie hatte sein Haus immer gemocht. Es war ein altes Haus im Cape-Cod-Stil mit großen Fenstern und runden Türbogen. Es hatte eine Art Beatrix-Potter-Charme: hellgelbe Schindeln, Haustür und Fensterläden in einem Blauton gestrichen, den Sonora als »Mayflower-Stil« bezeichnete. Viele Bäume im Garten, die meisten davon blühten, und alles war gepflegt, ordentlich und in perfektem Zustand.

Sonora empfand schon seit einiger Zeit ungeheuren Neid auf diese Spießeridylle. Sie hatte ein großes Verlangen danach, irgendwo auf dem Land, weit weg vom Schmutz der Großstadt zu leben, sie würde gerne zu einer fürsorglichen, mütterlichen Person nach Hause kommen, zu dem Duft nach frischem Maisbrot, dem Geruch eines sauberen Hauses.

Sie beneidete die Männer. Obwohl sie es besser wusste, obwohl sie wusste, dass sie abends in genau das gleiche chaotische Leben zurückkehrten wie sie, aber sie konnte nichts dagegen tun. Sie stellte sich vor, wie sie ein sauberes

Haus betraten, wo das Abendessen auf dem Tisch stand und ihre Kinder höflich, respektvoll und liebevoll waren.

Sie wusste, dass ihr Häuschen auf dem Lande, jwd, ein magischer, aber mystischer Ort war. Sie wusste, dass die Männer kurz vor oder nach ihren Frauen, die ebenfalls einen langen Tag hinter sich hatten, zu Hause ankamen und dass sie dann alle zum Schnellimbiss fuhren, so wie sie es tat. Sie litt an etwas, an einer Stimmung, einer Phase, einem Anfall von Hoffnungslosigkeit, der ihr Leben infiziert hatte wie eine Grippe und der wie eine Grippe wieder vergehen würde. Ihr Verstand sagte ihr, dass sie sich bald wieder besser fühlen würde, aber ihr Herz glaubte es nicht.

Zähl die guten Sachen auf, befahl sie sich. Sie hatte einen großen Teil ihrer Schulden bei Visa getilgt. Sie hatte den ganzen Sommer geknausert: keine Ausflüge, nur Hotdogs im Garten gegrillt, alle Ausgaben für das neue Schuljahr mit harter Währung – mit Bargeld – bezahlt; das galt ebenso für alle Ausgaben, die Weihnachten, die spezielle Hölle für Mütter und andere Leidensgenossen, betrafen.

Was war mit ihr los? Sie mochte Weihnachten doch. Jetzt hatte sie auch dafür nur noch böse Worte übrig.

Sie betrachtete sich im Rückspiegel. »Reiß dich zusammen!«

Ein anderer Blickwinkel tat sich in Form von Annie auf, Sams Tochter, die hinausgelaufen war, um ihren Vater zum Abschied zu umarmen. Sonora konnte nichts dagegen tun, sie unterzog das Kind, das kaum zwei Jahre jünger als Heather war, unwillkürlich einer genauen Musterung. Wirkte sie erschöpft? War sie dünner geworden? Sam musste an jedem einzelnen Tag seines Lebens mit der Bedrohung fertig werden, dass die Leukämie bei seiner Tochter wieder ausbrach.

Annie winkte ihr zu. Sonora lächelte und winkte zurück.

Sam glitt auf den Beifahrersitz. Es war ihr Wagen, also würde sie fahren.

»Dein Lächeln wirkt ziemlich unheimlich.«

»He, Sam, ich versuche, fröhlich auszusehen.« Sie reichte ihm die Wegbeschreibung, die sie auf ein Papiertuch gekritzelt hatte. »Annie sieht gut aus.«

»Ja, das stimmt. Weswegen bist du so aufgebracht, Sonora?«

»Ich bin nicht aufgebracht.«

»Doch, du sprichst dann immer durch zusammengebissene Zähne. Pass auf, hast du den LKW nicht gesehen?«

»Der hätte da gar nicht fahren dürfen.«

»Ein Auffahrunfall lohnt sich nicht, nur um recht zu behalten. Weißt du, wo wir hinmüssen?«

»Du hast das Papiertuch, also musst du navigieren.«

»Das taugt doch nur noch zum Lückenausstopfen.«

»Büros und kleine Geschäfte, hat Keaton gesagt.«

»Keaton Daniels? Ist das derselbe Keaton, dein Keaton?«

»Nicht meiner. Er ist verlobt.«

»Ah.« Sie schwiegen. »Das erklärt es.«

»Was auch immer. So eine große Sache ist es auch wieder nicht. Wir haben uns vor vier Jahren getrennt, Sam.«

»Schlechter Zeitpunkt, nachdem du gerade erst mit dem Trottel Schluss gemacht hast. Ordne dich links ein, du musst an der dritten Abfahrt raus.«

»Welche Nummer hat die Abfahrt eigentlich?«

»Ich weiß nicht, aber es ist die dritte.«

»Ich brauche genaue Angaben, Sam.«

»Ich sag dir Bescheid, wenn wir dort sind.«

Der einsetzende Nieselregen verschmierte die Windschutzscheibe. Sie fuhren an der Rückseite eines Wal-Mart entlang. Alles war grau und trüb, und Sonora sehnte sich nach dem Frühling.

»Weißt du, wenn die Sonne endlich rauskommen würde, wäre ich nicht so deprimiert.«

»Die Sonne kommt aber nachts nicht raus, es sei denn, du bist in Island.«

»Du weißt, was ich meine.«

»Schätzchen, Keaton lohnt keine Depression. Es ist Jahre her, und er ist mir immer auf die Nerven gegangen.«

»Es liegt nicht an ihm. Es ist einfach … Sam, hast du dir je gesagt, he, ich kann das nicht mehr?«

»Nein. Wenn ich Selbstgespräche führe, sage ich meistens Dinge wie, he, iss das nicht, du Schwein, lass es für die anderen übrig. Hör mal, Sonora, in Wirklichkeit willst du diesen Daniels gar nicht. Obwohl, soweit ich weiß, hattet ihr tollen Sex und wart schwer verliebt, oder?«

Typisch Mann, diese Reihenfolge, dachte Sonora.

»Es war doch so, er war total fertig, weil seine Frau – obwohl sie mitten in der Scheidung steckten, um Himmels willen – von derselben Tussi ermordet worden war, die ihn verfolgte und seinen Bruder und deinen Bruder auch umgebracht hatte, und plötzlich war er mit seinem Schmerz nicht mehr allein. Dann brachte er alles durcheinander, wusste nicht mehr, was er empfand oder wollte, und hatte unheimliche Schuldgefühle. Also, ich bitte dich.«

»So was macht die Menschen fertig, Sam.«

»Der Typ ist ein Weichei. Warst du es nicht, die gesagt hat, sie hätte genug Weicheier gehabt und ein Weichei zuviel würde ihr vielleicht völlig das Frühstücken vergraulen?«

»Wann habe ich das gesagt?«

»Vor ein paar Monaten, als du mit dem Trottel Schluss gemacht hast. Du warst damals schwer in Fahrt.« Er grinste sie an. »Verheiratet zu sein ist auch nicht gerade das Paradies auf Erden.«

Sie musterten einander, Single und Ehemann, schauten

über den Zaun, um herauszufinden, wer das bessere Geschäft gemacht hatte.

»He, Sonora, das ist unsere Abfahrt.«

»Das ist aber nicht die dritte.«

»Es ist die *Richtige*, also fahr bitte verdammt noch mal ab.«

30

Sonora bog links von der Hauptverkehrsstraße in eine Nebenstraße nur für Anlieger ab, die sich kurvenreich abwärts zwischen neu errichteten Fabrikgebäuden durch ein kleines Industriegebiet wand. Auf einem der Hügel entdeckte sie ein Schild, das auf »Kate's Deli« hinwies. Keine schlechte Idee. Unternehmer mussten essen.

»Da ist es«, sagte Sam, der durch die Windschutzscheibe blinzelte. Der nasse Asphalt reflektierte die Straßenbeleuchtung. »Sieht geschlossen aus.«

»Ich hab es dir doch erzählt, Sam. Es ist ein Imbiss. Martha Brooks hat die Küche nachts gemietet. Sie macht dann Süßwaren.«

»Was für Süßwaren?«

»Keine Ahnung.«

»Vielleicht lässt sie uns ja mal probieren.«

Sonora bog links ab und steuerte den Jeep eine steile Betonzufahrt hinauf. »Wir müssen zur Rückseite fahren.«

Hinter dem Deli befand sich eine Reihe von Containerschuppen. Sonora verzog das Gesicht, Lagerhäuser verursachten ihr Unbehagen. Sie parkte an der Rückseite neben einem grünen Müllcontainer. Am Ende der Zufahrt stand ein LKW, der gerade entladen wurde. Die Gegend vermittelte den Eindruck von Hoffnung und Geschäftigkeit, den Begleiterscheinungen blühender Unternehmen. Hier und dort leuchteten Lampen hinter den Bürofenstern, aber insgesamt war es still und einsam. Sonora verstand, warum der Enkel das Bedürfnis nach einer Schrotflinte hatte. Schon allein deswegen stieg er in ihrer Achtung.

Sam trommelte mit den Knöcheln gegen den Aluminiumrahmen der Fliegentür, hinter der es, wie Sonora hoffte, in die Küche des Deli ging. Sie warteten.

»Vielleicht sind wir an der falschen Tür.«

»Da ist jemand drin. Ich sehe Licht und ich höre Musik.«

Sie warteten weiter, lauschten den Autos auf dem Highway, dem Trommeln des Regens auf dem Asphalt.

»Klopf noch mal, Sam.«

Er klopfte, diesmal lauter. Warf Sonora einen Blick über die Schulter zu. »Jemand hat die Musik abgedreht.«

Endlich öffnete sich die Tür, aber nur einen Spalt weit. Sonora konnte Geflüster hören, ein junger Mann und eine Frau.

»Es ist in Ordnung, wir sind von der Polizei. Keaton Daniels hat uns geschickt.« Sonora sah Sam nicht an. Es war ein seltsames Gefühl, nach all der Zeit Keatons Namen auszusprechen. Aber es funktionierte wie ein Sesam-öffne-Dich.

Die Tür öffnete sich und eine Frau beugte sich nach vorn, ein großer, schlaksiger Junge stand direkt hinter ihr.

»Könnte ich bitte Ihren Ausweis sehen«, bat sie leise. Sie musste die Fliegentür öffnen, um Sams Ausweis entgegenzunehmen, und Sonora konnte sehen, wie ihre langen weißen Finger zitterten.

Sie war eine unattraktive Frau mit einem breiten, aber interessanten Gesicht. Die vollen schwarzen Haare mit grauen Strähnen waren streng aus dem Gesicht gekämmt und zu einem lockeren Knoten aufgesteckt. Ihre Augen waren schwarz und freundlich. Die gewölbten dichten Brauen und das Grübchen im runden Kinn gaben ihrem Gesicht einen fast herrschaftlichen Zug.

»Ich bin Martha Brooks.« Ihr Lächeln enthielt mehr als nur die Andeutung einer Entschuldigung. Sie trug eine Schürze voller Milch- und Mehlflecken über einem karierten Kleid, dicke Strümpfe und Gesundheitsschuhe, schwarze Easy Spirits aus Kunstleder, die eher der Bequemlichkeit dienten als schick aussahen. Ihr einziger Schmuck bestand aus einem breiten goldenen Ehering und einer Uhr an einem dicken Lederarmband. »Das ist Davy, mein Enkel und Schutzengel.«

Sam streckte die Hand aus. Davy zögerte, als sei er an diese gesellschaftliche Konvention nicht gewöhnt. Aber er schüttelte Sam die Hand, trat dann nach hinten und gab den Eingang frei.

An seinen großen Füßen saß ein relativ neues Paar Timberland-Stiefel, dazu trug er Jeans, die so weit waren, dass sie nur durch Magie oben zu bleiben schienen, und ein offenes Flanellhemd über einem kurzärmeligen T-Shirt über einem langärmeligen T-Shirt. Seine mit Gel zu Stacheln aufgestellten Haare waren an den Schläfen rosa gefärbt und auf dem Oberkopf gelb und grün; das gab ihm ein ungewöhnliches, paradiesvogelähnliches Aussehen. Sein einziges Piercing war ein Ohrring; sehr zurückhaltend bei einem Jungen, der knallbunte Haare mochte. Er schien nur aus Armen, Beinen und Länge zu bestehen und unsicher zu sein, was er damit anfangen sollte. Er drückte sich an die Seite und murmelte Sonora mit tiefer, aber kaum vernehmbarer Stimme ein Hallo zu.

Martha Brooks strahlte ihn an. Sie hätte nicht stolzer aussehen können, wenn sie gerade seine Wahl zum Präsidenten des Universums verkündet hätte. Nichts in der Welt war wundervoller als eine liebende Großmutter, dachte Sonora.

Martha Brooks gab den Ausweis zurück. »Vielen Dank für Ihr Kommen. Bitte, treten Sie ein.«

Sie führte sie einen engen Gang hinunter, vorbei an einem winzigen Bad, das gleichzeitig als Putzraum diente und mit Schrubbern, Eimern, Papiertuchrollen, Töpfen, Pfannen und Industriepackungen mit Reinigungsmitteln vollgestellt war. Beide, Großmutter und Enkel, schauten sie immer wieder über die Schulter mit einer Mischung aus Erleichterung und Ehrfurcht an. Sonora wurde klar, dass beide sehr verängstigt waren.

»Wir machen Whiskytrüffel«, sagte Martha Brooks.

Sam hob den Kopf. »Welchen Whisky nehmen Sie?«

Sie lächelte ihn über die Schulter hinweg an. »Wenn Sie so wie ich aus Kentucky wären, wüssten Sie, dass es darauf nur eine Antwort gibt.«

Vor zwei Minuten, dachte Sonora, hatte dies Frau noch wie ein Lämmchen gezittert und Angst gehabt, die Tür zu öffnen. Jetzt flirtete sie. »Der alte Delarosa-Zauber«, flüsterte sie Sam zu. Sie wusste, dass er hinter den Süßigkeiten her war.

»Maker's Mark«, sagte Sam im Tonfall eines Mannes, der das Offensichtliche feststellte.

Martha Brooks ging hinüber zu einem riesigen, rechteckigen Tisch, der wie eine Insel die Mitte der großen, quadratischen Küche beherrschte. Sie wischte sich die Hände an der Schürze ab. »Das kann doch nicht sein.«

»O doch, Ma'am, aus West-Kentucky, unten aus der Gegend von Owensboro. Bin dort geboren worden und auch dort aufgewachsen.«

»Ich stamme aus Owensboro.«

»Nein.«

»Doch.«

Er schüttelte ihr quer über den Tisch die Hand. »Was zum Kuckuck hat Sie denn nach Ohio verschlagen?«

»Mein Ehemann.« Sie ertappte Sonora dabei, wie sie die vollgestellten Flächen musterte. »Das gehört alles dem Deli, bitte denken Sie nicht, das wäre meine Schuld.«

Sonora nickte; sie war irgendwie schockiert. Riesige Rollen gefrorenen Hackfleischs waren zum Auftauen über Nacht auf die Arbeitsflächen gelegt worden, wo sich unter ihnen feuchte rosa Lachen bildeten. Auf dem Tresen standen Apfel- und Kirschkuchen und große Schokoladenkekse, alle von Kroger. Sie hätte nie gedacht, dass der Kuchen in einem Restaurant von einem Supermarkt aus derselben Straße stammen konnte. Sie fragte sich, was sie für ein Stück berechneten.

»Ich glaube, die Schokolade ist geschmolzen«, sagte Davy.

»Rühr sie bitte um, machst du das, Schätzchen?«, bat Martha Brooks.

Davy ging zu dem Wasserbad, das auf dem riesigen Gasherd simmerte, und rührte mit einem großen Kunststoffspatel um. Als er ihn hochhielt, konnte Sonora die dicke, dunkle Schokoladenschicht sehen. Wie jedes Kind war er in der Lage, gleichzeitig zu arbeiten und zu spielen.

»Stört es Sie, wenn ich weiterarbeite, während wir reden? Ich muss bis Sonntag noch sechshundert Whiskytrüffel fertig machen.«

»Nur zu«, antwortete Sam.

»Dort drüben sind Stühle«, sagte sie, die Gastgeberin gewann wieder die Oberhand über die Geschäftsfrau. »Davy, Schatz, bitte nimm das vom Herd. Wir werden sie erst in ein paar Minuten eintauchen können, und falls sie hart wird, machen wir sie einfach wieder heiß. Zieh den Handschuh an, Schatz, verbrenn dich nicht.«

Davy tat wie geheißen und nahm das Wasserbad vom Herd wie jemand, der das schon häufiger getan hatte. Er nahm einen kleinen Teller aus dem Schrank und arrangierte sechs missglückte Trüffel in einer Spirale.

Martha Brooks nahm eine riesige Edelstahlschüssel, die unter einem Industriemixer gestanden hatte, klemmte sie unter den linken Arm und begann, den Inhalt mit einem großen Holzlöffel zu rühren. »Ich weiß gar nicht, wo ich anfangen soll.«

»Du musst dich nicht schämen, Großmutter. Das hätte jedem passieren können.« Davy bot die Schokolade erst Sonora und dann Sam an.

Martha Brooks, die rosa angelaufen war, ermahnte ihren Enkel: »Schatz, nimm nicht die missglückten Trüffel, biete Ihnen die hübschen an.«

Für einen Teenager, dachte Sonora, schlug Davy sich recht wacker als Gastgeber. Sie hätte nicht im Traum daran gedacht, sich zu beschweren.

»Keine Frage«, sagte Sam. »Sie sind köstlich.«

Und das waren sie. Riesige Trüffel von der Größe kleiner Eier mit einem dunklen Schokoladenmantel, süßer, weißer bourbongetränkter Füllung und einer Pekannuss darauf. Sonora bekam Zahnschmerzen von dem ganzen Zucker. Sie hielt den Trüffel in der Linken, dessen schmelzende Schokolade Spuren an ihren Fingerspitzen hinterließ, schlug ihren Notizblock auf und legte ihn auf die Kante der Insel.

Sam drehte sich in seinem schwarz gepolsterten Schreibtischstuhl hin und her.

»Der Mord an dieser Familie hat uns Angst gemacht.«

Davy, der neben seiner Großmutter stand, nickte. »Wir wussten, dass es passieren würde, bevor es geschah.«

»Um genau zu sein, Davy, wir wussten nicht genau, *was*. Aber wir wussten, etwas, und wir wussten wo.«

Davy begann, die Insel mit Wachspapier auszulegen.

»Woher wussten Sie davon?«, fragte Sonora.

Sam's Blick bedeutete ihr, erst zuzuhören und dann Fragen zu stellen. Sie rutschte zur Seite, damit sie ihn nicht ansehen musste.

Martha Brooks rührte. »Ein Mann rief an. Einer von dem Kreditbüro.«

Sam sah Sonora mit hochgezogener Braue an. »Welches Kreditbüro?«

»Das drüben in Indian Hill, an der Delaney Road.«

»Sie haben bestimmt schon mal die Werbung gesehen«, sagte Davy. »Im Fernsehen, wissen Sie. Wir nehmen Ihre Rechnungen als Sicherheit, und bis Ihre Forderung eintrifft, strecken wir Ihnen das Geld vor. Drüben bei der Patterson Air Force Base haben sie eine Reihe von Büros.«

Und nahe Fort Knox und in jeder Stadt, in der Menschen Schwierigkeiten hatten, mit ihrem Geld auszukommen, was in jeder Stadt der Fall war, von der Sonora jemals gehört hatte. Sie rätselte, wie eine Frau wie diese, eine Frau, deren schlichte Kleidung aus teuren Geschäften stammte, eine Frau, deren Enkel Jeans, Schuhe und T-Shirts von Abercrombie & Finch trug, die sicherlich an die vierhundert Dollar gekostet hatten, in die Fänge von solchen Leuten geraten konnte.

»Ich schäme mich so«, sagte Martha Brooks.

»Sag es ihnen einfach, Großmutter. Ich würde es erzählen.«

Martha stellte die Schüssel auf den Tisch. »Sie dürfen mich bitte nicht für jemanden halten, der seine Rechnungen nicht bezahlt.«

»Cashflow ist das größte Problem bei jeder Neugründung«, sagte Davy.

Martha tätschelte seinen Arm. »Und ich bin keine Ausnahme. Ich hätte meinen Mann um Hilfe bitten sollen –«

»Nein, hättest du nicht.« Das war Davy, mit der ganzen unziemlichen Streitlust, die unter der Oberfläche eines heranwachsenden Jungen glimmte.

»Ich wollte schon mein ganzes Leben lang eine eigene Konditorei eröffnen. Vor drei Jahren beschloss ich, dass ich nun lange genug gewartet hatte. Ich hatte meine Kinder großgezogen, meinen Haushalt geführt, und nun war es an der Zeit, an mich zu denken. Aber niemand wollte mich ernst nehmen. Meine eigenen Kinder, die ich durchs College gebracht hatte, behandelten mich, als ob meine Idee ein Witz sei, stellen Sie sich das vor. Sie sagten: ›Mom und ihre Süßigkeiten‹, als ob sie es komisch fänden.«

»Sie sind immer die ersten, die die Sachen essen«, warf Davy ein. »Außer Tante Vee.«

»Davy, Schatz.« Sein augenblicklicher Gehorsam auf die sanfte Ermahnung der Frau hin faszinierte Sonora. »Mein Mann war der Schlimmste – er ist so eifersüchtig, obwohl wir, Gott, schon seit achtunddreißig Jahren verheiratet sind. Egal, irgendwann war ich es leid, mir den ganzen Unsinn anzuhören. Ich habe es einfach getan, und keiner hatte eine Ahnung, bis ich eines Tages Schwierigkeiten mit einer Lieferung von zwölfhundert Whiskytrüffeln und zwei Orangentorten bekam und Davy mich dann rettete.«

»Ich habe zwei Tage die Schule geschwänzt.«

»Schsch, Schatz, das ist unser Geheimnis.« Sie öffnete die Maker's-Mark-Flasche, und Sonora roch das süße, scharfe Aroma des Bourbon. »Seitdem habe ich ihm nicht mehr erlaubt, die Schule zu schwänzen. Er wird seinen Abschluss mit einem Durchschnitt von Zwei machen.«

»Vielleicht.« Davy klang zweifelnd.

»Du schaffst das, Schatz, du musst dich nur zusammenreißen.« Martha rührte den Bourbon in den Teig, dann schaufelte sie mit den Händen die Füllung aus der Schüssel und formte kleine Bälle, die sie auf dem Wachspapier auslegte. »Aber wie auch immer. Mein Problem war, dass ich Vorräte kaufen musste und sie nicht bezahlen konnte, bevor der Auftrag erledigt und abgerechnet war, also habe ich mir von diesen Leuten Geld geliehen. Ich wurde dann genauso pünktlich bezahlt, wie ich es erwartet hatte, aber sie wollten mich meine Schulden nicht zurückzahlen lassen.«

»Sie wollten Sie nicht *lassen?*«, fragte Sam.

Sie schüttelte den Kopf. »Nein, Sir, das wollten sie nicht. Haben Sie so etwas schon einmal gehört?«

Sonora fürchtete, dass ihr das bekannt vorkam.

»Ich habe ihr gesagt, das dürften sie nicht«, bemerkte Davy.

»Und ich habe ihm gesagt, das wäre aber so.«

Sonora runzelte die Stirn. »Was genau hat man Ihnen erzählt?«

»Nun, lassen Sie mich nachdenken.« Martha formte einen Whiskytrüffel, dann noch zwei. »Ich bin ganz nach Indian Hill rausgefahren, weil ich niemandem begegnen wollte, den ich kenne. Und das Mädchen am Empfang war sehr freundlich, zumindest beim ersten Mal. Dann rief mich irgendein Mann an, sogar noch, bevor die Zahlung fällig war, und sagte, ich müsste an dem Tag persönlich dort erscheinen und die Zahlung leisten. Ich versuchte, ihm zu erklären, dass die Rate noch gar nicht fällig war, aber er sagte, er würde den Sheriff auf mich hetzen.« Ihre Hände, die die Trüffel formten, zitterten wieder.

Sonora spürte die Wut in ihrem Bauch, und der Trüffel, an dem sie knabberte, wog schwer in ihrer Hand.

»Ich war sehr aufgeregt, aber Davy sagte, er würde für mich dorthin fahren und bezahlen, er hätte noch etwas Geld von den Auftritten mit seiner Band. David spielt Gitarre bei den Dead Head Devils. Haben Sie schon mal von Ihnen gehört?«

Sonora musste leider zugeben, dass sie die Band nicht kannte. Sam aß noch einen Whiskytrüffel und zerkaute krachend die Pekannuss. Sonora fragte sich, wie er einen so großen Trüffel essen konnte, ohne dass ihm schlecht wurde.

»Sie spielen auf den Schulfeiern. Und bei dem großen Bandwettbewerb sind sie Dritte geworden. Sie hätten gewinnen müssen.«

»Großmama«, sagte Davy, obwohl er sichtlich ihrer Meinung war.

»Egal, er fährt hin und zahlt, und drei Tage später rufen sie wieder an. Und keiner von uns beiden hat Geld übrig.

Und dieser Mann am Telefon wurde eklig und sagte mir, ich solle die Zeitungen lesen und abwarten, was am Edrington Court passieren würde, und vielleicht würde ich *dann* bezahlen. Und er –« Ihre Stimme brach, und sie presste eine klebrige Hand gegen ihre Stirn. »Er nannte mich eine Versagerin und sagte, es würde mir leid tun, wenn ich nicht bezahlen würde.«

Sam sprang von seinem Stuhl auf, machte ein Papiertuch nass und wischte ein wenig Füllung von der Stirn der Frau. Sonora wusste, dass er das Bedürfnis hatte, etwas zu tun, ihr ging es ebenso. Davy betrachtete sie mit nahezu greifbarer Erleichterung, und Sonora stellte sich vor, wie allein die beiden sich gefühlt haben mussten, mit dem Rücken zur Wand. Ein Gefühl, das sie selbst sehr gut kannte.

Davys Gesicht war angespannt. »Wenn diese Leute es versuchen und hierherkommen, müssen sie zuerst mit mir fertig werden.«

Das Zuschlagen einer Autotür ließ sie alle auffahren. Das Knarren der Fliegentür war fast nicht zu hören.

»Bleibt hier«, sagte Sam, während er seine Waffe zog. Er wies mit dem Kopf auf Sonora. »Du übernimmst die Vorderseite.«

Sie angelte die Beretta aus ihrer Handtasche und folgte Sam in den engen dunklen Gang. Sie schaute noch einmal zurück in die Küche. Martha Brooks hatte die Hand vor den Mund geschlagen. Davy wirkte aufgeregt.

31 Sonora trennte sich von Sam und lief an einem Geschirrspüler und einem Ausguss, in dem sich Geschirr stapelte und in dem ein säuerlich riechender Lappen lag, vorbei. In diesem Lokal würde man sie sicher nicht beim Essen erwischen.

Sie bewegte sich um einen Tresen in den kleinen dunklen Lokalraum, in dem fünf runde Tische standen, auf die man die Stühle gestellt hatte. Der Boden sah aus, als sei er gefegt, aber nicht gewischt worden.

Sie konnte durch die engen Spalten der mattweißen Jalousien am Schaufenster weder Scheinwerfer noch Schatten ausmachen. Die Eingangstür war mit einem einfachen Riegel verschlossen. Sie schob den Riegel zurück, öffnete die Tür einen Spalt und spähte hinaus.

Ein Auto fuhr auf der Straße unten vorbei bis zum Ende der Sackgasse, wendete und fuhr zurück. Sie beobachtete es, bis es wieder in die Straße einbog, an der das Deli lag. Der Parkplatz war leer.

Sonora trat hinaus und zog die Tür behutsam hinter sich zu, wobei sie darauf achtete, dass das automatische Schloss einrastete. Sie wandte sich nach links, an der Seitenwand des Gebäudes entlang und lauschte.

Stimmen drangen von der Rückseite herüber. Zwei Männer und eine Frau. Dass eine Frau dabei war, überraschte sie. Sie hatte Männer erwartet – zwei, wenn man Cricks Argumentation folgte, drei, wenn sie auf ihre innere Stimme hörte.

Sie sah das Auto an der Seite des Hauses – einen Jeep, was ihr Herz einen Moment lang rasen ließ, bis ihr bewusst wurde, dass er rot war und nicht weiß wie derjenige, der aus der Garage der Stinnets gestohlen worden war.

Nun konnte sie die Stimmen, obwohl sie immer noch leise waren, unterscheiden. Sie glaubte, Sam zu hören. Die Frau sagte etwas und lachte. Sonora hätte schwören können, dass sie verlegen klang.

»Sonora?« Eindeutig Sam, eindeutig verärgert. »Eins, zwei, drei und du bist frei.«

Sie trat aus dem Schatten und eine hochgewachsene Frau fuhr zusammen und schrie auf. Sie presste eine Hand aufs Herz. »Herrje, wo kommen *Sie* denn her?«

Der Mann in Khakis und grauem Pullover neben ihr schloss die Frau in die Arme. »Hallo! So schnell sieht man sich wieder.«

»Hallo, Keaton. Hatte ich dich nicht gebeten wegzubleiben?« Sonora steckte ihre Waffe hinten in ihren Hosenbund.

Sam öffnete die Fliegentür und trieb sie alle hinein. »Wartet einen Moment hier, ich sage Bescheid, dass alles in Ordnung ist.« Er funkelte Sonora an. »Ich hoffe, deine Waffe ist gesichert.«

»Erinnere mich daran, mich nicht zu setzen«, erwiderte sie.

32

Sonora konnte die Faszination, die Keaton Daniels Verlobte auf sie ausübte, nicht verbergen. Physisch ähnelte sie erstaunlich der Ehefrau, die ermordet worden war, bevor sie eine Ex werden konnte: hochgewachsen und schlank mit langen braunen Haaren. Aber die erste Frau hatte Wert auf elegante Kleidung gelegt, auf hohe Absätze und Kostüme, die sie mit jener gewissen Selbstverständlichkeit getragen hatte, die sie auch bis an die Spitze der Karriereleiter gebracht hätte.

Warum, fragte sich Sonora, die versuchte, nicht zu starren, und kläglich versagte, sollte eine erwachsene Frau von über, na ja, acht Jahren ein gestreiftes Kleid mit einer großen roten Schleife um die Hüften tragen? Mit dazu passenden kleinen roten Slippern.

Unmöglich für sie, das nachzuvollziehen. Zu der püppchenhaften Erscheinung gehörte außerdem ein Terminkalender, auf dessen Einband orangefarbene Kätzchen abgebildet waren. Die Frau hatte ihn auf den Tresen gelegt, wobei sie dem tauenden Fleisch ausgewichen war. Sie hatte einen roten Filzstift benutzt, um ihre handgeschriebenen Notizen abzuhaken. Sonora rückte näher, wobei sie sich die Puffärmel über den dünnen, kleinen Armen genauer ansah.

Stephs Geburtstagsgeschenk
Hund zum Scheren bringen

Sonora gestand zu, dass Rot dieser Trudy gut stand. Aber die weißen Strümpfe waren ein bisschen zuviel des Guten. Sie hätte um Geld gewettet, dass Trudy kleine Herzchen an Stelle der I-Punkte malte. Sie kaute Kaugummi, eine Sorte mit Zimtgeruch.

Jetzt, da sie Trudy getroffen hatte, fühlte Sonora sich besser. Falls es das war, was Keaton von einer Frau wollte, von ihr würde er es nicht bekommen.

Sie bemerkte, dass Sam sie beobachtete. Sie wünschte, er würde damit aufhören. In der Küche ging es zu wie bei einer Wiedersehensfeier. Trudy umarmte Martha Brooks und drückte Davy rasch und ungelenk an sich, der davon völlig überrascht zu sein schien.

»Ich kann Ihnen gar nicht genug für Ihre Hilfe danken«, beteuerte Martha, und Trudy senkte in sittsamer Bescheidenheit den Kopf. »Keaton und Trudy, ich danke Ihnen dafür, wie Sie uns geholfen haben.«

Trudy schüttelte den Kopf. »Ich gehöre nicht zu den Menschen, die einfach nur zuschauen können.«

»Vielleicht könntest du dich den Menschen anschließen, die einfach nur gehen«, murmelte Sonora in sich hinein. Sam schaute hoch und grinste sie an, obwohl er sie unmöglich gehört haben konnte.

»Mrs. Brooks, vielleicht könnten Sie morgen aufs Revier kommen und eine Aussage machen«, schlug Sonora vor.

Einen Moment lang herrschte erschrockenes Schweigen.

»Oh, aber *nein*«, sagte Trudy. »Sie können Sie doch nicht einfach hierlassen, ohne jeden Schutz.«

Sonora überhörte Trudys entrüsteten Aufschrei. »Mrs. Brooks, haben Sie bei einer Ihrer … Transaktionen Ihre Adresse angegeben?«

»Oh.« Martha wedelte mit den Händen. »Nein. Ich wollte nicht –« Sie warf einen Blick auf Keaton und Trudy.

»Vielleicht begleiten Sie mich nach vorne ins Lokal«, schlug Sonora vor.

Martha nickte und winkte Davy fort, damit er mehr Stühle besorgte. Sie und Sonora zwängten sich neben den Ausguss mit schmutzigem Geschirr, wo die Fritteuse in tomatenrotem Seifenwasser einweichte.

»Mrs. Brooks.« Sonora lächelte und gab der Frau einen Moment Zeit, Luft zu holen und ihre Gedanken zu ordnen. Sie sprachen mit gesenkten Stimmen. »Sie wollten gerade sagen.«

»Wegen meinem Mann ... wegen diesem Unternehmen.«

Sonora nickte ihr zu.

»Ich war mit dem Papierkram sehr vorsichtig, weil ich nicht wollte, dass auch nur die geringste Spur zu meiner Adresse führt.«

»Sie sagten, man hat Sie angerufen? Um Druck auszuüben?«

»Ich habe ein Handy. Ich habe es für das Auto angeschafft, aber ich benutze es für mein Geschäft.«

»Welche Adresse verwenden Sie? Für das Handy und für Ihre Rechnungen? Besitzen Sie ein eigenes Geschäftskonto?«

»Ja, aber das läuft alles über ein Postfach.«

»In Ordnung, gut.« Diese Dame hatte an alles gedacht. »Haben Sie diese Leute jemals von zu Hause aus angerufen? Und sei es nur einmal?«

»Nein. Nein, Ma'am, niemals. Douglas kontrolliert alle meine Gespräche und ich wollte nicht, dass er davon erfährt.«

»Sind Sie absolut sicher? Sie besitzen bestimmt ein Gerät zur Anruferidentifizierung. Falls Sie jemals von zu Hause aus angerufen haben, haben sie das vermerkt.«

»Nein, niemals.«

»Wie steht es mit Davy? Hat er dort angerufen? Wissen die, wo er wohnt?«

»Nein, ich habe ihn niemals dort anrufen lassen.«

»Okay. Sind Sie jemals in Ihrem Haus angerufen oder kontaktiert worden?«

»Nein.«

»Haben Sie von denen gehört, seit das mit den Stinnets passiert ist?«

Martha schüttelte den Kopf. Sie nagte an ihrer Unterlippe.

»Ma'am, ich glaube nicht, dass Sie sich große Sorgen machen müssen. Um auf der sicheren Seite zu sein, gehen Sie bitte nicht zu Ihrem Postfach, bis ich mich wieder bei Ihnen melde und Ihnen grünes Licht gebe. Falls Sie unbedingt dorthin müssen, stellen wir Ihnen eine Begleitung. Es ist nicht sehr wahrscheinlich, dass sie Ihnen von dort folgen oder Sie belästigen, aber ich möchte nicht, dass Sie das Risiko eingehen. Und unternehmen Sie keinen Versuch, mit ihnen Kontakt aufzunehmen.«

»Was mache ich, falls sie anrufen oder mich auffordern zu zahlen?«

»Wären Sie bereit, mir Ihr Handy zu überlassen? Ich wäre gern am anderen Ende, falls sie anrufen.«

»Ich glaube ... ich bekomme auch Aufträge über das Telefon und ...«

»Ich nehme Nachrichten für Sie entgegen. Sie können mich jeden Tag deswegen anrufen. Wir könnten Ihre Anrufe weiterleiten, Mrs. Brooks, aber das kostet Zeit und egal, was die Techniker auch behaupten mögen, es funktioniert nicht immer. Ich weiß, dass es nicht einfach ist, aber in einer Situation wie dieser möchte ich nichts unbedacht lassen.«

»Nein. Nein, Detective, was sie diesen Leuten angetan haben, war so schrecklich. Und Sie glauben, ich bin in Sicherheit?«

»Ja, Ma'am, ich denke schon. Aber falls irgend etwas, egal was, geschieht, was Ihnen angst macht oder Sie sich auch nur unbehaglich fühlen, rufen Sie mich an. Und falls die Ihre Privatnummer herausfinden oder Sie den Eindruck haben, die wüssten, wo Sie sind – wohin gehen Ihre Handyrechnungen?«

»Wie sollten die da drankommen?«

Sonora legte den Kopf auf die Seite. »Wir leben im Informationszeitalter, Mrs. Brooks. Wohin gehen die Rechnungen?«

»An das Postfach.«

»Sie sind wirklich clever.«

Martha senkte den Kopf. Sonora gab ihr ihre Visitenkarte. »Meine Privatnummer habe ich auf die Rückseite geschrieben. Können Sie sie entziffern?«

»Ja, kein Problem. Sie haben wirklich eine schöne Handschrift, Detective.«

»Danke.« Das hatte sie nicht, aber sie freute sich über das Kompliment. Es war eine Sache unter Frauen. Martha Brooks revanchierte sich für ihre Anerkennung, etwas, wonach sich jede Frau, egal wie unabhängig, sehnte. Sonora schaute Mrs. Brooks an und dachte einen Moment an ihre Mutter, die sie an jedem Tag der Woche gelobt hatte. »Rufen Sie mich jederzeit an, egal ob Tag oder Nacht, falls Sie auch nur ein bisschen beunruhigt oder verängstigt sind.«

Martha hielt ihr das Handy entgegen. »Ich habe ja eine direkte Verbindung. Aber ich verspreche, sie nur zu benutzen, wenn es sich nicht vermeiden lässt.« Überraschend beugte sie sich vor und umarmte Sonora.

33 Sonora lag mit weit geöffneten, sich sandig anfühlenden Augen steif im Bett, nachdem sie zwei der Benadryl, die Gillane ihr gegeben hatte, genommen sowie beim Aufräumen der Küche ein weiteres Glas Wein getrunken hatte. Falls die Mäuse wiedergekommen waren, schliefen sie jetzt friedlich. Clampett blieb einen Moment am Fußende des Bettes stehen, dann sprang er mit einem gewaltigen Satz hinein und landete direkt neben ihr. Seine Nase war feucht. Er zögerte, wartete darauf, dass sie ihm befahl, das Bett zu verlassen.

Sonora tätschelte seinen Nacken, und er streckte sich neben ihr aus.

Ich fürchte mich, dachte Sonora. Die Furcht war wie ein Schmerz, der jede Nacht schlimmer wurde. Sie wusste nicht, wovor sie sich fürchtete, und das machte es schwer, damit umzugehen. Aber sie spürte das Gewicht der Furcht, das von oben auf die Last ihrer Verantwortung drückte. Die Kinder brauchten sie, finanziell und emotional, und das würde noch Jahr um Jahr so weitergehen. Und wie die Stinnets, wie Martha Brooks, musste auch sie Rechnungen bezahlen, die niemals aufzuhören schienen. Und wenn sie einmal schuldenfrei war, musste sie ans College denken.

Was, wenn ihr etwas zustieß? Sie war alleinstehend, ein Sicherheitsnetz existierte nicht. Ihre Kinder würden ebenso wehrlos sein wie Stinnets kleines Mädchen.

Und in der Zwischenzeit musste sie ihren Mörder fassen. Wer war sie schon, einen Mörder zu fassen? Ihre Stelle bei der Mordkommission wurde zu einer schweren Bürde.

Denk darüber nach, befahl sie sich. Ein Opfer. Ein menschliches Wesen. Sein Leben endet, weil jemand durchdreht und tötet. Wer zum Teufel? Wer zum Teufel besitzt diese Arroganz, diese Wut, diesen eiskalten Egoismus? Und dann, Mord. Ein alltägliches Ereignis.

Und sie sollte die Dinge in Ordnung bringen? Sie sollte in einer Stadt voller Menschen und Möglichkeiten den Mörder finden? Würde sie den Richtigen finden?

Sie legte den Kopf auf die Seite und dachte an die Fälle, die sie gelöst hatte. Wie standen die statistischen Chancen, dass sie den Falschen erwischte? Oder jemand Gefährlichen entkommen ließ, weil sie nicht schlau genug war, die Fakten richtig zusammenzusetzen?

War es bereits geschehen?

Das Telefon klingelte. Nicht Martha Brooks' Handy, das sie unter das Kopfkissen geschoben hatte. Ihr eigener Apparat.

»Blair«, meldete sie sich.

»Sonora, hier ist Keaton.«

»Keaton?« Sonora schaute auf den Wecker neben ihrem Bett. Drei Uhr siebenundvierzig. »Was ist los?«

»Nichts.« Seine Stimme klang wehmütig und erschöpft. Wie ihre eigene. Sollte sie erwähnen, dass es vier Uhr morgens war? »Sonora, entschuldige, dass ich dich so spät noch anrufe. Ich konnte nicht schlafen.«

»Warum kannst du nicht schlafen, Keaton?« Mein Gott, sie sprach mit ihm so geduldig wie, zumindest an guten Tagen, mit ihren Kindern.

»Ich habe dieses Gefühl von … Verpflichtung. Ich weiß nicht. Du warst so gut heute abend, mit diesen Leuten. Und ich habe dir das aufgedrängt, diesen Einsatz, zumindest scheint es jetzt so, wenn ich darüber nachdenke. Ich fürchte … du bist wütend. Ich habe nur gedacht … ich sollte dich anrufen.«

Es war das Wort *Verpflichtung*, das saß. Dies und die theatralischen Pausen, die unglaublich … ärgerlich waren.

»Schau, Keaton. Ich habe heute nacht nur meinen Job gemacht. Und wenn du im Besitz von Informationen über ein Verbrechen bist, hast du sowohl die moralische als auch die gesetzliche Verpflichtung, zu mir zu kommen. Abgesehen davon will ich dir mal reinen Wein einschenken. Ich würde lieber die Toilettenschüsseln einer Tankstelle mit meiner eigenen, höchstpersönlichen Zahnbürste schrubben, als mit einem Mann zu telefonieren, der mich anruft, weil er glaubt, dass das seine Pflicht ist.«

»Ich …«

Theatralische Pause.

»Du«, drängte sie.

»Ich möchte dein Freund sein, Sonora.«

»So?«

»Du hast nichts dagegen?«

»Eigentlich schon.«

»Bleibst du denn nicht mit ihnen befreundet? Mit deinen Ex-Männern?«

»Man hat schon davon gehört. Aber eher selten.«

»Es ist gesund und normal, befreundet zu bleiben.«

»Das ist nett, Keaton, aber normalerweise verabscheue ich sie bis aufs Blut und möchte sie nie wiedersehen.«

»Das zeugt nicht gerade von Reife.«

»Scheiß auf Reife.« Sonora legte auf. Wenn Sam da wäre, würde sie ihm erzählen, wie unreif sie war. Und er würde antworten, »und was ist daran neu?«

Endlich verspürte sie den ersten Anflug von Müdigkeit. Die Tabletten taten ihre Wirkung. Sonora schaltete das Licht aus, umklammerte das Handy und kuschelte sich an Clampett. Sie vermisste die Kinder, ihre ruhige Gegenwart am anderen Ende des Flurs mitten in der Nacht.

Sie schloss die Augen, und da war es wieder, das Flüstern. Joy Stinnets Stimme. *Gegrüßet seist du, Maria, voll der Gnaden.*

34

Sonora machte einen Zwischenstopp an der Kaffeemaschine, schob dann Molliter zur Seite und blieb bei Grubers Schreibtisch stehen.

Gruber klopfte mit einem Bleistift auf die Schreibunterlage. Wie immer war es ihm unmöglich, stillzusitzen. Sonora hätte nicht seine Kindergartenlehrerin sein mögen.

Sie legte ihre Hand auf seine. »Ganz ruhig.«

Er zog seine Hand fort und klopfte weiter. »He, weißt du noch, die Frau, die gestern hier war? Die ihre karmische Bürde niedergelegt hat? Ich möchte nicht darüber stolpern.«

»Hast du Sam gesehen?«

»Gar nicht lange her – legte den Hörer auf, als ob er Hummeln im Hintern hätte –«

Sanders kam durch die Schwingtüren, die zur Spurensicherung führten. »Da bist du ja«, sagte sie.

»Hatte sie sich irgendwo versteckt?« Gruber grinste Sanders an, und Sonora bemerkte den Blick, den die beiden wechselten. Ganz klar, sie schliefen miteinander.

»Amber Wexford sitzt in der eins«, sagte Sanders. »Sie ist um halb acht hier angekommen. Sie wartet schon eine ganze Weile.«

»Halb acht? Mann.« Sonora griff nach ihrem Kaffeebecher, füllte ihn, gab Milch dazu und schaute über ihre Schulter zu Cricks Büro. Die Tür war geschlossen. Und sie ließ Verwandte nicht gerne warten. Sie ging den Flur hinunter zu Vernehmungszimmer Eins. Dort schaute sie aus Gewohnheit durch den Venezianischen Spiegel, bevor sie eintrat.

Amber Wexford weinte. Sie saß steif aufgerichtet auf einem metallenen Klappstuhl, die Knöchel gekreuzt, eine rundliche Frau mit langen Beinen in ordentlich gebügelten Jeans und einem goldfarbenen Pullover. Tränen strömten ungehindert unter ihrer großen, eckigen Brille hervor, als ob sie niemals versiegen würden, und sie wischte sie von Zeit zu Zeit mit einem zerknüllten blauen Tuch fort.

Sonora ging zurück zur Kaffeemaschine, füllte einen Becher halb mit Kaffee und halb mit einem süßen Schokoladen-Kakao-Gemisch und klaute die Schachtel mit weißen, cremeweichen Taschentüchern von Molliters Schreibtisch. Amber Wexford putzte sich gerade energisch die Nase, als Sonora die Tür mit der Hüfte aufschob.

»Kann ich Ihnen helfen?« In einem Sekundenbruchteil war die Frau von ihrem Stuhl aufgesprungen und nahm Sonora die Schachtel mit Tüchern aus der Hand, so dass sie nur noch die beiden Kaffeebecher jonglieren musste.

»Bedienen Sie sich«, sagte Sonora und wies mit dem Kopf auf die Kleenex-Schachtel. Sie reichte Amber einen Becher. »Der ist für Sie.«

Die Frau nahm den Becher mit ausdrucksloser Miene entgegen, die nicht verriet, ob sie im Augenblick Kaffee wollte oder nicht.

»Nur zu, setzen Sie sich doch«, sagte Sonora. »Ist Ihnen kalt? Ich kann die Heizung andrehen.«

»Nein, danke, mir geht es gut.«

Gut ging es ihr nicht. Die Augen blutunterlaufen, die Nase rot, der Blick voll fassungsloser Verwirrung, ein Blick, mit dem Sonora nur allzu vertraut war.

Amber Wexford war der Typ Mädchen, den man häufig in High Schools antraf: nett zu jedermann, ohne den geringsten Hinweis darauf, was sie unter der Oberfläche der Freundlichkeit wirklich dachten. Ihr frisch gewaschenes langes Haar, dessen Spitzen zu der Andeutung einer Welle geföhnt waren. Vielleicht sprühte sie bei ihren engsten Freunden vor Leben. Aber jeglicher Schwung, den sie haben mochte, war unter Schichten von Konventionalität begraben, die sie als Schild benutzte, um sich gegen die Brutalität des alltäglichen Lebens zu schützen.

Sie war durchaus attraktiv, verbarg das aber unter zwei Nummern zu großen Jeans und einem riesigen, unförmigen Pullover. Sie würde sich niemals in kurzen, abgeschnittenen Jeans zeigen. Im Sommer trug sie als Uniform vermutlich Baumwollshorts – lang, mit Aufschlägen, gebügelt –, in der Taille von einem Leinengürtel gehalten. Ihre Losung lautete *bequem* und *unauffällig*. Sie war hübsch genug, lenkte nur die »richtige« Art von Aufmerksamkeit auf sich, vorausgesetzt, sie lenkte überhaupt Aufmerksamkeit auf sich. Sie hätte sich ebensogut *Ich bin ein wirklich nettes Mädchen* auf die Stirn tätowieren lassen können.

Sonora überlegte, wie sie wohl wirklich war, und dachte, dass es möglicherweise niemand wusste.

Sie legte ihre Hand auf den Arm der Frau. »Mrs. Wexford, ich bin Detective Blair. Ich möchte Ihnen sagen, wie sehr ich Ihren Verlust bedauere.«

Amber Wexford nickte bloß, und Sonora nahm an, dass sie ihrer Stimme noch nicht wieder traute.

»Wie geht es dem Baby?«

»Oh.« Amber räusperte sich. »Entschuldigen Sie. Dem Baby geht es gut.« Ihre Stimme brach, und sie räusperte sich wieder, dann trank sie dankbar einen Schluck Kaffee. »Es tut mir leid.«

Eine Verzeihungheischerin, dachte Sonora. Sie war nicht überrascht. »Ich bin nur neugierig, Mrs. Wexford, wissen Sie, ob Sie der legale Vormund des Kindes sind?«

Amber nickte. »Ja, es sei denn, Carl hätte sein Testament geändert. Er und Joy hatten mich gebeten, für die Kinder zu sorgen, falls ihnen etwas zustoßen würde. Und ich hatte sie zum Vormund für meine beiden bestimmt.«

»Chloe ist ein glückliches kleines Mädchen«, sagte Sonora.

»Danke. Sie müssen Eddie kennengelernt haben.«

Sie lachten beide, aber Amber machte bereits einen Rückzieher. »Entschuldigung, das war nicht nett.«

Sonora ging nicht weiter darauf ein. »Ich weiß wirklich sehr zu schätzen, dass Sie gekommen sind, um uns zu helfen, das spart uns Zeit. Aber ich kann sehen, wie aufgeregt Sie sind. Ist es in Ordnung, wenn ich Ihnen ein paar Fragen stelle?« Es war eine Art schmutziger Trick. Sie konnte sich mitfühlend geben, da sie mit Gewissheit wusste, das Amber Wexford ihr entgegenkommen würde. Die Welt ruhte auf den Schultern von Frauen wie Amber Wexford – pflichtbewusst, hart arbeitend und vor allem gefällig.

»Nein, das ist in Ordnung.«

Sonora hatte die Antwort im Kopf, bevor Amber sie aussprach. »Sagen Sie mir, was mit Ihrem Bruder los war.«

Amber rutschte an die Stuhlkante. Sie hatte den Gesichtsausdruck eines Menschen, dem ein schwieriger Test bevorsteht. »Mein Bruder war ein guter Mann, ein guter Mensch, Detective, aber er steckte in Geldschwierigkeiten.«

»Eine Menge Menschen stecken in solchen Schwierigkeiten, Mrs. Wexford. Eine Menge wirklich anständiger Menschen.«

»Ja. Ja. Aber Carl – oder Joy, sollte ich sagen. Die Familie wurde bedroht.«

Sonora wartete. Aber Amber schaute sie ruhig an, abwartend.

»Erzählen Sie mir von den Drohungen.«

»Ein Mann rief an und sagte, wenn sie wüssten, was gut für sie wäre, würden sie runterkommen und bezahlen.«

»Persönlich?«

»Persönlich.«

»Wissen Sie, von wem diese Drohung kam, Mrs. Wexford?«

»Nein. Carl hat nichts gesagt. Er hat mir nichts davon erzählt. Ich glaube, er wusste gar nicht, dass Joy mir davon erzählt hat. Sie haben immer mit ihr gesprochen.«

»Aber sie hat ihrem Mann nichts davon gesagt?«

»Oh, Detective, Carl machte sich solche Sorgen wegen seines Geschäfts und seines Jeeps –«

»Was war mit dem Jeep?«

»Sie haben ihn zurückgeholt. Er hat sich so geschämt.« Das rief erneut einen Tränenausbruch hervor. Sonora zog fünf Tücher heraus, faltete sie säuberlich und reichte sie Amber Wexford, die sich damit die Nase putzte. »Entschuldigen Sie. Er hat mir nur so leid getan. Joy wollte nichts sagen, um es ihm nicht noch schwerer zu machen.«

»Und sie hat Ihnen nicht gesagt, wer es war?«

Amber schüttelte den Kopf. »Ich war überrascht, dass sie überhaupt darüber gesprochen hat. Solche Dinge behielt sie für sich. Aber ich war bei ihnen, ich hatte eine Kleinigkeit für sie besorgt, und sie brach zusammen und erzählte mir davon.«

»Was haben Sie besorgt?«

»Einfach … irgendwas.«

Sonora wartete.

»Ich hatte Anspruch auf eine Betriebsrente, die habe ich mir auszahlen lassen. Und Carl hatte bereits begonnen, mir das Geld zurückzuzahlen, als … es passierte.« Sie schluchzte und putzte sich die Nase. »Und das hätte er auch, Detective. Er hätte es mir zurückgezahlt, bevor das Jahr um gewesen wäre, damit ich es in einen anderen Fonds hätte einbringen können und keine Steuern hätte zahlen müssen.«

»Sie sind sehr großzügig«, bemerkte Sonora.

»Er hätte dasselbe für mich getan. Er *hat* dasselbe für

mich getan, er half mir während meiner Zeit in der Schwesternausbildung. Er hat mir immer Geld zugesteckt, bevor ich verheiratet war. Ich fand es gut, eine Gelegenheit zu haben, mich zu revanchieren. Aber er hat mir nicht gesagt, dass er in Schwierigkeiten steckte, bis sie den Jeep abgeholt haben.«

»Mrs. Wexford, wissen Sie, ob sich Ihr Bruder oder Joy an eines dieser Kreditbüros gewandt haben?«

Amber lehnte sich mit gerunzelter Stirn im Stuhl zurück. »Es ist komisch, dass Sie das erwähnen.«

Wenn jemals ein Satz die Aufmerksamkeit eines Polizisten erregt hatte, dann dieser. »Ja?«, hakte Sonora nach.

»Joy hat einmal so etwas gesagt. Sie riet mir, mich niemals an ein solches Büro zu wenden. Sie meinte, das seien Kredithaie in neuem Gewand.«

»Sie hatte recht«, erwiderte Sonora.

35 Sonora hatte die Füße auf den Schreibtisch gelegt und lauschte Frank Sinatra, der »My Way« sang. Sie hasste es, in die Warteschleife geschaltet zu werden, beinahe ebensosehr wie das Gefangensein in der automatischen Vermittlung beim Telefonbanking. Die Tür zur Spurensicherung schwang auf, und Mickey glitt vor ihren Schreibtisch, als bewege er sich auf Rollerskates.

»Wir haben einen Treffer, meine wundervolle Kleine. Du bist die erste, die es erfährt, direkt nach mir.«

Sonora nahm die Füße vom Tisch und beugte sich vor. »Aruba?«

»Kinkle. Wunderschöner Fingerabdruck am Knauf der Eingangstür. Und ein Fleck auf dem Klingelknopf. Obertrottel.«

Sonora warf ihm eine Kusshand zu.

»Muss es Crick erzählen.« Er trat ohne anzuklopfen ein. Sonora, die ans Telefon gefesselt war, wurde bewusst, dass sie etwas verpasste. Sie erhaschte einen kurzen Blick auf Sam, der gerade aufstand, und den telefonierenden Crick, bevor sich die Tür wieder schloss.

Verdammt, dachte sie. Sie würde hineingehen, sobald sie das Telefongespräch mit diesem Quincy David hinter sich gebracht hatte. »Mist.«

»Quincy Da – wie bitte?«

»Ich sagte, hier spricht Detective Blair. Ich versuche, Quincy David, Rechtsanwalt, zu erreichen.«

»Sie sprechen mit ihm.«

»Mr. David, ich führe Ermittlungen durch, und soweit ich unseren Bezirksstaatsanwalt verstanden habe, sind Sie der Mann, an den ich mich wegen der in unserer Stadt aus dem Boden schießenden Inkassobüros wenden sollte.«

Sein Tonfall wechselte von entgegenkommend zu grimmig. »Wie jedes Übel, Detective, blühen sie überall. Was möchten Sie von mir wissen?«

»Alles.«

»Okay.« Auf Sonora machte es den Eindruck, also ob der Mann sich im Stuhl zurücklehnte, also tat sie es auch. »Haben Sie eine Minute Zeit, dann kann ich mir einen Kaffee holen?«

»Nur zu.« Sonora betrachte ihren Becher und entschied sich dann dagegen. Sie wartete. Dieses Mal war es Jim Croce, der »Roller Derby Queen« zum Besten gab. Falls sie weiterhin nachts nicht schlafen konnte, war es ihr vielleicht möglich, das Versäumte durch Nickerchen aufzuholen, während sie in der Warteschleife hing.

»Okay, da bin ich wieder, danke.«

Sie nahm Füller und Papier.

»Es war einmal, Detective. Blair, ist das richtig?«

»Sonora Blair.«

»Sonora. Alles begann in einer kleinen Stadt namens Cleveland, Tennessee, dann schwappte es nach Kentucky über und mittlerweile hat es sich wie eine Geschlechtskrankheit im ganzen Land verbreitet. Am Anfang konzentrierte es sich auf die Militärbasen, man köderte die Rekruten mit Vorschüssen auf ihren nächsten Regierungsscheck. Sie nannten es Zahltag-Kredite.«

»Wie funktioniert das?«

»Hein Blöd kommt und stellt einen Scheck aus. Sie nehmen jeden, solange man einen Job hat, eine Sozialversicherungsnummer, ein Bankkonto, einen Lohnnachweis oder irgendeinen anderen Identitätsnachweis, wie zum Beispiel eine Stromrechnung. Diese Typen zahlen ihm das Geld gegen den Scheck aus und behalten diesen zwei Wochen lang. Am Ende der zwei Wochen lassen sie ihn antanzen, präsentieren ihm den Scheck und lassen ihn Zinsen zahlen. Wenn sie das alle zwei Wochen tun, und das ein Jahr lang, endet es damit, das der Kunde für einen Einhundert-Dollar-Scheck am Ende neunhundert Dollar bezahlt hat.«

»Ist das legal?«, fragte Sonora.

»Nein, das glaube ich nicht. Aber es gibt ein paar ziemlich verdrehte Gesetze. Die Leute, die die Schecks auszahlen, sind der Ansicht, sie seien immun. Es existiert ein Statut, dass man das Recht hat, für das Einlösen eines Schecks Gebühren zu erheben, solange besagte Gebühr nichts mit der ursprünglichen Transaktion zu tun hat. Aber diese Art von Geschäften fällt nicht in diese Kategorie, egal wie oft diese Leute das behaupten mögen. Es ist ein Kredit, weil die Leute wissen, dass der Scheck, wenn er ausgeschrieben wird, nicht gedeckt ist, und dem Ganzen ein Investitionsschema zugrunde liegt. Sie verstoßen gegen die Gesetze zur Kreditvergabe, gegen die RICO, gegen tausendundein Verbraucherschutzgesetz.

Und sie sind in einer wunderbaren Position. Kommt der Kunde nicht, um die Gebühr zu bezahlen, lösen sie den Scheck entgegen der Abmachung einfach ein. Platzt er, überziehen sie den Kunden mit allen möglichen Klagen. Manchmal hetzen sie ihm den Sheriff auf den Hals, vielleicht, damit er denjenigen ins Gefängnis steckt, wenn er nicht zahlen kann – der Schuldturm ist keineswegs Geschichte, Detective. Es ist ungesetzlich, aber der Hilfssheriff weiß es oft nicht besser – zum Teufel, viele Anwälte kennen sich damit auch nicht aus –, und wenn der Mann seinen Verteidiger anruft, sagt der ihm, dass man nichts machen könne. Das Oberste Gericht unter Richter Hood versucht zur Zeit, die Gesetzeslage zu entwirren. Ich meine, kommen Sie schon, Detective, die Gambinos aus South Florida haben ihre Hände dabei im Spiel, falls Ihnen das etwas sagt.«

»Warum wollen die die Branche wechseln?«

Er lachte. »Die alten Geschäfte werfen nicht mehr genug Geld ab. Die verdammten Kreditkartengesellschaften bekommen vierundzwanzig Prozent. Sie haben die Kredithaie aus dem Geschäft katapultiert. Wissen Sie, mit welchem Geschäftsbereich eine Bank den größten Profit macht?«

Sonora gab die Papageiennummer. »Kreditkarten?«

»Genau. Kredithaie können kein Geld mehr machen.«

Cricks Tür öffnete sich, und Mickey kam heraus, drehte sich auf dem Absatz um und blieb mit dem Rücken zu Sonora im Türrahmen stehen. Sie hörte Männerstimmen, aber sie konzentrierte sich auf Quincy David.

»… und die Kreditkartengesellschaften scheffeln mittlerweile so viel Geld, dass sie sich nicht mehr die Mühe machen, ausstehende Gelder einzutreiben. Sie schreiben sie einfach ab. Sie setzen sie nicht einmal von der Steuer ab. Der Aufwand lohnt sich nicht. Sie geben ihr ganzes Geld für die Lobbyisten aus, die es dem Durchschnittsbürger erschweren sollen, Konkurs anzumelden und wie der Blitz aus der Kreditkartenhölle abzuhauen.«

Sie hatte den Auslöser gedrückt. Sie bekam Krämpfe in der Hand, während sie sich mit fliegendem Stift Notizen machte. »Sie klingen zornig, Mr. David.«

Mickey ging an ihrem Tisch vorbei und winkte ihr zu. Sonora reckte den Hals und hielt nach Sam Ausschau.

»Ich bin zornig, Detective Blair.«

»Was sind das für Menschen, die sich in so etwas verwickeln lassen?«

»Alle möglichen Menschen, Detective. Die Bandbreite der Opfer reicht von wirklich wohlhabenden Leuten bis zur alleinerziehenden Mutter, die von der Stütze lebt. Sie haben nur eins gemeinsam – einen plötzlichen finanziellen Engpass. Sie müssen essen, sie müssen die Hypotheken abtragen, sie müssen Miete zahlen.«

»Über welche Methoden der Geldeintreibung sprechen wir hier?«

»Okay, sie gehen nicht hin und brechen dem Opfer das Bein. Aber darin läge sowieso kein Profit, und unter uns, das haben sie auch nicht nötig. Die meisten dieser Leute schämen sich entsetzlich. Sie haben Schuldgefühle, weil sie sich überhaupt an solche Büros wenden müssen, und sie stehen unter Stress. Und diejenigen vom unteren Ende der sozialen Leiter haben meistens keine guten Erfahrungen mit dem Gesetz gemacht und klagen deswegen nicht. Meist werden psychologische Methoden verwendet. Sie rufen Tag und Nacht an. Sie lesen den Leuten ihre Rechte vor, diese Miranda Acts, die heutzutage sogar auf Kaugummipackungen stehen. Wir haben das Recht, unsere Forderungen bla, bla, bla. Dieser kleine Absatz jagt den Leuten eine Heidenangst ein, Gott weiß, warum. Es wirkt offiziell und einschüchternd und, zum Teufel, die Leute sind eingeschüchtert.«

Aus dem Augenwinkel konnte Sonora Sam sehen, der in Richtung ihres Schreibtischs ging und zögerte, als er sah, dass sie telefonierte. Er warf die Hände hoch, und sie hörte einen Fluch. Er ging hinter ihr entlang zu seinem eigenen Schreibtisch.

»Kennen Sie ein paar Horrorgeschichten?«, fragte Sonora und versuchte, sich wieder auf David zu konzentrieren.

»Ich kenne Tausende.« Er hielt inne und schluckte. Sie stellte sich vor, wie er Kaffee trank, schwarz vermutlich, das perfekte Gebräu für einen energischen, zähen Kerl. »Die meisten bewegen sich gerade noch innerhalb der Grenzen des Gesetzes. Aber ich habe Leute kennengelernt, die völlig bankrott waren und von Geldeintreibern verfolgt wurden, die ihre ungedeckten Schecks einreichten und versuchten, die Zinsen einzutreiben, obwohl diese Menschen nicht einmal ihre Wasserrechnung bezahlen oder ihre Kinder ernähren konnten. Sie ließen Leute verhaften oder drohten die ganze Zeit damit. Sie machten den Leuten weis, dass sie sie ins Gefängnis bringen würden, und das Gefängnis würde dem Sozialamt Bescheid geben, und das würde ihnen die Kinder wegnehmen, oder sie behaupteten, dann seien sie vorbestraft, und dann würden sie ihre Kinder verlieren. Einmal vertrat ich eine Frau mit drei kleinen Kindern. Sie riefen sie mitten in einem heftigen Schneesturm an und forderten sie auf, zu ihnen zu kommen und entweder die Zinsen oder den Scheck und die Gebühr zu bezahlen, ansonsten würden sie den Scheck einlösen. Auf ihrem Konto war nur noch Geld für die Schecks, die sie ausgeschrieben hatte, um ihre Rechnungen zu begleichen, deshalb sagte sie, sie würde mit dem Geld für die Lebensmittel zu ihnen kommen; sie gaben ihr bis fünfzehn Uhr Zeit. Sie war bei Schnee und Eis zusammen mit ihren Kindern viereinhalb Stunden mit dem Bus auf den vereisten Straßen unterwegs, und als sie um vierzehn Uhr dreißig eintraf, hatten sie den Scheck bereits eingereicht. Alle anderen Schecks platzten, sie musste über hundert Dollar verdammte Überziehungszinsen an die Bank bezahlen und weitere viereinhalb Stunden mit dem Bus nach Hause fahren. Wissen Sie, was diese Leute sind, Detective?«

»Plünderer, Mr. David.«

»Abschaum, Detective. Der reine Abschaum.«

Ein juristischer Fachausdruck, dachte Sonora.

»Ach übrigens, der zähe Bursche, der Sie Sonntag morgen um acht wegen Ihrer MasterCard anruft, ist vermutlich ein Schwerverbrecher im Hochsicherheitstrakt eines Gefängnisses.«

Sonora zuckte zusammen. Ein neuer Service für Schwerkriminelle, Wähl-ein-Opfer-an, mit freundlicher Unterstützung Ihrer Kreditkartengesellschaft.

Sam wedelte mit einer Notiz vor ihrer Nase herum, dann überreichte er sie ihr wie einen Rosenstrauß. Sie nickte ihm zu, fingerte an dem gefalteten Blatt herum und hörte David weiter zu.

»Ich kannte eine Lady, die haben sie nicht bezahlen *lassen*. Sie bat sie, ihr den Scheck zu schicken. Nein, sagten sie, sie müsse ihn selbst abholen. Auf diese Weise können sie sie in ihr Büro kriegen und sie überreden, lieber die Zinsen zu bezahlen. Ich kenne Leute, die kommen in mein Büro und weinen. Nette, hart arbeitende Menschen, Detective. Letzte Woche saß hier ein Mädchen, das überzeugt war, dass sie ihr das Baby wegnehmen würden, wenn sie nicht zahlte.«

»Ist jemals jemand verletzt worden?«

Er zögerte. »Soweit ich weiß, nicht. Das ist nicht das übliche Vorgehen. Aber ich habe … Gerüchte gehört.«

»Was für Gerüchte?«

»Dass Leute ins Haus kommen. Auf der Veranda stehen und klingeln. Eine Frau sagte mir, einer dieser Typen hätte den ganzen Nachmittag auf ihrer Verandaschaukel gesessen. Als sie mich endlich ans Telefon bekam, war sie hysterisch. Ich weiß nicht, ob es wahr ist. Ich habe keine Beweise. Den Leuten wird angst gemacht. Aber nach allem, was ich höre, mit psychologischem Druck. Und es funktioniert, weil die Menschen sich schämen. Es funktioniert erst dann nicht mehr, wenn ein Mensch alles durchgemacht hat, was er ertragen kann, und es ihm gleichgültig wird.«

»Wie hoch ist der Gewinn normalerweise?«

»Das hängt vom Stadtteil ab. Irgendwo zwischen fünfundzwanzig und fünfundvierzig Prozent. Dreiunddreißig ist die Norm. Aber das ist normaler Wucher. Ich habe Geldeintreiber kennengelernt, die siebenhundert Prozent gemacht haben.«

Sonora ließ den Stift fallen. Siebenhundert Prozent? Das würde sie sich merken. »Können Sie mir irgend etwas Konkretes über diese Gerüchte sagen?«

»Ich weiß selbst nicht viel. Da sind halt diese Leute, verängstigte Leute. Soviel kann ich Ihnen versichern. Die Menschen, die am meisten Angst haben, leben alle drüben in Indian Hill. Andererseits –«

»Was wollten Sie sagen?«, unterbrach Sonora ihn.

»Es geht um Indian Hill. Nur um diesen Stadtteil. Ich habe ein- oder zweimal davon gehört, eigentlich ist es einem Mandanten von mir passiert.«

Sonora wartete.

»Man muss dem Teufel seinen Anteil geben, schätze ich. Gelegentlich werden einige von diesen Leuten wie die alleinerziehende Mutter, na ja, ihre Schulden werden einfach beglichen.«

»Was passiert damit?«

»Die Leute sagen, sie werden vergeben. Vom Engel.«

»Vom *Engel?*«

»Ja, ich weiß. Und immer in Indian Hill, soweit ich sagen kann, aber es ist nur Gerede, nichts, woran man etwas festmachen könnte.«

»Wem gehört das Unternehmen, wissen Sie das?«

»Ich arbeite mich seit drei Monaten durch die Akten und versuche eine Spur zu finden. Bis jetzt habe ich nichts herausgefunden, aber vielleicht sind Ihre Leute ja besser als meine. Eins kann ich Ihnen versichern, wer immer der Mann auch ist, er ist entweder Ihr bester Freund oder Ihr schlimmster Alptraum.«

Sonora entfaltete die Notiz. Las Sams saubere Druckschrift.

DETECTIVE WHITMORE AUS LEXINGTON KENTUCKY BERICHTET, DASS EIN MONTE CARLO

MIT ROSTSCHUTZFARBE-FLECKEN VOR DEM HAUS DER SCHWESTER AM OLD FRANKFORT PIKE STEHT. PERSONEN, AUF DIE DIE BESCHREIBUNGEN VON KINKLE UND ARUBA PASSEN, GEHEN IM HAUS EIN UND AUS. CRICK HAT DIE FAHNDUNGSUNTERLAGEN SCHON AUF DEN WEG GEBRACHT.

»Danke, Mr. David, Sie waren mir eine große Hilfe.«

»Oh, schon gut, Detective. Sie klingen so komisch. Sie haben doch keinen Herzanfall, oder?«

»Nein, es geht mir gut, Mr. David. Und ich bin Ihnen für Ihre Hilfe wirklich sehr verbunden.«

»Sind Sie das? Wenn Sie wirklich so dankbar sind, Detective, dann tun Sie mir doch den Gefallen und bestellen Sie Ihren Kollegen, dass ihnen der Gesetzgeber verbietet, meine Mandanten zu verhaften.«

»Das mache ich«, sagte Sonora. Es erschien ihr grob unhöflich, ihm zu sagen, dass es nicht ihre Abteilung war.

36

Sonora marschierte durch den Dairy Mart, drängte sich an all den anderen Leuten vorbei, die ebenfalls auf dem Heimweg von einem langen harten Arbeitstag noch einkaufen mussten, während sie darüber nachdachte, was sie zum Essen kaufen sollte. Die Kinder hatten genug von Fertigmahlzeiten, und sie selbst sah sich momentan nicht in der Lage, die zu dieser Tageszeit – vor dem Abendessen, direkt nach der Arbeit – üblichen Schlangen und das Gedränge eines Großeinkaufs auszuhalten.

Sie wollte etwas besorgen, das schnell ging, etwas Einfaches, damit sie ein heißes Bad nehmen und früh zu Bett gehen konnte. Morgen musste sie wegen der Fahrt nach Kentucky im Morgengrauen aufstehen. Sie hätte aufgeregt sein müssen.

Aber sie war nicht aufgeregt.

Tiefkühlpizza? Burritos? Hackbraten mit Paprika, mit Zwiebeln, altbackene Doughnuts, warum zum Teufel kaufte sie überhaupt hier ein, wenn sie statt dessen zu Hause sein und etwas Gesundes kochen konnte, Hühnchen mit Kartoffelgratin zum Beispiel. Unglücklicherweise hatte sie nicht die geringste Ahnung, wie man Hühnchen mit Kartoffelgratin machte, die Küche war ein einziges Chaos, und der Gedanke, sie zu putzen und darin zu kochen, erweckte in ihr den Wunsch, fluchtartig das Land zu verlassen.

Ein Mann in Kordhosen, die bei jedem Schritt ein zischendes Geräusch machten, ging mit einer Miene höflicher Toleranz um sie herum, was ihr zweierlei verriet: Erstens stand sie ihm im Weg, aber er wollte sich zivilisiert verhalten, und zweitens mochte sie sein Gesicht nicht. Er sah nicht glücklich aus. Sie schaute sich um und versuchte, jemanden ausfindig zu machen, der glücklich wirkte.

Keine Chance.

Die Türen glitten auf und zu, auf und zu, die Schlangen an beiden Kassen wurden länger. Sie entschied sich für Schinkenspeck. Sie würden Speck mit Salat und Tomaten essen, leider ohne Tomaten. Nicht gerade das beste Essen der Welt, aber auch nicht das schlechteste. Sie würde den Kindern ihre Lieblingspommes holen, völlig ungesund, aber sie machten satt, und sie war zu müde, um sich etwas anderes auszudenken. Es sei denn … Suppe? Gab es hier irgendwo Suppe? Suppe und Sandwiches, das war zwar eher eine Mittagsmahlzeit, aber gesund und nahrhaft, wenn man den Campbell-Werbespots glauben durfte.

Sie entdeckte eine Cremesuppe und stellte sich am Ende der Schlange an. Sie bewegte sich nicht. Die Frau an der Kasse kaufte Zigaretten, und sie wollte sie in der Schachtel, Marlboros in der Schachtel.

Die Angestellte fand die richtigen Zigaretten. Nun verlangte die Frau Lotterielose. Sonora biss die Zähne zusammen und ballte die Faust. Sie hasste es, hinter Leuten anzustehen, die Lotterielose verlangten. Hasste Leute, die zur Feierabendzeit Lotterielose und Zigaretten kauften.

Vielleicht machte es sie glücklich. Die Frau wirkte jetzt fröhlich, die einzige fröhliche Person unter den mehr als dreißig Leuten, die an Sonora vorbeigegangen waren, während sie versucht hatte, sich zu entscheiden.

Sie kaute an ihrem Daumennagel. Sie wartete in einer Schlange, die sich so langsam vorwärtsbewegte, dass sie tatsächlich dachte, dass sie den Tod dieser Warterei vorziehen würde.

Hier bin ich, im Supermarkt und möchte tot sein. Jeder, der ebenfalls lieber sterben würde, hebe die Hand.

Sonora fragte sich, wie hoch der Prozentsatz sein mochte.

Vermutlich ziemlich niedrig, aber tief in ihrem Innersten war sie überzeugt, dass er verdammt hoch ausfallen würde.

Um Mitternacht, zur Geisterstunde, wollte Sonora, die wieder im Auto saß und durch die Straßen fuhr, immer noch sterben, sogar noch sehnlicher als in der Schlange im Supermarkt. Als sie nach Hause gekommen war, hatte sie nur ein Kind angetroffen, nicht *die* Kinder. Tim war nicht da. Gerade an diesem Abend, an dem sie sich zum ersten Mal nach langer Zeit wieder nach ihrem Bett gesehnt hatte, ja sogar auf dem Sofa eingeschlafen war, und am nächsten Morgen in aller Herrgottsfrühe aufstehen musste, um zwei verzweifelte und gefährliche Mörder zu fangen, gerade in dieser Nacht kam der Junge nicht nach Hause, rief der Junge nicht an, diese Nacht wählte der Junge, ihr Sohn und Erstgeborener, um zu verschwinden.

Sonora, Mutter und Polizistin, eine Frau mit gesundem Menschenverstand, aber viel Fantasie, war überzeugt davon, dass sie nie wieder würde schlafen können.

Die Liste der Dinge, die ihm zugestoßen sein konnten, war ebenso lang wie die Liste der Dinge, die sie mit ihm anstellen würde, wenn er nur erst wieder heil und gesund zu Hause war.

Sie stoppte an einer roten Ampel und drehte die Heizung im Wagen hoch. Draußen war es zu kalt für abgeschnittene Jeans, aber ihr Sweatshirt war warm. Clampett, der auf den Rücksitz verbannt war, machte den Versuch, auf den Beifahrersitz zu klettern, wo sie Tim hinsetzen würde, falls sie ihn jemals fand. Sie rollte langsam an den Nachtclubs und an anderen Plätzen vorbei, an denen sich ihr Sohn lieber nicht aufhalten sollte. Wo zum Teufel steckte er?

Sie hatte überall angerufen, bei den Krankenhäusern, bei der Städtischen Polizeiwache und keine Spur von ihm entdeckt. Keine Nachrichten sind gute Nachrichten, diese

Perle der Weisheit verdankte sie dem zuständigen Beamten der Polizei.

Cincinnati lag ruhig und verlassen da, sie sollte daheim im Bett sein, genau wie ihre beiden Kinder. Sie schloss die Augen, während sie darauf wartete, dass die Ampel umsprang. Sie hatte sich noch nie so einsam gefühlt, so sehr »mit dem Rücken zur Wand«, so voller Angst, einfach nicht mehr weitermachen zu können. Die Ampel sprang um. Sie entdeckte einen Bluessender im Radio. Etwas aus *Hot Flash* von Saffire, den angesagten neuen Ladys.

Sie nennen mich Flittchen. Sie kapieren es einfach nicht. Ich will einfach nur einen guten Mann.

Sie fragte sich, was Gillane wohl gerade machte, ob er Nachtdienst hatte. Sie überlegte, ihn anzurufen und um Hilfe zu bitten. Dann änderte sie ihre Meinung wieder.

Dunkle Gedanken bedrängten sie wie nie zuvor. Sie ließen den Schweiß auf ihre Stirn treten, schmerzten in ihrem Magen wie ein Geschwür, waren ein Gewicht auf ihrer Brust, das ihr allmählich ebenso vertraut wurde wie ihr Spiegelbild.

Die Gedanken machten ihr angst. Sie fühlte sich verloren.

Noch eine rote Ampel, sie ließ keine aus. Ein schwarzer, nagelneuer Transporter zog auf die rechte Spur neben ihr. Die Scheiben waren getönt, Sonora konnte den Fahrer nicht erkennen. Sie hatte das unheimliche Gefühl, von ihm beobachtet zu werden, und als die Ampel umsprang, gab sie Gas.

Die Reifen des Transporters heulten auf, und er war neben ihr, Kühler an Kühler. Sie beschleunigte, schaute auf den Tachometer. Fünfundachtzig Meilen und steigend. Vor ihr Verkehr. Der Wagen fiel zurück. Sonora gab eine extra Sekunde lang Gas, um deutlich zu machen, wer gewonnen hatte, dann bremste sie abrupt, vor sich rote Lichter. Clampett rutschte nach vorn gegen das Armaturenbrett und sie griff mit einer Hand in seinen Pelz, um ihn auf dem Sitz festzuhalten, die andere Hand auf dem Lenkrad, während der Wagen von links nach rechts über die gesamte Straßenbreite schlingerte, bis sie die Geschwindigkeit gesenkt und die Schnauze des Pathfinders wieder geradeaus gerichtet hatte.

»Entschuldige, Clampett.«

Er war ein braver Junge, er hatte es nicht verdient, gegen das Armaturenbrett geschleudert zu werden. Sonora rollte auf die nächste Ampel zu wie jeder andere behäbige Mittelklassewagen, ein BMW schnurrte in der Spur neben ihr. Beide fuhren sie mit dem ruhigen Anstand, der einer Nacht mitten in der Woche angemessen war, davon.

Clampett leckte ihren Arm.

37 Sonora war enttäuscht, dass Kentucky – wenn man den Eingeborenen Glauben schenkte, immerhin ein Teil des Südens – in einen grauen Dunst gehüllt war, der mit dem, den man in Cincinnati ertragen musste, durchaus konkurrieren konnte.

»Schön hier, nicht?«, sagte Sam.

Immer derjenige, dessen Glas halbvoll war. Aber abgesehen vom Wetter war es *schön* hier, die Fahrt die zweispurige Straße entlang, die Weiden, die zu beiden Seiten üppig grünten, das riesige, rote Backsteinhaus aus dem Bürgerkrieg zur Linken, zu dessen Eingang ein Kiesweg führte, und ein neuer Stall, der rechts errichtet wurde. Neue Holzzäune rechts, Stacheldraht links. Seit dem Kauf eines eigenen Pferdes hatte Sonora ein Faible für Ställe entwickelt, das beinah an Besessenheit grenzte. Während sie einst im Vorbeifahren in die Fenster der Leute gespäht und sich die Wohnung dahinter ausgemalt hatte, wollte sie jetzt die Ställe besichtigen, die Boxen und Sattelkammern kontrollieren.

Die Straße endete in der Old Frankfort Pike, einer Sackgasse. Sam parkte den Wagen neben der Fahrbahn und schlug eine Karte auf.

Sonora schaute die Straße auf und ab. Sam hatte den Parkplatz sorgfältig ausgewählt. Niemand da, den man nach dem richtigen Weg hätte fragen können.

Zur Linken befand sich ein alter Friedhof, auf dem sich verwitterte weiße Grabsteine unter den Zweigen einer gigantischen kahlen Eiche erschöpft aneinanderlehnten. Im Frühling würde es wunderschön und friedlich sein. Gegenüber, auf der anderen Straßenseite, stand eine aus rotem Backstein errichtete Baptistenkirche. Ein winzige ländliche Gemeinde. Gemähter grüner Rasen, getrimmtes Kentucky Bluegrass.

Ein kleines weißes Schild verkündete PISGAH PIKE, HISTORISCHER BEZIRK.

Sam deutete auf die Karte, und Sonora blickte ihm über die Schulter, wobei sie so tat, also ob die Linien und Farbflecke einen Sinn für sie ergäben. Sie wussten es beide besser.

»Wir fahren hier rechts«, sagte Sam.

»Tatsächlich?«

»Ungefähr in einer Meile müsste links ein Restaurant kommen. Eine Art Barbecue.«

Sonora sah hoch und die Straße entlang. An der rechten Seite verlief eine alte Steinmauer, die, dem Schild zufolge, vor dem Bürgerkrieg von irischen Arbeitern errichtet worden war und von den weidenden Kuhherden sehr geschätzt wurde.

»Hier draußen in der Pampa? Sam, wer sollte da hingehen? Die Kühe? Das ist Blödsinn. Wir haben uns verfahren, gib's zu.«

Er betrachtete grübelnd die Karte, dann sah er blinzelnd auf. »Aber es stimmt: die Kirche, der Friedhof.«

»In der Mitte von Nirgendwo kann es einfach kein Barbecue geben.«

»Wir sind nicht im *Nirgendwo*, Sonora. Das hier ist Woodford County.«

»Ich dachte, der Ort liegt in *Fayette* County.«

»Ja, klar, vielleicht überqueren wir hier irgendwo die Grenze.«

»Sam, wir haben uns verirrt.«

»Wir haben uns nicht verirrt.«

»Wir hätten uns mit diesem Typ, mit Detective Whitmore, in Lexington treffen sollen, wie er es vorgeschlagen hat.«

»Warum erst den ganzen Weg in die Stadt fahren und dann die ganze Strecke wieder zurück? Willst du nicht erst einmal selbst einen Blick auf den Ort werfen, bevor wir es mit den SEK-Typen zu tun bekommen?«

»Sicher, das weißt du doch.«

Sam faltete die Karte wieder zusammen und ließ den Motor an.

»Wie machst du das eigentlich?«, frage Sonora, während sie in ihrer Tasche nach dem Handy kramte. Martha Brooks' Handy lag auf dem Sitz. Sie nahm es überallhin mit.

»Mache ich was?« Sam warf einen prüfenden Blick nach hinten und fuhr dann wieder auf den Old Frankfort Pike, in Richtung des mystischen Restaurants, von dem Sonora wusste, dass sie es niemals finden würden.

»Die Karte wieder so zusammenzufalten, wie sie vorher war.«

»Männer können das. Tausendmal besser, als sie zu einem Ball zu knüllen und auf den Rücksitz zu werfen.«

»Das habe ich nur ein einziges Mal getan.«

Sam fuhr langsamer. Die Häuser wurden kleiner und standen näher an der Straße. Sie rollten an einem verfallenen Betongebäude vorüber, das wohl nie schön gewesen war, obwohl dort früher Lebensmittel, Bier und Autoersatzteile verkauft worden waren. Das verblichene Schild verkündete FLOYD'S HANDELSHAUS. Sie konnte noch immer kein Restaurant entdecken, obwohl die Straße sie durch eine Gegend führte, in der man mit ein wenig gutem Willen Zeichen von menschlicher Besiedlung erkennen konnte. Aber ein Restaurant? Das wäre nun wirklich übertrieben.

»Da sind wir.« Sam klang außerordentlich selbstzufrieden. »Good Ole Days Barbecue Restaurant.«

Sonora blinzelte durch das Fenster. Es sah neu aus, strahlte eine gewisse rustikale Atmosphäre aus, aber es war kein Ort, den sie alleine hätte betreten wollen. Auf dem Schild an der Tür stand GESCHLOSSEN. Das Good Ole Day wirkte, als sei es schon seit Monaten geschlossen, aber man hatte es auf Vordermann gebracht, als ob eine Neueröffnung direkt bevorstünde.

Ein beigefarbener Dodge-Ram-Pick-up parkte an der Seite. Kein Fahrer. Sam fuhr auf den kleinen Parkplatz eines Lebensmittelladens, der vom Restaurant durch einen verwitterten Holzzaun getrennt war. Vor dem Laden befanden sich zwei antiquierte Zapfsäulen, von denen eine noch in Betrieb war.

»Schritt zwei. Das Restaurant. Dasjenige, von dem du behauptet hast, es existiere nicht. Das einzige, was fehlt, ist Detective Whitmore.«

»Ist das sein Wagen?«

»Ja, sein Privatwagen. Was ist, hast du geglaubt, wir fahren hier mit unseren Dienstwagen raus, am besten noch in Uniform und mit Funkgeräten? Dann könnten wir den Typen auch gleich ein Fax schicken, dass wir unterwegs sind.«

»Und wie kommt es dann, dass wir nicht mit deinem Pick-up gefahren sind?«

Er schwieg einen Moment. »Ich hab nicht dran gedacht, deshalb.«

Sonora schaute sich auf dem rechteckigen Parkplatz um und zählte drei Pick-ups und einen 78er-Mercury Cougar.

»Ich wette, sie machen hier gute Futterbrote«, sagte Sam, der über seine Schulter zu dem Lebensmittelladen hinüberschaute.

»Butterbrote.«

»Nicht, wenn man so hungrig ist.«

»Auf dem Schild im Fenster steht, sie haben Hühnchen und Salat. Geh rein, Sam.«

»Was machst du?«

»Zu Hause anrufen, ob irgendwelche Nachrichten eingegangen sind.«

»Sonora, seit ich dich heute morgen abgeholt habe, hast du alle zehn Minuten angerufen. Tim kennt deine Handynummer, oder?«

»Ja, Tim kennt meine Handynummer.«

»Komm mit rein, Sonora. Derjenige, der den letzten Keks isst, muss den Koch küssen.«

Nur Sam sagte solche Dinge. »Nein, danke.«

Sam zuckte die Achseln und stieg aus dem Wagen. Zögerte. Er ging um das Auto herum zu ihrem Fenster, und Sonora, das Handy in der linken Hand, kurbelte es herunter.

»Was?«

»Schätzchen, du hast sämtliche Krankenhäuser und die Polizei angerufen, richtig?«

»Mindestens zweimal.«

»Gut, okay. Ich war auch mal ein Halbstarker. Und ich sage dir, Tim geht's gut. Er hat sich bei einem Freund eingeigelt, weil er in Schwierigkeiten steckt, die ihm ganz furchtbar erscheinen, wahrscheinlich hat er die Schule geschwänzt oder so was. Genau jetzt schläft er vermutlich, anstatt zur Schule zu gehen, und wenn er aufwacht, wird er herumhängen und versuchen, den Mut aufzubringen, dich anzurufen.«

»Sam, dem Jungen muss doch klar sein, dass ich halb wahnsinnig vor Sorge bin.«

»Nein, Sonora, er hofft – blödsinnigerweise, aber Kinder leben nun mal im LaLaLand, wie du sehr wohl weißt – er hofft, dass du so in deinem Fall aufgehst, dass du seine Abwesenheit gar nicht bemerkt hast.«

»Sam, ich gehöre nicht zu den Müttern, die sich so ausschließlich auf ihre Arbeit konzentrieren, dass es ihnen entgeht, wenn ihre Kinder nicht nach Hause kommen. Und ich kann mir keinen vernünftigen Grund vorstellen, warum er mich nicht zumindest *anruft*. Den verdammten Hörer nimmt.« Ihre Stimme brach, und sie biss die Zähne zusammen.

»Ich weiß. Er wird anrufen, wenn er es für richtig hält. Du darfst bis dahin nur nicht den Verstand verlieren.« Er beugte sich durch das geöffnete Fenster. »Sonora, möchtest du nach Hause fahren? Du musst nicht hierbleiben.«

»Nein, Sam.«

»Hast du letzte Nacht überhaupt geschlafen?«

»Ein bisschen«, log sie. Sie verriet ihm nicht, dass sie nicht einmal unter den bestmöglichen Bedingungen schlafen konnte. Teenager, die nicht nach Hause kamen, gehörten nicht zu den besten Bedingungen.

»Es ist früher schon mal passiert, stimmt's?«, fragte Sam.

»Stimmt.« Ihre Stimme klang ihr angespannt und erstickt in den Ohren.

»Und wo war er das letzte Mal?«

»Mit seinen Kumpeln unterwegs.«

»Also –«

»Das war ein Wochenende, Sam. Jetzt ist Schulzeit.«

»Sonora, fahr nach Hause.«

»*Zum Teufel*, nein.«

»Wirst du in der Lage sein, dich auf deinen Job zu konzentrieren? Es wird nicht gerade ein Spaziergang mit diesen Typen. Du kannst dich nicht von deinen Sorgen um Tim ablenken lassen, wenn wir einen Mann wie Aruba zur Strecke bringen.«

»Sam. Hol dir ein Sandwich und lass mich telefonieren.« Sie hatte nicht so brüsk klingen wollen, aber so kam es heraus.

»Ich hoffe, du fühlst dich besser, wenn du alles an mir auslässt. Ich wüsste es gern, wenn ich für eine gute Sache leide.« Aber er lächelte sie an, während er es sagte, und sie hätte sich besser gefühlt, wenn das überhaupt möglich gewesen wäre.

38

Als ihr Handy klingelte, kauerte Sonora seitlich auf dem Fahrersitz, die Tür weit geöffnet, die Füße auf der Matte, die Ellbogen auf den Knien, das Kinn in der Hand. Nicht eben entspannt.

Das Handy lag auf ihrem Schoß. Sie setzte sich auf und lehnte sich gegen das Sitzpolster.

»Detective Blair?«

Enttäuschung stieg in ihr hoch. Ihr Sohn nannte sie gelegentlich Detective Mom, aber niemals Detective Blair.

»Hier spricht Jack Van Owen. Wir kennen uns –«

»Natürlich.« Was zum Teufel wollte er? Woher hatte er ihre Nummer?

»Hören Sie, soweit ich weiß, ist eines ihrer Küken verschwunden. Es geht ihm übrigens gut.«

Sonora stieg aus dem Wagen, wobei sie im Rückspiegel einen Blick auf ihr Gesicht erhaschte. Sie war sehr bleich geworden. Sie ging an der Fahrerseite des Taurus auf und ab, ihre Schritte machten knirschende Geräusche auf dem Kies.

»Lassen Sie hören.« Sie erstaunte sich selbst – die ruhige, gelassene Mutterstimme floss wie geschmolzene Butter über das Hämmern ihres Pulses.

»Er wurde in Boone County wegen eines geringfügigen Vergehens verhaftet.«

»*Boone* County? Ach du lieber Gott.«

»Ich weiß.« Van Owens Tonfall war freundlich und beruhigend. »Ich hatte nicht den Eindruck, dass es besonders schlimm ist. Aber der Aufkleber auf seiner Stoßstange war nicht gerade hilfreich.«

»Der, auf dem steht ICH FAHRE SO, UM DICH ZU ÄRGERN?«

Van Owen lachte. »Nein. Der mit der Aufschrift BRUNO'S PIZZA UND BLUES. CHICAGO, ILLINOIS.«

»Der war schon dran, als wir den Wagen gekauft haben. Als er den Wagen gekauft hat.« Sie wollte die Leute nie wissen lassen, dass sie ihm geholfen hatte.

»Ja, aber Sie kennen das doch.«

Das stimmte. Die Interstate 75 zwischen Cincinnati und Chicago war eine der Hauptstraßen des Drogenhandels und die Jungs aus Burlington hatten das Netz sehr feinmaschig gespannt.

»Der Mann, der ihn verhaftet hat, ist sehr gemäßigt. Ich glaube, dass es Ihnen gelingen wird, die Dinge in Ordnung zu bringen.«

»Van Owen, ich kann Ihnen gar nicht genug danken.«

»Oh, zum Teufel, nein. Ich habe einen Sohn. Alles schon erlebt. Als Crick mich anrief –«

Das erklärte es.

»– hat er mir gesagt, Sie seien kurz davor, durchzudrehen, und er weiß, dass ich ein paar Leute kenne. Ich glaube, er will, dass Ihr Kopf für den Job frei ist. Hören Sie, ich lege jetzt auf, ich habe das Gefühl, dass Ihr Sohn vielleicht in Kürze anrufen wird.«

»Jack, es ist mein Ernst. Ich danke Ihnen.«

»He, he, unsere Kinder sind unser ein und alles, ist es nicht so? Auf Wiederhören, Sonora.«

39

Ein klappriger Pick-up, verbeult und ohne Auspuff, fuhr langsam die Straße entlang und rollte nur noch, als er den Parkplatz des Lebensmittelladens erreicht hatte. Auf den Vordersitzen drängten sich vier Männer, alle klein, mit dunkler Haut und schwarzen Haaren. Auf der Ladefläche des Transporters stapelten sich Heuballen und eine verrostete Schubkarre. Der Transporter wurde noch langsamer, und der Fahrer starrte Sonora an, die gegen die schmutzige Stoßstange des Taurus gelehnt dastand.

Die Eingangstür des Ladens öffnete sich und der Fahrer des Wagens hielt mitten im Satz inne. Sonora sah über ihre Schulter.

Wenn sie es nicht besser gewusst hätte, hätte sie schwören können, dass die beiden Männer, die gemeinsam aus der Tür traten, Freunde, wenn nicht gar Brüder waren, die zusammen aufgewachsen waren, so mühelos plätscherte ihre Unterhaltung dahin. Beide verhielten sich so entspannt wie Männer, die einander schmutzige Witze erzählten, die sich über ihre Jobs beklagten und – ein Zeichen innigen Vertrauens – die Ratschläge des anderen bezüglich Autos annahmen. Sie gingen im Gleichschritt: zwei große, breitschultrige Männer, die an jedem Wochenende dasselbe Footballteam anfeuerten.

Einer davon war Detective Whitmore, daran hegte Sonora keinerlei Zweifel. Ein großer Schwarzer mit nachtdunkler Haut, der dem Freizeitlook, der innerhalb der Polizei der neueste Trend war, anscheinend nichts abgewinnen konnte. Er schien sich in seinem verknitterten Anzug ebenso wohl zu fühlen wie Sonora in ihren ältesten Reeboks.

Er drehte sich zur Seite und antwortete auf eine Frage von Sam. Der am Rücken verknitterte Anzug konnte die breite, birnenförmige Figur nicht völlig verbergen, die Jacke saß locker auf mächtigen, breiten Schultern. Mit den tiefen Falten um seinen Mund und den gebeugten, hängenden Schultern hätte man ihn für einen Vertreter halten können, der einen Kundenbesuch zuviel hinter sich hatte, oder für einen überarbeiteten Polizeibeamten.

Whitmore schob den letzten Bissen seines Hotdogs in den Mund, dann knüllte er die ketchupfleckige Serviette zu einer Kugel. Er schaute zum Taurus hinüber und winkte Sonora zu. Sam hob grüßend eine Bierflasche. Sie wusste aus Erfahrung, dass er eine Packung Erdnüsse gekauft und einige davon in den Flaschenhals geschoben hatte, eine bizarre Angewohnheit der Südstaatler, die Sonora nicht nachvollziehen konnte. Sie wartete immer darauf, dass er erstickte.

»Darf ich vorstellen, Detective Blair von der Mordkommission, Detective Whitmore.«

»Wie geht's?« Whitmore hatte einen ungepflegten, grau gesprenkelten Schnurrbart und ein verständnisvolles Gesicht. Er war sogar noch größer als Sam, und seine großen, quadratischen Hände ließen die Sonoras zwergenhaft erscheinen.

»Wie läuft es?«, fragte sie.

»Ganz gut. Ich habe gerade Ihrem Partner gesagt, dass wir soweit sind, zumindest fast. Ein bisschen Papierkram muss noch erledigt werden, aber das macht Mai unten in der Stadt. Wir haben Ihre Jungs in den letzten vierundzwanzig Stunden beobachtet, jetzt gerade ist einer unserer Männer draußen.« Er warf einen Blick zurück auf den Laden, ließ die rechte Schulter kreisen, als ob sie schmerzte, und lehnte sich hinten an den Taurus.

»Der ältere Typ, der blonde, Aruba?«

Sonora nickte.

Whitmore kratzte sich an der Wange. »Soweit wir wissen, ist er immer noch dort drin.«

»Wo ist dort?«, fragte Sonora.

»Zwei Meilen die Straße runter, auf der rechten Seite, direkt hinter der Woodford-Fayette-Grenzlinie. Fünf oder sechs kleine weiße Reihenhäuser.«

»Reihenhäuser? Dort draußen?«

Whitmore zuckte die Achseln. »Man kann sie so nennen. Billigbauweise, Betonplatten und Schindeln, weiß verputzt, nur ein oder zwei Zimmer. Winzig kleine Hütten, wurden vor ungefähr dreißig Jahren gebaut. Das Auto parkt dahinter, ein Monte Carlo mit einem Fleck Rostschutzfarbe auf dem rechten Kotflügel. Als Besitzer ist Belinda Kinkle eingetragen, Arubas Schwester.«

»Ist sie dort?«, fragte Sam.

»Sie und ihre drei Kinder. Ein Säugling, ein Kleinkind und ein fünfjähriger Junge. Wir haben sie beobachtet und gehofft, dass sie mit den Kindern herauskommt, aber außer dass sie den Hund Gassi geführt haben, sind alle im Haus geblieben.«

»Sie haben einen Hund?«, erkundigte sich Sonora.

»Einen Rottweiler, dem Aussehen nach.«

Sam seufzte. »Warum müssen es immer Rottweiler sein?«

Whitmore zuckte die Achseln. »Ihr anderer Bursche wurde zum Einkaufen geschickt. Er fuhr zum Supermarkt in Meadowthorpe. Als ich das letzte Mal nachgefragt habe, war er gerade bei Kroger's.«

»Milch kaufen«, bemerkte Sonora und machte sich eine geistige Notiz, dass sie auch welche besorgen musste.

»Oder Bier.« Das war Sam.

»Er hat das Auto«, teilte Whitmore ihnen mit. »Ich habe jemanden auf ihn angesetzt. Sobald der Papierkram erledigt ist, schnappen wir ihn uns.«

»Ich würde ihn gern in die Finger bekommen, bevor er wieder nach Haus fährt«, sagte Sonora.

Whitmore nickte. »Mai ruft mich an, sobald Richter Hooper den Haftbefehl unterschrieben hat. Haben Sie alle Unterlagen zusammen?«

»Wir haben die Haftbefehle wegen Mordes dabei«, erwiderte Sam.

»Das Stürmen des Hauses ist ein Einsatz mit hohem Risiko, deshalb stellen wir ein Sondereinsatzkommando auf. Der Captain trommelt sie jetzt gerade zusammen, die Einsatzbesprechung ist für siebzehn Uhr angesetzt.«

Sonora sah auf ihre Uhr. Punkt zwölf.

»Wann soll es losgehen?«, fragte Sam.

»Der Captain hat sich nicht festgelegt, aber ich nehme an, zur üblichen Zeit.«

»Vier Uhr morgens«, bemerkte Sonora.

Sam verzog das Gesicht. »Ich wünschte, wir könnten diese Kinder vorher herausholen.«

»Wir können nicht ewig warten«, antwortete Whitmore. Im gleichen Moment klingelte Sonoras Handy.

40

Sonora lehnte am Taurus. Obwohl er im Gefängnis saß, klang Tim mit dem aufgesetzten Charme, den er sich für schwierige Zeiten aufsparte, beinah wie sein normales Selbst. Sie versuchte herauszufinden, wie sie sich fühlte. Sie beschloss, dass *erleichtert* die Situation im großen und ganzen am besten zusammenfasste, mit der Möglichkeit von *verärgert in allernächster Zukunft.* Entgegen ihrer Annahme war *wütend* nicht sehr wahrscheinlich. Ihr Sohn war am Leben, es ging ihm halbwegs gut, und er konnte nach Hause zurück, sobald sie die Kaution hinterlegt hatte.

»Wieviel ist es?«, fragte sie.

»Neun Dollar.«

»Neun Dollar?« Ihr Sohn, der Schwerverbrecher.

»Ja.« Er klang gut gelaunt. Das tat er immer, wenn er in echten Schwierigkeiten steckte. Tim war unweigerlich am besten, wenn er es mit seiner Mutter zu tun bekam – sein Überlebensinstinkt setzte dann ein. »Ich hatte eigentlich elf Dollar in meinem Portemonnaie, aber die haben sie mir weggenommen.«

»Das tun sie immer. Sag mir noch mal, warum man dich festgenommen hat.«

»Der Computer behauptete, mein Führerschein sei gesperrt.«

Sonora wartete einen Moment. »Stimmt das? Ich werde es überprüfen.« Sie war schließlich Polizistin, verdammt noch mal. Sie bedauerte die Wehrlosigkeit durchschnittlicher Eltern.

»Nein, ehrlich, es ist so ein saublöder Computerfehler. Ich hab es dem Typen erklärt.«

»Aber es muss doch einen Grund gegeben haben, warum du überhaupt angehalten worden bist, Tim. Wie schnell bist du gefahren?«

»Sie sagen, sie hätten mich bei fünfundachtzig geblitzt.«

Vorsichtig formuliert, dachte Sonora. »Sie haben dich geblitzt, als du mit fünfachtzig Meilen pro Stunde durch Boone County gerast bist? Bist du wahnsinnig? Habe ich dir nicht immer wieder gesagt –«

»Ja, Ma'am.«

»Wie schnell *bist* du gefahren?«

Er ging in Deckung. »Es kommt ungefähr hin.«

»Ich begreife trotzdem nicht, warum sie mich nicht angerufen haben, damit ich dich abholen komme.«

»Vielleicht lag es an der Machete.«

»Der *was*?«

»Mom, du kennst doch die Machete, die, die ich immer zum Zelten mitnehme?«

Sie kannte diese Machete tatsächlich. »Was hat sie im Auto zu suchen?«

»Da liegt sie gar nicht mehr. Sie wurde als Beweismittel sichergestellt.«

»Wieso?«

»Der Kerl hat mich gefragt, ob irgend etwas im Auto läge, von dem er besser wissen sollte und ich habe geantwortet, nur die Machete. Ich habe geglaubt, das sei in Ordnung. Ich wollte ehrlich sein. Na ja, und dann haben sie mich wegen zu hoher Geschwindigkeit, Fahrens ohne Führerschein und versteckten Führens einer tödlichen Waffe festgenommen.«

Sonora schloss die Augen. Der Junge war eindeutig überfällig für einen Kurs in *Wie benehme ich mich gegenüber der Streifenpolizei.* Untertitel – *Der Polizeibeamte ist nicht dein*

Freund. »Die Anklagepunkte sind Bockmist, Schatz, damit kommen sie nicht durch. Eine Machete ist keine Waffe, sie wollten dich nur drankriegen. Gott, ich hasse die Polizei.«

»Mom.« Tim lachte, sein Sinn für Humor war intakt.

»Okay, Kleiner. Das erklärt immer noch nicht, warum du mich gestern nacht nicht angerufen hast.«

»Ich wollte dich nicht wecken.«

»Zweiter Versuch.«

»Ich habe meinen Freund Walter angerufen, und er und Brock haben gesagt, sie würden kommen und mich rausholen. Ich wollte dir nicht zur Last fallen, Mom. Ich weiß, dass du in einem schweren Fall steckst.«

»Guter Scherz. Und was war jetzt mit Walter und Brock?«

»Sie hatten eine Panne. Ich habe mich gefragt, ob … du kommst doch? Und holst mich raus?«

Interessant, dieser Anklang von Unsicherheit in seiner Stimme. »Ich komme.«

»Ich habe mich gefragt, ob wir sie auf dem Rückweg wohl einsammeln könnten?«

»Wo sind sie?«

»BP Subway.«

»Verdammt, Tim. Gibt es noch etwas, das ich wissen sollte?«

Tödliches Schweigen. »Eins noch.«

»Ja?« Ihr Herz hämmerte. *Bitte*, Gott, keine Drogen.

»Außerdem haben sie mich wegen Barfuß-Fahrens angezeigt.«

41

Der Meadowthorpe-Grill befand sich an einer deprimierend wirkenden Einkaufsstraße, deren beste Zeit längst vorbei war. Einem Schild im Schaufenster zufolge war das Büro nebenan ein Dialysezentrum gewesen. Nun stand es leer.

Sonora krümmte sich. Sie konnte sich nicht vorstellen, durch diese Tür zu treten und dabei auch nur das geringste Vertrauen zu empfinden. Whitmore hatte ihr erklärt, dass das Dialysezentrum verlegt worden war, weil die fahrbaren Krankentragen nicht durch die Türen gepasst hatten.

Ein Segen.

Sonora verkniff es sich, einen Blick zurück auf Whitmore zu werfen, der im Pick-up saß und eine Marlboro Light rauchte. Er hatte sie gewarnt, dass erstens im Lagerraum neben den Toiletten im hinteren Teil des Grillrestaurants eine Hintertür existierte; zweitens, dass der Verdächtige Kinkle vor zwanzig Minuten beim Betreten des Lokals, vermutlich, um zu essen, beobachtet worden war; und drittens, dass das Essen ausgezeichnet war.

Sonora konnte den ersten Blick auf den Monte Carlo mit den Farbflecken werfen, der schräg vor dem Restaurant abgestellt worden war. Sie widerstand dem Drang, durch die Scheiben zu spähen, Kinkle beobachtete sie vielleicht.

Sam ging als erster hinein und hielt Sonora die Fliegengittertür auf. Plötzlich waren sie ein Pärchen, das sich zum Mittagessen verabredet hatte. Für den Fall, dass Kinkle sie bemerkte, nahm es ihnen die Polizeipatina.

Das Lokal war zugestellt. Tische im Vorraum, in den Nischen und noch mehr Tische, die einen engen Speisesaal auf der rechten Seite füllten. Das Publikum, das den Laden bevölkerte, deckte die gesamte Bandbreite ab – die meisten waren Männer, einige in Uniform: UPS, NTW, BP-Tankstellen. Männer in dreiteiligen Anzügen. Tabakrauch mischte sich mit dem Dampf, der aus der kantinenähnlichen Küche drang, an deren Theke die Leute mit Tabletts entlanggingen und Braten mit dreierlei Beilagen oder Hamburger vom Grill bestellten.

Sam stellte sich an und reichte Sonora ein Kunststofftablett und ein in eine Papierserviette gewickeltes Besteck. Sie war hungrig. Sie musterte den Speisesaal. Ein Junge mit braunen Haaren an einem der Tische links sah aus, als könnte er Kinkle sein. Zu weit weg, um es mit Sicherheit zu sagen.

Mein Gott, brauchte sie etwa eine Brille? *Speisesaal von Küchendämpfen und Zigarettenqualm zu vernebelt, um positive Identifizierung durchzuführen.* So würde es in ihrem Bericht stehen.

»Was darf es sein?« Die Frau hinter der Theke hatte ein rundes, teigiges Gesicht, die hellblonden Haare wurden von einem Netz gehalten, und sie lächelte breit. Ihr Lippenstift war dunkelrot, und sie trug eine geblümte Schürze über ihren Jeans und der weißen Bluse.

»Ich nehme die gebackenen Shrimps«, sagte Sam.

»Weißkrautsalat?«

»Und Kartoffelbrei. Mit Soße.«

»Drüben an der Wand, direkt neben den Getränken, finden Sie Brot.«

Sie mochten keine Stammgäste sein, dachte Sonora, aber sie waren willkommen. Sonora stieß ihre Bestellung hervor. »Ich nehme das Salisbury-Steak, Kartoffelbrei und grüne Bohnen. Und Tee.« Das würde ihr gut bekommen.

»Sie wissen aber, was Sie wollen.« Der Tonfall der Frau sagte, Glückwunsch, und danke, dass Sie nicht den ganzen Betrieb aufhalten. Sonora fühlte sich geschmeichelt.

Das Essen kam auf schweren Porzellantellern, großzügige Portionen in einem See aus Soße.

»Such uns einen Tisch«, sagte Sam, der nach seiner Brieftasche langte. »Ich hole die Getränke und das Brot.«

»Okay, aber ich habe meine Meinung geändert, ich möchte Cola.«

»Kapiert.« Er beugte sich zu ihr und küsste sie auf die Wange. »Nur wegen der Tarnung«, murmelte er so leise, dass nur sie es hören konnte.

Sie ging zu den Nischen, blutrotes Leder, an vielen Stellen mit grauem Klebeband geflickt. Sonora fühlte sich wie eine Verschwörerin, während sie durch die schmalen Gänge zwischen den Tischen steuerte und sich bemühte, nicht zu Kinkle hinüberzusehen.

Er verfolgte sie dennoch mit Blicken, aber das taten auch einige andere, und sie war erleichtert, als sie nach diesem Spießrutenlaufen in der Nische Platz nehmen konnte. Aber es handelte sich nur um die alte Sache zwischen Männern und Frauen, nicht zwischen Polizei und Mörder. Es war ärgerlich, so wehrlos zu sein.

Sie streute Salz auf ihre grünen Bohnen, dann schwebte ihre Hand über dem Pfefferstreuer, bevor sie sie zurückzog. Sie wickelte ihr Besteck aus, als Sam auf den Platz ihr gegenüber glitt, wobei er mit seinen glänzenden schwarzen Schuhen auf ihre neuen weißen Reeboks trat.

»Aua, Sam.«

»Tut mir leid, du musst deine Füße wegziehen.«

»Pass du auf deine Füße auf.«

Er reichte ihr ein großes, goldbraunes Hefebrötchen. »Es gab nur noch das oder Knoblauchbrot.«

»Wie gut du mich kennst.«

»Eigentlich nicht. Aber es zeugt von schlechten Manieren, bei einer Observierung Knoblauch zu essen.«

»Wirklich, Sam? Könnten wir diese Regel auch auf Chili ausdehnen?«

Er winkte ab. »Nein. Also.« Er beugt sich vor. »Was ist passiert?«

»Er isst ein Sandwich und liest … sieht aus wie ein Comic. Einer von diesen Japanischen.«

»Was für ein Sandwich?«

»Sieht aus wie Speck mit Salat und Tomate. Warum?«

»Einfache Neugier.«

»Okay. Was jetzt?«

»Wir könnten ihn hier drin festnehmen, aber es sind zu viele Zivilisten anwesend. Ich habe Whitmore gesagt, dass wir ihn zu Mittag essen lassen – und sicherstellen, dass er nicht durch die Hintertür abhauen kann – und ihn uns dann auf dem Parkplatz schnappen, wenn er zu seinem Auto geht.«

»Prima. Gib mir mal die Worcestersauce.«

»Wirst du jemals lernen, das richtig auszusprechen?«

»Wirst du sie mir jemals geben?«

»Kannst du dich noch an unsere erste Observierung erinnern? Du warst so nervös, dass du nichts herunterkriegen konntest. Wir müssen da zwölf Stunden gesessen haben.«

Sonora griff über seinen Teller hinweg nach der Lea & Perrins. »Mittlerweile sind wir alt und abgebrüht.«

Sam biss ein großes Stück von seinem Knoblauchbrot ab, Krümel fielen auf seinen Schlips. »He, wie klang Tim?«

»Erstaunlich gut.«

»Von den Boone County Cowboys eingefangen«, kicherte Sam, der Pfeffer über seinen Kartoffelbrei streute. »Gott, Sonora, hast du ihn denn nie vor diesen Kerlen gewarnt?«

»Andauernd.« Sie stocherte mit der Gabel in ihren grünen Bohnen. »Verdammt, Sam, ich glaube, die Bohnen sind nicht mehr gut.«

»Was?« Er langte mit dem Löffel über den Tisch und probierte einen Happen. »Sie sind prima. Sie sind gut.«

»Aber sie sind … labbrig.«

»So soll man grüne Bohnen kochen.«

»Aber sie sind nicht knackig.«

»Nein. Aber sie schmecken gut.«

»Aber sie sind nicht fest.«

»Nein. Sie *schmecken* gut. Oder nicht?«

Argwöhnisch probierte sie eine Bohne. »Doch.«

»Darum geht es hier im Süden. Es soll gut schmecken.« Sam fuhr mit einem knusprigen braunen Shrimp, an dessen Seiten es rötlich durch den Backteig schimmerte, durch ein Plastikschälchen mit Cocktailsauce. »Dieses Lokal ist ein echter Geheimtipp. Findest du nicht?«

Sonora nickte, den Mund voll mit frischem, süßem Hefebrötchen. Sie probierte den hausgemachten Kartoffelbrei. »Erinnere mich nachher daran, mich bei Kinkle zu bedanken.«

»Hör auf, ihn anzustarren.«

»Ich starre nicht.«

»Sieht er so aus wie auf seinem Foto?«

»Ich weiß es nicht, er hat so eine blöde Kappe auf dem Kopf. Soll ich hingehen und sie runternehmen?«

»Vielleicht später. Wenn wir uns bei ihm dafür bedanken, dass er uns in den Meadowthorpe-Grill geführt hat.«

Sam saß mit aufgestützten Ellbogen am Tisch. »Du kannst mir den Rest von deiner Bulette geben, wenn du sie nicht mehr essen willst.«

»Das ist keine Bulette, das ist ein Salisbury-Steak.«

»Ist es nicht, ich erkenne doch eine Bulette, wenn ich eine sehe.«

»Schau auf die Karte, Sam. S-A-L-I-S-B-U-R-Y.« Sie sah auf die Uhr. »Komm schon, verdammt, schnappen wir ihn uns.«

»Lass ihn noch die Pastete aufessen. Er wird in ein oder zwei Minuten rausgehen. Du hast keine Geduld, Sonora, hat dir das schon mal jemand gesagt?«

»Du, jeden Tag.« Das Restaurant begann sich zu leeren. Sie sah wieder auf ihre Uhr.

»Lass doch mal deine Uhr in Ruhe. Isst du das nicht mehr?«

»Ja und nein.« Sie schob ihren Teller über den Tisch. »Wir sollten ihn lieber festnehmen, Sam. Ihn einsperren. Die Einsatzbesprechung ist um fünf, und dann fahre ich los und hole Tim, bin pünktlich zum Einsatz zurück –«

»Mädchen, du bist wirklich ein absoluter A-Typ.«

»Außerdem muss ich zu Hause anrufen und hören, was Heather macht.«

»Warum rufst du nicht jetzt an? Es würde ganz natürlich wirken.«

»Ich kann mich nicht gleichzeitig auf meine Kinder und auf einen Kriminellen konzentrieren –«

»Guter Einwand. Vielleicht solltest du nach draußen zu Whitmore gehen.«

»Ach, und das würde nicht verdächtig wirken?«

»Wir könnten so tun, als ob wir uns streiten.«

»Da müssen wir nicht so tun, wir – oha, es geht los.«

Sam schob die letzte Gabel mit Salisbury-Steak in den Mund. Er wischte sich die Lippen mit einer Serviette ab. Dann nahm er quer über den Tisch ihre Hand und schaute ihr liebevoll in die Augen. »Sei nicht so ungeduldig. Lass dir einen Moment Zeit. Vergewissere dich, dass er nicht zur Toilette geht.«

»Übrigens, Sam, ich bin sicher, dass Sanders mit Gruber ins Bett geht.«

»Ich kann nicht glauben, dass er nicht pinkeln muss. Der Junge hat dreimal Cola nachbestellt, er muss Nieren aus Stahl haben.«

»Du wirst alt, Sam.«

»Du warst zweimal auf der Damentoilette.«

»Man *zählt* nicht mit, Sam. Ein Kavalier hätte es nicht einmal bemerkt. Ein Kavalier – komm schon, verdammt, er haut ab.«

42

»Abhauen« war übertrieben. Kinkle hatte die Arme fest an den Körper gepresst und zwängte sich seitwärts zwischen den Tischen hindurch in Richtung Tür. Er hielt den Kopf gesenkt, ein Mann, der es gewöhnt war, übersehen zu werden.

Er war dürr, seine Wranglers saßen nicht besonders gut, besonders am Hintern, die Beine waren zu lang und hatten einen unattraktiven weiten Schlag, der an einen Stil erinnerte, der in den schrecklichen Siebzigern modern gewesen war und eine unerklärliche Wiederauferstehung feierte. Er trug eine schmutzig braune, mit Polyester gefütterte Weste mit einem Schriftzug auf dem Rücken, eine rote Baseballmütze und eine Brille mit Metallgestell. Sonora erhaschte einen kurzen Blick auf sein Gesicht, dessen eine Hälfte von weißem Narbengewebe überzogen war. Er schien jung – sie hätte ihn auf Anfang Zwanzig geschätzt, keinesfalls auf einunddreißig. Aus irgendeinem Grund tat er ihr leid.

Aus dem Augenwinkel sah sie Whitmore, der seine Zigarette auf den Bürgersteig fallen ließ und sie auf dem Asphalt austrat, während er den Rauch durch die Nase entweichen ließ.

Kinkle, der nichts bemerkt hatte, ging geradewegs zu seinem Auto.

Sam holte ihn von hinten ein, legte Kinkle die Hand auf den Rücken und schob ihn heftig gegen die Wagenseite. »*Polizei.* Hände aufs Dach. *Hände aufs Dach.*«

Kinkle erstarrte und Sam packte seine Arme an den Ellbogen und knallte sie auf das Dach. Sonora hörte das fleischige Klatschen von Kinkles Handflächen und wusste, das es weh getan haben musste.

»Sind Sie Barton Kinkle?« Whitmore hatte seine Dienstmarke gezückt, in seiner Stimme lag ein stählerner Ton. Die Streifenwagen, eine ganze Armada blinkender Lichter, hatten die geparkten Fahrzeuge eingekreist. Lexington nahm ihre Sicherheit sehr ernst.

Kinkle zuckte mit den Achseln.

»Ich habe Sie etwas gefragt, Sir, sind Sie Barton Kinkle? Suchen Sie seinen Ausweis.« Das galt Sam.

»Ich bin Barty Kinkle, ja.« Die Stimme war ein erstickter unauffälliger Tenor.

»Ich kann Sie nicht hören.« Sam trat Kinkles Beine auseinander.

»Ja, Sir, ich bin Barty Kinkle. Was habe ich getan?«

»Mr. Kinkle, Sie haben das Recht zu schweigen –«

Sam klopfte dem Mann auf den Rücken. »Schauen Sie mich an, Barty.«

»– Sie haben das Recht zu –«

»Sir?«

»Drehen Sie sich um, Söhnchen, es sei denn, Sie wollen, dass ich Ihnen die Hände auf dem *Rücken* fessele.«

Kinkle drehte sich langsam um. Sein Gesicht war totenbleich geworden, die Lippen blau vom Schock. »Aber was habe ich getan? Würden Sie mir bitte nur sagen, was ich verbrochen habe?«

Kinkles Augen füllten sich mit Tränen. Sonora schüttelte den Kopf, als Whitmore Kinkle auf den Rücksitz seines Wagens stieß. Konnte dieser erbärmliche Junge wirklich für ein so brutales Verbrechen wie den Mord an den Stinnets verantwortlich sein?

Sonora spürte ein ihr vertrautes Gefühl der Enttäuschung. So war es häufig. Mitleiderregende kleine Männer, die sich durch ein schweres Verbrechen Größe verleihen wollten. Sie fuhr fort, Kinkle anzustarren. Konnte er wirklich ihr Mann sein?

Sam warf ihr über die Schulter einen Blick zu und wies mit dem Kopf zum Taurus. »Fahr hinter uns her, okay, Sonora?«

Einer von ihnen behielt immer seine Geistesgegenwart. Sie nickte. »Hängt mich nicht ab. Ich kenne die Stadt nicht.«

Sam winkte und ließ sich neben Kinkle gleiten. Sie hoffte, dass er sich nicht gegen die Auslieferung wehren würde. Sie wollte ihn jetzt, wollte ihn in Vernehmungsraum eins, wollte den Heimvorteil. Sie konnte ihn in einer Stunde knacken, jede Wette.

43

Alle vier Spuren der Hauptverkehrsader von Lexington, Kentucky, waren von starkem Verkehr verstopft. Entlang der Straße standen Regierungsgebäude, leere Geschäfte und ein altes Theater namens »The Kentucky«. Ein wunderschönes, aber beinahe leeres, neu erbautes Bürogebäude im viktorianischen Stil. Es war das Übliche – eine Innenstadt, die durch die Flucht in die Vorstädte ausgetrocknet war und nur von Anwaltspraxen, verschiedensten Restaurants, Antiquitätengeschäften und hoffnungsvollen Unternehmern, die Fitnessstudios inklusive Saftbar eröffneten, am Leben erhalten wurde. Schaufenster in einer Nebenstraße warben für Pamela-Dee-Perücken.

Schwer zu sagen, ob die Innenstadt von Lexington den Bach runter ging oder sich wieder erholte.

Whitmore bog nach links ab, in eine schmale Straße, an Hintereingängen und einem mit Graffiti beschmierten und abfallübersäten Fußgängertunnel auf der rechten Seite vorbei. Er stieg aus und öffnete ein riesiges, stählernes Garagentor, während Sonora mit laufendem Motor wartete. Sie folgte dem Streifenwagen in eine höhlenartige Tiefgarage und parkte diagonal zu einem riesigen weißen Transporter, dessen Scheiben von schwarzen Vorhängen verdeckt wurden.

Sie kurbelte das Fenster hinunter. »In Ordnung, wenn ich hier parke?«

Sam stieg aus dem Streifenwagen. »Hast du uns nicht gesehen? Wir haben gewinkt, als wir an dem Garagenanbau vorbeigefahren sind.«

»Nein.«

Sam sah Whitmore an. »Ich habe es Ihnen gesagt. Blind für ihre Umgebung.«

»Es ist schon in Ordnung.« Whitmore lächelte sie freundlich an und nahm Kinkles rechten Ellbogen. »Dann wollen wir mal, mein Freund.«

Kinkle bewegte sich hölzern, wobei er Sonora die Andeutung eines scheuen Lächelns schenkte, und sie lächelte mit tauben Lippen zurück, eine Welle der Übelkeit überrollte sie. Sam nahm Kinkles linken Arm. Kinkle sah noch einmal über seine linke Schulter zu Sonora zurück. Sie wechselte einen Blick mit Sam.

Kinkle war von den Männern, den Handschellen, dem Polizeiwagen und der ganzen Prozedur eingeschüchtert, und er sehnte sich verzweifelt nach einem freundlichen Wort, das er sich eindeutig von Sonora erhoffte. Demnach richtete sich sein Zorn nicht, wie bei so vielen anderen, gegen Frauen. Es würde am besten sein, wenn sie ihn verhörte.

Die Sorge um Tim überwältigte sie. Hatten sie ihrem Sohn Handschellen angelegt? Hatte er Angst gehabt und auf ein freundliches Wort gehofft? Hatten sie ihm zu essen gegeben?

Konzentrier dich, ermahnte sie sich, während sie in den Aufzug trat und sich mit dem Rücken zur Wand stellte. Kinkle sah erschrocken drein, aber wenigstens weinte er nicht. In ihrem Kopf konnte Sonora Joy Stinnets Stimme vernehmen. Sah, wie die Frau ihren Bauch zusammenpresste. Dieser *Junge* war einunddreißig Jahre alt. Dieser *Junge* war auf vieles eine Antwort schuldig.

44

Der dritte Stock des Lexington Police Department war freundlich eingerichtet, mit neuen Teppichböden, Wände und Boden in ansprechendem Braun und Grau, und einer Anzahl von Stellwänden, die so platziert waren, dass jedem Detective ein halb privater Arbeitsplatz zur Verfügung stand, zu dessen Ausstattung ein gepolsterter Schreibtischstuhl, Aktenschränke, ein Computer Terminal und ein Telefon gehörten. Fast alle Detectives waren salopp gekleidet – Jeans, Khakihosen, Pullover und Freizeithemden. Sie hätten aus einer Werbung für Gap oder Old Navy stammen können. Whitmore in seinem verknitterten Anzug stellte eine Ausnahme dar, aber Sonora nahm nicht an, dass ihm dieser Unterschied jemals aufgefallen war. Sie alle waren selbstverständlich mit den Polizeijuwelen geschmückt – Handschellen und Pistolenhalfter. Das Übliche.

Die Atmosphäre des Raums war gedämpft, was durch die neuen Teppichböden und die mit leiser Stimme geführten Telefongespräche noch verstärkt wurde.

Sam schaute Sonora an und zog eine Augenbraue hoch. »Tuntig.«

»Neidisch.«

Sie saßen nebeneinander in einer Art Vorraum zu einer Zelle und/oder Vernehmungsraum auf der anderen Seite. Es war ein winziger Raum von der Größe zweier zusammengelegter Nasszellen. Kinkle, der gerade von der Einlieferungsprozedur zurückkam, war mit den Handschellen an eine im Boden verankerte Bank gefesselt. Auf Sonoras Seite des Sichtfensters befanden sich eine Videokamera und ein Mikrofon.

Sam gähnte. Schaute auf seine Uhr. »Die Einsatzbesprechung beginnt in acht Minuten. Lass uns Whitmore suchen.«

»Gleich.« Sonora beobachtete Kinkle. Er hielt den Kopf gesenkt. Er hatte einen Anwalt angerufen. War zweimal auf der Toilette gewesen – die zusätzlichen Colas machten sich jetzt bemerkbar. »Ich möchte mit ihm reden.«

»Du kannst nicht mit ihm reden. Er hat seinen Anwalt angerufen. Was macht er da, wieso krümmt er sich so? Er muss doch nicht schon wieder auf die Toilette, oder? Er pisst wie ein Wiesel, seit er hier eingeliefert wurde.«

»Ich glaube, er weint.« Wie pinkelte ein Wiesel? Der männliche Verstand arbeitete seltsam.

»Er tut dir doch nicht leid, oder?«

»Ich weiß nicht. Ich möchte nicht an seiner Stelle sein.«

»Du machst dir nur Sorgen um Tim. Wo wir gerade von ihm sprechen, wann fährst du hin und löst ihn aus?«

»Wenn sie sich an den Plan halten, fahre ich nach der Besprechung. Ich müsste bis zum Einsatz wieder hier sein – sie haben doch vier Uhr morgens gesagt, richtig?«

Sam wirbelte mit dem Drehstuhl herum. »Soweit *ich* weiß, haben sie gar nichts gesagt. Aber ich gehe davon aus, dass es um diese Zeit sein wird.« Er legte den Kopf auf die Seite und beobachtete Kinkle. »Weißt du, Sonora, mir kommt es vor, als würden wir diese ganze Vernehmungsgeschichte grundsätzlich falsch anpacken.«

»Ach?«

»Ja. Wir sollten diese Typen irgendwo hinsetzen und sie zwingen, immer wieder *Titanic* und *Waterworld* von Anfang bis Ende anzuschauen, bis sie gestehen.«

»Wenn du mich zwingen würdest, *Titanic* und *Waterworld* zu sehen, würde ich auch gestehen.«

Die Tür wurde aufgeschoben und Whitmore steckte seinen Kopf hinein. Er hatte seinen Schlips gelockert und den obersten Knopf geöffnet. »Seid ihr zwei fertig?«

45 Whitmore führte sie den Gang an der Seite des Großraumbüros entlang, der durch eine schwere Tür in einen Raum mit Arbeitskabinen, dann in einen weiteren Raum voller Kabinen und schließlich in einen Versammlungsraum führte: Fliesenboden, ein neuer Holztisch, metallene Klappstühle und eine riesige grüne Tafel, die eine der Wände bedeckte.

Die Tafel war voller Kreuze und Kringel, es sah aus wie der Strategieplan bei einem Footballspiel. Die Männer des SEK waren vollzählig versammelt und warteten. Es machte den Eindruck, als hätte die Besprechung bereits begonnen. Sonora sah Sam schräg von der Seite an. Er lehnte an der Wand, setzte sich nicht. Ein Zeichen, dass er auf der Hut war.

Sie war erschöpft. Sie setzte sich.

Whitmore hob die Hand. »Meine Herren. Und Damen. Begrüßen Sie die Detectives Blair und Delarosa, die von Cincinnati zu uns gekommen sind. Sie werden bei dem Einsatz heute nacht dabei sein – es ist ihr Baby. Sie alle haben die Memos erhalten – vertraulich, wie ich Ihnen nicht noch einmal sagen muss. Die Zielpersonen werden verdächtigt, einen Massenmord verübt zu haben. Es gab vier Tote, eine Mittelschichtfamilie aus der Vorstadt. Unter anderem wurden sie gefoltert. Der Kerl, hinter dem wir her sind, Aruba, ist ein ziemlich schwerer Fall.«

»Ab hier übernehme ich.« Der Mann, der gesprochen hatte, war bleich, hellblond mit ungesund wirkender Haut und seine Ausstrahlung verriet absolute Humorlosigkeit. »Ich bin Captain Taleese. Ich leite das Sondereinsatzkommando.« Er nickte Sonora und Sam zu. Whitmore nahm am Tisch Platz.

Das Sondereinsatzkommando – das SEK – füllte den Raum. Ungefähr zwanzig Personen, drei Frauen, der Rest Männer. Alle wirkten angespannt. Sie alle sahen aus, als ob sie die Mitgliedschaft in ihren Fitnessclubs ernst nahmen.

Sonora studierte die Tafel. Die Männer waren in Dreierteams eingeteilt. Einer mit einem Kugelschutz, einer mit einer halb automatischen Waffe und einer mit leeren Händen. Es gab Variationen. Reservemänner. Männer, die mit Gas bewaffnet waren. Erste und zweite Sturmkommandos, die eine Ramme von fünfundsechzig Pfund mit sich führten.

Taleese sah Whitmore an. »Dort draußen gibt es einen Hund?«

»Sieht aus wie ein Rottweiler.«

Rund um den Tisch erklang ein Stöhnen.

»Boggs, Mirren, Sie bilden das Hundeteam.« Taleese wies mit der Kreide auf ein Team mit dem Kürzel HT. »Mirren, Sie nehmen die Schutzärmel und den Schlagstock, Boggs, sie nehmen das Gas.«

»Was für ein Gas?«, fragte Sonora.

Whitmore beugte sich zu ihr herüber. »Es ist flüssiges Nitro. Jagt ihnen fürchterliche Angst ein, aber es verletzt sie nicht.«

»Es sei denn, sie geraten in solche Panik, dass sie durch ein Fenster aus dem zweiten Stock springen.«

Sonora schaute sich um, während sie sich fragte, wer diese Bemerkung gemacht hatte. Sie sah ein oder zwei Leute süffisant lächeln.

»Hat das Haus einen Windfang?«

»Nein«, antwortete Whitmore.

»Gut. Wir kriegen den Saukerl so oder so. Mai, Videoaufzeichnung, wie immer.«

Eine dünne Asiatin, die am zweiten Tisch in der Mitte saß, nickte knapp. Das hier, wurde Sonora bewusst, war Whitmores Partnerin, Mai Yagamochi, die als Kamerafrau des SEK eine Doppelfunktion erfüllte.

Taleese zeigte auf eine Markierung an der Tafel. »Das hier ist Old Frankfort Pike. Wir stürmen um vier Uhr morgens, und wir werden hier halten, ungefähr hundert Meter vor dem ersten Haus. Wir stürmen Haus Nummer vier. Die Häuser stehen auf der linken Seite. Das Ziel ist Lancaster – Lanky – Aruba und er ist bewaffnet und außerordentlich gefährlich. Es gibt Hinweise auf Geisteskrankheit; er wird Schwierigkeiten machen. Ebenfalls im Haus befindet sich Belinda Kinkle, Tante von Barton Kinkle, gegenwärtig in Haft, und Schwester Arubas. Sie hat drei Kinder, also aufgepasst. Ein Säugling, ein Kleinkind und ein fünfjähriger Junge.

Es wird nicht einfach werden. Aruba ist vermutlich nervös. Kinkle ist heute morgen weggefahren und nicht zurückgekehrt. Die Akte dieses Mannes zeigt uns, dass er zu allem fähig ist, einschließlich dazu, seiner Schwester oder den Kindern etwas anzutun. Und denken Sie an den Hund. Dieses Mal sind sämtliche Umstände gegen uns.«

Jeder hat fünfzehn Sekunden, um in das Haus zu gelangen, von dem Moment an, in dem wir die Tür aufbrechen. Irgendwelche Fragen?«

Es gab keine.

»Laut Aussage der Detectives aus Cincinnati ist es möglich, dass Kinkle und Aruba kleine Gegenstände vom Ort ihres Verbrechens entwendet haben – Fotos, vielleicht sogar Schmuck.«

Es war weit hergeholt, Sonora war sich dessen bewusst, aber es gab ihnen die Möglichkeit, den Durchsuchungsbefehl auszudehnen.

»Das bedeutet, dass unser Durchsuchungsbefehl uns erlaubt, überall dort zu suchen, wo man ein Foto oder ein Schmuckstück verstecken kann, also buchstäblich überall.

Ich erwarte Sie vollzählig und vollständig ausgerüstet um null zwei dreißig. Irgendwelche Fragen?«

Sonora sah auf die Uhr. Jede Menge Zeit, um ihren Sohn abzuholen.

46

Es tat gut, eine Weile allein zu sein, dachte Sonora, während sie die Interstate 75, die an Cincinnati vorbeiführte und sie fast bis nach Hause brachte, auf dem Weg nach Boone County hinabraste. Wenn Tim sie früher angerufen hätte, hätten sie und Sam ihn auf dem Weg nach Kentucky einsammeln können. Sie hatte an einem Geldautomaten gehalten – ihn zu füttern würde mehr kosten als die Kaution.

Ein feiner Regen kam auf, während sie nach Norden fuhr, verwandelte den Boden in Morast und erschwerte die Sicht in der Dunkelheit. Die Scheinwerfer des entgegenkommenden Verkehrs spiegelten sich im nassen Asphalt.

Sonora biss die Zähne zusammen. Ihr größtes Problem bestand darin, wach zu belieben.

Die Baustelle begann hinter Florence, und Sonora senkte die Geschwindigkeit. Kein Anlass, den gleichen Fehler wie ihr Sohn zu begehen. Sie nahm die Burlington-Abfahrt, bog links ab und bremste auf fünfunddreißig Meilen pro Stunde hinunter. Das einzig Gute an dieser Stadt war ihre Größe – selbst sie war imstande, das Gerichtsgebäude ohne große Schwierigkeiten zu finden.

Es war aus rotem Backstein und ziemlich neu. Sie fuhr rechts daran vorbei, parkte auf der Rückseite und schloss den Wagen ab. Unterwegs, um ihren Sohn gegen Kaution abzuholen, wie jeder normale Bürger.

Sonora wartete vor dem Gerichtsgebäude, bis Tim seine Schuhe angezogen hatte.

»Danke, Mom. Wo hast du sie gefunden?«

»In deinem Wagen, er ist immer noch beschlagnahmt.«

»Können wir ihn nicht holen?«

»Nicht, bis das Problem mit deinem Führerschein gelöst ist. Du hast Glück, dass sie ihn bei der Suche nach Drogen nicht völlig auseinandergenommen haben.«

Er zuckte zusammen. »Glaubst du, dass sie das noch tun werden, bevor wir ihn holen können?«

»Nein, ich habe beim Supermarkt gehalten und eine Wegwerfkamera besorgt. Ich habe ein paar Fotos gemacht und sie davon informiert. Aber die Asservatenkammer muss ihn erst freigeben.«

Er nickte. Band seine Schuhe zu. Folgte ihr über den dunklen Parkplatz. Falls sie einen eingeschüchterten, verängstigten kleinen Jungen erwartet hatte, war sie wieder einmal auf das Mysterium heranwachsender Jungen hereingefallen.

»Wo ist der Jeep?«, fragte er, während er den fast leeren Parkplatz absuchte.

»Zu Hause in der Garage. Ich bin mit dem Firmenwagen hier.«

»Weshalb?«

»Weshalb? Tim, ich stecke mitten in einem Fall.«

»Du meinst die Typen, die diese Familie umgebracht haben?«

»Darüber darf ich nicht sprechen.«

»Mom.«

»Ja, Tim, darum geht es. Und sobald ich dich abgefüttert und nach Hause verfrachtet habe, muss ich wieder zurück.«

»Du siehst ziemlich müde aus.«

»Ich bin auch ziemlich müde. Ich hoffe, du hast ein schlechtes Gewissen.«

Er zog den Kopf ein. »Ja, habe ich.«

»Gut. Das mir das nicht wieder vorkommt, Kleiner. Falls

ich dir einen Anwalt besorgen muss, und ich weiß noch nicht, ob das der Fall sein wird, wirst du dafür blechen.«

»Ich zahl dir jeden Cent zurück.«

»Ja, das wirst du, auch wenn es bedeutet, dass du das Auto verkaufen musst.«

Er schluckte. Eindeutig ein Treffer.

Die Umarmung kam rasch, unvermittelt, das erste Mal seit Monaten. »Du bist echt eine tolle Mutter.« Er zog sich auf seine Seite des Wagens zurück. »Weißt du, Mom, wir können das hier doch unter Qualitätszeit verbuchen.«

»Mögen wir unsere Verbrechen immer gemeinsam begehen.«

Tim unterhielt Sonora und seine Kumpel – die fast verhungert und nur zu glücklich waren, zu MacDonald's-Maxi-Menüs eingeladen zu werden – mit den Plänen, die er geschmiedet hatte, um aus dem Boone-County-Gefängnis zu entkommen. Sonora, die wusste, dass das Gefängnis so streng überwacht wurde, das keine Maus entweichen konnte, hörte kommentarlos zu. Die Jungen waren durchgefroren, abgebrannt und hungrig, und der Anblick eines Elternteils mit einem funktionierenden Auto und genug Geld und gutem Willen, ihnen ein Essen zu spendieren, war ihnen außerordentlich willkommen gewesen. Sie nahm an, dass sie dem Durchschnittsbürger als zähe kleine Kerle erschienen, aber für sie waren sie immer noch Babys.

Sie waren erstaunlich höflich, dankbar und hilfsbereit. Sonora, die der Überzeugung war, dass man Teenager beschäftigen musste, ließ sie bei dem Stopp an der BP-Tankstelle arbeiten. Walter tankte den Taurus voll, Tim prüfte den Luftdruck der Reifen, und Brock reinigte die Windschutzscheibe.

»Du hättest einfach ausbrechen sollen«, sagte Brock, als Sonora ihn vor seiner Haustür absetzte.

»Ja, warum hast du das nicht getan?«, fragte Walter.

»Neun Dollar zu bezahlen schien erheblich einfacher«, erwiderte Tim.

Das war das Vernünftigste, was Sonora in dieser Nacht gehört hatte.

Sie und Tim wurden von Clampett und Heather ekstatisch begrüßt, die beide froh waren, Tim wiederzusehen, und sich über die Tüte mit Cheeseburgern riesig freuten.

Sonora kontrollierte die Küchenfenster und verabschiedete sich von den Kindern. Die beiden sahen sie an, als sei sie verrückt.

»Ich darf nicht darüber sprechen, Kinder, und ich muss jetzt fahren. Ich werde nicht nach Hause kommen, bis … Zum Teufel, ihr müsst ohne mich aufstehen und zur Schule gehen. Tim? Kann ich mich auf dich verlassen?«

»Oh, Teufel, *ja.*«

»Und du schuldest mir neun Dollar.«

Er öffnete sein Portemonnaie. »Das Geld ist noch da«, sagte er und steckte einen Fünf-, drei Ein-Dollar-Scheine und drei Fünfundzwanzig-Cent-Münzen in ihre Hand.

»Danke.«

»Es ist doch nicht gefährlich, oder Mom?« Heather runzelte die Stirn, eine Hand in die Hüfte gestemmt.

»Nein. Ich habe Sam als Schutz, mir wird nichts passieren.«

»Lade deine Waffe«, sagte Tim.

»Schließt euch ein«, ermahnte Sonora sie. Sie wollte sie nicht allein lassen.

Sie blieb an der Haustür stehen, drehte sich um und zeigte mit dem Finger auf Tim. »Vierundzwanzig Stunden. Kannst du dich so lang aus Schwierigkeiten heraushalten?«

»Sicher, Mom. Das ist ein Klacks.«

Es machte sie nervös, wenn die Kinder so etwas sagten.

47

Sonora erwachte plötzlich, weil der Transporter schlingerte und sie gegen Sam geworfen wurde. Unglaublicherweise war sie eingeschlafen. Instinktiv packte Sam ihr Knie und hielt sie fest.

Die Hand blieb nicht unbemerkt. Mai, Whitmores Partnerin und die Kamerafrau des SEK, musterte Sonora offen, ohne zu lächeln. Sie besaß die Persönlichkeit einer Kamerafrau, aufmerksam, unbeteiligt, stoisch – ein kluges kleines Gesicht, ein Pokergesicht, unmöglich, ihre Gedanken zu lesen. Ihr Körper war gedrungen und kurz, aber sehnig und angesichts ihrer Größe muskulös. Sie war wahrhaftig beeindruckend.

Eine Frau mit Geheimnissen, dachte Sonora. Eine sehr abweisende Frau, die ihre Umwelt auf ein Gerüst aus reinen, weißen Knochen zurückschnitt, die weder scharfe Kanten, Fleisch noch Knorpel akzeptierte. Sie war pedantisch. Überlegt. Undurchsichtig.

Die Frau musterte Sonora intensiver, als ihr lieb war, studierte sie, vermutlich aus Gewohnheit. Sie zur Feindin zu haben war sicher furchtbar. Schwer als Freundin zu gewinnen, aber dann außerordentlich loyal. Ihre Freundschaft mochte genauso angsteinflößend sein wie ihre Feindschaft.

Sonora holte tief Luft, ihr war übel. Im Transporter war es eng. Zu beiden Seiten waren gepolsterte Bänke angebracht, auf denen Sonora und Sam nahe dem Fahrer saßen, ihnen gegenüber die Zwanzig-Mann-Einheit, ausnahmslos schwarz gekleidet und schweigsam. Beladen mit der beinah vierzig Pfund schweren Ausrüstung und in ihren schwarzen Schutzanzügen, wirkten sie beeindruckend und unpersönlich. Die Funkfrequenzen wurden koordiniert und festgelegt.

Der Mangel an Gesprächen erstaunte Sonora, die Spannung war mit Händen greifbar. Sie machten sich Sorgen wegen der Kinder. Und was sie über Aruba wussten, machte einige von ihnen nervös, andere aggressiv. Er war der Alptraum jedes Polizisten, schizophren, gestört und unberechenbar. Die Reaktionen von Männern wie Aruba waren nicht vorhersehbar. Sie kämpften wie Tiere, sie spürten keinen Schmerz. Die Arubas dieser Welt dachten nicht logisch, sie handelten instinktiv – abgeschottet, nur sich selbst wahrnehmend – und folgten dabei einem unerklärlichen Plan, kombiniert mit außerirdischer Kraft.

Jeder, der auch nur halbwegs bei Verstand war, würde sich Arubas wegen Sorgen machen.

Der Transporter war eine Welt für sich, er beherbergte ein breites Spektrum an Waffen, das von Maschinengewehren, Handfeuerwaffen bis zur halbautomatischen Maschinenpistole reichte. Eine halbautomatische Remington II-87, Zielfernrohre für die Scharfschützen und Schalldämpfer gehörten ebenfalls dazu.

Sonora scharrte mit den Füßen, ließ aber die Zehen auf dem Metallboden. Sie bekam Platzangst hier drin, zu viele Menschen drängten sich zu dicht zusammen. Whitmore saß gemeinsam mit Captain Taleese vorne beim Fahrer, der als einziger im Transporter über einen bequemen Sitzplatz verfügte. Schwarze Sichtblenden verdeckten die Fenster. Hinter dem Fahrersitz, direkt unter dem Fernseher und der Mikrowelle war ein Telefonsystem – die Kommandozentrale – installiert. Das Team konnte langwierige Observierungen durchstehen und die Vorgänge im Fernsehen verfolgen, falls ein Einsatz durch das Auftauchen der Medien verkompliziert wurde.

Die Jungs gegenüber von Sonora und Sam hatten die

schlechtesten Sitze: Die Bank war vor den Schlitzen für die Schilde festgeschraubt.

Von draußen konnte Sonora das Zischen der Reifen auf dem nassen Asphalt hören. Es regnete immer noch. Sam hatte sie beschuldigt, den Regen auf dem Rückweg von Cincinnati mitgebracht zu haben, aber soweit Sonora feststellen konnte, hatte Kentucky das nicht nötig.

Das Wetter hatte gute und schlechte Seiten. Sie würden besser gedeckt sein, weniger sichtbar, und es würde ihre Geräusche dämpfen. Aber der Boden würde rutschig sein und die Stimmung des Teams wegen der Feuchtigkeit miserabel, auch wenn es ihnen eigentlich nichts ausmachen durfte. Zudem war Sonora immer der Überzeugung gewesen, dass Schusswaffen bei hoher Luftfeuchtigkeit schlechter funktionierten, auch wenn Sam es nicht müde wurde, ihr zu widersprechen.

Sie hatte die Generalprobe verpasst, da ihre Mutterpflichten sie in Boone County festgehalten hatten, aber Sam war beeindruckt gewesen.

Der Transporter wurde langsamer. Sonora hoffte, dass sie bald da waren. Ohne ein Fenster, um hinauszuschauen, und quer zur Fahrtrichtung sitzend war ihr mittlerweile speiübel. Captain Taleese war aufgestanden, demnach waren sie beinah da. Auf sein Kommando erhob sich das Team und griff nach den Halteschlaufen, die von der Decke hingen. Sie waren wie ein Fallschirmteam, das sich für den Sprung fertigmachte.

Der Transporter bewegte sich seitwärts und kam mit einem Ruck zum Stehen, der verriet, dass sie die Fahrbahn verlassen hatten. Die Hunde der Nachbarschaft bellten bei ihrem Anblick, die Hintergrundmusik jedes Einsatzes, den Sonora je mitgemacht hatte. Ohne Zweifel war der Rottweiler ein Mitglied des Chores.

Sonora dachte an die Kinder in dem winzigen weißen

Haus, an ihren unbehaglichen Schlaf. Sie dachte an Aruba, der mittlerweile nervös sein musste, weil Kinkle nicht wieder aufgetaucht war, und alarmiert vom Gebell der Hunde.

Jemand hat einmal gesagt, alle Massaker seien gleich.

Die hinteren Türen des Transporters öffneten sich mit einem metallischen Knirschen und dann rollten die Ereignisse mit großer Geschwindigkeit ab. Sonora war seltsam distanziert, gleichzeitig hatte sie das angsteinflößende Gefühl, die Kontrolle zu verlieren. Alle Männer sprangen heraus und schrien, *Raus aus dem Wagen*. Sie folgte Sam, Whitmore und Taleese aus den vorderen Türen des Transporters, außen herum zu den Mannschaften, die in einer Reihe aus dem Inneren strömten und sich mit dem Gesicht zum Haus aufstellten. Nachdem alle Mann ausgestiegen waren und Aufstellung genommen hatten, gab Taleese das Signal, und die Mannschaften verfielen in einen leichten Laufschritt und bewegten sich in einer geraden Linie auf Haus Nummer vier zu wie eine Kolonie schwarzer Ameisen nach einem Picknick. Der nasse Boden gab unter den Tritten ihrer schweren Stiefel nach.

Sonora schaute hoch in den Nieselregen, spürte, wie ihr Gesicht nass wurde, und wusste, dass ihre Haare sich zu locken begannen. Sie war von Kopf bis Fuß feucht. Am Ende der Nacht würden sie alle wie nasse Hunde riechen.

Sie stellte sich vor, wie es war, aus dem Wohnzimmerfenster eines Hauses zu schauen und den weißen Transporter zu entdecken – die Reihe dunkel gekleideter Männer und Frauen, die mit ihren angsteinflößenden Helmen und ihrer Ausrüstung selbstbewusst und unerbittlich gefährlich wirkten, gut trainierte Menschen mit einer Mission.

Die Polizei anrufen wäre der erste Gedanke. Der zweite, langsam aufdämmernd – das ist die Polizei.

Das Ganze hatte etwas Surreales: die im Regen laufenden

Männer und Frauen, das erste Team mit dem Vorschlaghammer und der Ramme, die jetzt abbogen und quer über das wuchernde Gras zu dem winzigen Haus schwenkten, das in der Stockfinsternis dalag. Sie fühlte sich unbehaglich. Witterte Gefahr. Sie hatte das Gefühl, als hätte sie, und nur sie allein, alle diese Ereignisse in Gang gesetzt und wäre für alles verantwortlich, was als nächstes geschehen würde.

Sie dachte an die drei Kinder und die Schwester. Waren sie wirklich so verschieden von den Stinnets? Weiter unten auf der sozialen Leiter angesiedelt, mit der beunruhigenden Verwundbarkeit einer Familie im Dunstkreis von Verbrechern. Irgendwo in ihrem Kopf konnte sie wieder Joy Stinnet hören, *Gegrüßet seist du, Maria, voll der Gnaden*, als die Ramme gegen die leicht gebaute Tür des kleinen Reihenhauses donnerte und sie splitternd aus den Angeln riss.

Das Haus wurde von explosionsartigem Lärm erschüttert, während Männer in schweren Stiefeln versuchten, sich innerhalb der drei kritischen, gefährlichen Sekunden durch die klaffende Öffnung zu drängen.

Der Hund heulte, ein Jaulen, das Sonora die Haare zu Berge stehen ließ. Ein kleines Mädchen kreischte *Mami*, und Sonora hörte einen Schrei: *Er hat eine Waffe*.

Sie stand draußen vor dem Haus, in der Zwangsjacke ihrer erzwungenen Teilnahmslosigkeit, hatte keine Wahl, als stehenzubleiben und zu warten, während der Regen über ihr Gesicht rann, sich mit ihren Tränen mischte und sie das Bellen und Jaulen des Hundes hörte, das sich in makabrer Harmonie mit dem Weinen eines Kindes verband.

Hatte es so geklungen, als Aruba und Kinkle in jener Nacht in das Haus der Stinnets eingedrungen waren?

48 Sonora hörte die Kampfgeräusche bis hinaus in den Vorgarten. Sie schaute zu Sam, der nickte, und durch die zerstörte Eingangstür hineinlief. Sie folgte ihm, ohne zu zögern, zwei überflüssige Menschen in einem überfüllten Haus.

Ein Frau in einem Nylonnachthemd mit großen, schwabbeligen Brüsten zerrte den Hund in ein winziges Badezimmer. Sonora konnte kurz das wellige Linoleum und die weißen Flecken flüssigen Nitros auf der Schnauze des Hundes erkennen, wo man ihn mit CO_2 besprüht hatte. Das Haar der Frau, ein fahles Rotgold wie das Arubas, hing zu einem Zopf geflochten auf ihrem Rücken. Ihre Augen waren groß und dunkel, das Rechte von einem nagelneuen, blauroten Veilchen zugeschwollen. Der Rottweiler zeigte die Miene eines Hundes mit einem Problem, aber dankenswerterweise hörte er auf das beruhigende, drängende Flüstern der Frau, die den Mann mit der Maschinenpistole völlig ignorierte, während sie den Hund wegsperrte.

Der vordere Teil des Hauses war in zwei Räume unterteilt, einen Wohnraum auf der Linken, der von einem riesigen Fernseher beherrscht wurde, und eine Kochnische rechts; nach hinten lag eine winzige Kammer, ein schrankgroßes Schlafzimmer. Das Sofa war umgekippt, ein Beamter durchwühlte die Polster. Sonora zählte die Kinder. Alle drei lagen sicher in den Armen von Männern, die in ihrer Freizeit Väter waren.

Der Kampf fand in dem hinteren, finsteren Schlafzimmer statt, Sonora konnte die Schreie der Beamten hören – *runter, los; Sie sind verhaftet; halten Sie still, dann tun wir*

Ihnen nicht weh. Worte, die wie kleine Kiesel in die Untiefen von Arubas Zorn fielen. Falls er sah, dass der Beamte die Maschinenpistole auf seinen Körper gerichtet hielt, war es ihm gleichgültig, es waren fünf Männer nötig, um ihn zu überwältigen und seine Arme hinter dem Körper aneinanderzufesseln, brutale Gewalt, um die Fußfesseln an seinen Knöcheln zu schließen, und dabei wurde trotzdem noch ein Mann durch einen mächtigen Tritt Arubas verletzt.

Aber endlich hörte Aruba auf, sich zu wehren, sein Atem pfiff wie ein Tornado durch ein Sieb. Das Sofa war durchsucht und wieder aufgerichtet worden, und die Frau saß in Handschellen darauf und drehte den Kopf hin und her, während sie versuchte, ihre drei Kinder im Auge zu behalten.

Eine Art gesegnete Stille trat ein, das Baby wurde von einem muskulösen, schnurrbärtigen Mann von mindestens ein Meter neunzig Größe tröstend gewiegt. Das weiße Narbengewebe auf seiner linken Wange kräuselte sich, als er auf das Baby hinunterlächelte.

Das Kleinkind, ein goldlockiges kleines Mädchen, dessen Lippen weiß vor Angst waren, streckte die Arme nach ihrer Mutter aus, und der Beamte setzte sie auf das Sofa. Sie rollte sich mit dem Daumen im Mund zusammen, den Kopf auf den Schoß ihrer Mutter gebettet. Die Frau streichelte ihr vorsichtig über die Haare, sie hielt ihre in Handschellen steckenden Gelenke in sicherer Entfernung von der geröteten, zarten Haut des Kindes. Der fünf Jahre alte Junge hatte sein Gesicht an der Schulter eines der Beamten vergraben und seine Beine um dessen Taille geschlungen, und der Mann machte keine Anstalten, sich von ihm zu lösen, sondern trug ihn mit sich herum, wohin er auch ging.

Captain Taleese rief einen Rettungswagen und Whitmore verlas einem uninteressierten, in tiefem Schock befindlichen Publikum Wort für Wort den Durchsuchungsbefehl, im Hintergrund begleitet von Arubas Klagen: »Ihr Wichser habt mir den beschissenen Arm gebrochen.«

49

Jemand hatte Arubas Schwester einen Regenmantel gegeben, der fast zweimal um ihren dünnen, eckigen Körper passte. Sie hatte ihn eng um die Brust gezogen und die Arme verschränkt. Sie hatte einmal genickt, als Mai Yagamochi sie um die Bestätigung gebeten hatte, dass sie Belinda Kinkle war. Sie hatte zweimal nach ihren Kindern gefragt, und als eine Antwort ausblieb, die Lippen zusammengekniffen und sich in sich selbst zurückgezogen.

Sonora reichte ihr ein Kühlpäckchen für ihr Veilchen. »Wer hat Ihnen das verpasst?«

Belinda Kinkle sprach durch die zusammengebissenen Zähne. »Bin gegen die Tür gerannt.«

»In welchem Verhältnis stehen Sie zu Aruba?«

»Er ist mein Börsenmakler«, antwortete Belinda. Ihr hageres Gesicht schien für Schmerzen wie geschaffen, so rasch hatten sich Stressfältchen gebildet.

Mai, die kerzengerade auf ihrem Stuhl saß, ließ einen Bleistift durch ihre schlanken Finger gleiten und klopfte mit dem Radiererende auf den Tisch. Sonora verspürte das dringende Bedürfnis, ihr einen Klaps auf die Hand zu geben. »Ich will Ihnen erklären, was mit Ihnen geschehen wird, *Miss Belinda*, wenn Sie sich weiterhin weigern, meine Fragen zu beantworten.

Sie werden der Beihilfe zum Mord angeklagt. Ihre Kinder wird man der Fürsorge übergeben. Ihr Hund kommt ins Tierheim. Falls Sie die Kaution nicht aufbringen können, kommen Ihre Kinder zu Pflegeeltern und werden eventuell zur Adoption freigegeben. Falls man Sie schuldig spricht, kommen Ihre Kinder zu Pflegeeltern und werden zur Adoption freigegeben. Es könnte eine Weile dauern, einen Platz für Ihren ältesten Sohn zu finden, aber die kleinen Mädchen werden sehr schnell ein neues Zuhause finden. Das Baby mit Sicherheit.«

Beinahe nichts davon entsprach der Wahrheit, und Sonora war nicht sicher, was sie mehr überraschte: dass Belinda augenscheinlich jedes Wort glaubte oder Mais ungeschickter Umgang mit einer Frau, die ansonsten vielleicht in der Lage gewesen wäre, ihnen wichtige Einsichten und verlässliche Informationen zu liefern.

»Setzen Sie sich und denken Sie darüber nach, Belinda, ich werde Ihnen etwas Zeit lassen.« Mai stand auf und ging in Richtung Tür. Sie warf einen Blick zurück zu Sonora, die ihr mit der Hand bedeutete, den Raum zu verlassen. Mais Ausdruck sagte eindeutig, dass sie das nicht im mindesten interessierte.

Sobald sich die Tür geschlossen hatte, begann Belinda zu schluchzen. Sie schien erschöpft, ihre Augen waren blutunterlaufen und trübe, ihre Nase rot und geschwollen. Das Veilchen schien noch dicker als zuvor. Belinda verbarg ihren Kopf in ihren Armen und weinte in das Eichenfurnier des Tisches.

Sonora erinnerte sich unvermittelt an das Gespräch, das sie mit Quincy David, dem Experten für Kredithaie, geführt hatte. Dachte, dass sie im großen und ganzen die gleichen Techniken anwendeten.

Sie rieb sich das Gesicht. Vielleicht war sie bloß müde, aber sie fand es schwierig, die Guten und die Bösen auseinanderzuhalten.

Sonora rutschte mit ihrem Stuhl näher heran, sie sprach mit gesenkter Stimme. »Belinda? Man kann Ihre Kinder nicht zur Adoption freigeben. Nicht, solange nicht bewiesen wird, dass sie als Mutter unfähig sind.«

»Wenn ich ins Gefängnis muss, bin ich unfähig, oder nicht?« Belinda schaute sie mit erschütternder Bestürzung an, aus der man ihre Hoffnungslosigkeit ablesen konnte.

»Nein, das stimmt nicht.« Sonora beugte sich vor. »Sie haben Angst vor ihm, stimmt's?«

»Vor wem?«

»Sie wissen, vor wem. Vor Ihrem Bruder. Aruba hat Sie erpresst, er hat Ihre Kinder bedroht. Er hat Ihnen das Veilchen verpasst. Sie hatten keine Wahl, nicht wahr, Belinda? Stimmt das?« Sonora sah sie an. *Sag ja*, beschwor sie die Frau in Gedanken. Sag ja, bitte, sag ja.

Belinda öffnete den Mund, schluckte hart. »Stiefbruder.«

»Stiefbruder. Sie hatten Angst. Er hat Sie und Ihre Kinder bedroht. Sie hatten keine Wahl. Ja, Belinda?«

Sie nickte langsam. »Das ist richtig. Ich hatte keine Wahl.«

Sonora wiederholte es ein letztes Mal. Belinda nickte und bejahte wieder. Sonora stieß die Luft aus und entspannte sich. Es war auf Video aufgezeichnet, genau das, was Belinda aussagen musste, um heil aus der Sache herauszukommen.

Sie beugte sich über den Tisch. »Belinda, ich möchte, dass Sie mir einfach eine Minute lang zuhören. Sie müssen nichts sagen, aber hören Sie zu, okay?«

Wegen des erschrockenen Blicks, des gehetzten Ausdrucks war es nur schwer zu beurteilen, ob sie zu ihr durchdrang. Aber Belinda nickte und beugte sich vor.

»Aus dieser Sache kommt Lanky nicht mehr heraus. Ich weiß, dass Sie so etwas schon früher gehört haben, aber dieses Mal ist er wirklich dran. Auf ihn wartet die Todesstrafe, verstehen Sie mich, Belinda?« Sonora beobachtete sie, versuchte, ihre Gedanken zu lesen.

»Er könnte entkommen«, flüsterte Belinda.

»Nein, das kann er nicht. Aber falls doch? Ich verspreche Ihnen, dass ich Sie anrufen und warnen werde.«

»Kein Telefon«, antwortete Belinda. Immer noch flüsternd.

»Ich werde dafür sorgen, dass jemand bei Ihnen vorbeifährt und Ihnen Bescheid gibt. Wenn es sein muss, werde ich es selbst tun.«

Die Frau sah sie an, als ob sie wahnsinnig wäre.

»Es gibt etwas, das ich wissen muss«, sagte Sonora. »Ich muss wissen, ob Ihr Bruder und Barty mit jemandem zusammengearbeitet haben, mit einem dritten Mann. Ich glaube, das dort noch jemand gewesen ist und ich muss wissen, wer das war. Haben Lanky oder Barty jemanden erwähnt? Jemanden, mit dem sie gearbeitet haben? Überhaupt irgend jemanden?«

Belinda legte ihre Hand auf Sonoras Arm, und für einen Moment sah es so aus, als wollte sie sprechen, aber es kam kein Wort.

Sonora tätschelte die Hand, die ihren Arm umklammerte. »Es ist in Ordnung, Belinda, ich weiß, dass Sie Angst haben. Ich sage Ihnen was, ich werde Ihnen meine Karte geben, in Ordnung? Falls Sie jemals mit mir reden wollen, rufen Sie mich an, jederzeit. Sie können mich per R-Gespräch anrufen, ich übernehme die Kosten. Und Belinda? Wir haben die aufgebrochene Tür mit Brettern vernagelt und das Haus verriegelt. Und ich habe Ihrem Hund Wasser und Futter gegeben.«

Sie verzog das Gesicht, als sie sich an die Schnur erinnerte, die sie und Sam an den Knauf der Badezimmertür gebunden hatten, damit sie den Hund von draußen aus dem Bad befreien konnten. Wie oft die Schnur abgeglitten war und sie wieder von vorn beginnen mussten. Mais amüsierte Blicke.

Sonora stand auf und ging zur Tür. Sie konnte sich nicht

erinnern, jemals so müde gewesen zu sein. »Passen Sie auf sich auf, Belinda. Falls man mit Ihnen reden will, verlangen Sie nach Detective Whitmore. Falls Sie nicht mit Whitmore sprechen können, sagen Sie kein Wort, bevor Sie einen Anwalt haben.«

Belinda sah aus wie eine Frau, deren letzte Hoffnung durch die Tür entschwand. »Er hat sich den Zutritt erzwungen«, flüsterte sie. »Er hat mich geschlagen. Er hat meinen Babys angst gemacht.«

Sonora hob beide Daumen in ihre Richtung und ging, wobei sie sich fragte, ob sie auf dem richtigen oder auf dem falschen Weg war.

50

Kinkles Anwalt traf mit einiger Verspätung am folgenden Morgen um neun Uhr fünfzehn ein, und nachdem er ihn gegen zehn Uhr dreißig wieder verlassen hatte, machte die Neuigkeit die Runde, dass Barton Kinkle bereit für einen Handel war.

Sonora saß zusammen mit Sam, Whitmore und Drew Manson, dem Verteidiger, im Vernehmungsraum. Manson war ein großer Mann mit reichlich Brillantine im Haar, das er aus der breiten, hübschen Stirn zurückgebürstet trug, und einem langen, traurigen Welpengesicht, dessen Ausdruck verkündete *Wir haben alles schon gesehen, stimmt's nicht, Leute?*

Whitmore zufolge war Manson ein halbwegs kompetenter Strafverteidiger, der bei den örtlichen Drogenhändlern und Klugscheißern ein gewisses Ansehen genoss.

Kinkle wollte die Zusicherung, der Todesstrafe zu entgehen. Ein Gefängnis seiner Wahl. Und eine Haftstrafe von höchstens zehn Jahren. Er war, wie die Stinnets, ein Opfer der Brutalität Arubas. Er hatte sogar versucht, Aruba aufzuhalten. Der Mann hatte Macht über ihn – er war sein ganzes Leben lang ein Opfer gewesen, eingeschüchtert und herumgestoßen. Er würde ohne Vorbehalt kooperieren und Aruba schwer belasten, wenn man auf seine Forderungen einging.

Und als ein Zeichen seiner Bereitschaft zur Kooperation würde er gegen seine Auslieferung nach Ohio keinen Widerstand leisten.

Sonora merkte, dass Kinkle sie anschaute. Er schien an diesem Tag entspannter, schien seiner Rolle als Opfer mehr zu entsprechen, wollte nur gefallen und ein braver Junge sein. Er vermittelte den Eindruck eines Jungen, der tun würde, was man von ihm wollte, wenn er dafür einen Keks bekam.

Aber aus der Nähe sah er älter aus, die eine Hälfte seines Gesichts ein fahlweißes, spinnennetzartiges Narbengewebe, beide Handrücken ähnlich verunstaltet, eine alte Geschichte. Sonora kniff die Augen zusammen, während sie sich zu erinnern versuchte, wer ihr davon erzählt hatte, dass Kinkle in ein viel zu heißes Bad gesteckt worden war, ein Dreijähriger auf dem Weg zur Hölle.

»Wir werden dem Bezirksstaatsanwalt Ihre Forderungen vortragen«, sagte Sam, ohne dass man seiner Stimme anhörte, dass der Typ wohl träumte. Erst mussten sie ihn nach Cincinnati schaffen. »Und was auch immer dabei herauskommt, wir wollen einen Lügendetektortest. Werden Sie auch hierbei mit uns zusammenarbeiten?«

Kinkle sah seinen Anwalt an, der nickte. »Mein Mandant *will* Ihnen die Wahrheit sagen. Er möchte helfen. Er ist durch diesen Aruba traumatisiert, er ist ein Opfer wie jeder andere auch.«

Sonora warf einen Blick auf die Gesichter ihrer Kollegen und dachte, niemand im Raum strömt vor Mitleid über.

»Darf ich ein paar rasche Fragen stellen?«, sagte sie.

»Nein«, erwiderte der Anwalt.

Kinkle ballte seine auf dem Tisch liegenden Hände zu Fäusten. Er wollte reden. Aber er würde Mansons Befehl gehorchen. Sonora erkannte, dass sich der Anwalt ein wenig entspannte. Er schien diesen Morgen zu genießen. Kassierte nebenbei die Gebühr und übergab den Kerl an seinen Vertreter in Cincinnati, der den Ruhm und die Kopfschmerzen, die mit diesem Fall verbunden waren, einheimsen würde.

»Schauen Sie, Sie wehren sich nicht gegen die Auslieferung«, sagte Sonora. »Wir wissen es zu schätzen, dass Sie uns den Papierkram ersparen. Andererseits haben wir auch Aruba, und er wehrt sich ebenfalls nicht.«

Manson beobachtete sie, er war auf der Hut, aber er ging nicht davon aus, dass sie ihn in einer Sache belog, die er mühelos überprüfen konnte.

Später.

Aber er besaß nicht die Härte eines Spielers, der weiß, dass er den Fall selbst vertreten muss.

»Was genau wollen Sie damit sagen, Detective?« Manson hatte eine angenehme Stimme, deren Klang er sichtlich genoss. Er würde eine gute Figur vor Gericht machen, dachte Sonora, solange er es vermied zu sprechen, um dem Klang seiner Stimme zu lauschen.

»Sagen Sie es mir«, antwortete Sonora.

Diese Aufforderung überraschte ihn. Aber sie erkannte an der Art, wie er die Augen zusammenkniff, dass er nicht fähig sein würde, der Versuchung zu widerstehen. Er legte die Fingerspitzen über seiner stahlgrauen Weste aneinander und schürzte seine dicken Lippen. Erging sich in diesen Manierismen, um Zeit zu gewinnen. Falls er diese Taktik auch vor Gericht benutzte, würde es ziemlich langweilig sein.

»Ich glaube, dass Sie, Detective Blair, andeuten wollen, dass wir nicht die einzigen sind, die zu einem Handel bereit sind.«

Kinkle, der auf den Tisch gestarrt hatte, hob langsam den Kopf, wie eine Aaskrähe, die bei ihrer Mahlzeit auf der Straße gestört wird.

»Habe ich recht?«, fragte Manson.

Sonora breitete die Arme aus. »Sie wissen, wie diese Dinge laufen, nicht wahr Mr. Manson?«

Kinkle beobachtete seinen Anwalt wie ein Messdiener

den Priester. Was eine gewisse Wirkung auf Manson zeitigte.

»Meinem Mandanten und mir ist wohl bewusst, dass ein Mann wie Aruba vor nichts haltmacht. Aber wir sind der Überzeugung, dass gewisse forensische Beweise, die Sie persönlich sichergestellt haben, die Geschichte Mr. Kinkles untermauern. Gewisse kleine, graue Kiesel, die in Wahrheit Olivenkerne sind.«

»Ja, das haben wir alles. Und wir haben Aruba«, erwiderte Sonora. Falls sie gelangweilt klang, täuschte das. »Aber was Sie beide präsentieren müssen, ist ein Grund, warum ich mich für Sie entscheiden sollte.« Sie sah Kinkle an. »Wir haben Aruba in Gewahrsam, und wir werden jetzt gleich mit seiner Vernehmung beginnen, also …«

Das war natürlich gelogen, Aruba lag mit Betäubungsmitteln vollgepumpt in der Notaufnahme, wo sein Arm eingerichtet wurde. Aber Sam und Whitmore, Gott segne sie, spielten das Spiel mit, erhoben sich und gingen zur Tür. Sonora, die als letzte den Raum verließ, drehte sich noch einmal um und sah Kinkle mit so viel Verständnis und Mitgefühl an, wie sie aufbringen konnte.

»Ich will alle, haben Sie mich verstanden, Barton? Je mehr dort waren, desto mehr können wir die Schuld verteilen.«

Kinkle lehnte sich dicht zu Manson hinüber, der eine fleischige Hand erhoben hatte, als würde das ihr Gespräch vor Zuhörern schützen.

»Detective, haben Sie begriffen, dass wir Ihnen Aruba ausliefern?«

»Herr Anwalt, haben Sie begriffen, das ich Aruba bereits *habe?*«

Manson runzelte die Stirn. »Karten auf den Tisch, Detective. Was wollen Sie?«

Sonora lächelte langsam. »Ich will den dritten Mann.«

Kinkle riss die Augen auf und schluckte. Sein Körper wurde steif wie eine Maus in den Krallen einer Katze. Er sah Manson an und schüttelte heftig den Kopf.

»Mein Mandant möchte sich im Augenblick nicht dazu äußern«, sagte Manson. Ende des Verhörs.

»Wie Sie meinen.« Sonora drehte sich um und ging zur Tür. Kinkle hatte es zwar nicht ausgesprochen, aber dennoch hatte er sich verraten. Es gab einen dritten Mann. Unheimlicher als selbst Aruba.

51

Im Revier herrschte trotz der Nachmittagsstunde eine Stimmung wie am Weihnachtsmorgen. Was an glitzernden Lichtern und Geschenkpäckchen fehlte, wurde durch die mit Händen greifbare Aufregung wettgemacht. Crick, der neben Mickey am Konferenztisch saß, trug seinen Sonntagsanzug und einen nagelneuen Schlips. Gegen Ende des Tages würde er in *Live at Five* und später vielleicht noch in *Details at Eleven* zu sehen sein.

Sonora stützte die Ellbogen auf den Tisch und las den Autopsiebericht. Das Mädchen hatte einen Bluterguss auf der Brust – nach Ansicht des Pathologen hatte sich der Mörder dort mit dem Knie abgestützt, als er ihr die Kehle durchschnitt. Das Kleinkind, der Junge, war sofort an dem Schädelbruch und den daraus resultierenden Blutungen gestorben, am Körper befanden sich keine weiteren Spuren von Gewalteinwirkung. Carl Stinnet hatte nicht so viel Glück gehabt; sein Histaminspiegel deutete an, dass er vor seinem Tod außerordentlich gelitten hatte.

Sonora las den Bericht zum dritten Mal. An den Händen von Carl, Joy und Tammy Stinnet fand sich nicht die Andeutung einer Verletzung, keine gebrochenen oder aufgeschürften Knöchel. Jemand hatte Lanky Aruba im Bad so hart geschlagen, dass er einen Zahn verloren hatte; jemand hatte das blutige Handtuch hinter den Wasserkasten gestopft.

Sam glitt auf den Stuhl neben Sonora und öffnete eine pinkfarbene Dunkin-Donuts-Schachtel. »Hat Gruber dir schon gesagt, dass sie Clara Bonnet dazugeholt haben? Nimm dir einen Doughnut, Sonora, bevor die Schachtel leer ist.«

»Clara kommt? Warum jetzt, wir haben den Kerl doch?«

Sam zuckte die Achseln. »Sie ist forensische Psychologin, sie interessiert sich dafür. Scheint, als hätte sie schon einmal mit Kinkle zu tun gehabt, das könnte uns weiterhelfen. Ich dachte, du magst sie.«

»Das stimmt. Ich mag sie sogar sehr.«

»Hast du was dagegen, wenn sie bei der Untersuchung dabei ist?«

»Nein, vielleicht kann sie uns helfen, den Fall abzuschließen.«

Sam schüttelte einladend die Doughnut-Schachtel. Sonora betrachtete das Angebot: mit Streusel, mit Karamel, mit Nüssen, mit Puderzucker und ohne alles. Einige waren mit Schokoladenglasur.

»Nein, danke, Sam. Ich krieg vom Hinsehen schon Magenschmerzen.«

»Sonora, hast du seit gestern mittag überhaupt schon wieder was gegessen?«

»Klar«, log sie. »Hast du die Autopsieberichte schon gesehen, Sam?«

»Ja, ich habe sie gelesen.«

»Und?«

Sam nahm sich ein Doughnut mit Puderzucker. Biss ein großes Stück ab. »Ich weiß, was du glaubst.«

»Tust du das?«

»Sicher.« Er biss noch einmal ab, bevor er zu kauen begann. »Du denkst darüber nach, wer Aruba geschlagen hat. Du arbeitest an deiner Dritter-Mann-Theorie.«

»Vielleicht denke ich auch nur, dass du nicht mit vollem Mund sprechen solltest.«

Er stopfte den Rest des Doughnuts in den Mund und leckte sich die Finger ab.

»Worum geht es?« Crick hatte die Sitzung eröffnet, oder alle hatten gleichzeitig aufgehört zu reden. Auf jeden

Fall stand Sonora plötzlich im Mittelpunkt der Aufmerksamkeit.

»Wir sprachen gerade über den Zahn im Badezimmer, ob –«

»Sonora? Dazu kommen wir noch. Mickey wird versuchen, die Ereignisse für uns zu rekonstruieren, Mickey?

»Fein«, erwiderte Sonora. »Ich werde einfach hier sitzen und warten, bis ihr auf dem neuesten Stand seid. Was macht schon eine weitere Stunde, ich bin schließlich erst seit achtundvierzig Stunden auf.«

Crick wandte langsam den Kopf, wie ein Raubvogel. »Haben Sie etwas gesagt?«

»Nein, Sir, sie hat nichts gesagt.« Gruber nahm ein Schokoladendoughnut, legte es auf eine Serviette und schob es zu Sanders, die es zu Molliter schob, der es zu Sam schob, der es vor Sonora hinlegte.

Crick gab Mickey ein Zeichen. »Es hat keinen Sinn, auf Clara zu warten. Sie hat Bescheid gegeben, dass sie eventuell später kommen wird, und es scheint, dass einige Leute ungeduldig werden. Fang bitte an.«

Mickey wandte sich von Crick ab und zwinkerte Sonora gemächlich zu. Er klemmte ein zwanzig mal dreißig Zentimeter großes Hochglanzfoto an die Schautafel. »Sieht so aus, als ob sie durch die Küche eingedrungen wären.«

Das Foto zeigte das Küchenfenster mit der eingeschlagenen Scheibe, die Glassplitter lagen auf der Edelstahlspüle verstreut, die Rolle mit rot-weißem Küchenpapier hatte sich quer über den Schrank entrollt. Auf den Papiertüchern stand *Segne unser glückliches Heim*. Mickey klemmte weitere Bilder an die Tafel. Von der Küche. Dem Flur, den Schlafzimmern, von den Stinnets in der Todespein ihrer langen und qualvollen letzten Stunden.

»In der Spüle befindet sich ein wenig Dreck von einer Schuhsohle. Sieht aus, als wäre er von Tammy ...« Er zeigte auf das auf dem Bett liegende junge Mädchen, dessen blutverschmierte Kehle mitten durchgeschnitten worden war. »Das ist Tammy. Sie stand in der Küche und strich Erdnussbutter auf Salzcracker. Die Fingerabdrücke auf dem Messer stammen von ihr.« Er deutete auf ein anderes Foto von einem Buttermesser, dessen Klinge dick mit Erdnussbutter verschmiert war. Es lag auf dem Boden neben dem zerbrochenen Glas Peter Pan extra körnig. Sonora fragte sich, warum sie mit den kleinen Kindern im Haus keine aus Plastik gekauft hatten.

»Wir wissen, dass Aruba derjenige war, der den kleinen Jungen getötet hat. Sein Fingerabdruck ist auf der linken Overallschließe des Kleinen. Vermutlich hat Aruba ihn gepackt und gegen die Wand geschleudert. Wir glauben, dass der Junge das erste Opfer war. Er befand sich vermutlich zusammen mit seiner Schwester in der Küche. Er rannte ins Wohnzimmer, Aruba packte ihn, und der Hund griff an. Er schleuderte das Kind gegen die Wand, und jemand schoss auf den Hund. Vermutlich Kinkle. Von Einschusswinkel und -höhe her zu urteilen, war er derjenige mit einer Waffe. Kinkle ist ungefähr fünfzehn Zentimeter kleiner als Aruba. Alles weist auf Kinkle als Schützen hin. Die Waffe, die in Belinda Kinkles Reihenhaus gesichert wurde, wird momentan von der Polizei in Lexington untersucht, und es sieht aus, als wäre es dieselbe.«

Mickey deutete wieder auf die Fotos. »Schwer zu sagen, was dann geschah. Irgendwann um diese Zeit kam der Vater durch den Vordereingang. Wir glauben, dass Tammy noch am Leben war. Es gibt einen Kampf. Sie rennt davon, und sie holen sie im Badezimmer ein. Vielleicht wollte sie zu ihrer Mutter flüchten. Im Duschvorhang fanden wir eine Strähne von Tammys Haar und einen Fetzen ihres T-Shirts, nur ein Fragment. Jemand – wir nehmen an Aruba – schlug sie im Badezimmer nieder – wir entdeckten subkutane

Blutungen am Kiefer –, trug sie ins Schlafzimmer und schnitt ihr die Kehle durch.

Jetzt wird es merkwürdig. Hinter der Toilette lagen blutgetränkte Handtücher und das Blut ist von Tammy. Jemand presste diese Handtücher gegen ihre Kehle, gab auf und warf sie ins Badezimmer.«

»Der Vater?«, fragte Molliter.

Mickey schüttelte den Kopf. »Nicht sehr wahrscheinlich. Wir haben keine Blutspuren von ihm dort drin gefunden, sein Kampf fand im Wohnzimmer statt. Aber es ist ein interessanter Punkt: Tammy wurde mit einer gewissen Sorgfalt auf dem Bett aufgebahrt, schaut euch das mal an.« Er zeigte auf das entsprechende Bild. Tammy ruhte auf der blutdurchtränkten Matratze, die Hände ordentlich über der Brust gefaltet.

Die Tür öffnete sich langsam, als ob jemand versuchte, möglichst unauffällig einzutreten. Sonora schaute hoch und erkannte Clara Bonnet, die sich leise hereinschob. Sie war eine schwarze Frau, längst jenseits der Pensionsgrenze. Die fortschreitende Osteoporose hatte ihren Rücken gebeugt und begann, ihre Kniegelenke zu verkrüppeln.

Bevor jemand reagieren konnte, sprang Gruber auf, bot ihr den Arm und führte sie zu ihrem Stuhl. Clara Bonnet war ungeheuer beliebt, voller Verständnis und Mitgefühl, aber gesegnet mit einer gehörigen Portion Realitätssinn, der sie einen Verbrecher erkennen ließ, wenn ihr einer unterkam. Sie war, wie jeder andere Psychologe, den Sonora kannte, weder gefühlsduselig noch unentschlossen. Sie hatten schon früher zusammengearbeitet. Clara besaß die Gabe, meistens recht zu behalten.

Mickey wartete, bis Clara Platz genommen hatte, dann nickte er ihr zu. »Die Mutter, Joy Stinnet, befand sich in dem begehbaren Schrank. Das Baby lag von Handtuchstapeln umgeben auf dem Bett, die Mutter faltete gerade die

Wäsche. Sie hatte Musik angestellt – wir haben den Lautstärkeregler kontrolliert, er stand in der Mitte –, aber falls sie dort, am hinteren Ende des Hauses bei laufender Musik im Schrank stand, konnte sie ein oder zwei Minuten lang nichts hören. Sie packten sie von hinten – wir nehmen an, es war Aruba – und schlitzten sie vom Nabel bis zum rechten unteren Rand des Brustkorbs auf. Dabei wurde die Leber verletzt, er hat sie regelrecht ausgeweidet. Ihr Mörder – und wir können Aruba festnageln – ließ sie verblutend im Schrank liegen und ignorierte das Baby. Wir glauben, dass zu diesem Zeitpunkt der Vater nach Hause kam.

Der Hund und der kleine Junge liegen tot im Wohnzimmer, Tammy liegt sterbend auf ihrem Bett, als der Vater eintritt. Aruba hat keine Ahnung, wer durch die Tür hereinkommt. Es entsteht Verwirrung, und er ignoriert das Baby und läuft zu Kinkle, um ihm mit dem Vater zu helfen.

Der Vater kommt herein, er weiß, dass etwas faul ist. Er lässt die Wagentür weit offenstehen und die Schlüssel auf der Einfahrt fallen. Wir wissen nicht, ob er etwas hörte, das Auto entdeckte oder etwas durch die Fenster sah. Vielleicht werden wir es nie erfahren. Alles, was wir wissen, haben wir von den Mördern. Aber es würde erklären, warum Aruba alles stehen- und liegenließ und ins Wohnzimmer zu Kinkle rannte, um ihm gegen den Vater beizustehen, mit dem er ganz allein fertig zu werden versuchte. Nach den Kampfspuren zu schließen, hat sich der Vater wie wahnsinnig gewehrt.

Ab jetzt muss es wie folgt abgelaufen sein. Kinkle erschoss Carl Stinnet. Keiner ging zurück ins Schlafzimmer und sah nach der Mutter, die aus dem Schrank kroch, das Baby holte und sich unter dem Bett versteckte.«

»Einen Moment mal«, sagte Sonora.

»Warum lässt du mich nicht ausreden?«

»Du sagst, es muss so gewesen sein, aber weder auf den

Volants noch oben auf dem Bett, wo das Baby lag, befinden sich Blutspuren. Demnach kann Joy Stinnet das Baby nicht vom Bett gehoben haben, nachdem sie aufgeschlitzt wurde. Ich habe das Bett gesehen. Es ist unmöglich.«

Mickey nickte. »Ich stimme dir zu. Zurück zum Badezimmer. Wir nehmen an, dass Tammy versucht hat, die Tür vor Aruba zu verschließen. Auf den Angeln sind frische Kratzer, sieht aus, als wäre jemand gewaltsam eingedrungen. Und wir haben diesen Zahn, den linken Schneidezahn, er stammt von Aruba. Jemand hat ihm einen heftigen Schlag versetzt.«

»Willst du mir weismachen, das sei Tammy gewesen?«

Mickey fummelte an seinem Kragenknopf herum. »Mensch, Sonora, habe ich das behauptet?«

»Nein, ich möchte nur auf diesen Punkt aufmerksam machen.«

»Tun Sie das später«, sagte Crick.

»Nein, ich will jetzt darüber reden. Diese Rekonstruktion geht von zwei Tätern aus, aber jeder, der über ein wenig Verstand verfügt, kann erkennen, dass es drei gewesen sein müssen. Jemand nahm das Baby vom Bett und verbarg es zusammen mit der Mutter. Jemand schlug Aruba. Jemand verhinderte, dass das Mädchen vergewaltigt wurde – schauen Sie sich doch Arubas Akte an, er ist eine Bestie! Jemand versuchte, die Wunde zu versorgen, jemand hat sie auf dem Bett aufgebahrt.«

Molliter hob die Hand. »Du glaubst, dass ihn jemand verjagt hat?«

»Aber wer?«, erwiderte Sonora. »Sie erschossen den Hund. Fesselten den Vater an einen Stuhl, die Mutter lag sterbend im Schrank, das andere Kind tot auf dem Boden. Sie hatten genug Zeit, zum Briefkasten zu gehen, die Post herauszunehmen, einen Olivenkern auszuspucken –«

»Woher weißt du, dass sie Post herausgenommen haben?«, fragte Molliter. »Hast du im Haus der Schwester irgendwelche Post gefunden? Haben sie etwas gestohlen?«

»Nein, nur ein paar Fotos aus dem Schlafzimmer.«

»Das muss Kinkle gewesen sein«, bemerkte Clara Bonnet. Ihre Stimme war wie eine Heizdecke in einer eiskalten Nacht.

»Sie ließen einige Fotos mitgehen und durchwühlten die Papiere. Ich glaube, dass sie alles genommen haben, was irgendwie mit dem Inkassobüro zusammenzuhängen schien.« Sonora wandte sich an Clara Bonnet. »Haben Sie die Akte gelesen?«

»O ja.«

»Clara, was meinen Sie dazu?«, erkundigte sich Crick.

Sie beugte sich ein wenig vor. »Ich kenne Kinkle, das erleichtert die Dinge erheblich. Aruba kenne ich nicht persönlich, aber ich habe seine Akte gelesen und mir seine Testergebnisse angesehen. Er ist zweifellos der Gefährlichere von beiden. Um Sie nicht mit Fachjargon zu langweilen, könnte man es so formulieren: Er ist gewissenlos, schizophren, desorganisiert und wird von einer Art Verbrecherinstinkt geleitet. Er lebt in einer Welt, die Ihrer oder meiner in keiner Weise ähnelt – unsere Wirklichkeit streift sein Bewusstsein nur hin und wieder, etwa wie ein schwaches Funksignal einer weit entfernten Radiostation. Er ist brutal, vollkommen unfähig, eine Stelle längere Zeit zu halten, unfähig, soziale Bindungen einzugehen. Sie werden feststellen, dass er ein Randdasein führt, alles, was er besitzt, hat er vermutlich von jemand anderem.

Barty Kinkle andererseits, Barty Kinkle hatte nie eine Chance. Er war immer ein Außenseiter, er hat nie ein normales Elternhaus gekannt. Er wurde von Kindheit an darauf getrimmt, nicht mehr als wohlwollende Vernachlässigung zu erwarten. Er wurde nie geschlagen, aber es hat sich auch nie jemand um ihn geschert. Seine Mutter war geistig zurückgeblieben, sie hätte nie ein Kind haben dürfen. Mit der entsprechenden Hilfe zum richtigen Zeitpunkt hätte Kinkle es schaffen können. Er ist in der Lage, einen Job zu behalten, aber er ist schwach. Und er hat seinen ganzen Zorn in sich hineingefressen, der als Depression wieder zum Vorschein kommt. Die beiden zusammen? Ein brennendes Streichholz und Benzin. Hat er das Zeug, sich Aruba zu widersetzen – ich glaube, das ist Ihre Frage, nicht wahr, Sonora?«

Sonora nickte.

»Schwer zu sagen, ich glaube nicht, aber ich kann mich täuschen. Und es sieht so aus, als hätte er es getan.«

»Und die Dritte-Mann-Theorie?«, fragte Sonora.

Dr. Bonnet schürzte die Lippen. »Ich will nicht behaupten, es sei unmöglich, aber es wäre eine Abweichung. Drei impliziert eine Gang, und dem Ganzen fehlt dieser professionelle Anstrich. Sie benutzten Vorhangkordeln, um den Vater zu fesseln, sie hatten kein Seil mitgebracht, und sie haben die Telefonleitung nicht durchtrennt. Alles geschah willkürlich. Ich glaube nicht, dass etwas davon geplant war. Ich weiß nicht, warum sie dort waren, ich weiß nur, dass die Dinge in dem Moment aus dem Ruder zu laufen begannen, in dem sie das Küchenfenster einschlugen. Arubas innerer Schweinehund übernahm die Führung, und er hatte Kinkle im Schlepptau, dessen verborgene Wut ein Ventil fand. Es war kein Drei-Mann-Job, aber nichts ist unmöglich. Gibt es irgendwelche forensischen Beweise, die die Gegenwart einer dritten Person nahelegen?«

An dieser Stelle schaltete sich Mickey ein. »Einige nicht identifizierte Haare, aber die könnten von jedem stammen. Handwerker, Freunde, frühere Besitzer. Von dem Mann, der die Teppiche verlegt hat. Nichts Definitives.«

»Sie hat gesagt, sie hätte einen Engel gesehen«, bemerkte Sonora.

»Reden Sie mit ihm«, sagte Clara. »Reden Sie selbst mit Kinkle, Sonora. Sie haben eine sehr gute Chance, dass er mit Ihnen spricht. Männer machen ihm angst, aber zu Frauen stellt er sehr rasch eine Beziehung her. Seine Mutter hat bei der Erziehung versagt, aber sie besaß einen gewissen Mutterinstinkt, und sie liebte ihn. Wo befindet er sich jetzt?«

»Er wartet auf die Überstellung. Er will einen Handel. Genau wie Aruba. Beide wollen gestehen und verhandeln.«

Clara lächelte. »Es hat keinen Sinn, Aruba einem Lügendetektortest zu unterziehen, es sei denn, aus wissenschaftlichem Interesse. Aber lassen Sie Kinkle einen Test machen und werten Sie ihn aus. Ich mache mit, wenn Sie möchten.«

Crick nickte. »Ich möchte.«

52

Sonora legte den Hörer auf und lauschte dem Gemurmel ihrer Kollegen. Molliter sprach mit seiner Frau – sie kochte zur Feier des Tages etwas Besonderes. Sanders und Gruber sahen sich tief in die Augen; keine Frage, was sie zur Feier des Tages zu unternehmen gedachten.

»Hast du deine Kinder angerufen?«, fragte Sam.

»Ja.«

»Gehst du mit ihnen essen?«

»Keine Chance. Die eine schläft bei einer Freundin, der andere hat eine Verabredung zur *Rocky Horror Picture Show*.«

»Was hat Clara gesagt?«

»Du warst da.«

»Ich meine nicht bei der Versammlung. Ich meine, als sie dich im Flur zur Seite nahm.«

»Nichts Besonderes, nur Smalltalk.« Sonora biss sich auf die Lippen. Clara hatte ihr gesagt, wie müde sie aussähe, und sie gefragt, ob es ihr gutginge. Ihr Tonfall hatte ihre Überzeugung verraten, dass es Sonora *nicht* gutging. Sie hatte sie aufgefordert anzurufen, wenn sie jemanden zum Reden brauchte.

Was?, dachte Sonora. Mache ich den Eindruck, geistig nicht ganz gesund zu sein?

Sam wedelte mit der Hand vor ihrem Gesicht herum. »Sonora? Bist du noch da? Ich habe mich gefragt, ob du heute abend nicht mit zu mir kommen möchtest, ich nehme –«

Ihr Telefon klingelte, und sie nahm ab.

»Spricht dort die weltberühmte Kriminalistin, das Mädchen, das jeden Verbrecher festnagelt?«

»Hängt davon ab, wer das wissen will.«

»Natürlich, der weltberühmte Arzt, der dich heute abend liebend gern ausführen würde, falls du damit leben kannst, dass er Rufbereitschaft hat. Ich schlag dir ein Geschäft vor. Du darfst dich bei Mord rufen lassen und ich bei schwerer Körperverletzung. Ich bin ein höllisch guter Bereitschaftsfahrer.«

»Aber ja, ich freue mich.«

»Ich weiß, ich bin ziemlich spät dran, aber wir in der Notaufnahme haben es gerade erst in den Nachrichten gesehen, und ich dachte mir, du hättest – du hast schon ja gesagt, oder?«

»Ja.«

»Wann soll ich dich abholen?«

»Ich muss noch ein bisschen Papierkram erledigen. Besteht die Möglichkeit, dass du hierherkommst? Das Board-of-Elections-Gebäude, im –«

»Ich weiß, wo du arbeitest. Ich werde um acht dasein.«

»Gibt es heute abend wieder Twinkies oder vielleicht Margaritas?«

»Twinkies für mich, Margaritas für dich.«

Sie lächelte und legte auf. »Nein danke, Sam. Ich habe eine Verabredung.« Sie sah die interessierten Mienen um sich herum und stellte fest, dass sie belauscht worden war. Die Nachricht verbreitete sich wie ein Virus: Sonora hat eine Verabredung, die Trottelphase ist offiziell abgeschlossen. Ob sich Berühmtheiten so fühlten, fragte sich Sonora, mit den ganzen Leuten, die jeden ihrer Schritte verfolgten?

Sie war eine Idiotin. Sie litt an Verfolgungswahn. Niemand schenkte ihr die geringste Aufmerksamkeit.

Sie erledigte den Papierkram wie ein Zombie, völlig geistesabwesend. Sie stellte fest, dass sie wieder einzelne Buchstaben in die Maschine hackte. Zum Teufel damit – sie stellte die Schreibmaschine ab, knallte die Schreibtischschublade zu und griff nach ihrer Handtasche.

Molliter winkte ihr quer durch den Raum zu und reckte die Daumen hoch. »Viel Spaß heute abend, Sonora.«

Sie brachte es nicht fertig, ihn zusammenzustauchen, nicht heute abend, nicht, nachdem sie alle zusammengearbeitet hatten, um die Mörder der Stinnets zu überführen, so lautete zumindest die Schlagzeile der Nachrichten, die Sonora vor nicht einmal zehn Minuten auf CNN gehört hatte. Sie erwiderte Molliters Geste. Sie schaltete die Schreibtischlampe aus. Dann ging sie zum Waschraum, um ihre Haare zu kämmen, den Lippenstift aufzufrischen und ihr Make-up zu erneuern. In ihrem Spind fand sie einen Jeansrock, eine schwarze Strumpfhose und einen Pullover. Nach diesem Pullover hatte sie schon gesucht. Sie trug Lippenstift auf, nicht den violetten, sondern Angel Red, der so begeisterte Kommentare hervorgerufen hatte.

Sie glitt aus der Waschraumtür und hoffte, dass niemand sie bemerkte.

Aber sie warteten auf sie, sie hatten entlang der Wände Aufstellung genommen und pfiffen und johlten, und sie beschloss, dass sie viel zu lange keine Verabredung mehr gehabt hatte.

»Danke, danke, wie aufmerksam.« Sie versuchte, den Spießrutenlauf durch das Kollegenspalier mit Würde hinter sich zu bringen, und verschwand durch die Schwingtüren, die Treppen hinunter, weil sie es gerade jetzt nicht hätte ertragen können, im Aufzug eingesperrt zu sein, schließlich schaffte sie es durch den Vordereingang auf den Bürgersteig.

Die Dämmerung hatte eingesetzt, während sie an den Akten gearbeitet hatte. Gillane wartete auf sie; er hatte den

Wagen in einer Parkverbotszone abgestellt und stand neben dem wunderschönen weißen Caddie. Sie sah ihn, bevor er sie entdeckt hatte. Er trug ein einfaches weißes, aber unglaublich teuer aussehendes Hemd aus leicht gestärkter Baumwolle, dessen zur Hälfte hochgekrempelte Ärmel seine gebräunten, kräftigen Handgelenke betonten. Ganz unvermittelt wurde ihr bewusst, wie attraktiv er war. Plötzlich wurde sie nervös, und dann entdeckte er sie und lächelte. Sie warf einen Blick zum fünften Stock hoch und fragte sich, ob das wirklich Sam war, der dort oben aus dem Fenster spähte.

»Ich habe das Verdeck runtergelassen.«

»Das sehe ich.«

»Meinst du, dir wird kalt?«

»Nein, es ist prima so.«

Er zog eine schwarze Bomberjacke aus Leder vom Rücksitz und reichte sie ihr. »Nur für den Fall.«

Er öffnete die Wagentür und sie kuschelte sich in die Polster und schloss die Augen. Ein fabelhaftes Auto. Ein fabelhafter Abend. Heute abend bestand das Cincinnati Police Department aus Helden, und sie war eine von ihnen. Heute abend würde sie nicht alleine feiern.

Er ließ den Motor an. »Erinnere mich daran, dir zu sagen, wie hübsch du aussiehst.«

»Sag mir, wie hübsch ich aussehe.«

Der Motor sprang an. Sonora lehnte sich im Sitz zurück, und der Wagen machte einen Satz nach vorn. Er gab Gas in Richtung Downtown, direkt vor den Augen eines ganzen Heers von Polizisten, die gerade ihre Schicht beendet hatten.

Sie kannte ihre Kollegen, falls auch nur die geringste Chance bestand, würden sie Gillane abhängen. Alle Polizisten waren heimliche Geschwindigkeitsfanatiker, was auch immer sie nach außen hin behaupten mochten.

»Margaritas?«, erkundigte sich Gillane laut über den Lärm des Motors hinweg.

»Ja, bitte.«

»Musik?«

»Laute. Können wir tanzen?«

»Wir wären dumm, wenn wir es nicht täten.«

Hitze. Leuchtende Farben blitzten über eine dunkle, rauchverhangene Tanzfläche. Die Musik pulsierte in ihren Ohren und Adern. Sonora spürte die Margaritas und den Mangel an Schlaf, und sie lächelte Gillane an, während sie fühlte, wie sie dahinschmolz, eine himmlische Empfindung nach dieser harten Woche.

Es überkam sie wie eine Erinnerung, wie etwas, um dessen Existenz sie während der vergangenen Jahre tief in ihrem Innersten immer gewusst hatte, etwas, das in kleinen Stücken zu ihr zurückkehrte: Glück. Der morgige Tag würde für sich selber sorgen. Partymusik, Rhythmen, mit denen sie großgeworden war, und welche Frau hätte widerstehen können, mit einem so gutaussehenden Mann wie Gillane zu »YMCA« zu tanzen.

Er trug sie fast zum Wagen. »Wirst du immer so schnell betrunken?«

»Wie viele Drinks hatte ich denn?«

»Anderthalb Gläser, Süße.«

»Bin müde, Gillane.«

»Wann hast du zum letzten Mal geschlafen? Oder gegessen, wo wir gerade beim Thema sind?«

Sie rollte sich im Auto zusammen und versuchte, sich zu erinnern, hatte aber kein Glück. Die Fragen waren einfach zu schwer.

»Du frierst. Komm, ich klappe das Verdeck hoch.«

»Nein, nicht, mir ist nicht kalt.«

Sie spürte, wie er die Lederjacke um ihre Schultern legte.

Hörte das Quietschen von Gillanes Wagentür, das Brummen des Motors, als er ansprang. Dann beugte er sich über den Sitz, nahm ihr Gesicht in die Hände und küsste sie.

Er roch gut und er schmeckte nach Mineralwasser mit Zitrone und Pfefferminz, und in ihrem Kopf drehte sich alles wegen des Tequilas, wegen der Erschöpfung und wegen ihm. Sie schlug die Augen auf. Er sah sie sonderbar an, mit einer Art weltmüder, fürsorglicher Zärtlichkeit, die ihr die Schutzschicht aus Zynismus, die sie der Welt gegenüber zur Schau trug, hinunterriss und die ihr das Gefühl gab, ganz jung zu sein. Und trotzdem.

Er konnte nicht viel älter sein als sie. Er besaß eine Unvoreingenommenheit, die ihr sympathisch war. Sie kannte diese Eigenschaft von Polizisten, die schon lange Jahre im Dienst waren. Eine Eigenschaft, die sie am Ende ihrer Laufbahn erwarben, die mit einer gewissen Unbewegtheit einherzugehen schien, zu oft begleitet von einem Blick, der verriet, dass sie dieser Gemütszustand viel gekostet hatte, dass dieser Gemütszustand ihnen Schmerz zugefügt hatte.

Und sie begann sich über Gillane zu wundern, über einen Mann, der diesen Ausdruck in den Augen trug und so jung und so selbstbewusst war und so gut küssen konnte.

»Habe ich dir schon gesagt, dass ich dich unerträglich anziehend finde und dass ich von dem Tornado, den du deinen Alltag nennst, völlig fasziniert bin?«

Sie strich mit dem Finger langsam an seinem Kiefer entlang, so müde, dass sie kaum sprechen konnte. »Ich liebe dein Kinn … und ich liebe dein Auto.«

Er lachte. Küsste sie auf die Stirn und legte ihr den Sicherheitsgurt um die Hüfte. »Komm, Aschenputtel. Wir fahren nach Hause.«

Und deine Stimme, dachte sie. Die mag ich wirklich.

53

Sonora atmete den moschusartigen Geruch des Alfalfagrases und den schweren Duft des Weizens. Sie hatte von Franklin Ward einen Heuballen gekauft und stattete Poppin den längst überfälligen Besuch ab. Sie hatte ein schlechtes Gewissen. Sein Aussehen bei ihrem letzten Besuch hatte ihr nicht gefallen.

Sie sah auf die Uhr. Vier Minuten nach sieben. Die Sonne war gerade aufgegangen, und sie war immer noch benommen. Sie fühlte sich nach dem frühen Aufstehen unbehaglich, obwohl sie in der Nacht zuvor geschlafen hatte.

Der Kaffee ließ sie wacher werden, sogar das heftige Gebräu von MacDonald's, das sie nicht trinken konnte, ohne zusammenzuzucken, egal wie viele von den Töpfchen mit halbfetter Milch sie auch durch den Schlitz im Deckel hineinkippte. Sie klemmte sich die Lippe am Deckel. Aber immerhin. Es war Kaffee. Und die Wärme linderte die Anspannung in ihrer Brust, verband die Synapsen in ihrem Gehirn, und sie begann, sich besser zu fühlen.

Sie bog von der holprigen zweispurigen Straße auf den einspurigen, grasbewachsenen Kiesweg ab, von dem eine weiße Staubwolke aufstieg. Kein Lebenszeichen drang aus dem gelben Backsteinhaus des Farmers, dessen Wände unten voller Schmutzflecken waren. Die Stalltore waren geschlossen.

Es war eine alte Tabakscheune, die sich zur Seite neigte, mit einem holperigen Lehmboden und überquellenden Mülleimern. Rostiges Feldgerät mit Klingen und seltsamen Formen lag auf einem Haufen neben den Toren. Gras und Unkraut wuchsen durch das rostende Metall. Poppin tänzelte immer um diesen Stapel aus Gerätschaften herum; er spürte die mysteriösen Fallen für ein Pferd, die an unerwarteten Orten lauerten und denen keinerlei Logik innezuwohnen schien.

Sonora parkte den Pathfinder am Zaun. Poppin wandte ihr den Rücken zu. Er schaute voll Sehnsucht über den Zaun zu den zwei Stuten auf der Nachbarweide, dann senkte er mit dem unverwüstlichen Optimismus eines Pferdes, das auf einer schlechten Weide auf der Suche nach Gras war, den Kopf.

Er war jetzt seit zwei Monaten hier. Er verlor ständig an Gewicht, das Sonora ihm mühselig angemästet hatte. Sie bezahlte für volle Verpflegung, aber nach seinem Aussehen zu urteilen, erhielt er überhaupt kein Futter.

Er schaute hoch, entdeckte sie oder das Auto – vielleicht roch er auch den Heuballen – und stakste herüber. Er hatte es nicht eilig – ein sicheres Zeichen dafür, dass er es nicht gewohnt war, gefüttert zu werden. Sonora blieb stehen, bis er den Zaun auf ihrer Seite erreicht hatte, ließ ihn die Nase an ihrem Arm reiben und ihr Handgelenk lecken, bevor sie seinen Hals klopfte und zur Ladefläche des Jeeps ging. Unter Poppins neugierigem Blick durchtrennte sie die orangefarbenen Schnüre, die das Heu zusammenhielten, nahm ein Drittel davon auf und warf es über den Zaun. Das Heu zerfiel in fünf Haufen, und Poppin beugte schnuppernd den Kopf.

Sonora bürstete sich die Alfalfahalme von ihrem Hemd, während sie Poppin beobachtete, der das Heu vorsichtig probierte. Er hatte gewaltiges Untergewicht – man konnte seine Rippen und seine knochigen Hüftgelenke erkennen – aber er war ein Feinschmecker und würde sich selbst eine Meinung bilden.

Er schnaubte und begann, die Mischung aus frischem Alfalfa und Gras zu fressen, wobei er erheblich mehr Enthusiasmus an den Tag legte, als er es bei normalem Timotheusgras tat. Er hob den Kopf und betrachtete sie, während er kaute. Sie musste ihn woanders unterbringen. Schon wieder. Und es gab keine Garantie, dass der nächste Stall besser sein würde als dieser.

Ihn zu verkaufen stand nicht zur Debatte. Niemand mit lauteren Absichten würde dieses Pferd erstehen. Sie beugte sich über den Zaun und klopfte seinen Hals, aber er wich ihr aus, undankbar wie immer, galt seine Aufmerksamkeit ausschließlich dem Heu.

Sie ging zur Tränke, um sich zu vergewissern, dass sie gefüllt und sauber war. Sie würde zu spät zur Arbeit kommen.

54

Sonora sah in Vernehmungsraum eins nach. Keine Spur von Sam. Sie ging wieder zu seinem Schreibtisch. Kein Sam. Sah auf die Uhr. Schaute aus dem Fenster. In den Straßen herrschte sonntagmorgendliche Ruhe.

Sie warf einen Blick zu Gruber, der am Telefon hing. »He, Kumpel.«

»Ich Kumpel?«

»Du Kumpel. Ich muss über die Straße und Kinkle abholen. Sam sollte mitkommen, aber ich kann ihn nicht finden. Willst du dir nicht ein bisschen die Beine vertreten?«

»Weißt du, dass du Grashalme im Haar hast?«

Sonora griff in ihr Haar und fand einen geknickten Heuhalm. »Das ist kein Gras, Gruber, das ist Alfalfa.«

»Wo liegt der Unterschied.«

»Bei ungefähr fünf Dollar der Ballen.«

»Ich wage nicht zu fragen, wie der in dein Haar kommt, Sonora. Ich kann dir nicht helfen. Ich muss mich wegen einer Leiche mit jemandem treffen. Nimm ein paar Streifenbeamte mit, um ihn abzuholen.«

»Nein, Gruber, ich will ihn jetzt.«

Sanders schaute auf. »Ich komme mit.«

»Ich dachte, du begleitest mich«, sagte Gruber.

»Nein, ich warte auf den Anruf der Mutter. Sie ruft mich in ihrer Pause an. Falls wir sofort gehen, Sonora, habe ich Zeit.«

»Dann los.«

»Fahren oder gehen?«

»Fahren«, erwiderte Sonora. Sie nahm ihre Tasche.

Sanders kontrollierte ihre Waffe. Schob die mittlere Schreibtischschublade zu. Nahm ein Schminktäschchen heraus und erneuerte ihren Lippenstift.

Sonora wartete. »Ich dachte, du hättest es eilig.«

»Ich bin fertig.«

Das Hamilton-County-Gefängnis, das sich praktischerweise auf der anderen Straßenseite befand, war Barton Kinkles momentaner Aufenthaltsort, wenn auch nur vorübergehend. Er trug die Uniform, einen orangefarbenen Overall, und seine Hände waren vor dem Körper mit Handschellen gefesselt. Eine schwarze Wärterin führte ihn fest, aber freundlich mit der Hand an seinem Ellbogen.

»Wollen Sie, dass ich ihm Fußfesseln anlege?« Die Wärterin schaute Sanders an. Kinkle blickte zu Sonora und lächelte sie zögernd an.

»Nein«, antwortete Sanders.

»Ja«, sagte Sonora. Sanders schaute sie an. »Ja. Jede Vorsichtsmaßnahme.«

Sanders nickte, sie war nicht gekränkt. Die Wärterin befestigte Ketten an Kinkles Knöcheln.

Sonora grinste ihn an. »Betrachten Sie es als Zeichen des Respekts.« Sam hätte sie wegen so einer Bemerkung umgebracht. Ihr Funkgerät meldete sich. »Ja.«

»Sonora? Wo bist du?« Sams Stimme.

»Im Gefängnis.«

»Konntest du nicht fünf Minuten warten?«

»Bist du sicher, dass es nur fünf Minuten gewesen wären?«

»Mann, wenn ich an all die Stunden denke, die ich schon auf dich gewartet habe. Gruber hat gerade vom hinteren Parkdeck angerufen. Draußen steht ein Pressetransporter – er glaubt, dass sie dort darauf warten, euch zu filmen.«

»Crick hat angeordnet, dass wir ihn nicht rüberbringen

dürfen, bevor er sein okay gibt. Ich glaube, er ist mir einen Gefallen schuldig.«

»Ja, nun, sie sind da draußen. Seid ihr schon abmarschbereit?«

»Ich unterschreibe gerade, während wir sprechen.«

»Bring ihn zu Fuß rüber, ja?«

»Was, ist denn vorne keiner?«

»Nö, Kinkle ist ein schwerer Junge, sie nehmen an, dass wir ihn im Wagen rüberbringen. Hör mal, ich komme runter zum Vordereingang und schaue nach, ob die Luft rein ist. Gib mir eine halbe Minute.«

»Eine halbe Minute? Bei dem Aufzug?«

»Ich nehme die Treppe.«

»Abgemacht.« Sie steckte das Funkgerät ein. »Fertig, Barty?«

»Komme ich in die Nachrichten?« Er sah freudig erregt aus.

»Jetzt nicht, aber wenn Sie kooperieren, werden wir Sie am Nachmittag reinbringen.«

»Kommt mein Anwalt?«

»Er kommt. Er wird nach dem Lügendetektortest hier sein. Sie wollen doch nicht, dass er einfach nur herumsitzt und dafür Ihr Geld kassiert, oder?«

»Nein«, erwiderte er.

Er wollte gefallen. Gut, dachte Sonora, während sie die Formulare unterschrieb. Die Tatsache, dass sowohl Kinkle als auch Aruba gestehen wollten, brachte sie in Verlegenheit. Aber es existierten genug forensische Beweise, so dass keiner der beiden bei einem Handel viel zu erwarten hatte, es sei denn, er präsentierte den dritten Mann.

Und genau hier musste sie vorsichtig sein. Die Abteilung war ausgesprochen altmodisch. Sie hatten den Spatz in der Hand, in diesem Fall zwei Spatzen, die Beweise waren unwiderlegbar, und im Büro des Staatsanwalts rieben sich alle voller Freude über diesen Volltreffer die Hände. Sonora spürte die feindselige Strömung – pfusch nicht dran herum. Wenn du eine Verschwörung witterst, dann geh zu Oliver Stone. Klar und eindeutig passt uns sehr gut.

Aber sie wollte ihn. Den dritten Mann. Den Engel. Den Mann, der Schulden vergab, Babys rettete, ein Haus in der Vorstadt überfiel.

»In Ordnung, er ist abmarschbereit.« Die Wärterin stand auf, ihr Kreuz knackte.

Auf ihrem Namensschild stand *Stubbens, Marika.*

Sonora ergriff Kinkles Arm. »Sanders, schaust du bitte mal raus, wie es draußen aussieht? Sam sagt, die Presse lauert auf dem hinteren Parkdeck, aber der Eingang sei frei, falls man das glauben kann.«

Sanders wandte sich zum Ausgang. »Scheint in Ordnung. Was denn, soll er mit Fußfesseln über die Straße laufen?«

»Er kann hüpfen. Sie können hüpfen, nicht wahr, Barty?«

»Sicher, Detective. Aber lassen Sie mich nicht fallen, okay?«

»Ich halte Sie fest«, versprach Sonora. Ihr Funkgerät knackte. Sam.

»Sieht gut aus, Liebling, ihr könnt runterkommen.«

Sonora sah Sanders an. »Ich halte ihn fest, du nimmst das Gewehr.«

»Alles klar.«

Sonora blieb in der Tür stehen, schaute nach Norden, Westen, nach oben und unten. Nichts Ungewöhnliches. Dort war Sam, er kam aus dem Board-of-Elections-Gebäude. Keine kleinen Pressefords oder Funkwagen. Keine Mädchen mit Mikrofonen, keine gleichgültigen Kameramänner mit Pferdeschwänzen unter ihren Baseballmützen.

»Los«, befahl sie Sanders.

Die Wärterin hielt ihnen die Tür auf, und Sonora führte Kinkle hinaus. Er hatte den Rhythmus schnell heraus, was

Sonora zu der Annahme bewog, dass er so etwas schon vorher getan hatte. Er schlurfte über den Bürgersteig. Als sie über den Randstein traten, packte sie seinen Ellbogen fester, aber er machte einen kleinen Satz und landete mit einer Anmut, die sie überraschte.

»Gute Arbeit, Trampeltier.«

Kinkle schniefte. »Ich habe mir schon immer einen Spitznamen gewünscht.«

»Diesen würde ich im Gefängnis nicht benutzen.«

Sonora schaute hoch und grinste Sam an. Aber er lächelte nicht, er runzelte die Stirn und rannte auf sie zu, und in diesem Augenblick zuckte Kinkle zusammen, riss sie mit sich zur Seite und fiel in sich zusammen wie eine Stoffpuppe.

»Was zum Teufel?« Sanders, auf den Knien, rollte sich mit gezückter Waffe herum. Eine Kugel schlug ein, hinterließ eine Narbe im Zement, und Sonora, die zur Seite rollte, spannte sich an und landete vor Kinkle, schützte ihn und hoffte, dass sie sich wegen dieser Kreatur keine Kugel einfing.

Niemand hatte etwas bemerkt.

Die Menschen auf dem Bürgersteig gingen an ihnen vorbei und versuchten auszuweichen, als ob sie Obdachlose wären. Dann hörte sie einen Schrei und ihr blieb die Luft weg, als Sam auf ihr landete und sie gegen Kinkle presste.

Keine Schüsse mehr. Die plötzliche Stille überraschte sie.

Sie atmete schwer. Sam rührte sich nicht. Warum regte er sich nicht?

»Auf dem Dach«, schrie Sanders und rannte los. Sonora kroch unter Sam hervor.

»Achte auf die Zivilisten«, schrie sie. »Sam?« Auf ihrem Hemd war Blut, aber sie spürte keinen Schmerz. »Sam?«

Ein Stöhnen.

»Scheiße«, sagte sie. Stubbens, die Wärterin, kam auf sie zu. »Stubbens, ein Beamter ist niedergeschossen worden.«

Sonora drehte ihn um. Seine Augen waren fest geschlossen, das Gesicht verkniffen und totenbleich, er wirkte, als würde er nie wieder aufwachen, und sein linkes Bein sah aus, als sei er von Wölfen angegriffen worden.

Aber er atmete, bitte lieber Gott, er atmete.

55 Scheinwerfer, Kamera, Action. Die Presse drängte sich in Wellen hinter den Barrikaden, Polizisten brüllten, Pfeifen schrillten, irgendwo weinte ein Kind. Sonora starrte auf Kinkle hinunter, Blaulicht flackerte über den orangefarbenen Overall. Er sah verletzlich aus, auf dem Asphalt zusammengekrümmt, die Beine und Handgelenke gefesselt, das Einschussloch in seiner Brust sah aus wie ein Stern, die Austrittswunde im Rücken war so groß wie eine Kegelkugel. Klebriges Blut lief ihm aus dem Mundwinkel. Falls er so lange gelebt hatte, war er daran erstickt. Semantik des Todes, aber sie glaubte nicht, dass er so lange gelebt hatte.

Sie fühlte sich schuldig.

Ein Blitz flammte auf, als die Spurensicherung noch mehr Fotos machte. Sie roch die Abgase des Rettungswagens, dessen Motor lief, sah Sam, für die Welt verloren, er hing am Tropf, Blut durchtränkte von der Hüfte abwärts die Laken.

Ein Rettungssanitäter tippte auf ihre Schulter. »Sind Sie sicher, dass Sie unverletzt sind?«

Sonora sah auf das Blut, das auf ihren Ärmel gespritzt war und die Vorderseite ihres Hemds bedeckte. »Ja. Danke. Fahren Sie los.«

Der Mann nickte. Er kam ihr bekannt vor. War er einer der Männer gewesen, die damals zu dem Haus der Stinnets gekommen waren?

Sonora ging mit verschränkten Armen auf Crick zu. Sie zitterte. Fror. Sanders war außer Atem, ihr Gesicht gerötet, die Haare zerzaust, sie hatte einen Schmutzfleck auf der Stirn.

»Haben Sie etwas?«, fragte Sonora.

Crick trat ein wenig zur Seite, um sie in den Kreis mit einzubeziehen. »Nichts.«

»Zwischen den Schüssen lag viel Zeit. Ich vermute es war eine Remington II-87.« Sanders klang immer noch atemlos.

»Weshalb haben Sie beschlossen, zu Fuß zu gehen?«, fragte Crick.

»Auf dem hinteren Parkdeck lauerten die Medien. Sam rief an, er sagte, Sie wollten keine Showeinlage.«

Crick fuhr sich mit der Hand über das Gesicht. Jemand fotografierte, ein Reporter. Sonora sah den Blitz. Crick ließ die Hand fallen, als hätte er sich verbrannt. »Gut, in Ordnung. Wie geht es Delarosa?«

»Er lebt«, erwiderte Sonora. In einer solchen Situation erzählten die Sanitäter keinen Scheiß. Zu diesem Zeitpunkt wussten sie noch nichts.

Crick nickte. »Okay. Dem Einschusswinkel nach saß der Schütze auf unserem verdammten Dach. Wir haben Streifenbeamte hochgeschickt, sie sollen sich umsehen. Sanders, Sie reden mit der Presse, finden Sie heraus, wer dort hinten war, ob sie etwas gesehen oder aufgenommen haben. Dieser Bastard … ich will, dass sich jemand Eddie Stinnet vornimmt. Haben Sie ihn in den Nachrichten gesehen?« Er sah zu Sonora.

»Habe ich.« Ein Bild tauchte in ihrem Kopf auf. Eddie Stinnet, der aus dem Fenster des Reviers Aufnahmen machte. Vielleicht war er doch kein Tourist.

»Wollen Sie Stinnet oder fahren Sie ins Krankenhaus?«

»Ich will Stinnet.«

»Sanders, wir brauchen Gruber. Wo zum Teufel steckt er?«

»Auf dem Weg.« Sanders keuchte noch immer.

Crick sah auf seine Uhr und zeigte dann auf Sonora.

»Nehmen Sie Gruber mit, wenn Sie sich Stinnet schnappen. Halten Sie sich an die Regeln, Sonora.«

»Ich mache keine faulen Sachen.«

Crick sah sie an. »Sie haben mich gehört, Detective.«

Eddie und Judice Stinnet wohnten im Knight Bridge Inn, in einem dieser Motels, in denen die Zimmer keine Telefone hatten und man einen Fön nur gegen Kaution bekam. Sonora fragte sich, wie lange es noch dauern mochte, bis man Handtücher nur noch gegen Münzeinwurf erhielt.

Gruber gähnte und machte sich nicht die Mühe, die Hand vor den Mund zu halten. Allmählich sah man seine Bartstoppeln. Er rutschte auf seinem Sitz hin und her.

»Sam ist zäh«, teilte er ihr mit. Wieder. Er sah auf seine Uhr. »Wo zum Teufel bleiben sie?«

Sonoras Handy klingelte.

»Mom? Wo bist du?« Ihr Sohn.

»Das kann ich dir nicht sagen, Tim. Bist du zu Hause?«

»Klar. Mir und Heather geht es gut, mach dir keine Sorgen. Kommst du zum Abendessen?«

»Unwahrscheinlich.«

»Heather macht Hamburger, und Clampett haben wir schon gefüttert.«

»Ist das Küchenfenster verriegelt?«

»Klar, die Eingangstür auch, Mom, aber es ist erst ungefähr vier Uhr nachmittags.«

Passierten um vier Uhr nachmittags etwa keine Verbrechen? Aber sie fing sich, bevor sie es laut sagte. Tim bemühte sich, sein Temperament zu zügeln, das sollte sie auch tun. Er war eindeutig erschüttert. Sam war auch ein Teil ihres Lebens.

»He, Tim, ich habe geholfen, Sam im Rettungswagen zu verstauen, er wird wieder.«

»Er ist zäh«, sagte Gruber zum millionsten Mal, die Daumen hochhaltend.

»Er ist zäh«, wiederholte Sonora.

Tim räusperte sich. »Sherry hat aus dem Krankenhaus angerufen.«

»Was ist los?«, fragte Gruber, als er den Ausdruck auf Sonoras Gesicht sah.

»Sams Frau hat bei mir zu Hause angerufen.«

Tim redete. »Sie hat gesagt, dass die Kugel den Knochen zerschmettert hat und Sam im Streckbett liegen muss. Und er ist schon aus dem OP, und er hat fünf Liter Blut bekommen, aber er ist in Ordnung.«

Ist er in Ordnung?, fragte sich Sonora. Wirklich in Ordnung? Sie sah Gruber an. »Die OP ist beendet. Fünf Liter Blutkonserven. Die Kugel hat den Knochen zerschmettert.«

Gruber schüttelte den Kopf. »Hochrasanzpatronen.«

Sonoras Stimme wurde weicher, als sie sich wieder an Tim wandte. »Okay, Schätzchen, hat sie noch etwas gesagt? Braucht sie Hilfe, jemanden, der sich um Annie kümmert?«

»Ich hab es ihr schon angeboten, aber Annie ist bei Sherrys Mutter.«

Braver Junge, dachte Sonora. »Danke, Tim.«

»Übrigens, du warst in den Nachrichten – du warst voller Blut.«

»Es war nicht meins. Geht es Heather gut? Will sie mal hallo sagen?«

»Nein –«

»Achtung«, sagte Gruber, seine Stimme klang gepresst.

»– sie nimmt grad ein Schaumbad.«

»Tim, ich muss auflegen.« Sonora kappte die Verbindung, steckte das Handy in die Tasche und lehnte sich nach vorn, um durch die Windschutzscheibe zu blinzeln.

Gruber hatte seine Hand am Türöffner. »Ich meine immer noch, wir sollten sie im Flur stellen. Das Zimmer ist zu vollgestellt. Teufel, sie könnten durch das Fenster abhauen, wenn sie es schaffen, reinzukommen und die Tür abzuschließen.«

»Ich will sie nicht im Flur, wo Otto Normalverbraucher um uns herumläuft, ich will sie in die Enge treiben.«

»Was ist mit ihrem Auto? Schau sie dir an, sie sind voll beladen. Komm, wir holen sie uns jetzt, wo sie die Hände voll haben.«

Sonora schaute quer über den Parkplatz. Kein Zivilist in der Nähe. »Okay, aber schnell, Gruber.«

»Ach, Mensch, und ich wollte mir so richtig Zeit lassen. Glaubst du, dass *sie* gefährlich ist?«

»Nur, wenn du sie reden lässt.«

56

Sonora lief direkt auf Eddie Stinnet zu, zückte ihren Ausweis, wedelte mit dem Haftbefehl und überließ Judice dem verärgerten Gruber.

»Eddie Stinnet, Sie sind verhaftet. Drehen Sie sich mit dem Gesicht zum Wagen, Sir, Hände auf das Dach. Hände auf das Dach des –«

»Was zum –«

Sonora trat ihn gegen die Beine und wirbelte ihn zum Auto herum. »Hände aufs *Dach*, Eddie.«

»Aber was –«

»Hände aufs Dach.«

Er zitterte. Aber er senkte den Kopf und legte seine Hände auf das warme, schmutzige Metall. Der Wagen war grauweiß wie eine kranke Leber. Ein fast neuer Mercury Cougar.

»Um Himmels willen, ich habe einen Ohrring verloren, lassen Sie mich, ich muss ihn aufheben.« Judice. Sie hatte es nicht kapiert.

»Beine auseinander, Eddie.« Er bewegte sich nicht schnell genug, deshalb trat sie seine Füße auseinander.

Er könnte unschuldig sein, ermahnte sie sich. Nicht, dass es darauf ankam. Sie wollte ihn gegen die Wand werfen und ihm Handschellen anlegen, seit er ihr erzählt hatte, wie er seinen Bruder wegen lausiger fünfzig Dollar gedemütigt hatte.

»Eddie Stinnet, Sie haben das Recht zu schweigen.« Sie ließ die Handschellen zuschnappen. »Falls Sie –«

»Sie sind zu *eng*.«

»Halten Sie die Klappe und hören Sie zu, ich verlese Ihnen Ihre Rechte.« Trotzdem kontrollierte sie seine Gelenke. Sie saßen prima. Der Jammerlappen.

Auf Sonoras arglistigen Vorschlag hin setzten sie Molliter mit Judice in Vernehmungsraum eins. Später würde sie sich das Vergnügen gönnen zuzuschauen. Jetzt lehnte sie mit verschränkten Armen an der Wand, den Fuß gegen die Scheuerleiste gestützt.

Gruber saß hinter dem Tisch, er hatte seine Krawatte gelockert und sich zurückgelehnt; er musste sich dringend rasieren. Er wirkte aufgebracht. Ebenso wie Eddie Stinnet.

»Sie waren also im Wal-Mart einkaufen«, sagte Gruber.

Stinnet verschränkte die Arme. »Das habe ich Ihnen bereits gesagt.«

»Sechs Stunden lang? Sie haben sechs Stunden lang im Wal-Mart eingekauft?«

»Wir haben gegessen.«

»Wo haben Sie gegessen?«, erkundigte sich Sonora.

»Im *Wal-Mart*. Es gibt dort ein MacDonald's.«

»Ja? Was haben Sie gegessen?«

»Einen Big Mac. Ein Maxi-Menü.«

»Was für eine Nummer ist das?«, fragte Sonora. Sie spielte mit ihm.

»Was meinen Sie damit, was für eine Nummer?«

Gruber beugte sich vor und schlug mit der Faust auf den Tisch. »Sie will wissen, welche Nummer das Maxi-Menü hat, Sie Arschgesicht, und wenn Sie noch einmal die Stimme erheben–«

»Schon gut, schon gut, es tut mir leid. Ich weiß es nicht ... Nummer drei, glaube ich.«

»Es ist die Vier«, sagte Sonora. Sie hatte keine Ahnung.

»In Ordnung, vier.«

»In Ordnung, vier? In Ordnung zwei? Wie wäre es mit zehn?«

»Sie haben kein –«

»Klar, sie haben keine zehn«, sagte Gruber. »Aber das ist sowieso egal, weil Sie nicht dort waren, nicht wahr, Eddie?«

»Warum? Weil ich nicht weiß, welche Nummer das Happy Meal hat?«

»Maxi-Menü, Eddie.«

»Hören Sie, schauen Sie sich doch die Taschen im Auto an, wir haben jede Menge Zeug, wir waren einkaufen.«

»Keine sechs Stunden. Wer kauft schon sechs Stunden lang ein?«

Gruber ließ es wie eine Perversität klingen.

»Judice hatte eine lange Einkaufsliste. Ich wette, wir haben mindestens fünfhundert Dollar ausgegeben.«

»Im Wal-Mart?«, fragte Sonora. Fünfhundert. Und er lieh seinem Bruder fünfzig?

»Schauen Sie sich die Kassenbons an. Da steht die Uhrzeit drauf, oder?«

Gruber sah zu Sonora. »Hören Sie sich den an! Kassenbons, auf denen die Uhrzeit steht. Detective Blair, haben Sie jemals nach dem Einkaufen auf Ihrem Kassenbon nach der Uhrzeit gesehen?«

»Kann ich nicht behaupten.«

Gruber sah wieder zu Stinnet. »Ich kann mir nur einen einzigen Grund vorstellen, warum Sie die Uhrzeit auf dem Kassenbon kontrolliert haben, nämlich um sich ein Alibi zu verschaffen. Haben Sie versucht, sich ein Alibi aufzubauen, Mr. Stinnet? Besitzen Sie eine Waffe?«

»Waffen? Mehrere.«

»Mehrere? Besitzen Sie ein Gewehr?«

»Ich hatte mal eins. Aber mittlerweile nicht mehr.«

»Die Registrierungsbehörde sagt, Sie haben es noch.«

Guter Bluff, dachte Sonora. Wegen der Computer glaubten die Leute, die Polizei hätte im Handumdrehen sämtliche Informationen zur Hand.

»Ich *hatte* eins, aber ich habe es verkauft.«

»Er *hatte* eins«, wandte sich Gruber an Sonora. »Aber er hat es verkauft. Dann haben Sie doch sicherlich nichts dagegen, wenn wir Ihre Hände auf Rückstände untersuchen?«

»Ich weiß nicht.«

Gruber sah wieder zu Sonora. »Er weiß es nicht. Okay, Eddie, mein Junge, vielleicht wollen Sie Ihre Meinung wegen des Anwalts noch einmal ändern. Falls Sie den Jungen umgebracht haben, wäre es besser für Sie, wenn Sie sich einen Anwalt nehmen, und Sie sollten ihn lieber jetzt anrufen.«

»Aber Sie haben doch gesagt, wenn ich kooperiere –«

»Aber Sie kooperieren nicht, und ich habe es satt, mich mit Ihnen zu unterhalten.«

»Hören Sie«, bemerkte Sonora. »Angenommen, er hat Kinkle getötet. Kinkle hat seinen Bruder umgebracht, er hat die gesamte Familie abgeschlachtet. Das sollten wir nicht vergessen, Detective Gruber. Glauben Sie, eine Jury wird ihn deswegen verurteilen? Zum Teufel, wenn er sie verkauft, kann er mit dieser Geschichte mehr Geld verdienen, als Sie und ich in unserem ganzen Leben zu sehen bekommen.« Sie schaute zu Eddie. »Schreiben Sie meinen Namen richtig, okay?«

Gruber schob seinen Stuhl vom Tisch zurück. »Ja, los, besorgen Sie sich einen Anwalt, Eddie. Er wird vierzig Prozent verlangen –«

»Vierzig Prozent?«, wiederholte Eddie aufgebracht.

»Von Ihrer Geschichte«, antwortete Gruber. »Sie werden genug übrigbehalten, nachdem das Finanzamt sich seinen Teil gesichert hat.«

»Ich habe es nicht getan«, beteuerte Stinnet. »Aber ich wünschte, ich hätte.«

Sonora schob einen Notizbock quer über den Tisch.

»Machen Sie eine Liste. Schreiben Sie alles auf, was Sie bei Wal-Mart gekauft haben.«

»Wie soll ich das machen?«

Sonora ließ einen Filzschreiber über den Tisch rollen. »Versuchen Sie es damit.«

Eddie Stinnet zog die Kappe vom Stift. Leckte sich über die Lippen.

»Schreiben Sie Ihren Namen oben hin«, sagte Sonora. Damit er endlich anfing.

Die Tür zu Vernehmungsraum zwei wurde aufgestoßen, Sonora sah hoch, wobei sie versuchte, ihre Verärgerung zu verbergen.

Es war Sanders.

»Crick sucht euch.«

Auf dem Weg zu Cricks Büro, mit Gruber auf den Fersen, konnte Sonora sehen, dass Molliter bereits dort war und Mickey im Türrahmen stand. Sam war tot, bestimmt. Sie erinnerte sich an sein Gesicht, so weit weg, so abwesend, so tief bewusstlos. Sie hatte seine Hand gedrückt und nur das tote Gewicht gespürt.

Sonora schob sich hinter Molliter. Crick schaute von seinem Schreibtisch hoch. »Aruba wurde erschossen.«

»Was? Aruba?«

Crick nickte. »Wir haben Whitmore unten in Lexington angerufen, direkt nachdem Kinkle abgeknallt wurde. Wir haben ihnen gesagt, dass sie die Bewachung von Aruba verstärken sollen. Sie hatten zwei Männer bei ihm gelassen. Aruba ist tot. Er wurde durch die Gitter des Krankenhausfensters erschossen, eine Remington, Hochrasanzpatronen, ebenso wie bei Kinkle.«

»Derselbe Mann.«

»Besitzt Eddie eine Remington?«

»Ja, aber er hat sie verkauft.«

»Ach. Er hat sie verkauft.« Crick ließ seine Knöchel knacken. »Whitmore untersucht bereits den Tatort, aber sie lassen alles unverändert, bis Sie es sich angesehen haben. Nehmen Sie eine Kamera mit und machen Sie Fotos, falls das möglich ist, ohne dass Sie jemandem auf die Zehen treten. Vielleicht sogar von den Patronenhülsen, falls welche gefunden werden.«

»Der dritte Mann«, bemerkte Sonora.

»Nicht, wenn Stinnet der Täter ist. Was hat Eddie ausgesagt?«

»Eddie behauptet, er wäre im Wal-Mart gewesen.«

57

Sonora parkte verbotenerweise auf dem Parkplatz eines durchgehend geöffneten Ladens namens Tally-Ho. Sie war stinksauer. Sie war von einem Sesselfurzer zum Universitätskrankenhaus von Kentucky geschickt worden, weil Häftlinge normalerweise dorthin verbracht wurden. Aber aus Gründen, für die niemand eine triftige Erklärung anbieten konnte, hatte sich Aruba im fünften Stock des Good Samaritan befunden.

Das Licht der Straßenlaternen bildete kleine gelbe Pfützen auf dem Bürgersteig. Es hatte aufgehört zu regnen, aber die Straßen waren nass. Regnete es in Kentucky ständig?

Das Krankenhaus war von Streifenwagen und Pressefahrzeugen umzingelt, aber jegliche Hektik war der Ruhe nach dem Sturm gewichen. Zumindest befand sie sich endlich am richtigen Ort.

Ein Paar Streifenpolizisten im Empfangsbereich hielt sie auf. Sie zückte ihren Ausweis.

»Das hat in dieser Stadt nicht viel zu bedeuten«, meinte einer der Beamten.

Sonora schaute ihn genauer an. »Ich suche Captain Whitmore, Officer …« Sie las das Namensschild. »Robie, ist das richtig?«

»Captain Whitmore ist beschäftigt.«

Der andere Beamte, jünger, gepflegter, vermutlich intelligenter, hatte den Anstand, bestürzt dreinzusehen.

»Officer Robie, ich bin müde. Mein Tag war sehr lang, und ich mag weder Ihren Haarschnitt noch Ihr feistes, gemeines Gesicht. Nun, sehen Sie her, sehen Sie hier auf den

Boden.« Sie zeigte hin, und er funkelte sie an, dann schaute er nach unten.

»Und?«

»Diesen Boden werde ich mit *Ihrem Arsch* aufwischen, falls Sie nicht schleunigst Ihre Meinung ändern und mich zu Captain Whitmore bringen. Haben Sie mich verstanden, Kumpel? Soll ich es noch einmal sagen, langsamer vielleicht?«

Sie standen Brust an Brust und starrten sich an. Sonora kannte diesen Typ gut, so wie sie all die langsamen, schwerfälligen, dämlichen Robies dieser Welt kannte. Er gab nicht nach.

Der andere Beamte wurde nervös. »Ma'am, ich würde mich freuen, Sie zu Captain Whitmore begleiten zu dürfen. Er befindet sich oben im fünften Stock. Wenn Sie mir einfach –«

»Treten Sie zurück, Robie, und gehen Sie mir verdammt noch mal aus dem Weg.«

Er tat es. Einen Schritt. Einen kleinen. Sie nahm, was sie kriegen konnte, und folgte dem dunkelhaarigen Beamten, Darnell, wobei sie Robie murmeln hörte.

»*Ohio*-Schlampe.«

Wenn sie besserer Stimmung gewesen wäre, hätte sie laut gelacht.

»Es tut mir leid«, entschuldigte sich Darnell.

Sie folgte ihm den Korridor hinunter zu den Aufzügen. Sie zuckte die Achseln. »Zu viele Cops, zuwenig Verbrechen.«

Den Statistiken zufolge kamen in Lexington mehr Polizisten auf ein Kapitalverbrechen als irgendwo sonst in den Staaten.

Darnell sah verletzt aus. Sonora bekam ein schlechtes Gewissen.

»Sagen Sie mal, Officer Darnell. Warum ausgerechnet

der fünfte Stock? Ist dort die Sicherheit höher, oder war da gerade ein Zimmer frei?«

»Na ja, im vierten Stock ist die Entbindungsstation.«

Sie lachte.

»Im fünften Stock befindet sich die Psychiatrie, Ma'am.«

Die Aufzugtüren öffneten sich, und vor ihr standen Captain Whitmore und Detective Yagamochi, ein weiterer Liebling von Sonora. Yagamochi schien eifrig bestrebt, in den Aufzug zu steigen.

»Sonora. Hi.« Whitmore, dessen Anzug verknitterter war als je zuvor, nahm ihren Arm. »Schön, dass Sie es geschafft haben.«

»Danke für die Einladung.« Officer Darnell schien unschlüssig. Er wandte sich zum Fahrstuhl. »Warten Sie«, sagte Sonora. »Whitmore, ich hatte mit einem Ihrer Männer im Erdgeschoss ein Problem.«

Whitmore runzelte die Stirn. Mai stieg in den Fahrstuhl und drückte auf den Knopf. Die Türen schlossen sich, Darnell war gestrandet.

»Ach, übrigens, hallo«, sagte Sonora zu den sich schließenden Türen. Typisch Mai.

»Was für ein Problem, Detective Blair?«

Jetzt also Detective Blair.

»Es war Robie, Sir«, teilte Darnell ihm mit.

»Robie? Schon wieder?«

»Ja, Sir.«

»Wollen Sie ein paar Überstunden machen, Darnell?«

»Ja, Sir.« Von seinem Gesichtsausdruck zu schließen lag Darnell bestimmt nichts an Überstunden.

»Sagen Sie Officer Robie, dass Captain Whitmore ihm befiehlt, nach Hause zu fahren und dass ich mich mit seinem Vorgesetzten in Verbindung setzen werde.« Whitmore sah Sonora an. »Ich kümmere mich darum. Der Kerl ist ein Cowboy.«

»Der Kerl ist ein Idiot.«

»Das auch.«

»Sagen Sie ihm, dass er nicht nach Cincinnati zu kommen braucht, wenn er jemals einen neuen Job sucht.«

»Er wird irgendwo als Wachmann arbeiten, bevor das Jahr um ist. Kommen Sie, es gibt andere Dinge, um die wir uns kümmern müssen. Ich will Ihnen zeigen, was ich habe.«

Sonora folgte ihm einen breiten, sauberen Korridor hinunter, wobei sie die Nase über den Geruch nach feuchten Socken rümpfte, der Gott sei Dank nur in Krankenhäusern zu herrschen schien. Die Psychiatrie unterschied sich von den anderen Abteilungen. Topfpflanzen. Menschen in Straßenkleidung, keine Krankenhausuniformen. Die Insassen trugen Lederfesseln.

Gummizellen, Wärter, falsches Lächeln und Thorazin. Sonora war übel. *Lass sie nicht merken, dass du verrückt bist.*

»Das mit Ihrem Partner tut mir leid.«

»Danke.« Sie war müde. Es war eine lange Fahrt und ein beschissener Tag gewesen. »Der Schütze hat Aruba durch das Fenster erwischt?«

»Er hat das verdammte Ding regelrecht rausgebrochen. Er war hier oben in der Irrenanstalt untergebracht, weil die Sicherheitsvorkehrungen besser sind. Keine Zivilisten.«

»Wirklich?« Sonora sah sich auf dem Flur um.

»Personal. In dieser Abteilung tragen alle Straßenkleidung, um die Patienten nicht zu beunruhigen. Ein guter Platz für Aruba, sie verfügen über die Medikamente und die Erfahrung, um mit einem schweren Fall fertig zu werden. Was er auch war, soweit ich weiß.«

Sonora gab keinen Kommentar dazu ab. Sie hatte Aruba im Gefängnis sehen wollen, nicht in einer Anstalt, aber das war jetzt kein Thema mehr.

Whitmore bog um eine Ecke, und Sonora musste sich

beeilen, um ihn einzuholen. »Wir hatten zwei Männer statt wie üblich einen zu seiner Bewachung abgestellt.«

»Drinnen oder draußen?«

»Draußen. Aruba lag im Bett. Er war gefesselt. Er hatte keine Chance.«

»Für ihn gab es ohnehin nur das oder den Stuhl«, bemerkte Sonora. Aber sie fühlte sich betrogen. Sie wollte die Verurteilung, ebenso wie die Staatsanwaltschaft und ganz Cincinnati. Aruba, der Bastard, hatte eine Abkürzung genommen.

Der Eingang zum Zimmer war verstellt. Zwei Klappstühle standen im Flur, ein umgedrehter Becher lag daneben. Spurensicherung und Streifenpolizisten. Die Leute machten Whitmore Platz, wobei sie Sonora von oben bis unten musterten.

»Ein Mann saß draußen auf dem Flur, ein weiterer befand sich im Zimmer –«

»Ich dachte, Sie hätten gesagt, dass beide draußen waren.«

»Er war hineingegangen, um die Toilette zu benutzen. Lieber hier drin, als seinen Posten zu verlassen.«

Sonora ging hinein. Aruba war noch da, ans Bett gefesselt, beide Arme, auch der eingegipste, steckten in Lederfixierungen. Das musste geschmerzt haben. Aber nicht so sehr wie die Kugeln, die dicht an dicht seinen Brustkorb durchschlagen hatten. Er hätte eine Zielscheibe in einer Schießhalle der Polizei sein können.

Seine Augen standen offen, die Pupillen waren gelb, seine Zähne gefletscht. Er hatte es nicht kommen sehen. Er war schnell gestorben.

Sonora war ein winziges bisschen froh, dass er schon tot war, einfach um der Welt willen. Manchmal gingen die Dinge vor Gericht schief; es gab keine Garantien. Aber sie fühlte sich immer noch betrogen.

»Er wollte auspacken«, bemerkte Sonora. Sie ging um ein Tropfstativ herum, das nirgendwo angeschlossen und aufs Bett gekracht war.

Whitmore trat zu einer Tür neben einem leeren Schrank. »Unser Mann war hier drin und pinkelte. Sicherer, als den Posten zu verlassen.«

»Hat er seine Waffe abgefeuert?«

»Nein. Der Mörder benutzte eine Remington mit Zylinderverschluss. Genau wie Ihr Typ, richtig?«

»Ja, vermutlich dieselbe Waffe. Sobald Ihr Gerichtsmediziner die Kugeln herausgepult hat –«

»Ich weiß Bescheid.«

Sonora zog die Kamera heraus. »Erlauben Sie, dass ich einige Fotos mache? Für die Akten?«

»Sicher, nur zu. Wir können Ihnen alles schicken, was wir haben –«

»Ich weiß.«

»Ich habe gehört, Sie hätten bereits jemanden verhaftet. Wie sieht es aus?«

»Er hätte sich beeilen müssen, um beide zu erwischen, aber es wäre möglich. Eddie Stinnet, der Bruder eines der Opfer von Aruba.«

Whitmore schaute auf seine Uhr. »Würde es Ihnen etwas ausmachen, wenn ich hochkomme und mich bei den Vernehmungen dazusetze?«

»Die Tür steht offen.«

»Hören Sie, bleiben Sie über Nacht?«

»Nein.« Sie war fertig. Wollte das Geld nicht ausgeben, wollte die Kinder nicht allein lassen.

»Sicher? Ich kann Ihnen eine Schlafgelegenheit besorgen.«

»Nein, aber danke für das Angebot.«

Er legte ihr eine Hand auf die Schulter. »Passen Sie auf sich auf, wenn Sie durch Boone County fahren.«

Sonora musste lächeln. »Machen Sie sich keine Gedanken, Whitmore. Ein Cowboy pro Nacht reicht mir vollkommen.«

58 Vier Uhr morgens. Das Haus knarrte in der Stille, alles war ruhig, außer im Wohnzimmer, wo die schlaflose, ruhelose Sonora mit einem Buch auf dem Bauch auf dem Sofa lag. Der Fernseher murmelte leise, ein alter Western mit dem jungen John Wayne, *Der Draufgänger von Boston.*

Es hätte funktionieren müssen, es hätte das Videoäquivalent zum Frustfraß sein sollen, aber die Kameraführung war zu unruhig, die Schwarzweißbilder flach und langweilig, die musikalische Untermalung so verpfuscht, dass es schon beinah ärgerlich war, Drehbuch und Charakterzeichnung ein Witz und die Zuschauerin zu stumpf und geistesabwesend.

Sonora nahm einen Schluck aus ihrer Coladose. Sie hatte versucht, ihren Cola- und Kaffeekonsum einzuschränken, weil sie gedacht hatte, dass vielleicht das Koffein sie wach hielt; aber vier Uhr morgens war eine gute Zeit, um diese Theorie fallenzulassen.

Gewehrfeuer explodierte auf dem Bildschirm, und Clampett hob den Kopf und bellte.

»Es ist okay«, sagte Sonora. »Sie bauen nur eine Wagenburg. Mach dir keine Sorgen, sie schaffen es mit den Vorräten nach Bearclaw, es sei denn, der Duke wird vom Fieber erwischt.«

Clampett ging wieder schlafen.

Er schläft sehr gut, dachte Sonora, die auf ihn hinunterblickte. Ob es wohl Hunde gab, die an Schlaflosigkeit litten? Lag es vielleicht am Futter?

Sie stand auf und nahm den Zeitungsausschnitt, den sie

vor einer Stunde aus ihrer Kommodenschublade ausgegraben und auf dem Fernseher abgelegt hatte: Eine alte Aufnahme von Keaton, wie er vor vier Jahren den Gerichtssaal verließ. Er sah traurig aus.

Er sieht immer noch traurig aus, dachte Sonora. Selbst nach vier Jahren.

Sie ging in die Küche, suchte eine Schachtel Streichhölzer und zündete den Ausschnitt an.

Sie hatte nicht daran gedacht, wie alt und trocken das Papier war, das sofort Feuer fing. Sie ließ es in den Ausguss fallen und die Gummimatte über dem Abfallzerkleinerer begann zu schmoren. Der dunkle, ölige Rauch brennenden Kunststoffs breitete sich in der Küche aus und im selben Moment begann der Rauchmelder zu schrillen.

Sonora riss die Hintertür auf und wedelte den Rauch aus der Küche. Das Telefon klingelte. Sie schloss die Tür, der Rauchmelder hatte sich inzwischen Gott sei Dank wieder abgeschaltet, und drehte das Wasser über dem Ausguss ab. Die Gummimatte war ruiniert, aber der Abfallzerkleinerer funktionierte noch. Hoffte sie.

»Blair«, sagte sie in den Hörer. Sie warf einen schnellen Blick in den Flur. Kein Zeichen von den Kindern. Was war mit ihnen los? Hatten sie den Alarm nicht gehört?

»Hi, ich bin's.«

Es war ein universelles Phänomen. Tief in ihrem Herzen hießen alle Männer »ich«. Aber sie erkannte die Stimme.

»Gillane. Hi. Was machst du so früh?«

»Ich habe dich doch nicht geweckt, oder? Die Schwester sagte mir, du hättest vor einer halben Stunde angerufen, um dich nach deinem Partner zu erkundigen.«

»Ja, stimmt. Wie geht es ihm? Ist alles in Ordnung?«

»O ja, alles in allem geht es ihm ganz gut. Du musst dir keine Sorgen machen.«

»Danke. Und was machst du?«

»Arbeiten. Ich habe die Friedhofsschicht. Hast du meine Nachricht bekommen?«

»Welche Nachricht?«

»Die ich bei deinen Kindern hinterlassen habe.«

»Du hast mit meinen Kindern gesprochen?«

»Regelmäßig. Haben sie es dir nicht ausgerichtet?«

»Keiner sagt mir was.«

»Was machst du jetzt gerade?«

»Hmm.« Sie sah über ihre Schulter auf den Ausguss. »Nicht viel, ehrlich. Ich gucke einen John-Wayne-Film.«

»Die vier Söhne der Katie Elder?«

»Nein.«

»Ich liebe *Die vier Söhne der Katie Elder.* Dean Martin –«

»Ich glaube, den habe ich schon mal gesehen.«

»Ich habe in einer Stunde Feierabend. Wie wäre es mit Frühstück? Das Waffelhaus hat auf; auf das Waffelhaus kann man sich verlassen. Und mit wem außer mir könntest du um diese Tageszeit schon reden?«

»Außer dir ist niemand wach.«

Sonora beugte sich über Heathers Bett und rüttelte an ihrer Schulter. »Schätzchen, ich bin's, Mom.«

Heathers Augen rollten nach hinten, und sie kuschelte sich tiefer unter ihre Decke.

»Heather. Komm schon. Ich muss mit dir sprechen, nur eine Minute.«

Das kleine Mädchen setzte sich plötzlich auf. »Brennt es?«

»Nein, Süße, natürlich nicht.«

»Was ist los?«

»Nichts, Schatz. Ich will mich nur mit jemandem zum Frühstück treffen und fahre dann gleich weiter zur Arbeit. In der Schachtel liegt Geld für die Cafeteria, und Tim bringt dich zur Schule, falls du den Bus verpasst. Aber es ist besser, wenn du ihn erwischt. Ist es in Ordnung, wenn ich jetzt fahre?«

»Mit wem triffst du dich?«

»Du kennst ihn nicht.«

»Ist es Mark Gillane?«

»Woher –«

»Ich habe vergessen, es dir zu sagen, er hat ziemlich oft angerufen.«

»Heather, würdest du Nachrichten für mich bitte aufschreiben?«

»Entschuldigung. Mom?«

»Was?«

»Weißt du, falls du jemals wieder heiraten willst, hab ich nichts dagegen. Es wäre mir egal, solange er nicht versucht, mich herumzukommandieren.«

Sonora nahm ihre Tochter in den Arm. Dieses Gespräch führten sie zum dritten Mal. Sonora hätte gern mehr darüber gewusst, was Heather von einem Stiefvater erwartete.

»Danke Schatz, aber im Augenblick schmiede ich keine Heiratspläne. Und vielleicht magst du ja auch keinen fremden Mann im Haus.«

»Wenn ich ihn kennen würde, wäre er kein Fremder. Und er würde mir vielleicht morgens ein Ei kochen oder mich zu meinen Freunden fahren.«

»Ich werde dir ein Ei kochen.«

»Nein, Mom, mach schon, fahr los.« Heather küsste Sonora auf die Wange und zog sich wieder die Decke über den Kopf.

59

Das Waffelhaus war hell erleuchtet und beinah voll besetzt. Gillane erwartete sie in einer Nische im hinteren Teil, er hatte sich so gesetzt, dass er die Tür im Auge behalten konnte. Etwas draußen vor dem Fenster hatte seine Aufmerksamkeit erregt. Sie hatte angenommen, dass er noch Krankenhauskleidung tragen würde, aber er hatte sich die Zeit genommen, in Jeans, Stiefel und ein übergroßes graues Sweatshirt zu schlüpfen, das makellos, aber bequem aussah.

Er drehte sich um, erkannte sie, stand auf und breitete die Arme aus. Sie musste ihm nicht sagen, dass der gestrige Tag furchtbar gewesen war.

Er nahm ihr die Jacke ab und legte sie zusammengefaltet neben sich auf die Sitzbank. »Ich kann dir Kaffee anbieten, und die Speisekarte liegt bereit. Wie geht es dir, Süße?«

Sonora nahm in der Nische Platz und dachte, dass es ihr erstaunlich gutging. Drinnen war es warm und gemütlich, eine Menge Bauarbeiter, Landarbeiter, Studenten und Krankenhausangestellte, die von ihrer Schicht kamen. Sie entschied, dass ihr dieses Fünf-Uhr-morgens-Ambiente zusagte, das sie nun ausgiebig in Augenschein nehmen konnte. Draußen war es noch dunkel, niemand war unterwegs, aber der Morgen brach an. Sie konnte nicht genau bestimmen, was ihr daran gefiel, aber es gefiel ihr.

Und sie freute sich, ihn zu sehen. Erschreckend.

»Ich habe noch mal nach deinem Partner gesehen, bevor ich gegangen bin. Er hat Schmerzen, aber es hält sich in Grenzen. Ich habe dafür gesorgt, dass sie ihm etwas gegeben haben, bevor ich gegangen bin, und vermutlich ist er sofort eingeschlafen.«

»Danke, Gillane.«

»Mein Vorname lautet Mark.«

»Danke, Mark.«

Sie schaute auf die Karte und merkte, dass er sie über den Rand musterte. »Was?«

»Nichts. Weißt du, was hier am besten schmeckt?« Er zeigte auf einen Abschnitt der Plastikkarte. »Man kann es als Beilage zu allem bestellen. Waffeln, Speck oder Würstchen, Eier. Reibekuchen. Die sind übrigens die Spezialität des Hauses.

»So viel kann ich nicht essen.«

»Das musst du ja auch nicht. Nur ein wenig von allem, was du möchtest. Es macht einfach Spaß zu bestellen.«

»Gillane, entschuldige, Mark. Wo bist du die letzten zehn Jahre gewesen? Essen soll keinen Spaß machen.«

»Ich halte dich nicht für eine Frau, die nur ein kleines Schälchen Dressing bestellt, damit sie ihre Salatblättchen hineintunken kann.«

»Warum nicht?«

»Zu sinnlich.«

Sie ließ es ihm durchgehen. »Okay, machen wir uns den Spaß.«

Mittlerweile war es so weit, dass sie immer mehr bestellte, je weniger sie aß. Ein Schlag ins Gesicht der Antikalorienbewegung, der heutzutage jedermann anzugehören schien. Sie aß ein oder zwei Bissen von allem, das so wirkte, als könnte es ihr schmecken, aber in letzter Zeit schmeckte alles nach Angst und Asche, und Appetit war für sie ein seltenes Ereignis. Ihr Magen vertrat neuerdings die Ansicht, dass essen Arbeit war.

Aber sie wurde immer besser darin, ihr Essen herumzuschieben und neu auf dem Teller zu arrangieren, so dass es aussah, als würde sie essen. In gewisser Weise.

Die Kellnerin schien Gillane zu kennen. Sie wirkte omahaft und verbreitete das angenehme Gefühl, als sei man in ihrer eigenen Küche. Sie brachte ihnen Orangensaft, der verdächtig nach künstlichen Aromen schmeckte.

»Dies ist eines der seltenen Lokale, wo sie wissen, wie man Speck richtig zubereitet«, teilte Gillane ihr mit.

»Und wie?«

»Weich. Ich mag ihn nicht, wenn er zu knusprig ist.«

»Ich auch nicht!«, kreischte sie in ihrer besten Starlet-Imitation. *»Wir sind uns so ääähnlich.«*

»Das machst du gut. Bist du *aus* Kalifornien?«

»Nein, aber wir sehen ja alle fern.« Sonora goss noch etwas halbfette Milch in ihren Kaffee.

»Wie ist es mit dem Duke gelaufen?«

»Ach, der Film? Er hat die Wagen nach Bearclaw gebracht. Und ich kann mich an *Die vier Söhne der Katie Elder* erinnern.«

»Was ist dein Lieblingsfilm?«

Das Essen kam. Riesige Teller mit Erdbeergarnierung auf den Waffeln und Schlagsahne, die sie nicht wollte. Sie rührte einen Löffel voll in ihren Kaffee.

»*Der einzige Zeuge*. Und deiner?«

»Das sieht gut aus.« Er rührte ebenfalls Schlagsahne in seinen Kaffee und dann noch eine Erdbeere.

»War das Absicht?«

»Was?«

»Die Erdbeere.«

Er schaute in die Tasse. »Jetzt steck ich in der Klemme. Ich denke, ich sage ja, es war Absicht. Und mein Lieblingsfilm ist *Die Brautprinzessin*. Früher war es *Animal House*, aber das ist vorbei. Bist du ein Jackie-Chan-Fan?«

»Klar.«

»Wirklich? Du magst Actionfilme?«

»Klar. Magst du Frauenfilme?«

»Nein. Warum lächelst du?«

»Nur so.« Als sie noch jünger und dümmer gewesen war, hatte sie sich immer gefragt, warum Männer nicht mehr wie Frauen sein konnten: Das Haus sauberhalten – nicht dass sie es tat, aber sie war berufstätig, okay? Gerne Fred-Astaire-Filme ansehen ... Und als sie endlich solche Männer kennenlernte, stellte sie fest, dass sie viel mit ihnen gemeinsam hatte, einschließlich einer Vorliebe für die romantische Gesellschaft anderer Männer. »Magst du Fred Astaire Filme?«

Er hielt mit einer Gabel voll Reibekuchen auf halbem Weg zum Mund inne. Er spürte offensichtlich, dass er gefährliches Gelände betrat. »Die Ausschnitte gefallen mir schon.«

Sonora lächelte wieder. Perfekt. Sie aß einen großen Bissen Spiegelei, etwas zu durchgebraten, und schob das Essen auf ihrem Teller ein wenig herum, während sie kaute. Sie warf einen flüchtigen Blick auf die anderen anwesenden Frauen, eine Minderheit um diese Morgenstunde. Das Gesicht eines Mädchens in Schwesterntracht berührte sie. Sie hatte lange braune Haare mit blonden Strähnen und attackierte ihr Essen, als wäre es ihr Feind, der unwiderstehliche Liebhaber, der dich anruft und dich verletzt und niemals fortgeht.

Iss, ermahnte Sonora sie in stillem Zwiegespräch. Iss alles, was du willst, und stopf dich voll, es ist in Ordnung. Sei nicht wie ich. Wenn du deinen Appetit verlierst, kannst du dein Leben verlieren.

Gillane strich Butter auf seine Waffel.

»Ich kenne jemanden, der die allerbesten Biskuits macht«, bemerkte Sonora.

»Wer?«

»Eine Frau, die ich vor ein paar Tagen kennengelernt habe. Mrs. Cavanaugh. Sie kannte ... kannte die Familie, die ermordet worden ist.«

»Kannst du immer noch nicht schlafen?«, fragte er.

»Hin und wieder. Danke übrigens für das Benadryl.«

»Hat es überhaupt geholfen?«

»Ein bisschen.«

»Wer war der Mann in deinem Haus?«, erkundigte sich Gillane. Er schüttete Tabasco auf seine Rühreier.

»Ein alter Freund. Eine alte Geschichte.«

»Wann warst du zum letzten Mal verliebt?«

»In der Grundschule. In einen Jungen namens Rocky Newman. Seitdem suche ich nach jemandem wie ihm, aber bis jetzt hatte ich kein Glück.«

»Das könnte sich ändern.« Er lächelte ihr mit dem Mund voller Waffel zu. »Wie geht es deinen Kindern, wie geht es deinen Mäusen, wie geht es deinem Pferd?«

»Den Mäusen geht es prächtig. Als ich gestern abend nach Hause kam, saß Tim auf dem Teppich, schaute fern und fütterte sie mit Doritos.«

Gillane grinste. »Ich glaube, man sollte sie nicht füttern, wenn man sie loswerden will. Sei lieber vorsichtig, Sonora, sonst verbreitet sich die Nachricht, und jede einzelne Maus in Amerika findet sich an deiner Küchentür ein.«

»Das sagt er mir jetzt.« Hatte sie kontrolliert, ob die Küchenfenster verriegelt waren? Sie war sicher.

»Für Clampett wäre das schon toll.«

Sonora aß ein Stück Speck. Weich. Perfekt. Tatsächlich verspürte sie ein winziges bisschen Hunger. »Das sollte man meinen, aber er hat aufgehört, sie zu jagen. Es scheint, als hätte er sich an sie gewöhnt oder einen Nichtangriffspakt unterzeichnet.«

»Ein sehr entspannter Hund.«

Sonora nickte.

»Wahrscheinlich steckt viel von einem Golden Retriever in ihm.«

Sie legte die Gabel auf den Teller. Ihr war der Appetit vergangen, wie es in letzter Zeit häufig, ohne erkennbaren Grund, geschah. Gillane streckte die Hand aus, um sie am Arm zu berühren, aber was immer er auch hatte sagen wollen, war ihm entfallen. Er sah sie an, und sie spürte die Chemie, so heftig und plötzlich, dass sie sich wunderte, dass keine Funken sprühten.

»Wann musst du zur Arbeit?«

»In zwei Stunden.«

»Möchtest du noch eine Tasse Kaffee? Ich mahle die Bohnen selbst.«

Sie dachte darüber nach.

Er nahm ihre Hand. »Wir dämpfen die Beleuchtung.«

»Wegen der Romantik?«

»Deswegen und weil ich nicht gesaugt habe.«

Das Haus war in den Vierzigern aus rotem Backstein erbaut worden mit rot gedecktem Dach und einem geschwungenen Dach über der Veranda, eine Traumwohnung nahe dem Krankenhaus. Klein. Ein schmaler, frischgeteerter Fahrweg führte zu einer altmodischen, freistehenden Garage.

Gillane fuhr den Weg zu drei Viertel, hoch und ließ sie an den blaugestrichenen Stufen zur Veranda aussteigen. Das Haus erinnerte Sonora an das ihrer Großmutter.

Das Wohnzimmer hatte einen Parkettboden, auf dem ein Orientteppich in Blau- und Brauntönen lag, genau so einer, wie Sonora ihn einmal beinah bei Wal-Mart erstanden hätte. Ein riesiges braunes Ledersofa nahm eine Hälfte des Raums ein, ansonsten gab es Bücherregale und einen gigantischen Fernseher mit Großbildschirm. An den Wänden hingen Schwarzweißaufnahmen und einige Wyeth-Drucke. Ein alter Marmorkamin mit Messingbesteck nahm eine

Ecke ein. Ein wunderschöner Raum, sparsam und typisch männlich möbliert. Gillane bestand zweifellos die »Ich bin ein Heterosexueller«-Prüfung.

Seine Stereoanlage war ein Traum. Die besten Lautsprecher. Er schaltete den CD-Player ein und »Last Train to Clarksville« erfüllte den Raum.

»Oh, Mist, ich dachte, da wäre die Sheryl-Crow-CD drin. Tolle Schmusemusik.«

»Nein, lass sie laufen, es ist Ewigkeiten her, dass ich die Monkees gehört habe.«

»Hast du auch immer die Serie geguckt?«

»Na klar, du nicht?«

»Wenn ja, dann verrate ich es nicht.« Er wandte sich in Richtung Anlage und blieb stehen, als er an ihr vorüberging. »Deine Jacke?«

Die Hitze zwischen ihnen überrollte sie wie eine Welle. Irgendwo in ihrem Hinterkopf hatte sie sich vorgestellt, dass sie nur ein bisschen knutschen, eine nette Tasse Kaffee trinken und vor der Arbeit noch ein wenig reden würden. Aber, Gott, er presste sie mit dem Rücken an die Wand, und sie schlang ihre Beine um seine Hüften, und er drängte seinen Körper an den ihren, als ob er ihr nicht nahe genug kommen konnte.

Er küsste ihren Hals, und sie lachte, weil es kitzelte, aber es fühlte sich so verdammt gut an. Da stand sie nun und rutschte an der Wand hinunter. Er packte sie um die Hüften, zog sie eng an sich und küsste sie wieder. Er führte sie den Flur hinunter, wobei er sich Zeit nahm, sie ausführlich zu küssen, als würde er sie durch ihren Mund kennen lernen.

»Komm schon, nur noch ein paar Meter, wir schaffen es bis ins Bett.«

Irgendwie fand sie es lustig, als wären sie zwei Zeichentrickfiguren, die sich zu einer Oase quälten.

»Wir könnten kriechen«, schlug sie vor. Er brach in Gelächter aus und führte sie zum Bett, wo er begann, seine Stiefel aufzuschnüren, und gleichzeitig versuchte, das Lachen zu unterdrücken. Sie zog die Reeboks aus und warf sie fort, einer traf die Wand. »Oh, Mist, entschuldige, Mark.«

Er warf seinen Stiefel direkt neben ihrem Schuh an die Wand, und das brachte sie wieder zum Lachen.

Er holte tief Luft. »Das ist uncool. Kichern. Bei unserem *ersten Mal.*«

»Es tut mir leid, ich glaube, es liegt an … ich habe überhaupt nicht geschlafen, und du auch nicht.«

Er küsste sie und drückte ihre Arme zärtlich auf das Bett. Sie schob ihn fort und er richtete sich auf. »Okay?«

»Okay.« Es war nur ein Versuch. Um festzustellen, ob er die Dinge zärtlich anging.

Er stand auf. »Musik?«

»Die Monkees?«

»Nein, verdammt, Louis Armstrong. Es ist sexy, wenn man nicht –«

»Gern.«

Er kramte nach der CD und steckte sie in einen schwarzen Ghettoblaster auf der Kommode. Und Kondome. Sie sah das Aufblitzen einer Folienverpackung und war erleichtert. Kein Vortrag erforderlich. Er drückte einen der Schalter des Ghettoblasters, eine Pause entstand, und dann perlten die reinen, klaren Noten des Meisters durch den Raum.

Ein großes Bett. Eine braune Tagesdecke. Ziemlich hässlich, aber so … männlich. Bei Violett oder Rosa wäre sie gerannt. Es kam ihr komisch vor, sich auszuziehen, und sie schlüpfte schüchtern unter die Decke, noch immer mit Höschen und Bustier bekleidet – alles von Victoria's Secret. Es gab keinen Grund, Geld für langweiliges Zeug zu verschwenden, wenn man jeden Tag hübsch aussehen konnte.

Er lachte wieder; sie waren beide unheimlich nervös, irgendwie kam es darauf an und irgendwie auch nicht. Sie fühlte sich federleicht. Sie musste hier keine Vorstellung abliefern, und ihm nahe zu sein, tat so gut. Er schlug die Decke zurück, schlüpfte neben sie und zog dann die Decke wieder hoch, weil es kalt im Zimmer war. Sein Körper lag warm neben ihrem, und er, keineswegs ein schüchterner Junge, trug keinen Faden am Leib.

Er ließ seine Hand ihr Rückgrat entlanggleiten, und sie wölbte den Rücken und schmiegte sich enger an seine Brust. Er streifte einen BH-Träger über ihre Schulter, während er mit den Lippen ihren Hals liebkoste.

Und plötzlich lachten sie nicht mehr. Er öffnete den Verschluss ihres BHs, zog ihn hinunter und rollte sich auf sie. Gott, wie gut er sich anfühlte, warm und schwer und dieser männliche Duft, nur ein leiser Hauch von Obsession. Sie barg ihr Gesicht an seinem Hals und ließ ihre Hände über seinen Brustkorb hinunter zu seinen Schenkeln wandern. Er seufzte und schmiegte sich an sie, küsste sie und verlagerte behutsam sein Gewicht, bis er auf ihr lag, und *da* war er, hart und bereit, und sie glaubte, nicht länger warten zu können. Er hakte einen Daumen hinter den Spitzensaum ihres Höschens, zog es herunter, warf es über seine Schulter, und dann war er in ihr und, Himmel, er fühlte sich so gut an.

60

Sonora ließ sich auf dem Weg zum Krankenhaus Zeit. Sie lächelte, während sie den Beach Boys zuhörte, die im Autoradio »Little Surfer Girl« zum Besten gaben. Sam lag immer noch auf der Intensivstation und sie musste vierzig Minuten warten, bevor man sie für einen zehnminütigen Besuch zu ihm ließ. Sie döste, während sie wartete, fühlte inneren Frieden. Sie erwachte ohne äußeren Anlass und ging zur Toilette, bevor sie sich an der Tür anstellte, wie die übrige Intensivstationsherde.

Die Toilette besaß zwei Kabinen. Sie richtete ihre Haare, trug den roten Lippenstift auf. Wandte sich ab, schaute auf die Uhr, schaute zurück in den Spiegel und sah ihre Mutter.

Sie erstarrte.

Sie stand vor dem Spiegel, eine Augenbraue hochgezogen, und betrachtete ihr linkes Profil. Einen kurzen Moment lang war die Ähnlichkeit überwältigend gewesen. Ähnliche Züge, gewiss, aber es lag mehr an der Art, wie sie ihren Kopf hielt, und an etwas in ihren Augen.

Es war ein seltsames Gefühl, ein Teil von ihr war erschrocken, ein anderer stolz. Sie und ihre Mutter hatten sich sehr nahegestanden, aber wenn sie damals gewusst hätte, was sie heute wusste, hätte sie noch mehr an ihr gehangen. Man war sich nie bewusst, was für ein Geschenk bedingungslose Liebe war, bis man sie verlor oder selbst Kinder bekam und sie ihnen schenkte.

Sonora stand vor der kleinen Kabine, in der Sam lag und schlief. Sein Bein, umhüllt von einem Panzer blutbefleckter Bandagen, wurde von einer komplizierten Streckapparatur und einem von Gewichten gesteuerten Folterinstrument in der Luft gehalten, dessen Handbuch nach der Lektüre sicherlich Alpträume hervorrief. Er hing an verschiedenen Drähten und Schläuchen, er war verbunden mit Geräten, die seinen Herzschlag, seine Atmung, seinen Blutdruck und seine Temperatur kontrollierten. Vitalfunktionen, die stündlich mit größerer Genauigkeit und wesentlich weniger Unannehmlichkeiten von einem menschlichen Wesen, »Schwester« genannt, gemessen werden könnten. Die Medizin war von Ingenieuren übernommen worden, ein Schicksal schlimmer als der Tod.

Lieber Tod als Unannehmlichkeiten war Sonoras Motto.

Sie hatte sich schon gefragt, was Sherry wohl machte, aber da war sie: eine der Privilegierten, denen es erlaubt war, rund um die Uhr an seinem Bett zu sitzen. Sie schlief im Sitzen, ihre Hand um die Sams geschlungen, Angst- und Erschöpfungsfältchen zeichneten ihr Gesicht wie ein Schild, auf dem BITTE NICHT STÖREN stand.

Sonora spürte die Fremdheit, die Distanz.

Sie ließ das Stück Kirschstrudel, das sie ihm bei MacDonald's gekauft hatte, bei der Schwester am Empfang und ging leise hinaus.

61

Kinkles kleines Apartment im guten alten Heartbreak Hotel vertrieb den letzten Rest ihrer angenehm friedlichen Stimmung. Ohne Sam fühlte sie sich hier einsam. Verdammt, warum hatte sie ihm damals nur die Hälfte dieses Kirschstrudels von MacDonald's gegeben. Hätte sie ihm doch den ganzen gelassen.

Sie bewegte sich langsam, sie war nicht bei der Sache. So wie es aussah, hatte Kinkle häufig Morton-Pasteten mit Hühnerfleisch gegessen. Die mit Rindfleisch schmeckten besser. Außerdem waren sie preiswert, nur sechzig Cent pro Pastete. Zu seinen Gunsten sprach, dass er es fertigbrachte, sie auf dem Toaster heiß zu machen, keine leichte Aufgabe. Die mit Pasteten gefüllte Tiefkühltonne enthielt außerdem noch kleine Plastikbehälter mit Vanille-Schokolade- und Vanille-Erdbeer-Eis. In dem winzigen Kühlschrank standen ein Paprikahackbraten und die Überreste eines Essens, das er sich hatte kommen lassen.

Der Raum stank nach einsamem Mann. Kleidungsstücke und eine karierte Decke lagen auf der kahlen Matratze. Ein Fernseher. Regale aus Ziegelsteinen und rohen Holzbrettern enthielten nur wenig Bekleidung und tonnenweise Comics. Tennisschuhe – Vans – und drei schweißfleckige, aufeinandergestapelte Baseballmützen.

Kein Handschuh weit und breit, sie hatte alles durchsucht: Jackentaschen, den Wasserkasten der Toilette, die untere Seite der wenig appetitlichen Matratze und die im Flur auf einem Haufen liegende Kleidung.

Sie hielt den Schlüsselbund hoch, der während Kinkles Haft in Kentucky konfisziert worden war. Eine Kette, an der ein kleiner Wile E. Coyote aus Plastik baumelte, dem das linke Ohr fehlte. Sie selbst hätte Rocky und Bullwinkle genommen.

Daran hingen Zünd- und Kofferraumschlüssel des Monte Carlo und ein Schlüssel des Heartbreak Hotel. Zwei Schlüssel blieben übrig. Der eine passte zu einem Sicherheitsschloss, der andere schien zu einem Schnappschloss zu gehören. Sonora betastete sie rätselnd. Wo seid ihr bloß immer hingegangen?, dachte sie.

Alle, die es ihr hätten verraten können, waren tot.

62

Sonora stand auf dem Parkplatz eines Schnellrestaurants und studierte die Karte, um zu sehen, was sie nicht zu Mittag essen wollte, als das Handy klingelte. Sie schaute kurz auf die Uhr am Armaturenbrett. Klar, vermutlich die Kinder, sie waren schon lange genug wieder von der Schule zurück, um sich auf die Suche nach ihr zu machen. Als Teenager hatte sie mehr Freiheit besessen.

»Wer ist dran? Heather oder Tim?«

»Hi, Mom, ich bin's, Tim. Es hat jemand für dich angerufen.«

Gillane? »Mann oder Frau?«

»Irgendeine Frau –«

Der Lautsprecher neben ihr krachte, und eine Stimme erkundigte sich nach ihrer Bestellung. Sie kurbelte das Fenster hoch. »Es war doch nicht Martha Brooks, oder?« Sie hatte das Handy getreulich mit sich herumgetragen, aber die einzigen Anrufe, die sie erhalten hatte, drehten sich um Whiskytrüffel.

»Nein, sie sagte, ihr Name sei Belinda, und du wüsstest schon, wer sie wäre.«

»Belinda? Ich kenne keine Belinda.«

»Gut. Tschüs.«

»Warte, stopp mal, was hat sie gesagt?«

»Kein Grund, mich anzubrüllen, oder?«

»*Was* hat sie gesagt?«

Pause. »Sie hat gesagt, ich soll dir ausrichten, dass, als sie mal mit Lanky und Barty in Cincinnati war –«

Lanky und Barty? Natürlich, Belinda Kinkle, Lanky Arubas Schwester. Die Nachricht von Lankys Tod hatte sich herumgesprochen. Belinda war jetzt in Sicherheit. Sonoras Herz begann schneller zu schlagen.

»– und dass sie und Lanky im Auto gewartet haben, während Barty ausstieg und in einem großen Lagerhaus verschwand – irgend so ein Bürohaus. Sie hat gesagt, es war so ein alter brauner Kasten mit einem großen Fenster auf der Vorderseite, das mit Papier verklebt war, damit man nicht hineinsehen konnte. Sie glaubt, dass Barty sich dort vielleicht mit dem Mann getroffen hat, nach dem du dich erkundigt hast.«

Der dritte Mann. Sonoras Nägel gruben sich in ihre Handflächen. »Hat sie gesagt, wo das Gebäude steht?«

»Sie sagte, es sei groß.«

»Das ist sehr hilfreich.«

»Oh, und es ist direkt neben der Olden-Brauerei. Vor langer Zeit könnte es mal zur Brauerei gehört haben, aber sie glaubt, dass es jetzt leer steht.«

»Ist das alles?«

»Das ist alles. Es war ein R-Gespräch, war das in Ordnung?«

»Klar. Weshalb hast du es angenommen?«

Keine Antwort.

»Tim?«

»Ich hab so ein Mädchen im Gefängnis kennengelernt, hieß auch Belinda. Ich dachte, sie wäre es vielleicht.«

» Himmel noch mal.« Sie fragte sich, was sie dazu sagen sollte. Sie hatte keine Ahnung.

»*Mom*, leg nicht auf. Heather möchte wissen, ob sie einen von deinen Schuhkartons haben darf.«

»Wofür? Ich hebe meine Schuhe darin auf.« Einer der wenigen Bereiche ihres Leben, in dem Ordnung herrschte. Gewisse hochhackige Abendschuhe ruhten in einem Karton. Hochhackige Schuhe oder Reeboks, dazwischen gab es nichts. Neuerdings kamen noch die Stallstiefel dazu. Das Leben wurde immer komplizierter.

»Sie braucht ihn für James Bond.«

»*James* Bond?«

»Mom, sie hat eine der Mäuse adoptiert.«

Sonora rollte über den Parkplatz des Lagerhauses, sie zählte vier Autos. Eines wirkte besitzerlos, an der Scheibe klebte ein Schild für die Abschleppwagen. Sie parkte auf dem Platz der Olden-Brauerei, nahe am Rand, damit sie alles im Blick behielt. Belinda hatte recht, die Fenster im Erdgeschoss waren wegen des gelben, welligen Papiers, das von innen angeklebt war, damit niemand hineinsehen konnte, undurchsichtig.

Sie nahm ihr Handy, rief Franklin Ward an und überredete ihn zu einem Treffen. Dann kam ihr plötzlich ein Gedanke. »Noch was«, sagte sie, bevor er auflegen konnte. Mrs. Cavanaugh zufolge konnte Ward das Geld gebrauchen, und sie brauchte den Stellplatz. »Mr. Ward, zögern Sie nicht, abzulehnen, wenn Ihnen die Idee nicht gefällt, aber erinnern Sie sich, dass ich erzählte, dass ich selbst ein Pferd habe? Ich weiß nicht, was Sie mit Joys Pferd vorhaben, Sir. Ich nehme an, dass Sie es behalten wollen. Aber ich brauche einen Stall für Poppin, und ich würde für volle Verpflegung bezahlen, wenn Sie ihn als Gefährten für Abigail zu sich nehmen würden. Er kann ruhig ein bisschen draußen bleiben, dann müssen Sie nicht jeden Tag die Box ausmisten. Aber vielleicht wird es Ihnen auch zuviel. Ich dachte nur –«

»Wie wär's, wenn wir es mal versuchen? Ein oder zwei Monate lang, um zu sehen, ob es klappt?«

»Glauben Sie nicht, dass es Ihnen zuviel wird?« Was war nur mit ihr los, der Mann war alt.

»Nein, mir gefällt der Gedanke, dass Sie ihre Kinder zum Reiten mitbringen und Leute hier sind. Und Mrs. Cavanaughs Enkelin kommt gern und reitet Abigail; sie wird die Boxen saubermachen. Es wird kaum zuviel Arbeit für mich sein, und Abigail ist schrecklich einsam.«

Sonora fühlte sich plötzlich leicht wie eine Feder. »Das ist toll, einfach toll.« Poppin, der Teufel, war gerettet. Jedenfalls fürs erste. »Wie bald kann ich ihn bringen?«

»Jederzeit, Detective. Kommen Sie, wann Sie mögen.«

»Hm, er kann ein ziemliches Aas sein, ich warne Sie.«

Ward schien amüsiert. »Da mach ich mir keine Sorgen. Wenn Probleme auftauchen, rufe ich George an.«

»George?«

»George Smock. Ein Reiter aus Kentucky. Haben Sie Schwierigkeiten, beseitigt er sie.«

Sonora legte auf. Beobachtete den Parkplatz noch eine Zeitlang. Notierte die Kennzeichen sämtlicher Wagen und gab sie ihrem Lieblingsbeamten in der Zulassungsstelle durch.

Nach einer Weile entschied sie, dass sie ihre Zeit verschwendete. Das altbekannte miese Gefühl stellte sich ein. Der Fall war abgeschlossen. Nichts mehr zu machen.

63 Auf der Anschlagtafel des Reviers wurde der Mordfall Stinnet als gelöst geführt. Sie drehte sich um und rannte beinah in Crick, der aus der Herrentoilette kam und sich die Hände mit einem Papiertuch trocknete.

»Sonora, die nächste Leiche ist Ihre. Tun Sie sich mit Molliter zusammen.« Er hob die Hand. »Ich weiß, dass Ihnen das nicht gefällt, aber versuchen Sie, sich damit abzufinden. Wir haben die Leichen der Stinnets einer Amber Soundso übergeben –«

»Wexford.«

»Ja, Wexford. Sie trifft die Vorbereitungen für die Beerdigung. Rufen Sie sie an und lassen Sie sich einladen, Sie sind die Vorzeigefrau des Departments.«

»Was ist mit Eddie Stinnet?«

Crick warf das Papiertuch in den Abfalleimer neben der Kaffeemaschine. Er riss ein abgelaufenes Memo von der Anschlagtafel und zerknüllte es, als sei es eine Bedrohung für seinen Seelenfrieden. Es folgte dem Tuch in den Mülleimer. »Wir mussten ihn laufenlassen, aber ich habe Gruber und Sanders auf ihn angesetzt.«

»Gruber und Sanders? Sie schließen mich aus?«

»Sie sind draußen.«

»Ich bin draußen? Aruba und Kinkle gehören mir, warum bin ich draußen?«

»Whitmore geht Arubas Spuren in Kentucky nach.«

»Aber wir arbeiten doch zusammen –«

»Wir wie Gruber und Sanders, Sonora. Es war Ihr Partner, der angeschossen wurde, Sie sind nicht mehr objektiv.

Das beeinträchtigt die Arbeit. Sie sind draußen, finden Sie sich damit ab und gehen Sie wieder an die Arbeit.« Er wandte sich zu seinem Büro, ohne noch einen Blick zurückzu werfen.

Sonora suchte nach Gruber, aber er war nicht da, sein Schreibtisch verlassen. Er arbeitete an ihrem Fall, nahm sie an. Molliter ging zur Kaffeemaschine und füllte ihre Lieblingstasse, goss Milch hinein und fügte einen Löffel Schokoladenaroma aus seinem Privatvorrat hinzu. »Hier, sieht aus, als ob du es brauchen könntest.«

Molliter zuvorkommend? Was war nur aus der Welt geworden?

Sie dankte ihm steif und ging wie ein Zombie zu ihrem Schreibtisch, kam aber niemals dort an.

Cricks Tür flog krachend auf, und er machte einen Schritt ins Großraumbüro, die Lippen zusammengepresst, auf ein Ziel fixiert. »Detective Blair?«

»Ja, Sir?« Was jetzt, verdammt.

»In mein Büro.«

Sie ging hinein, mit steifen Schritten und auf der Hut. Alle im Büro starrten ihr hinterher.

»Schließen Sie die Tür«, befahl er, bevor sie noch ganz drin war. Er drehte sich um und schaute sie direkt an. Musterte sie.

Sonora starrte zurück, alle ihre Instinkte waren in Aufruhr. Er ist ein Fremder, Gefühle überrollten sie, ihre innere Wahrnehmung verschob sich, die Nerven an ihrem Rückgrat zuckten und prickelten. Etwas war los. Etwas stimmte nicht.

»Gehört das Ihnen?« Sein Stimme war leise und heißkalt.

»Wovon reden Sie?«

»Verraten Sie es mir.« Er reichte ihr einen Ausdruck. Ein Fax von der Zulassungsstelle, die Kennzeichen, die sie vom Parkplatz des Lagerhauses durchgegeben hatte.

War das alles? Sie bekam vor Erleichterung weiche Knie. »Das sind nur ein paar Kennzeichen, die ich geprüft habe, von dem –« Und dann sah sie es, den Namen auf dem Ausdruck. »Jack Van Owens Name steht darauf.«

»Sehr richtig.«

Sonora trat einen Schritt zurück und musterte das Blatt in ihren Händen.

»Warum überprüfen Sie Jacks Wagen, Sonora?« Die Stimme klang so geschmeidig, so zornig.

»Ich wusste nicht, dass es seiner war.«

Crick setzte sich ganz ruhig auf einen Stuhl, sein Tonfall wurde ganz plötzlich freundlich. »Setzen Sie sich, Sonora. Ich glaube, das sollten Sie lieber näher erläutern.«

Sie gehorchte. »Es geht um meine Theorie von einem dritten Mann, Sir.«

Die Explosion blieb überraschenderweise aus. Also erzählte sie es ihm. Von Kinkles Reaktion bei dem Verhör. Quincy Davids Gerüchten, wonach ein Engel Schulden erließ, von einem Inkassobüro, das von einem Rätsel geleitet wurde, und ein Engel war auf alle Fälle ein Rätsel. Und als letztes von einer Bresche im Schutzwall um den Mann hinter den Kulissen. Von Arubas Stiefschwester Belinda. Sonora war stolz, dass sie eine Beziehung zu dieser Frau aufgebaut hatte, es hatte sich gelohnt. Sie hatte sie zu dem Lagerhaus geführt.

»Warum haben Sie die Autos überprüft?«, fragte Crick sie leichthin.

»Routine.«

»Routine.« Der Ton, in dem er es sagte, war seltsam. Irgendwie traurig, sehr distanziert. »Okay, Detective, Sie können gehen.«

»Was, Sie meinen, das war's?«

Er breitete die Arme aus. »Was sollte sonst noch sein?«

»Aber finden Sie es nicht seltsam, dass Jack Van Owens Wagen sich dort befand?«

»Vielleicht ja, vielleicht auch nicht. Dafür kann es tausend Gründe geben.«

»Wie wäre es, wenn ich ihn danach frage?«

»Wie wäre es, wenn Sie das unterlassen?«

»Nun, ich werde es tun.«

»Sonora. Was wissen Sie, ich meine echtes Wissen, was wissen Sie über Jack Van Owen?«

»Nicht besonders viel, Sir, nur dass ich ihn mag, und soweit es Sie angeht, ist er ein beschissener Heiliger.«

Keine Reaktion. »Vor elf Jahren wurden Jack und ich zu einem Familienstreit gerufen – ein Mann hatte sich mit seiner Frau und den fünf Kindern verbarrikadiert, die drei, die noch lebten, weinten sich die Augen aus, die Frau war am Leben, aber in einem furchtbaren Zustand: Gebrochener Arm, gebrochene Rippen, vermutlich hatte sie keinen einzigen Zahn mehr im Mund.

Auftritt Jack. Zwei Jahre zuvor war seine Frau Lacy mit einem Kohlelaster zusammengestoßen. Sie war sofort tot. Sein Sohn, Angelo, war ebenfalls gestorben. Und man konnte es in seinen Augen lesen, er würde dort hineingehen und die Kinder herausholen. Er bahnte sich redend einen Weg hinein, verhandelte Stunde um Stunde, tauschte Geiseln gegen Schokoriegel und Ingwerlimonade; er holte diese Babys eins nach dem anderen heraus. Und dann ging er, um die Frau zu holen, ich deckte seinen Rücken, wartete. Er kämpfte um sie, Sonora, er redete sich heiser, aber das Ergebnis war eine Waffe an ihrem Kopf.

Sie weinte nicht einmal. Sie lag einfach da, wartete, fast, als wollte sie sterben. Aber Jack gab sie nicht auf. Mütter mit Kindern, das verkraftete er nicht. Er sprang den Mann an, das Gewehr ging los …«

»Was geschah dann?«

»Die Mutter überlebte.«

»Und der Mann?«

»Er überlebte nicht. Ich erschoss ihn. Und Jack bekam eine Kugel in den Kopf und der Rest ist, wie man sagt –«

»Geschichte. Noch etwas, Sir?«

»Überlassen Sie Van Owen mir.«

Sonora teilte Molliter mit, dass sie zum Mittagessen ging, und falls er es seltsam fand, dass jemand um vier Uhr nachmittags ein zweites Mittagessen einnahm, behielt er seine Meinung für sich. Sie marschierte schnurstracks in eine Telefonzelle und besorgte sich die Nummer, die sie brauchte, von der Auskunft.

»Detective Blair.« Falls Quincy David überrascht war, konnte man nicht viel davon bemerken. »Sie haben doch keinen meiner Mandanten verhaftet, oder?«

»Keine Chance. Ich habe eine Frage an Sie.«

»Schießen Sie los.«

»Es geht um das Inkassobüro in Indian Hill, an der Delaney, dessen Besitzer Sie zu finden versuchen. Ich gebe Ihnen einen Namen und eine Sozialversicherungsnummer, würde Ihnen das helfen, ihn festzunageln?«

Ein langes Schweigen entstand. Dann, schließlich: »Es kann nicht schaden, oder?«

»Streng vertraulich?«

»Streng vertraulich.«

»Jack Van Owen.« Sie ratterte die Sozialversicherungsnummer herunter. Gab ihm die Nummer ihres Handys. »Wenn Sie Kontakt mit mir aufnehmen wollen, benutzen Sie diese Nummer, und nur diese.«

64

Das Gebäude war gut zehn Stockwerke hoch, aus braunem Backstein, die Fenster dunkel und schmutzig. Von oben schimmerte Licht. Sonora zählte die Fenster und entschied, dass das Licht aus dem siebten Stock kam. Ein Lagerhaus aus der Hölle. Außer Sonoras Wagen stand noch ein weiterer auf dem Parkplatz an der Rückseite. Ein verbeulter silberner Mazda, Baujahr 1992, zugelassen auf Jack Van Owen.

Kein Autostolz, dachte Sonora. Was kümmerte es Van Owen. Sie wusste von keiner Frau in seinem Leben, obwohl die Signale, die er ausstrahlte, ihn als Heterosexuellen identifizierten. Ging er jeden Mittwoch abend zum Tanzen, fuhr er Stock-Car-Rennen, saß er herum und schaute den Sportkanal?

An der Hintertür hing ein Vorhängeschloss. Sonora versuchte es mit den geheimnisvollen Schlüsseln an Kinkles Wile-E.-Coyote-Schlüsselbund. Vielversprechend, aber kein Treffer. Sie wackelte mit dem in der Mitte, der zu passen schien, und das Vorhängeschloss klickte und stieß einen rostigen Seufzer aus. Sie war drin.

Sie war im Zweifel, ob sie die Tür hinter sich abschließen sollte, entschied sich dann aber dagegen. Ein schneller Abgang war eine wundervolle Sache. Sie hatte eine Taschenlampe mitgebracht, die sie nun einschaltete. Dieselbe Lampe, die sie vor anderthalb Jahren einem Streifenpolizisten geklaut hatte. Er war ein netter Typ, und sie hatte ein gutes Wort für ihn eingelegt. Er hatte sie nie mehr wegen der Taschenlampe angesprochen. Vielleicht hielt er es für einen guten Handel. Man munkelte, dass er kurz vor der Beförderung stand.

Sie schloss die Hintertür und leuchtete in alle Richtungen. Es fiel ihr schwer, ein Gefühl für diesen Ort zu entwickeln, weil es so dunkel war. Sie vermisste Sam. Ihr Herz raste fürchterlich. Sie hatte Angst, eher vor dem dunklen leeren Gebäude als davor, Jack zu finden. Und falls Crick ihr auf die Schliche kam, war ihr Hintern keinen Pfifferling wert.

Sie bewegte sich auf der Suche nach dem Treppenhaus voran. Ihre Reeboks machten leise, quietschende Geräusche auf dem Linoleum.

Unten befand sich ein großer Empfangstresen, wie man ihn in einer Bank erwarten würde, er stand wie eine Insel in der Mitte eines großen leeren Raums. Sie ging weiter und fand die Aufzüge.

Nicht einmal im Traum, ermahnte sie sich und lachte ein wenig. Sie stellte sich vor, wie sie in eines dieser Dinger einstieg. Malte sich aus, wie sie steckenblieb. Man würde sie niemals finden. Und angesichts ihres momentanen geistigen Zustands würde sie höchstens eine Viertelstunde durchhalten, bevor sie verrückt wurde.

Sie mochte nicht einmal Filme anschauen, in denen der Held durch das Dach des Fahrstuhls stieg und an dicken öligen Kabeln nach oben kletterte. Treppen waren eine wundervolle Erfindung und sie hatte die Absicht, vollen Gebrauch davon zu machen. Vorausgesetzt, sie fand sie.

Gar nicht so einfach im Finstern. Sie öffnete Türen, entdeckte leere Lagerräume, eine Art unheimlichen Putzraum. Dann, zu guter Letzt, das Treppenhaus.

Sie konnte nach oben oder nach unten.

Sie sah keinen Anlass, den dunklen Keller aufzusuchen, außerdem fehlte ihr dafür ohnehin der Mut. Sie stieg die Treppen hinauf, wobei sie zwei Absätze pro Stockwerk zählte, und machte sich auf den Weg zu dem Licht im siebten Stock.

Sie ging stetig und methodisch, sie war ein wenig außer Atem, aber nicht sehr. Ihre Kleidung saß locker, nicht zu essen konnte diese Wirkung haben. Aber wegen des chronischen Schlafmangels fühlte sie sich müde und benommen.

Sie öffnete eine Tür zu einem pechschwarzen Flur. War sie im falschen Stockwerk? War das Licht ausgeschaltet worden? War da jemand?

Sie stand eine Minute lang lauschend da. Es war so verdammt dunkel.

Sie machte einen Schritt nach vorn, wobei sie die Tür zum Treppenhaus mit dem linken Fuß aufhielt – nicht gerade logisch, aber so fühlte sie sich besser. Sie richtete ihre Lampe auf eine Tür, an der eine Neun aus Messing befestigt war. Neun? So hoch war sie nicht gestiegen. Oder doch?

Dann merkte sie, dass es eine Sechs war, die verkehrt herum hing. Sie war noch nicht weit genug. Ein Stockwerk noch.

Sie trat zurück ins Treppenhaus und zog die Tür leise hinter sich zu. Sie lief einen weiteren Absatz hoch.

Ihre Waffe steckte hinten in ihrem Hosenbund. Andere Polizisten wären vielleicht mit gezückter Waffe durch das Gebäude geschlichen, aber sie kannte ihre Grenzen. Wusste, dass sie vermutlich stolpern oder auf Schatten schießen würde. Sie hätte es nur niemals zugegeben.

Aber sie hatte so viel abgenommen, dass die Gefahr bestand, dass die Waffe in ihre Hose rutschte. So viel zum Thema Demütigung. Polizistin in Ausübung ihrer Pflicht verwundet. Sie hatte eine Waffe in der Hose.

Sie hielt sich am Geländer fest und spürte den Staub, der sich auf ihren Fingerspitzen sammelte. Überlegte, dass der beste und der schlimmste Teil des Sterbens der war, dass man starb. Es erstaunte sie, dass sie den Tod nicht mehr als die schrecklichste aller Möglichkeiten ansah. Es war ein Trost und gleichzeitig ein Fluch. Die Schönheit des Todes lag darin, dass damit der Kampf vorüber war. Hoffentlich.

Sie hätte eigentlich damit rechnen müssen, mit diesem Ding in ihr, mit dieser Dunkelheit. Sie war schon früher deprimiert gewesen, sehr deprimiert, viele Male. Verzweiflung lernte jeder im Leben einmal kennen.

Aber dieses Mal war es anders.

Vielleicht war es gut, dass Sam nicht bei ihr war.

Die Tür zum siebten Stock war abgeschlossen. Als sie den Knauf drehte und den Widerstand spürte, machte ihr Herz einen Sprung. Ihre Ängste wurden wirklich. Sie waren Realität. Jemand befand sich hier oben. Jemand, der nicht gestört werden wollte. Sonora probierte die Schlüssel an dem Bund. Verdammt, sie hatte keine Lust, diese lausig finsteren Stufen wieder hinunterzumarschieren.

Schlüssel Nummer drei passte hervorragend und ließ ein Schloss aufspringen, das sie mit einer Haarnadel hätte knacken können, wenn sie eine gehabt hätte. Sie schaltete die Taschenlampe aus.

Die Tür knarrte beim Öffnen, und sie hielt sie fest, hob sie an und schloss sie behutsam, wobei sie den Atem anhielt.

Und sie hörte Musik. Licht strömte aus einer offenen Tür wie ein Leuchtfeuer in den dunklen, schmutzigen Flur. Die Musik drang durch diese Tür.

Sie erkannte die Stimme. Jimmy Durante sang »As Time goes by«. War sie in einer Folge von *Twilight Zone* gelandet?

Die Musik übertönte ihre Schritte. Ihre Waffe begann, in ihre Hose zu rutschen, und sie konnte sie gerade noch retten. Sie behielt sie in der Hand, ihre Handflächen waren feucht und schlüpfrig. Sie wünschte, ihr Atem käme nicht so keuchend und ihr Herz schlüge nicht so schnell.

Es war ein langer Weg den Korridor hinunter; Gott wusste, dass sie sich nicht besonders schnell bewegte. Es gefiel ihr nicht, allein zu sein. Nicht hier, nicht an diesem Abend.

Sonora holte tief Luft und schob sich an den Türrahmen.

In ihrem eingeschränkten Sichtfeld konnte sie keine Menschenseele entdecken. Sie spähte um die Ecke – es war ein Büro, die zusammengewürfelte Einrichtung bestand aus einem alten Eichentisch und einem altmodischen, hölzernen Drehstuhl mit einem Ledersitz und einem Holzgestänge wie das eines Vogelkäfigs. Gerne würde sie in diesem Stuhl sitzen und herumwirbeln.

An einem Garderobenständer aus Mahagoni hingen eine braune Windjacke und ein schwarzer Wollmantel, dahinter standen zwei mittelgroße Eichenholzaktenschränke und ein Schirmständer aus Messing, in dem sich, natürlich, ein großer schwarzer Schirm befand. Von dort, wo sie stand, sah er trocken aus.

Sie machte einen Schritt hinein. Ein Telefon, ein Computer, ein hölzerner Abfalleimer, der unauffällig neben den Aktenschränken aufgestellt war. Ein frische weiße Orchidee schwamm in einer Wasserschale auf dem Schreibtisch, auf dem auch ein Ghettoblaster stand, das CD-Lämpchen glühte rot. Die Musik. Und Fotos an den Wänden – ungefähr zehn oder zwölf. Tammy Stinnet, die blutend auf dem rosa Himmelbett lag. Carl Stinnet, mit dem Stuhl zu Boden gestürzt. Tatort-Fotos von dem Überfall auf die Stinnets.

Sonora hörte das Rauschen einer Wasserspülung und das Knarren einer Tür und drehte sich um. Hinter ihr trat Jack Van Owen aus einem kleinen Raum, in dessen Tür sich eine Milchglasscheibe befand. Er trocknete sich immer noch die Hände an einem dunkelgrünen weichen Handtuch ab.

Sie keuchte auf und er ebenfalls.

Van Owen presste eine Hand aufs Herz. »Um Himmels willen, Detective. Warum fahren Sie eigentlich zusammen, Sie haben doch mir hinterherspioniert?«

Wie üblich konnte sie seinem Lächeln nicht widerstehen. Verdammt, sie freute sich, ihn zu sehen. Zu dieser Nachtzeit und in diesem Teil der Stadt hätte sie sich über jedes menschliche Wesen gefreut. Er schob sich an ihr vorbei und ging ins Büro.

»Kommen Sie herein und setzen Sie sich. Eine Tasse Kaffee?«

Sie konnte keinen Kaffeeduft wahrnehmen, aber sie sagte ja, und er trat zu einem der Aktenschränke, öffnete eine Tüte und machte sich daran, frischen Kaffee zu brühen.

Er deutete mit dem Kopf auf ein beigefarbenes, üppig gepolstertes, S-förmiges Sofa, das in einer Ecke vor dem verschrammten Eichentisch stand. »Nur zu, setzen Sie sich. Sie nehmen Milch, aber keinen Zucker. Soll ich Schokolade dazugeben, wenn ich welche finde?«

»Ja«, erwiderte sie.

»Dauert nur einen Moment.« Er warf das Handtuch auf den Aktenschrank. »Ich will nur eben den Becher auswaschen.«

Sonora, die sich gerade setzen wollte, richtete sich wieder auf.

Er legte den Kopf auf die Seite. »Oder auch nicht. Ich schätze, er ist sauber genug. Ich nehme an, dass Sie nicht die Absicht haben, mich aus den Augen zu lassen?«

Sonora steckte die Waffe ein. »Entschuldigung.«

Van Owen beugte sich zu dem Ghettoblaster und stellte die Musik ab, dann setzte er sich auf den Leder- und Holzstuhl und wippte vor und zurück.

»Ich dachte mir schon, dass Sie kommen.«

Sie sagte nichts.

Er wandte sich ab und schaute hinaus auf den Korridor. »Sind Sie allein oder muss ich mit ein paar Freunden von Ihnen rechnen? Ich möchte nur wissen, ob ich noch ein oder zwei Becher abwaschen sollte.«

»Nur ich«, erwiderte Sonora.

Er legte die Fingerspitzen aneinander. »Wenn ich raten müsste, würde ich sagen, dass Sie gar nicht hier sein dürften.«

»Gut geraten.« Die Kaffeemaschine zischte und blubberte, und der Duft frischen Kaffees erfüllte das Zimmer. Sonora ließ sich in das Sofa sinken. Widerstand der Versuchung, die Füße hochzuziehen. Sein Büro gefiel ihr. Es gefiel ihr sehr gut.

Er drehte sich mit dem Stuhl um und schaute sie an. »Nun, meine Liebe, und was soll ich jetzt mit Ihnen machen? Das soll nicht heißen, dass ich mich nicht freue, Sie zu sehen. Ich bin nur nicht sicher, *warum* Sie hier sind.«

»Sie gefallen mir besser, wenn Sie offen zu mir sind«, sagte Sonora. »Wenn wir nicht um den heißen Brei herumreden. Sie wissen, was in meinem Kopf vorgeht, und Sie wissen, was Sie denken.«

»Fahren Sie fort.«

»Sie könnten gestehen. Mir alles sagen. Den Rest Ihres Lebens im Gefängnis verbringen.«

Er nickte gut gelaunt, sein Blick war lebhaft und humorvoll. »Bezeichnen wir das als Möglichkeit eins.«

Wider besseres Wissen begann Sonora, sich zu entspannen. Er behandelte sie zuvorkommend, seine guten Manieren waren tief verwurzelt und überspielten all die hässlichen Seiten. Ihre Mutter hatte recht gehabt, gute Manieren machten den Herrn aus.

»Wissen Sie, wer Sie sind?«, fragte er sie. Der Kaffee blubberte.

»Seltsame Frage.«

»Eine rhetorische Frage. Sie sollten nicht antworten.«

Sam hätte gelacht, wenn er hier wäre, dachte Sonora. Sie konnte nicht stillsitzen; sie konnte nicht ruhig bleiben.

»Ja, ich weiß, wer ich bin.«

Er stand auf und goss Kaffee in zwei Becher. Rührte Milch und ein Päckchen löslichen Kakao in ihren. Er nahm seinen schwarz. Er fuhr fort zu reden, als hätte sie nichts gesagt.

»Sie sind wie ich vor elf Jahren.« Er warf ihr über seine linke Schulter einen kurzen Blick zu. »Okay, die weibliche Version. Hübscher und weicher, und ich meine das vollkommen positiv. Aber Sie sind ich, Detective, ich, bevor ...« Er rührte ihren Kaffee um und reichte ihr den Becher, seine Finger streiften leicht die ihren. »Sie haben nicht die leiseste Vorstellung, wie sehr ich Sie beneide.« Er nahm seinen Becher, setzte sich auf die Schreibtischkante und ließ ein Bein baumeln. »Ich war ein guter Polizist, Sonora. Ein guter Fahnder. Während ich heranwuchs, habe ich nicht daran gedacht, zur Polizei zu gehen, ich sah mich selbst als Schauspieler. Schauen Sie nicht so überrascht. Aber als ich Polizist wurde, war alles in Ordnung. Sie wissen, was ich meine, nicht wahr? Es war für Sie dasselbe.« Er schob seinen Stuhl zurück, kam um den Schreibtisch herum und lehnte sich an die Kante. »Geben Sie nicht auf, Sonora. Zerstören Sie Ihre Karriere nicht. Sie wissen nicht, was Sie Ihnen bedeutet, bevor es zu spät ist.«

Sie schaute auf ihren Becher. Winzige weiße Marshmallows schwammen auf der Oberfläche und schmolzen langsam in der Hitze. Sonora dachte an die Hexe im *Zauberer von Oz*, als Dorothy Wasser auf sie schüttete und sie so zum Schmelzen brachte. Die Sanduhr war abgelaufen.

»Ich vergesse Dinge.« Van Owen nahm die weiße Orchidee aus der Wasserschale und deutet auf seine Schläfe. »Falls Sie jemals getroffen werden, versuchen Sie, einen Kopfschuss zu vermeiden.«

Er beugte zu sich ihr hinunter und Sonora sah zum ersten Mal das Grübchen in seiner linken Wange. Er schaute sie so eindringlich ein, nahm ihr Gesicht, ihr Haar, ihren Hals, ihre Schultern in sich auf, und wenn sie es nicht besser gewusst hätte, hätte sie angenommen, er wollte sie küssen.

Er summte leise vor sich in, einfach so, steckte ihr die Blume hinter das Ohr und strich ihr das Haar von der Schulter, und sie spürte, wie sich ihr Gesicht rötete.

Van Owen trat einen Schritt zurück, legte den Kopf auf die Seite, um die Wirkung zu betrachten, lächelte wieder, nur ein wenig, und sagte kein Wort.

Und dann war er fort. In einem Moment war er noch da, und im nächsten verschwunden. Natürlich nicht körperlich, die Hülle des Mannes stand immer noch dort, aber sein eigentliches Selbst war fort. Er hätte ein Geist sein können.

Wohin ist er gegangen?, fragte sie sich.

Aber sie wusste es. Sie wusste es, weil sie vor kurzem selbst dort gewesen war. Und jetzt verstand sie auch die Distanz, die sie gegenüber jedermann spürte, Sam, den Kindern, Gillane. Wo sie hinging – das war ein Ort, den die meisten Menschen mieden.

65 Nicht zur Eile gedrängt zu werden war für Sonora ein seltenes Ereignis. Sie lehnte sich im Sofa zurück, nippte an ihrem Kaffee, und Van Owen ließ sich wieder hinter seinem Schreibtisch nieder und nippte an seinem. Sie schwiegen beide. Sie dachten beide nach.

»Eine Frage«, sagte er.

Sie schaute auf.

»Sie sind doch von diesem Fall abgezogen worden?«

»Ja. Sie sprechen mit Crick. Sie wissen das.«

»Ja, ich weiß es.« Er strich mit dem Finger an der Schreibtischkante entlang. »Alle sind zufrieden. Crick. Der Leutnant. Der Polizeichef.«

»Alle außer mir.«

»Besteht die Möglichkeit, dass Sie die Dinge einfach auf sich beruhen lassen?«

»Sie behaupten, wir wären vollkommen gleich. Was glauben Sie?«

Er dachte nach, dann fällte er eine Entscheidung. »Ich glaube, dass Sie Bescheid wissen müssen, und sei es auch nur um Ihrer selbst willen. Auch wenn es Sie zerstört. Und das wird es, Detective, das wird es. Sind Sie verkabelt?«

»Nein.«

»Beweisen Sie es mir?«

Sie stand auf. Knöpfte ihr weißes Baumwollhemd auf, zögerte einen Moment, dann zog sie es aus und stand in zu locker sitzenden Jeans und Bustier vor ihm. Sie war nicht sicher, was sie tun würde, falls er sie bat, noch weiter zu gehen.

Aber das tat er nicht. Jack Van Owen, der Kavalier. Jack Van Owen, der Mann mit Stil und Courage.

Sie zog das Hemd wieder an, ihre Finger zitterten ein bisschen. Sie war froh, dass ihr anzügliche Kommentare erspart geblieben waren.

»Frieren Sie?«, fragte Van Owen. Er stand auf und reichte ihr die braune Windjacke.

Sie streifte sie über und ihr fiel auf, dass sie jetzt weniger beweglich war, weil die Ärmel gut dreißig Zentimeter über ihre Handgelenke reichten. Sie krempelte sie hoch und atmete dabei den anregenden Eigengeruch Jack Van Owens ein, der in der Jacke hing. Sie konnte nur noch mit Mühe den Duft der Orchidee wahrnehmen, die feucht hinter ihrem Ohr steckte.

»Es war einmal, Sonora Blair.« Van Owen lehnte sich in seinem Stuhl zurück. »Stellen wir uns vor, ich sei ein Schauspieler, der die Rolle eines überaus engagierten Beamten der Mordkommission namens Jack Van Owen spielt.«

Sonora setzte sich zurück, um zu lauschen. Clara Bonnet hätte ihre helle Freude an dieser Dissoziation. Ein Schauspieler, der eine Rolle spielte.

»Wenn Jack Van Owen so ein netter Kerl ist, warum wurde er dann, als er pensioniert wurde – eine Tragödie, aber so etwas passiert – ein Kredithai? Genau das ist das hier nämlich, ein Inkassobüro, Detective Blair. Wir sind beide Polizisten, wir sind beide nicht dumm, und wir riechen, wenn etwas faul ist. Die meisten dieser Typen betreiben solche Läden. Früher oder später wird es Gesetze dagegen geben, aber bis es soweit ist? Es ist ein weites Feld.«

»Ich habe mich damit beschäftigt, Jack, und es gibt eine Menge Gesetze, die hier Anwendung finden können.«

»Stimmt, aber die Klugscheißer sehen das anders und mindestens die Hälfte der Staatsanwaltschaften hat es auch noch nicht kapiert. Ich will mich nicht mit Ihnen streiten, Detective. Es besteht kein Anlass, sich wegen Kleinigkeiten aufzuregen. Wenn schon sonst nichts, so besitzen Sie doch die moralische Überlegenheit.«

»Warum arbeiten Sie dann in diesem Geschäftsbereich?« Sie rutschte nach vorn, ließ ihn ihre Ablehnung spüren. Mein Gott, sie hatte wider besseres Wissen die Arme verschränkt. Ihre Wachsamkeit ließ nach.

Er drehte sich mit dem Stuhl und schlug in einer seltsam kraftlosen Bewegung die Beine übereinander. »Früher hatte ich eine Frau und einen Sohn und ich liebte sie sehr. Daran erinnere ich mich. Aber ich wurde verwundet. Und ich verlor meine ... Trauer um sie. Sie war mein Begleiter, mein Kamerad, so lange Zeit. Trauer zu vermissen ist merkwürdig, finden Sie nicht? Aber sie war alles, was mir von Ihnen geblieben war.«

Er schaute sie erwartungsvoll an.

In ihrem Kopf hallte Joy Stinnets Stimme. *Gesegnet seist du, Maria, voll der Gnaden.* »Warum schweifen Sie ab, Van Owen? Erwarten Sie Mitleid von mir?«

»Verstehen Sie, ich hatte ein Vorurteil, als ich mit diesen Geschäften anfing. Ich glaubte, die Mehrheit meiner Kunden seien ...« Van Owen winkte ab. »Versager. Leute, die ihre Rechnungen nicht bezahlen, Leute, die gar nicht zahlen wollen, Betrüger und Kriminelle, Randexistenzen. Typen, die, wenn sie schon nicht selbst der Unterwelt angehören, Verbindungen haben oder zumindest eine Neigung in diese Richtung. Ich stellte mir vor, dass ich meine Schulden eintrieb, ihnen manchmal im Austausch gegen Informationen eine Atempause gönnte und diese Informationen dann an meine alten Freunde von der Polizei weitergeben würde. Dass ich meine Finger im Spiel behielt, eine Art Leben in der einzigen Welt weiterführte, die ich kannte.«

»Und was ist mit den Menschen, die einfach nur eine

schwere Zeit durchmachen? Menschen wie Joy und Carl Stinnet?«

Er hob einen Finger. »Ah ja. Aber ich hatte vorgesorgt, zumindest habe ich das geglaubt. Diese Menschen sollten freundlich behandelt werden, Detective. Teufel, ich kenne das aus eigener Erfahrung. Als mein Sohn noch klein war, gab es Zeiten, in denen Lacy und ich Schwierigkeiten hatten, die nächste Mahlzeit aufzutreiben. Ich hatte vorgehabt, großzügig zu sein, Schulden zu erlassen, wenn die Finanzen es erlaubten. Ich habe sehr oft Leute vom Haken gelassen. Prüfen Sie es nach, wenn Sie mir nicht glauben.«

»Das habe ich.«

Er hob das Kinn. »Natürlich haben Sie das. Selbstverständlich haben Sie das, Detective. Aber es waren so viele. So viele gute Menschen, alle in irgendeiner Klemme, wegen Arztrechnungen oder Kurzarbeit. Menschen, die an Krebs starben. Alleinerziehende Mütter mit lausig bezahlten Scheißjobs und Unterhaltszahlungen, die so häufig eintrafen wie ein Schneesturm im Juli. Wie hätte ich von diesen Menschen Geld eintreiben können? Ich tat … ich habe den Faden verloren.«

Er klopfte sich an die Schläfe. »Ich habe gute und schlechte Tage. An manchen Tagen verliere ich meinen Geruchssinn, können Sie sich das vorstellen? An anderen Tagen ist er so scharf, es ist unglaublich, ich bin dann wie ein Basset, es ist wundervoll.«

Er deutete auf die Blume in ihrem Haar. »Können Sie die Orchidee riechen? Es ist ein wunderbarer Duft, so zart. Ich habe immer eine auf dem Tisch stehen. Zum einen, weil meine Frau sie liebte. Ich weiß das, weil ich es mir aufgeschrieben habe. Und zweitens weiß ich, wenn ich sie rieche, dass ich in guter Verfassung bin und dem Tag gegenübertreten kann. Wenn ich die Orchidee nicht riechen kann, bleibe ich im Schatten.«

Sonora beugte sich vor, die Ellbogen auf die Knie gestützt, die leere Tasse baumelte an ihrem Finger. »Sie haben es aufgeschrieben? Dass Ihre Frau Orchideen liebte? Wie meinen Sie das?«

»Haben Sie nicht zugehört? Detective, haben Sie schon mal jemanden verloren, der Ihnen nahestand?«

Sie wusste, dass er sie überprüft, Nachforschungen über sie angestellt hatte. Ihr war klar, dass er über Stuart Bescheid wusste. »Spielen Sie nicht mit mir, Van Owen.« Er hatte eine Seite in ihr berührt, die ihm gefährlich werden könnte. Sein erster echter Fehler.

»Vor vier Jahren haben Sie Ihren Bruder verloren. Eine Serienmörderin hat ihn getötet.«

»Das ist allgemein bekannt.«

»Richtig. Standen Sie sich nah?«

»Keine Spielchen.«

»Nah.« Er trommelte mit den Fingern auf den Tisch. »Sosehr Ihre Trauer auch … schmerzt, wäre es nicht schlimmer, wenn sein Name genau das wäre? Nur ein Name? Und Sie jede Erinnerung an ihn verloren hätten? Es gibt Schlimmeres, als jemanden an den Tod zu verlieren, Detective.« Er zeigte auf seine linke Kopfhälfte. »Verlieren Sie Ihre Erinnerungen, sind sie wirklich fort. Als meine Frau und mein Sohn starben, war ich … Ich ging unter. Es war, als würden die Wogen über meinem Kopf zusammenschlagen. Aber so furchtbar das war, heute betrachte ich es als etwas Kostbares. Zwei Jahre lang starrte mir meine Trauer aus dem Spiegel entgegen, wenn ich mich morgens rasierte und mir abends die Zähne putzte.« Er rieb seine Schläfen. »Diese Kugel nahm mir nicht nur den Job, sie nahm mir meine Trauer. Sie, die Sie Ihren Bruder verloren haben, verstehen, was es bedeutet, Trauer zu vermissen. Manchmal erinnere ich mich an meine Frau, und dann ist es, als ob ich sie von neuem verlöre. Aber es ist den

Schmerz wert, Sonora, weil ich sie wieder hier bei mir habe.« Er presste seine Faust ans Herz. »Und das, Detective, ist ein Schmerz, der mir lieb und teuer ist.«

Sie wollte ihn nicht verstehen, aber sie tat es. *Er ist völlig durchgeknallt*, ermahnte sie sich innerlich in barschem Ton, während sie so rasch wie möglich Distanz zu gewinnen suchte. Sie stellte die Kaffeetasse auf den Boden, auf den Rand des ziegelroten Läufers.

»Wie konnten Sie das zulassen, Jack? Aruba und Kinkle? Sie auf Menschen wie die Stinnets loslassen? Sie müssen doch gewusst haben, was dann passiert. Ein Polizist wie Sie, mit Ihrer Straßenerfahrung, Ihren Instinkten. Crick behauptet, Sie seien fast ein Hellseher. Und nicht nur Crick. Sie sind – Sie waren – eine Legende, Jack. Ihr Name wird nur mit Hochachtung erwähnt. Sie sind seit elf Jahren fort, und man spricht *immer noch* über Sie, verdammt.«

»Kinkle machte den Telefondienst und die Schreibarbeit in dem Laden an der Delaney Road. Er sollte das Büro nicht verlassen. Ich hätte Aruba nie beschäftigt.«

»Sie haben ihn nicht angeheuert?«

»*Aruba?* Ich wusste nicht einmal, dass er aus dem Gefängnis entlassen worden war.«

»Er war Kinkles Onkel.«

»Stiefonkel.«

»Sie haben Sie losgeschickt, um Geld einzutreiben. Jack, wie konnten Sie das tun?«

Er schüttelte den Kopf. »Nein, Sonora, das ist nicht wahr. Die beiden haben mich abgezockt.«

»Wie meinen Sie das?«

»Ich meine, dass sie, wenn ich eine Schuld erließ, das Geld eintrieben und in ihre eigene Tasche steckten.«

»O mein Gott.«

Er nickte. »Ich haben Ihnen erzählt, dass ich schlechte Tage habe. Kinkle wusste das. Wusste, dass ich … die Dinge nicht immer im Griff hatte. Ob ich glaube, dass er es auch ohne Aruba getan hätte? Ich denke nicht, dass er den Nerv dazu gehabt hätte, aber die Idee stammte bestimmt von ihm. Vielleicht haben sie es gemeinsam ausgeheckt. Man unterschätzt Kinkle leicht.«

»An diesem Tag war noch ein dritter Mann bei den Stinnets«, sagte Sonora.

Van Owens Miene blieb ausdruckslos. »Nein.«

»Jemand schlug Aruba. Jemand hielt ihn davon ab, das Mädchen zu vergewaltigen.«

»Kinkle.«

»Scheiß auf Kinkle. Joy Stinnet hat ihn gesehen. Sie nannte ihn den Engel. Das waren Sie, nicht wahr, Jack? Sie sind der Engel.«

Van Owen lächelte mit einem Selbstbewusstsein, das sie beunruhigte, dass ihr verriet, dass sie völlig falsch lag, dass sie es bis jetzt nicht getroffen hatte.

»Detective, wir sprechen über eine Frau, die dem Tode nahe war. Sie betete den Katechismus. Vielleicht hatte sie eine religiöse Vision. Vielleicht *sah* sie einen Engel.«

»Woher wissen Sie das?«

»Weiß ich was?«

»Dass sie das Ave Maria betete.«

Er zögerte. »Ich habe es gelesen. Es stand im Bericht.«

»Nein.«

»Es stand im Bericht.«

»Wenn Sie es nicht waren, Jack, wer dann? Wen schützen Sie?«

»Geben Sie es auf, Detective. Sie haben Ihre Männer, Aruba und Kinkle.«

»Beide tot.«

»Sie haben den Tod verdient.«

Er wies mit der Hand auf die Wand. »Sehen Sie hin. Ich habe mir das an jedem einzelnen Morgen angesehen, seit diese Sache passiert ist. Ich stelle mich dem jeden Tag in dem Wissen, dass es mein Fehler war und ich dafür verantwortlich bin. Ich werde diese Fotos nie abhängen und ich werde es niemals vergessen. Und ich nehme meine Verantwortung ernst.«

»Sie waren es, Van Owen. Sie sind der Engel. Sie haben damit angefangen, Sie ließen es geschehen, Sie betraten den Schauplatz des Verbrechens und Sie hielten sie auf, Sie kamen nur viel zu spät.«

»Ich war im Wal-Mart einkaufen, Detective, ebenso wie der Rest der Bevölkerung. Ich war nicht dort. Und ich garantiere Ihnen, dass Sie nicht einen Beweis gefunden haben, kein Haar, keinen Tropfen Blut, keinen noch so winzigen Fetzen DNA, dass ich dort war, denn wenn Sie einen hätten, säßen Sie mir jetzt nicht ganz allein auf diesem Sofa gegenüber. Geben Sie auf, Detective, ich habe Ihnen die letzte Seite vorgelesen, ich habe Ihnen das Ende gezeigt, jetzt verschwinden Sie.«

Sie stand auf. »Ich werde nicht aufgeben.«

Er wirkte plötzlich müde, beinah desinteressiert. Er stützte die Ellbogen auf die Tischplatte und sah zu ihr auf. »Sie haben ein Leben, Sonora. Sie haben Kinder, eine Karriere und eine Hypothek und ein Pferd. Gehen Sie.«

66

Sonora versuchte einzuschlafen und stellte fest, dass es nicht ging. Die Vorstellung, ins Büro zu gehen, die Vorstellung, Crick zu treffen, war wie eine Mauer, die sie nicht überwinden konnte. Sie ging in die Küche, um Kaffee zu kochen, und als sie am Fernseher vorüberkam, entdeckte sie den kleinen Fußabdruck auf dem verstaubten Bildschirm; sie fragte sich, wie Kinder es fertigbrachten, gleichzeitig wundervoll und schrecklich zu sein.

Sie wollte keinen Kaffee. Sie wollte nicht zur Arbeit, aber zu Hause bleiben wollte sie auch nicht. Sie beschloss, einen Einkaufsbummel zu machen.

Sonora nahm die Visakarte, die sie gerade erst abbezahlt hatte, hielt sie fest in ihrer schweißfeuchten Faust und betrachtete all die schönen Dinge. Sie ließ sich Zeit, kaufte zwei heruntergesetzte Discman zum Preis von neunundsechzig Dollar und achtundneunzig Cent das Stück. Sie stellte sich Heathers und Tims Gesichter vor, wenn sie sie entdeckten. Dann ging sie zu Abercrombie & Finch und kaufte für jeden der beiden ein Flanellhemd und ließ sie ohne besonderen Anlass als Geschenk einpacken. Sie schaute bei einer Zoohandlung vorbei und erstand Schweineohren für Clampett.

Sie war wieder zu Hause, bevor die Kinder aus der Schule zurück waren. Sie ging durch die Garage hinein und entdeckte Clampett, der ausgestreckt vor seiner Wasserschüssel lag und eine auf dem Rand hockende Maus beobachtete, die mit winzigen Mäuseschlückchen daraus trank.

»Du bist viel zu gutmütig, du Hundebaby.« Mit drei

Schweineohren auf einmal bescherte sie ihm das Hundeparadies.

Aus irgendeinem Grund weinte sie, während sie die Geschenke als Riesenüberraschung für die Kinder auf dem Küchentisch arrangierte. Aus heiterem Himmel, weil Mom euch liebt.

Die Geschichte mit Crick machte ihr zu schaffen. Sie war bestürzt und seltsam verletzt. Sie hatte immer zu ihm aufgesehen, ihn bewundert. Er war ein strenger Boss und ein guter Polizist, und für ihn zu arbeiten war irgendwie erschreckend, er war so fordernd und zynisch, aber er besaß feste Moralvorstellungen, auf die man sich verlassen konnte. Er schützte seine Leute, kümmerte sich um sie; niemand hätte freundlicher sein können, als Stuart ermordet wurde. Und heute. Heute wusste sie nicht, was sie glauben sollte. Vielleicht war es am besten, wenn sie nicht länger darüber nachdachte.

Aus einem Impuls heraus rief sie bei Gillane an und erwischte seinen Anrufbeantworter. »Hi«, sagte sie. »Ich wollte nur mal hallo sagen.«

An diesem Abend arbeitete sie allein, sie saß mitten in der Nacht an ihrem Schreibtisch im Büro und war merkwürdig wehmütiger Stimmung. Ihr Leben schien jetzt zweigeteilt, vor und nach den Stinnets. Sie sehnte sich nach dem Vorher, sehnte sich nach den Zeiten, als nachts am Schreibtisch zu sitzen noch Überstunden und nicht Zuflucht bedeutet hatte.

Sam fehlte ihr höllisch. Sie war jetzt eine Außenseiterin; sie wusste, dass sie beobachtet wurde, dass sie verdächtig war, aus dem inneren Kreis verbannt. Es war unmöglich, noch einsamer zu sein.

Sonora rieb sich das Gesicht und starrte auf den Computerbildschirm. Vor sich sah sie den Unfallbericht; sie hatte die Totenscheine jedes relevanten Jahres überprüft. Lacy Van Owen war vor dreizehn Jahren bei einem Autounfall in Union, Kentucky, ums Leben gekommen, aber ein Sohn Van Owens wurde nirgendwo erwähnt, und sie konnte keinen Totenschein finden. Sie hatte jedoch eine Geburtsurkunde von 1972 entdeckt. Angelo David Van Owen: alias – der Engel?

Sonora stand allein im Flur des siebten Stocks von Van Owens Lagerhaus, sie atmete flach. Es war dunkel bis auf das Licht, das durch die verschmierten Fenster drang, Neon und Mondschein, das gleichgültige Auge der Stadt. Dies war tatsächlich ein Ort, den sie kannte, ein Ort, an dem sie nicht sein wollte, aber ein Ort, von dem sie vorher gewusst hatte. Vorzeichen.

Ihre Nachtsicht war schlecht. Sie ließ ihren Augen Zeit, sich an die Dunkelheit zu gewöhnen. Einmal im Leben war sie nicht in Eile. Im Geist war sie schon viele Male hiergewesen. Und in ihrer Vorstellung war sie niemals wieder hinausgelangt.

Manche Menschen schafften es nie, Frieden mit dem Tod zu schließen. Es war kein schlechter Aufenthaltsort.

Sonora war sich ihres Herzschlags deutlich bewusst. Der bröckeligen Scheuerleisten aus Kunststoff am Fuß der Ziegelwände. Des schimmelfleckigen Linoleums. Sie roch den Schmutz. Sie roch die Jahre minimaler, liebloser Pflege und gleichzeitig starker, gleichgültiger Nutzung, die eine Ausdünstung der Erschöpfung hinterlassen hatten. Niemand hatte dieses Gebäude je geliebt.

Sie ging langsam, lauschte. Sie trug ihre Stallstiefel, abgetragene braune Ariats, die sie für kurze Momente in gute Laune versetzten, sie riefen ihr den Geruch der Pferde, das Gefühl alten Leders, den süßen Duft von Heuballen ins Gedächtnis. Aber sie machten ihre Schritte laut. Sie bückte sich, schnürte die Stiefel auf und ließ sie liegen.

Zuvor hatte sie sich wie ein Schwimmer verhalten, sie wollte mit den Füßen den Grund dieses finsteren Ortes nicht berühren, sie hatte darum gekämpft, an die Oberfläche, zum Licht, an die Luft zu gelangen, Erleichterung zu finden.

Sie würde nicht länger kämpfen, sie war nicht länger gewillt, sich dieser Anstrengung zu unterziehen. Sie würde mit den Füßen den Grund berühren, und sie würde ruhig bleiben. In den Tiefen, in denen sie sich befand, existierte kein Licht, aber sie konnte noch immer atmen, langsam und gleichmäßig, sie kannte ihren Weg blind und sie war – wie wundervoll – voll innerem Frieden und verspürte nicht die geringste Angst.

67

Sonora war schon an ihm vorüber, bevor sie stehenblieb und zwei Schritte zurück machte, angezogen von der Lampe mit dem schwarzen Schirm und dem Mann, der einsam hinter dem Schreibtisch saß und über dem Lichtkegel meditierte. Er war totenstill; einen Moment lang war sie überzeugt, dass er tatsächlich tot war. Alles, was sie erkennen konnte, waren sein Hinterkopf, der zerschrammte braune Lederstuhl und seine flach auf dem Boden stehenden Füße.

»Ihre Füße müssen eiskalt sein, Detective.«

Der Stuhl drehte sich langsam. Sie konnte sich nur wundern, wie jedesmal, wie leicht es fiel, Jack Van Owen zu betrachten. Sie rätselte, was er als nächstes tun, als nächstes sagen würde.

Was war es, das alle Augen auf ihn zog, selbst in einem Raum voller Menschen? Wie erzeugte er diese Präsenz – handelte es sich um ein angeborenes Talent, oder tat er es bewusst?

Vielleicht war es die instinktive Erkenntnis, dass dieser Mann überlegen war, Gedanken und Ansichten sein eigen nannte, die man kennenlernen wollte. Absichten, vor denen man sich hüten musste.

Vielleicht war es die Erkenntnis der Gefahr. Sinnlos, sich nach hinten abzusichern, wenn dieser Mann sich im selben Raum befand, man sollte lieber vor ihm auf der Hut sein.

Sonora krümmte ihre Zehen. Ihre Füße waren tatsächlich kalt, und die durch ihre Socken aufsteigende Kälte war ein angenehmer Schock.

Sie konnte den Blick nicht von Jack Van Owen wenden. Sie lauschte auf Schritte hinter sich, aber sie hörte nichts. Sie war überzeugt, dass sie ihn nicht aus den Augen lassen sollte.

Mittlerweile war ihr das runde Gesicht, der gedrungene, einen Meter achtundsiebzig große Körper vertraut. Schütter werdendes schwarzes Haar und braune Augen, die bei Gefahr vollkommen ausdruckslos wurden, sie jetzt aber mit einer warmen Vertrautheit anstrahlten, die er quer durch den Raum projizieren konnte.

Er lächelte sie an, und sie erwischte sich dabei, wie sie zurücklächelte. Etwas lag in seinem Blick, eine Aufmerksamkeit, nach der sie sich sehnte. »Sie haben in letzter Zeit viel darüber nachgedacht, nicht wahr, Sonora?«

Sonora schluckte. Sie wusste genau, wovon er sprach. Sie sollte ihn jetzt verhaften und das Ganze beenden. Aber sie konnte nicht. Sie wollte mehr hören. Er sprach jetzt über sie, über ihr Innerstes, als ob er sie kannte. Und sie glaubte ihm, dass er sie kannte. Sie konnte sich nicht helfen, sie fragte sich, ob seine Einsichten nicht richtig waren. Vielleicht war er in der Lage, sie zu retten. Vielleicht war es noch nicht zu spät.

Er schüttelte ganz leicht den Kopf. »Schämen Sie sich nicht, Sonora. Jede wirklich intelligente, denkende Person gelangt früher oder später an diesen Punkt. Oder immer wieder, so wie Sie und ich.« Er grinste, nur ein kurzes Aufblitzen, um sie wissen zu lassen, dass er verstand.

»Wieder und wieder, Sonora, die Gedanken lassen sich einfach nicht vertreiben, nicht wahr?« Seine Miene veränderte sich. Er hielt die Handgelenke hoch, wobei er so müde aussah, wie sie sich fühlte. »Sind Sie hier, um mich zu verhaften? Oder wollen Sie mir nur meine Jacke zurückbringen?«

»Um Sie zu verhaften.«

»Sie haben keinen Beweis.«

»Ich habe einen Beweis und Sie wissen das. Ich trage ihn.«

»Ich kann Ihnen nicht ganz folgen, Sonora.« Aber er konnte. Sie fragte sich, wann er seinen Fehler bemerkt hatte, diesen tödlichen Fehler, begangen aus Freundlichkeit und Höflichkeit.

»Sie haben Ihre Handschuhe in der Tasche vergessen. Die Handschuhe, die Sie trugen, als Sie Aruba niederschlugen. Die Handschuhe, die Sie trugen, als Sie das Haus der Stinnets betraten.«

»Wollen Sie nicht eine gute Tat begehen? Wie wäre es? Diese Handschuhe gehören mir nicht.«

»Machen Sie sich nicht lächerlich.«

»Das schert mich überhaupt nicht. Das ist Ihnen bewusst, oder? Aber wollen Sie nicht wissen, was passiert ist?«

Sie antwortete nicht. Sie traute sich nicht zu, in diesem Spiel zu gewinnen.

»Dann folgen Sie mir.«

Er führte sie den Gang hinunter wie der Rattenfänger von Hameln, und sie folgte ihm wie ein Kind.

Er führte sie über die Länge des Korridors, bis sie einen Lastenaufzug erreichten, dessen Stahlwände mit abblätternder schwarzer Farbe gestrichen waren, unter der das stumpfe Silber hervorschimmerte. Ein Schiebegitter bewachte die finstere Öffnung, die Tür stand offen wie die Pforten zur Hölle.

Van Owen stieg ein und drehte sich zu ihr um, und halb erwartete sie, eine Waffe zu sehen – aber nein. Nur das freundliche, wissende Lächeln, das sie fürchtete, weil es auf ein Wissen über Dinge hindeutete, die sie unbedingt für sich behalten wollte. Und ein Einverständnis versprach, nach dem sie sich sehnte.

»Ich bin ein brennendes Haus. Werden Sie davonlaufen?«

»Nein, und Sie auch nicht. Kommen Sie aus dem Aufzug, Jack.«

Er wartete und sah so … zuvorkommend aus. Wartete.

»Steigen Sie aus dem Fahrstuhl, Jack. Ich meine es ernst.«

»Schießen Sie oder lassen Sie mich gehen. Sie haben die Wahl.«

»Sterben auf Polizistenart?«

»Sterben wie ein Verbrecher?«

Darauf wusste sie keine Antwort.

Er machte eine Geste mit der Hand. »Ich kann Ihre Todessehnsucht erkennen. Es ist wie ein Summen in der Luft, wie eine Aura, die Sie umgibt. Wie das Summen der Bienen in ihren Körben. Wenn ich Sie küssen würde, könnte ich es schmecken.«

In seinen Augen leuchtete eine solche Intelligenz, ein seltsames Wissen, das brannte wie eine Kerze in einer Sturmlaterne. Sie musste ihn beobachten. Es war, als würden sie auf einen Unfall zusteuern.

»Es gibt eine dritte Möglichkeit«, teilte er ihr mit.

»Erklären Sie sie rasch, bevor ich die Geduld verliere.«

»Sie können herausfinden, was wirklich geschah.«

»Ich höre.«

Er zeigte nach oben. »Auf das Dach.«

»Nein.«

»Sie können Ihre Waffe benutzen. Sie haben Ihre Waffe dabei, hinten in Ihrem Hosenbund, stimmt's? Holen Sie sie raus. Entsichern Sie sie. Richten Sie die Waffe auf mein Herz. Ich möchte, dass Sie mit mir auf das Dach kommen, und ich möchte, dass Sie sich sicher fühlen.«

Sie tat wie geheißen. Sie zog die Waffe, die so vertraut in ihrer Hand lag. Sie fühlte sich besser. Mehr als Herrin der Lage.

Er lächelte. Sie folgte ihm in den Aufzug. Sie durchlebte einen schlimmen Moment, als er die Gitter schloss, sie hasste den höhlenartigen Lastenaufzug, er war wie etwas aus *Angel Heart*. Sie stand mit dem Rücken zur Wand und beobachtete, wie er den Knopf für das Dach drückte.

Zunächst bewegte sich der Aufzug langsam, dann gewann er an Geschwindigkeit. Er redete hastig, ein Mann, dessen Zeit ablief.

»Als mein Sohn geboren wurde, fühlten Lacy und ich uns gesegnet. Wir gaben ihm den Namen Angelo und wir nannten ihn unseren Engel. Wir hatten fünf Jahre lang versucht, ein Kind zu bekommen.« Er wandte den Kopf, um ihr ins Gesicht zu sehen, blieb aber mit dem Rücken zur Wand stehen, seine Hände hingen herab. »Detective Sonora Blair, Sie haben zwei Kinder. Einen Jungen, Tim, siebzehn Jahre alt? Und ein kleines Mädchen namens Heather, die elf ist.«

Er kannte sie, kannte die Namen und das Alter ihrer Kinder. Sie erinnerte sich daran, wie ihr Haus an dem Abend ausgesehen hatte, als sie zu den Stinnets gerufen wurde, hell erleuchtet in der einbrechenden Dunkelheit, an das Wohnzimmer, das jetzt vermutlich dunkel dalag, während die Kinder in ihren Zimmern am Ende des Flurs schliefen, im Vertrauen darauf, dass sie nach Hause zurückkehrte, wie sie es immer tat.

Was bedeutete Mutterschaft? Bedeutete sie, zum Leben verurteilt zu sein?

»Hören Sie mir zu, Sonora. Letzte Woche wurde Ihr Sohn in Boone County wegen zu schnellen Fahrens mit ungültigem Führerschein und des verdeckten Führens einer Waffe verhaftet.«

»Der Führerschein war gültig, es war ein Computerfehler, so etwas kommt vor.«

»Die Waffe?«

»Eine Machete, die er immer zum Zelten mitnimmt. Und er hatte sie nicht versteckt, sie lag auf dem Boden vor den Rücksitzen. Soweit ich weiß, ist es nach wie vor legal, dass Halbwüchsige zelten gehen. Und ich habe mir diese *Waffe* selbst angesehen. Die Klinge ist so stumpf, dass man nicht einmal ein Sandwich damit schneiden könnte.«

Er lächelte, als hätte er gewonnen. »Hören Sie sich ihre Worte an, Detective. Ihnen zufolge war das arme Kind das Opfer eines Computerirrtums. Und Sie reden über die Machete als sei sie ein Witz.«

»Es geht hier nicht um mich, und es geht nicht um meinen Sohn.«

»Es geht um alle Eltern, die jemals eine Entschuldigung für Ihre Kinder gesucht haben.«

»Das sind dann wirklich alle Eltern, Jack.«

Er wandte sich zur Seite und sah sie an. »Bingo.«

Die Türen des Aufzugs öffneten sich in die Dunkelheit. Sonora roch den Regen. Ein grauenhaftes Gefühl des Eingeschlossenseins überfiel sie, eine Ahnung drohender Gefahr in ihren Eingeweiden. Das einzige Licht stammte von der Aufzugbeleuchtung. Van Owen verharrte reglos, seinen Rücken an die Wand gepresst.

»Sie unterscheiden sich gar nicht so sehr von mir, Sonora. In dieser Angelegenheit können Sie nicht objektiv bleiben. Ich liebte meinen Sohn wie Sie den Ihren; ich sah das Gute in ihm, sah es an jedem Tag seines Lebens –«

»Sie sprechen über ihn, als sei er gestorben.«

»Er ist tot.«

»Er starb nicht mit Ihrer Frau bei dem Unfall.«

»Nein, das tat er nicht. Er packte das Steuer und riss es aus ihren Händen, den Händen der süßen Lacy, und ihr Wagen kreuzte den Weg eines Kohlelasters. Sie starb zwölf Stunden später in Union, Kentucky. Sie war aus den gleichen Gründen dort wie Sie, sie holte unseren Sohn gegen

Kaution aus seinen Schwierigkeiten heraus, genau wie Sie es mit Tim getan haben.«

»Es ist nicht dasselbe.«

»Ich hoffe nicht. Um Ihretwillen, Detective. Sie wollen wissen, *warum* er das Steuer ergriff? Weil er wegen Zigaretten anhalten wollte und sie nein sagte. Er hat mir alles erzählt. Er weinte und es tat ihm leid. Aber ich bin Polizist, Sonora. Ich kann es nicht ablegen, ich lebe, esse und atme als Polizist, und während der Vater in mir das Gute in meinem Sohn sah, erkannte der Polizist den üblen Kerl: unsozial, gewissenlos, manipulativ ... der Engel, mein Sohn. Angelo.

Bis er einundzwanzig wurde, brachte ich ihn in einer Anstalt in Arlington, Texas unter. Das ist gar nicht schwer, Detective. Die Definitionen von Geisteskrankheit und typischem Teenagerverhalten sind erstaunlich ähnlich. Wenn Sie versichert sind oder Geld besitzen, bekommen Sie eine weiche kleine Zelle. Medikamente, Psychiater und Therapie. Bis er einundzwanzig wurde. Und dann nahm ich ihn mit nach Hause. Geheilt. Damit er mir bei meinem Geschäft zur Hand ging.«

»Wo ist er jetzt?«, fragte Sonora. »Sie können ihn nicht länger schützen, nicht nach dieser Sache.«

Der Blick, den er ihr zuwarf, war verwirrt. »Haben Sie es noch nicht begriffen, Detective?«

Die Beleuchtung des Aufzugs, die an eine Zeitschaltuhr gekoppelt war, flackerte und schaltete sich ab. Sonora machte einen Schritt nach vorn und Van Owen berührte ihren Arm.

»Warten Sie eine Minute. Irgendwo hier gibt es Licht.«

Sie registrierte, dass er genau wusste, wo, er legte den Schalter um wie ein Mann, der Drehbuchanweisungen befolgt. Aber sie war dankbar für das blendend gelbe Licht, das einen kleinen Raum mit zum Dach geöffneten Metallgittern enthüllte. Jack Van Owen gab ihr ein Zeichen, und sie ging hinter ihm her, die Waffe ohne zu zittern in ihrer rechten Hand.

Sonora spürte, wie ihre Socken nass wurden, spürte den rauen, feuchten Beton unter ihren Füßen. Ein Auto fuhr unten auf der Straße vorbei, die Reifen machten ein zischendes Geräusch auf dem nassen Asphalt, dann herrschte wieder die eigentümliche Stille einer Stadt bei Nacht. Von irgendwoher, aus weiter Ferne, konnte sie einen Zug hören.

»Haben Sie Höhenangst, Sonora?«

»Vielleicht.«

»Ich schon.« Er lief zum Rand des Gebäudes, und sie folgte ihm, wobei sie eine imaginäre Linie zog, die sie sich nicht zu überschreiten versprach. Er blieb gute zwei Meter vor dem Rand stehen. »Aber eine tolle Aussicht.«

Sie wusste, dass sie hinschauen sollte, aber sie war eine zu gute Polizistin. Sie beobachtete ihn und nur ihn.

»Mein Sohn weinte, als er von Joy Stinnet erzählte. Ich habe auch geweint, ich gebe es zu. Er berichtete mir von dem Mädchen und dem Baby und dem Hund. Er war am Boden zerstört. Ich weinte und er weinte und dann weinten wir zusammen. Aber ich war glücklich, Detective. Gott helfe mir, ich war glücklich, dass mein Sohn ein Gewissen besaß, dass er Grenzen kannte, dass er Aruba entgegengetreten war. Angelo schlug Aruba auf den Mund, die Handschuhe in der Tasche gehören ihm, und es war Angelo, der Aruba von dem Mädchen riss. Er versuchte sie zu retten, er holte Handtücher und versuchte die Blutung aufzuhalten, nachdem Aruba ihr die Kehle aufgeschlitzt hatte. Er war in Panik, es war sinnlos, aber er versuchte es.

Dazu braucht man Mut, wissen Sie, für so etwas, wenn Blut fließt und jeder durchdreht und panisch wird. Ich war stolz auf ihn. Und ich schämte mich.« Van Owen rieb seine Schläfen. »Als er zu mir kam, litt er solche Qualen. Er stand unter Schock, er hatte so etwas noch nie gesehen, solche Brutalität. Er flehte mich an, ihn davon zu befreien, er wollte sich selbst einliefern. Ich wusste nicht … was ich tun sollte. Gefängnis – wie konnte ich meinen Sohn, meinen Angelo, ins Gefängnis zu all diesen Schwerverbrechern schicken? Aber er musste bestraft werden. Wo er auftauchte, starben Menschen, böse und schreckliche Dinge passierten.«

»Was haben Sie getan?«, stieß Sonora hervor. Es war nur ein Flüstern.

»Ich hatte einen Eimer, einen Metalleimer. Es war ein Farbeimer, den er aus der Garage der Stinnets mitgenommen hatte. Ich weiß nicht, warum er ihn nahm, eins dieser dummen Dinge, die keinen Sinn ergeben. Ich sagte es ihm. Ich forderte ihn auf, sich hinzuknien und zu beten. Er weinte so heftig, dass ich seine Worte nicht unterscheiden konnte und dann … und dann glaubte ich ihm nicht mehr.« Van Owen schaute hoch. »Haben Sie das schon mal erlebt, Sonora, dass sich die Wirklichkeit ganz plötzlich verschiebt? Seine Tränen waren Krokodilstränen. Oh, er hatte Angst, Angst, erwischt zu werden, Angst, bestraft zu werden. Daddy musste ihn retten. Also habe ich … ihn gerettet. Auf die einzige Weise, die mir einfiel.« Sonora hatte Angst, zu fragen, Druck auszuüben. Sie hielt den Atem an, wartete.

»Ich befahl ihm, den Kopf in diesen Eimer zu stecken und nahm meine Waffe, die Achtunddreißiger, meine alte Dienstwaffe, und während er noch weinte und mich anflehte ihn zu retten … schoss ich meinem Sohn in den Kopf.«

»Wo ist er jetzt?«

»Ich habe ihn begraben.«

»Wo?«

»Ich begrub ihn zusammen mit dem Eimer der Stinnets, ich hüllte mein Baby in eine Decke und begrub es. Ich sagte mir, dass ich meinen Sohn getötet hatte, weil ich musste. Dass dies der einzige Weg war, ihn zu retten. Aber die Wahrheit?« Van Owen schaute hoch. »Ich glaube, ich habe einfach nur mich gerettet.«

Sonora holte tief Luft und atmete langsam wieder aus. »Kommen Sie, Jack. Kommen Sie mit mir.«

Er legte den Kopf auf die Seite. »Menschen, die an Höhenangst leiden, sind Menschen, die wissen, dass sie eines Tages springen werden.« Er klopfte sich an die Brust, direkt über seinem hämmernden Herzmuskel. »Irgendwo tief hier drinnen wissen sie es. Auf einer unterbewussten Ebene. Also drückt das Gehirn, das ja nicht dumm ist, den Alarmknopf, sobald man sich einer Kante nähert.« Er massierte seine Schläfen.

»Ihnen geht es genauso, nicht wahr? Sie sehen Sonora Blair nicht am Abgrund stehen, wie all diese anderen, die die Sprungzone betreten, mit den Hintern wackeln, über ihre Schultern blicken, wie Idioten grinsen und ihre Zungen herausstrecken. Als ob sie mutig, als ob sie Ihnen überlegen wären, weil sie sich trauen, so dicht heranzugehen.

Aber sie sind nicht mutig. Dumm vielleicht, wenn sie zur Ungeschicklichkeit oder zum Stolpern neigen, aber mutig? Wohl kaum.

Sie spüren es nicht, nicht wahr, Sonora? Sie spüren diese aufdämmernde Gewissheit nicht, dass man es tun *muss*, wenn man zu dicht herangeht, und wenn auch aus keinem besseren Grund, als dass man es endlich hinter sich gebracht hat.

Diese Panik … die Panik, die man spürt, die einen nach einem Halt greifen, die Augen schließen lässt. Das ist der Überlebensinstinkt, der eintritt. Das ist die Wachsamkeit des Verstandes, der weiß, dass einen Meter vom Abgrund entfernt zu stehen für einen dasselbe bedeutet, wie für jemand anderen, an einem dünnen Seil von einem Balkon im vierzigsten Stock zu hängen.«

Er trat einen Schritt zurück, schaute von der Kante fort. »Was glauben Sie, woher dieser Zwang kommt? Sind wir in einem früheren Leben zu Tode gestürzt? Ist es einfach … Todessehnsucht? Vielleicht ist es einfacher. Vielleicht ist es nur das absolute Verlangen nach Freiheit.«

»Freiheit?«, fragte Sonora.

»Genau. Stellen Sie sich diesen Moment vor, Sonora. In dem Sie alles hinter sich lassen. Der Rand der Klippe, die Kante des Gebäudes, der Schritt ins Nichts. Nichts, was Sie aufhalten, nichts, was Sie stoppen kann … ein totales und vollkommenes Loslassen. Ihrer Vergangenheit, Ihrer Zukunft … Ihres Lebens. Sekunden, Sekunden nur, totaler, vollkommener Freiheit von absolut allem.

Haben Sie noch nie jemanden gesehen, der in den Tod gesprungen ist? Sie schreien immer. Nicht wahr? Es klingt wie Furcht. Aber denken Sie darüber nach. Leute schreien in Achterbahnen. Vielleicht ist es keine Furcht. Vielleicht ist es eher … ein Hochgefühl.«

Er trat ganz nah an den Abgrund, seine Schuhspitzen bildeten eine Linie mit der Dachkante. Er schaute sie über die Schulter hinweg an und lächelte. »Wollen Sie zurückbleiben, Sonora? Sich allem allein stellen?«

»Treten Sie zurück, Jack. Kommen Sie schon.«

Der Klang ihrer Stimme, ihre Heiserkeit, alarmierte sie. Sie beurteilte sich selbst wie eine Fremde. *Ja, diese Frau denkt darüber nach. Sie wiegt ab. Behalt sie im Auge. Du solltest dir Sorgen machen.*

»Was ängstigt Sie, Sonora? Ich? Die Höhe? Sie selbst?«

»Alles.«

Er lächelte, bis sich Fältchen um seine Augen bildeten. »Ich werde Ihnen nicht weh tun, Sonora. Ich bin am Ende. Ich glaube, dass Sie vielleicht auch am Ende sind. Der Tod macht Ihnen keine Angst, nicht wahr? Nicht mehr, nicht wahr, Sonora?« Ihr Name auf seinen Lippen war wie eine Liebkosung. »Nehmen Sie meine Hand?«

Sie schüttelte den Kopf. Die Waffe war so schwer, ihr Arm so müde. Sie ließ die Hand sinken.

Sie wollte seine Hand nehmen. Alles wich von ihr zurück, die Nacht, die Geräusche der Stadt. Der Rand des Daches erschien ihr wie das Ende eines Tunnels, als gebe es nur den einen Weg.

»Braves Mädchen. Kommen Sie.«

Es war kein Schritt, es war mehr eine Bewegung, eine Verbeugung in seine Richtung. Er lehnte sich zu ihr hinüber und ihr Herz machte einen Sprung, dann durchströmte sie Erleichterung, weil er einfach nur nach ihrer Hand griff und seine Finger waren trocken, kräftig und warm. Sie konnte seine Hitze spüren, ihre Nasen waren nah genug, um einander zu berühren. Er schaute sie an wie ein Verliebter, wie ein Mann, der sie von der anderen Seite des Saals erblickt und beschlossen hatte, dass sie, komme was da wolle, die Einzige war.

Dann küsste er sie, seine Lippen pressten sich hart auf die ihren, warm, weich, Zähne knabberten an ihrer Unterlippe. Er zog sich zurück, schlug die Augen auf und seufzte.

»Ich gehe. Begleiten Sie mich?«

Sie konnte nicht sprechen. Ihre Zunge war schwer und ihre Kehle eng. Sie spürte, wie ihr Herz schwer wurde, von dem Schmerz, der einen überkommt, wenn man sich von jemandem verabschieden muss, den man sein ganzes Leben lang geliebt hat.

Es war ein furchtbares Gefühl. Als würde das Herz sterben.

Sie konnte sich nie erklären, was sie dazu gebracht hatte, nach oben und über Jacks Schulter zu schauen. Sie erzählte niemals jemandem, was sie dort sah – ihren Bruder, Stuart.

Wie deutlich sie ihn dort in der Dunkelheit erkennen konnte, wie wundervoll er aussah, wie er sie anlächelte und die Hand erhob, als ob er etwas Böses abwehren wollte.

Es erschütterte sie. Sie wich zurück, spürte einen Sekundenbruchteil später Van Owens starke, klammernde Finger, als er sich streckte und nach ihr griff, und sie warf sich nach hinten, ihre Socken rutschten auf dem feuchten Beton und sie landete hart.

Sie sah ihn fallen, das weiße Hemd blähte sich, Unglaube schnürte ihr die Kehle zu, als ob sie ihn für übermenschlich gehalten, als ob sie erwartet hätte, dass er flog. Als hätte sie erwartet, dass er sie mit sich nahm.

68

Aus irgendeinem Grund forderte Crick sie auf, den Kopf zwischen ihre Knie zu stecken, was sie auch tat, auf dem Lederstuhl in Jack Van Owens Büro sitzend, in eine Decke gehüllt, so heftig zitternd, dass ihre Muskeln schmerzten, und ihre klappernden Zähne gegen den Rand einer Tasse schlugen, bis sie sie letztendlich wegschob.

Das Licht der Schreibtischlampe bildete zu ihren Füßen eine Pfütze. Sie hörte Männer und Stimmen und schwere Schritte und immer noch mehr Sirenen, die auf der Straße widerhallten.

Eine Männerstimme. Gruber. »Keine positive Identifizierung möglich, Sir. Er ist zu übel zugerichtet.«

»Er ist es. Es ist Jack Van Owen. Ich war dabei, als er sprang.« Ihre Stimme klang fremd und erstickt. Ihre Stimme bereitete ihr Sorgen. Sie schien auch Crick Sorgen zu bereiten. Ihre Wahrnehmung war unheimlich geschärft, als würde sie an der Decke des Zimmers schweben und alle beobachten und dabei ihre Gedanken lesen. Als befände sie sich in ihrem Körper und außerhalb. Crick war unzufrieden mit ihr. Gruber war besorgt. Wussten sie es? Wussten sie, was sie beinahe getan hätte? Die Schuldgefühle überrollten sie wie eine Woge, die sie unter Wasser drückte.

»Das ist schlimm«, sagte Sonora. Sie waren Polizisten, sie wussten solche Dinge. Sie wussten, was sie beinahe getan hatte.

»Holen Sie Mickey rein mit seiner Kamera«, befahl Crick. »Sonora, wo ist Ihre Waffe?«

»Meine was?«

Er hob ihr Kinn, damit er sie direkt ansehen konnte, als ob ihre Augen ein Buch wären, das er zu lesen gezwungen war. »Wo ist Ihre Waffe?«

»Ich hatte sie.«

»Ja.«

»Ich weiß es nicht.«

»Haben Sie geschossen?«

»Nein.«

»Sind Sie sicher?«

»Nein.«

»Sie sind nicht sicher?«

»Nein, ich habe nicht geschossen.«

»Sie können sich nicht daran erinnern, Ihre Waffe abgefeuert zu haben?«

»Nein, Sir.« Sie wedelte mit der Hand, wedelte die Frage fort, die irritierenden Einzelheiten. »Sergeant, er hat mit mir gesprochen, er hat gestanden. Es *gab* einen dritten Mann.«

Cricks Kopf schnellte zu ihr herum wie der eines Raubvogels. »Sonora –«

»Nein, hören Sie mir zu. Sein Sohn war es. Van Owens Sohn. Der Junge ist nicht bei dem Unfall gestorben, ich habe es überprüft –«

»Welcher Unfall? Sprechen Sie von Lacys Unfall?«

»Ja, der Junge, Angelo, war nicht tot, er wurde nicht einmal verletzt«

»Das weiß ich.«

»Sie ... wissen?«

»Zum Teufel, ja, ich war da, ich war damals sein Partner. Mit dem Jungen gab es Probleme, Sonora, das ist Vergangenheit, es hat absolut nichts –«

»Sir, es war der Junge, er war in Stinnets Haus, er war der Engel, er war der dritte Mann. Jack hat ihn gedeckt.«

Crick zog seinen Stuhl dicht heran und nahm ihre Hände

in seine. »Sonora, hören Sie mir zu. Angelo Van Owen starb im Alter von siebzehn Jahren in einer Anstalt in Arlington, Texas.«

Sonora wollte etwas sagen, aber sie wusste nicht, was.

»Der Junge hat sich erhängt. Es schien ihm besser zu gehen, deshalb wurden ihm einige Freiheiten zugestanden, und eines Morgens fand man ihn, er hatte sich an seinem Pullover erhängt. Ein gut geplanter Selbstmord. Jack hat sich niemals vergeben, aber Angelo Van Owen ist tot, und das seit sechs Jahren. Es gibt keinen dritten Mann, Sonora. Geben Sie auf. Kinkle und Aruba haben Joy Stinnet und ihre Familie abgeschlachtet. Die einzige Verbindung der Opfer zu Van Owen ist der Kredit, den er ihnen gab. Und er fühlte sich deswegen todsicher schuldig genug, nicht wahr?« Crick schwenkte den Arm herum, wies auf die mit Fotografien bedeckten Wände. »Aber sein Geschäft war Tarnung, Sonora. In den letzten Jahren hat er uns eine Menge wichtiger Informationen zukommen lassen. Er war ein guter Mann. Er war ein guter Freund. Er war niemals im Haus der Stinnets, und er hätte so etwas nie geschehen lassen.«

»Sie wussten es vom ersten Tag an, nicht wahr?«, fragte Sonora. »Sie wussten von seinem Geschäft –«

»Er war nicht –«

»Beteiligt? Wollen Sie mir erzählen, dass er nichts damit zu tun hatte? Ich bin rumgerannt und habe wie eine Närrin von diesem dritten Mann gefaselt, weil ich total von der Rolle war, richtig? Sie glauben nicht, dass er beteiligt war? Denken Sie noch mal nach. Weil ich ihn habe, Sir –«

»Was haben Sie?«

»Den Beweis, dass er dort war. Ich habe die Handschuhe, die er getragen hat, als er Aruba ins Gesicht schlug.«

Schweigen wie ein Kissen auf ihrem Gesicht.

»Wo?«

»In der Asservatenkammer beim zuständigen Beamten, und sie sollten lieber nicht verschwinden.«

»Ich werde so tun, als hätte ich das nicht gehört.«

»Tun Sie, was Sie wollen, es wurde ausgesprochen. Jack Van Owen war dort.«

»Er war ein guter Polizist, Sonora, und Sie irren sich gewaltig.«

»Jemand irrt sich hier gewaltig, aber mit tödlicher Sicherheit nicht ich, nicht mehr. Denken Sie doch an die Fotos, Sir. Wenn Van Owen nicht dort gewesen wäre, wäre das hier nie passiert. Er war beteiligt. Wir werden niemals wissen, inwieweit, aber er war beteiligt. Er war nicht der Mann, den Sie kannten.«

Cricks Stimme spülte über sie hinweg, in leisem Ton, nur für Grubers Ohren bestimmt. »Gehen Sie auf das Dach und suchen Sie nach ihrer Waffe. Prüfen Sie, ob damit geschossen wurde, aber erstatten Sie nur mir Bericht. Und räumen Sie das Zimmer. Diese Streifenpolizisten werden hier nicht gebraucht. Beschäftigen Sie sie irgendwo anders.«

»Ja, Sir.« Gruber, so leise, so ernst. Er drückte Sonoras Schulter, und sie spürte, wie ihr die Tränen über die Wangen strömten. Es kümmerte sie nicht, dass sie weinte. Es kümmerte sie nicht, dass sie dadurch schwach wirkte. Sie würde sich niemals mehr darum kümmern, was jemand anders dachte.

»Wo zum Teufel steckt Mickey?« Crick, voller Ungeduld, aber die Zügel fest in der Hand haltend.

»Er ist auf dem Weg, Sir. Sie.« Gruber deutete auf jemanden, aber nicht einmal von der Zimmerdecke aus konnte Sonora erkennen, um wen es sich handelte. »Holen Sie Mickey, sofort.«

»Aufs Dach«, drängte Crick.

Gruber verschwand.

Sonora kannte den Namen des Streifenpolizisten nicht, der sie nach Hause brachte, und sie brachte ihn niemals in Erfahrung, dennoch dachte sie auch später noch an ihn, nannte ihn im Geist den süßesten Jungen der Welt. Er war hochgewachsen, mit tiefem Brustkorb und dünnen Beinen, und sein kurzes Haar war mit Gel über seinen patronenförmigen Schädel zurückgekämmt.

Sie hatte geglaubt, sie könnte selbst fahren, aber ihre Knie hatten gezittert, und sie war das Opfer von Schüttelfrostattacken, deshalb hatte Crick ihr befohlen, nicht zu fahren. Sie befolgte Cricks Befehle nicht gern, aber sie sah seine Gründe ein.

Sie konnte nur daran denken, wie gut es war, dass Gruber und Crick ihre Gedanken nicht lesen konnten. Weil sie im Augenblick jeden einzelnen von ihnen hasste.

Sie hockte in dem Geländewagen und antwortete weder auf die freundlichen Fragen noch auf die Angebote, behilflich zu sein. Nun, sie hatte eine Frage.

»Woher haben Sie das?« Sie meinte den zur Hälfte aus Jack Daniels bestehenden Kaffee, den er ihr in einer Tasse von Starbuck's reichte.

»Fragen Sie nicht«, verwies er sie freundlich. Also stellte sie zum ersten Mal in ihrem Leben keine weiteren Fragen. Der Beamte konnte nicht wissen, dass *nein* und *fragen* zwei Wörter waren, die sie jedesmal wütend machten.

Später hoffte sie, dass er ihren Zorn nicht persönlich genommen hatte. Aber man hatte sie gezwungen, aufzustehen, Crick und Gruber hatten ihre Arme untersucht, dabei Fotos von der unverletzten Haut geschossen und Polizistendinge gemurmelt, wie *Keine Kratzer*, hm, hm. Crick hatte ihr angeboten, einen Anwalt anzurufen, seinen knochiger Arsch sollte verdammt sein. Mickey hatte ihre Fingernägel gereinigt, »nichts Offensichtliches« zu Crick gesagt und die Proben in einer Tüte für Beweismittel verstaut. Ein Arzthelfer hatte ihr Blut abgenommen und Mickey hatte ihre Hände einem Paraffintest unterzogen, links und rechts, um herauszufinden, ob sie ihre Waffe abgefeuert hatte. Bewundernswerte Gründlichkeit.

Mein Gott, sie war wütend. Was bildeten die sich ein, glaubten sie, sie hätte Van Owen erschossen? Ihn über die Kante gestoßen? War es einfacher, daran zu glauben, als daran, dass eine Legende zum Verbrecher geworden war?

Aber sie hatte ihn nicht abgehalten, nicht wahr? Korrekterweise hätte sie versuchen müssen, es ihm auszureden, oder, als letzte Möglichkeit, ihn niederschießen müssen, bevor er springen konnte.

Morgen – morgen, wenn sie wieder in der Lage war zu denken, würde sie sich eine Geschichte zurechtlegen müssen. Etwas Besseres als ich habe ihm einen Abschiedskuss gegeben, bevor er vom Dach sprang.

Und sie schloss zitternd ihre Augen, weil er weder geschrien noch geweint hatte. Er hatte überhaupt keinen Laut von sich gegeben.

69

Sonora knallte die Tür des Geländewagens zu, weckte damit die Hunde der Nachbarschaft und rannte über den feuchten Rasen zu ihrer Haustür. Sie kicherte ohne besonderen Anlass, sie fühlte sich wie ein Teenager, der erst nach der Sperrstunde nach Hause kommt. Der Jack Daniels tat seine Wirkung.

Die Kinder hatten das Verandalicht brennen lassen, oder vergessen, es auszuschalten, je nachdem, wie man es betrachtete. Clampett war entzückt, sie zu sehen, er leckte ihre Arme, schnüffelte an ihren Schuhen und drückte sich an ihr Bein. Sie ließ ihre Schlüssel und die Handtasche vor der Haustür fallen. Sie schwankte ein wenig beim Gehen, machte aber dennoch einen Kontrollgang durchs Haus.

Sauber und ordentlich. Der Geschirrspüler lief, das Licht über der Spüle brannte. Tim, nahm sie an, der sich lieb Kind machen wollte und der, nachdem er einen kurzen Gefängnisaufenthalt genossen hatte, sein Zuhause seit langer Zeit wieder richtig zu schätzen wusste – dasselbe konnte man auch über sie sagen. Die Türen der Kinder waren wie üblich abgeschlossen, und sie brachte nicht mehr die Energie auf, die Schlösser zu knacken. Sie setzte sich auf das Sofa. Klopfte auf die Polster.

»Hierher, mein Junge.«

Clampett, möglicherweise ihr einziger Freund auf der Welt, sprang hinauf und leckte ihre Nase. Sie barg ihr Gesicht an seinem Hals und schloss die Augen. Und sah Jack Van Owen in den Abgrund stürzen.

Sie war erschöpft, schläfrig, hatte Angst, sich zu entspannen.

Autoscheinwerfer erleuchteten das Wohnzimmerfenster. Jemand fuhr auf ihre Einfahrt.

Clampett knurrte und sprang vom Sofa, er rannte angriffslustig und mit über den Boden wetzenden Krallen zur Tür. Sonora bewegte sich mit den tastenden Schritten einer leicht Betrunkenen zum Fenster.

Ein weißer Cadillac Convertible, dessen Verdeck wegen des Regens hochgeklappt war, rollte zur Vorderfront ihres Hauses. Gillane stieg aus und kam, angekündigt vom Gebell des Hundes, zur Haustür. Sonora hatte die Tür aufgerissen, bevor er die Stufen erreichte. Er sagte kein Wort, blieb auch nicht stehen, um den Hund zu streicheln, er streckte die Arme nach ihr aus, umarmte sie und führte sie zum Sofa.

»Woher wusstest du?«

»Ich war im Dienst, als sie ihn hereinbrachten. Van Owen. Ich hatte eine Todesangst, dass du es sein könntest.«

»Warum?«

Er schwieg einen Moment. »Ich weiß nicht. Aber es war so. Erzähl mir alles oder sag gar nichts, es ist mir egal.«

»Alle in meiner Abteilung sind stinksauer auf mich.«

»Das ist ihr Problem, nicht deins. Du bist vollkommen im Recht, und sie sind alle Idioten.«

Sie blieb stehen und sah ihn an.

»Zum gegebenen Zeitpunkt kann ich auch mal das Richtige sagen«, bemerkte er.

»Mark, ich werde nie wieder schlafen können. Ich habe Angst, die Augen zu schließen.«

»Nein, Süße, im Schlaf kann dir nichts passieren. Ich habe dir etwas mitgebracht, dass dir beim Einschlafen hilft.«

»Das verdammte Benadryl hilft nicht –«

»Etwas angenehm Wirksames, dass dich umhaut, wenn es das ist, was du möchtest. Wieviel hast du getrunken?«

»Keine Ahnung.«

»Wir müssen schätzen. Ich will nicht, dass du für immer die Augen schließt.«

Wie gut er sich anfühlte. Wie wundervoll er duftete. »Ich möchte dass du dich mit mir auf dieses Sofa setzt und mich die ganze Nacht in den Armen hältst.«

»Das tue ich gern.«

»Was werden die Kinder denken?«

»Wie schön es ist, dass ihnen morgen früh jemand das Frühstück macht.«

»Ich mache ihnen *jeden* Morgen Frühstück.«

»Morgen nicht.«

»Dann du.« Sie rückte von ihm ab. »Ich habe heute nacht meinen Bruder gesehen. Als Jack Van Owen vom Dach sprang. Ich habe ihn nicht gestoßen, er ist gesprungen. Mein Bruder wollte mich nicht springen lassen.«

»Dafür sind Brüder da.«

Sie musterte ihn, aber er meinte es ernst. »Weißt du, dass mein Bruder tot ist?«

»Das weiß ich, ja.«

»Aber ich habe ihn auf dem Dach gesehen. Kannst du das akzeptieren?«

»Ich stamme aus dem Süden, Sonora. Wir sehen unsere Familienmitglieder andauernd, auch nachdem sie von uns gegangen sind.«

»Aber ich bin nicht aus dem Süden.«

»Dann muss es ein ganz schöner Schock gewesen sein.«

Sie lachte, dann kuschelte sie sich an ihn. »Ich habe von ihm geträumt, und dann habe ich ihn gesehen. Ich glaube, es besteht kein Zweifel, ich werde verrückt.«

Gillane schlang die Arme um sie. »Ich bin Notfallmediziner, Sonora. Ich habe eine Menge Menschen sterben sehen. Wir alle hoffen auf ein Zeichen … auf Gnade. Etwas Heiliges inmitten des alltäglichen Schreckens.«

»Jedesmal, wenn ich die Augen schließe, sehe ich Jack fallen. Jedesmal, wenn ich einschlafe, höre ich Joy Stinnet, die das Ave Maria betet.«

»Heute nacht wird es anders sein.« Gillane angelte etwas aus seiner Hemdtasche. Ein weißes Hemd aus ägyptischer Baumwolle, genau wie das, das Van Owen getragen hatte. »Schluck das«, forderte er sie auf.

Sie tat es. Eine große Kapsel. »Wie lange dauert es, bis die Wirkung einsetzt?«

»Unter normalen Umständen ungefähr zwanzig Minuten, aber du hast etwas getrunken, dann geht es schneller.«

Sie seufzte und lehnte sich an ihn. Sie roch Minze in seinem Atem, rieb ihre Wange an seiner, die ganz glatt rasiert war.

Sie schloss die Augen. Sie wollte nicht sein ganzes Gesicht sehen, nur den Kiefer. Die Linien der Knochen, die Art der Haut, das feste Kinn. Er machte ihr keine Angst. Er zog sie fester an sich, hielt sie mit liebevoller Zärtlichkeit, so dass sie die Umarmung ohne Furcht erwidern konnte, ohne ihre Muskeln zur Abwehr echter oder eingebildeter Schmerzen anzuspannen.

»Macht es dir etwas aus, wenn wir nach oben ins Schlafzimmer gehen? Ich bin etwas zu groß für dein Sofa.«

»Ich weiß nicht. Ich will nicht ...« Ihre Zunge wurde schwer, sie musste sich konzentrieren. »Ich möchte die Kinder nicht erschrecken.«

»Es ist okay. Ich werde vor ihnen aufstehen und mich bei einer Scheibe Frühstücksspeck selbst vorstellen.«

Sie nickte, zu müde, ihm zu erklären, wie die Chancen standen, in ihrem Kühlschrank Frühstücksspeck zu finden. »Und du bist definitiv nicht schwul?«

»Ich bin definitiv nicht schwul.«

70 Sonora hockte mit baumelnden Beinen auf drei aufeinandergestapelten Strohballen in Franklin Wards Stall und lauschte Poppin und Abigail beim Zermalmen des Heus. Von einer Farm in der Nähe konnte sie das Wiehern eines Pferdes hören. Das war etwas Besonders für sie, in einem kühlen Stall auf einem Stapel Strohballen zu sitzen mit einer rot-weißen Plastiktasse voll Kaffee neben ihrem Bein.

Sie mochte Stallgeräusche, ländliche Geräusche, so verschieden von dem, was sie kannte. Vögel. Das Krachen der Pferdegebisse, wenn sie sich durch ihr Futter arbeiteten. Jemand hämmerte weit entfernt. Hin und wieder fuhren Autos vorbei, manche zogen einen Pferdehänger.

Sie war zusammen mit Gillane früh aufgestanden und hatte ihre Stallstiefel geputzt, während er Frühstück machte. Ein Mann, der früh am Morgen Kaffee kochte, war eine wundervolle Sache. Bequeme Stallstiefel waren eine wundervolle Sache.

Sie hatte die Kinder zum Abschied umarmt, Gillane mit einem Kuss verabschiedet und es geschafft, das Haus wie eine Frau zu verlassen, die sich wieder unter Kontrolle hatte. Aber sie war empfindlich, auf der Fahrt zum Stall hatte sie sich gefühlt wie eine offene Wunde, Eindrücke aufgesogen wie ein Schwamm. Sie spürte jede Brise; jede Unebenheit und jede Biegung der Straße durchfuhren sie wie ein elektrischer Schlag, sie konnte dem Blick ihrer Nachbarn nicht begegnen, ertrug es nicht, angeschaut zu werden.

Aber jetzt war alles, was sie hörte, das Schnauben der

Pferde. Sie nahm eine Hand voll Alfalfa und atmete tief ein. Spürte, wie die Last von ihren Schultern glitt, zumindest ein wenig, das Surren in ihrem Gehirn verblasste zu einer Irritation im Hintergrund. Sie lehnte sich zurück und legte ihren Kopf an das rohe, verrottende Holz der Stallwand und fühlte sich dabei wie ein Kaninchen, das wieder sicher in seiner Höhle geborgen war.

Sie befand sich schon eine Weile dort, als sie die Stalltür in ihren rostigen Angeln quietschen hörte. Sie schaute auf und sah Franklin Ward eintreten, mit der Sonne im Rücken, wie immer aufrechter Haltung, ordentlich gekleidet in seinen Cordhosen. Heute war die Farbe seines Flanellhemdes Grün.

»Ich habe vor einer Weile Ihren Wagen in der Zufahrt gesehen. Ich dachte mir, dass Sie ein wenig Zeit brauchen.«

»Sie haben es gehört?«

»Nur das, was im Radio kam. Sie haben nicht viel gesagt. Nur dass ein hochdekorierter Ex-Polizist namens Jack Van Owen bei einem Sturz von seinem zehnstöckigen Bürogebäude ums Leben gekommen ist. Es gab Spekulationen über Joys Fall. Ich hätte Sie beinah angerufen, aber dann dachte ich mir, dass Sie es mir bestimmt erzählen würden, sobald sie könnten, schaute auf die Zufahrt, und da waren Sie.«

Er nahm die alte Kiste mit den Pflegeutensilien heraus und reichte ihr eine Bürste. »Lassen Sie uns ein wenig arbeiten, während wir uns unterhalten.«

Er betrat Abigails Box und sie ging zu Poppin, von dem sie wusste, dass er relativ stillhalten würde, solange er etwas Heu zum Fressen hatte.

»Ich versuche, Ihrem Pferd ein paar Pfund anzufüttern«, bemerkte Franklin.

»Viel Glück.«

Sonora nahm einen Metallschaber und kratzte eingetrockneten Schlamm von Poppins Rücken. Das Pferd hatte den Regen eindeutig genossen. Er wandte den Kopf und schenkte ihr einen Blick, den sie als Zuneigung interpretierte. Getrockneter Schlamm landete auf ihren Ärmeln, ihren Stiefeln und den Spänen, die den Boden der Box bedeckten.

Während sie redeten, striegelten sie die Pferde, wobei sie sich die Bürsten über die niedrige Trennwand zureichten. Ward sagte nicht viel, außer dass er sie bat, ihm den Hufkratzer zu geben, damit er Abigails Hufe reinigen konnte, oder hin und wieder eine Bemerkung zu wiederholen, weil sein Gehör ihn im Stich ließ.

Sie sprach leise und sachlich, übertrieb nicht, ließ aber auch nichts aus. Sie stellte fest, dass sie versuchte, sich zu rechtfertigen.

»Ich kann nicht mit Sicherheit sagen, wie schlecht Jack wirklich war. Ich weiß nicht einmal, ob er wirklich böse war. Ich bin nicht sicher, ob ich ihn hätte überreden müssen. Ich glaube, dass er das Baby Chloe gerettet hat. Ich denke, dass er der Sache ein Ende setzte, bevor die Dinge noch schlimmer werden konnten. Aber ich halte ihn für verantwortlich. Er betrieb ein übles Geschäft, und wenn er es auch nicht geplant hatte, so brachte er die Dinge doch ins Rollen.«

»Wenn er nicht gewesen wäre, wäre es nie geschehen«, sagte Ward. »Aber ich sehe die Dinge auch anders. Sie war meine Nichte und ich habe sie geliebt.«

»Wenigstens ist es jetzt vorbei. Zumindest die Untersuchung. Solche Dinge sind niemals vorüber, nicht wahr?«

Etwas in ihrer Stimme erregte seine Aufmerksamkeit. Er lehnte sich über Abigails Rücken und schaute sie über die Trennwand hinweg an. »Machen Sie nicht den Versuch, davonzulaufen, Detective.«

»Was meinen Sie mit davonlaufen?«

»Es liegt an unserer Kultur, nicht wahr? Wir, die Vereinigten Staaten von Amerika, sind ein junges Land, und das ist gut so oder kann es sein. Wir haben diese gute alte amerikanische Ich-kann-Philosophie, dieses Ich-lasse-kein-Nein-als-Antwort-gelten. Es hilft aber nichts, wenn die Antwort nein lautet.

Nach dem Krieg habe ich einige Zeit in Europa verbracht. Eine Weile hatte ich das Gefühl, nicht wieder nach Hause zurückkehren zu können. Ich hatte mich verändert, und ich wollte mich nicht verstellen. Ich hatte höllisches Heimweh, aber ich konnte nicht nach Hause zurück.

Wir machten uns immer über die Europäer lustig, über ihre Art, die Achseln zu zucken und ›So ist das Leben‹ zu sagen. Wir glaubten, es wäre eine Entschuldigung dafür, faul zu sein und es gar nicht erst zu versuchen. Ich blieb in Europa, bis ich es verstand. Und es bedeutet, dass die Antwort manchmal nein lautet. Jemand stirbt, das ist ein Nein. Das Kind wendet sich von einem ab, man verliert seine Stelle, jemand tötet jemanden, den man liebt. Das bedeutet nein, Detective.

Die Menschen laufen vor diesem Nein davon. Sie trinken zuviel, nehmen Drogen, arbeiten so viel, dass sie nicht mehr geradeaus sehen können. Sie weinen und schreien und treten um sich und rufen ja, ja, ja. Aber gleichgültig wie schnell sie laufen, das Nein lauert hinter ihnen, direkt hinter ihrem Rücken.

Stecken Sie den Schlag ein, Detective. Vor dem Nein davonzulaufen bringt Unglück. Nur zu, fühlen Sie sich mies. Es ist ein Teil des Lebens.«

»Und *davon* soll es einem bessergehen?«

»Nach einiger Zeit, Detective, nach einiger Zeit.«

Wie jeder intelligente Mensch erkannte Ward eine gute Schlussbemerkung. Er sagte nichts mehr, außer dass er sie darum bat, ihm einen Sattel zu bringen, dann legte er Abigail das Zaumzeug an und drückte ihr die Zügel in die Hand.

»Ich muss eigentlich zur Arbeit«, sagte Sonora.

»Falls Sie zur Arbeit wollen, hätten Sie das sagen müssen, bevor ich das Pferd gesattelt habe. Jetzt ist es zu spät. Ist es für Sie in Ordnung, wenn ich Poppin mit auf die Koppel lasse?«

Sonora nahm die Zügel. »Ich denke, er wird brav sein. Woran liegt es, dass Ihr Pferd sich so gut benimmt und meins so schlecht?«

»Das habe ich Ihnen doch erzählt. George Smock. Sie müssen Poppin nach Kentucky schicken, wenn Sie wollen, dass er Benimm lernt.«

»Im Augenblick bin ich schon zufrieden, dass er gut untergebracht ist.«

Sie führte Abigail zum Gatter, und das Pferd blieb geduldig stehen, während Sonora auf die zweite Holzlatte stieg und ein Bein über den Rücken der Stute schwang. Abigail, ein wahrhaft wundersames Tier, stand völlig still, bis Sonora sie antrieb, dann lief sie in einer ruhigen Gangart los.

Sonora spürte, wie sich ihre Schultern lockerten, und bemerkte nicht, dass Ward abwartete, bis er sah, wie sich ein Lächeln auf ihrem Gesicht ausbreitete, bevor er die Koppel verließ und das Gatter schloss.

»Sonora?«

»Ja?«

»Mrs. Cavanaugh hat angeboten, dass sie uns einen mächtig guten Braten macht, wenn Sie am Sonntag nachmittag Ihre Kinder mitbringen.«

»Eigentlich … das klingt gut. Soll ich etwas mitbringen?«

»Nur sich selbst. Mrs. Cavanaugh sagte, falls Sie einen jungen Mann haben, kann er ruhig mitkommen.«

»Ich denke, das wird er.«

»Wir legen ein extra Gedeck auf«, sagte er und ging zurück zum Haus.

Sonora war so mutig, Abigail traben zu lassen, während Poppin wie ein aufgeregtes Hündchen hinter ihnen herlief.

71

Sonora stand mit vier Stunden Verspätung hinter ihrem Schreibtisch, roch nach Pferd und hatte vor, früher zu gehen. Sie setzte sich gar nicht erst. Sie trommelte mit den Fingern auf die Tischplatte, während sie die Spannung im Büro hinter sich spürte. Sie hatte niemandem hallo gesagt, nachdem sie eine Dreiviertelstunde ganz allein im Auto gesessen und sich Mut gemacht hatte. In ihrem Hinterkopf lauerte noch immer der Zweifel, ob sie die Dinge nicht besser hätte auf sich beruhen lassen sollen.

Hinter ihr klingelten die Telefone. Sams Schreibtisch war noch genau so, wie er ihn verlassen hatte, Papierberge stapelten sich und setzten langsam Staub an. Sie vermisste ihn schmerzlich. Noch ein paar Wochen, dann kam er wieder. Wenn sie musste, konnte sie bis dahin durchhalten. Falls man sie ließ.

Auf seinem Schreibtisch lag etwas Neues, ein kleines braunes Päckchen. Sie hob es neugierig hoch. Es war an sie adressiert und auf dem falschen Schreibtisch gelandet.

Vermutlich eine Bombe.

Aber der Absender lautete Pill Hill. Wer würde ihr aus dem Krankenhaus etwas schicken?

Sie riss die braune Verpackung auf und fand ein in weißes Plastik gehülltes Bündel dicke weiße Baumwollsocken – eine Sechserpackung – und eine Nachricht von Sam.

ETWAS, UM DICH AUFZUMUNTERN, MEIN MÄDCHEN. ICH HABE SO EINIGES GEHÖRT. DENK DRAN, ICH STEHE HINTER DIR, ALSO HALT

DURCH, ICH BIN IM HANDUMDREHEN WIEDER GESUND UND HALTE ZU DIR.
ALLES LIEBE, SAM

Nur Sam wusste, dass die Socken schneeweiß sein mussten, mit einem Gummi im Bund, damit sie nicht rutschten – dicke, kuschelige Socken. Nur Sam wusste, dass für eine Frau, die mit der Wäsche ständig im Rückstand war, deren Kinder tagtäglich in ihrer Sockenschublade wilderten, neue Socken zu den kleinen, aber bedeutsamen Annehmlichkeiten des Lebens gehörten.

Sie hätte lachen mögen, sie hätte weinen können, aber sie tat keins von beidem. Statt dessen wandte sie sich zu Cricks Tür, entschlossen, die Sache hinter sich zu bringen.

Er saß abgewandt hinter seinem Schreibtisch und starrte aus dem Fenster, das, halb verdeckt von Aktenschränken, ein wenig Sonnenlicht durch eine Menge Schmutz ließ. Das Faxgerät piepte, und Papier glitt über den Korbrand auf einen Haufen weiterer Blätter, die niemand des Aufhebens vom Boden für Wert befunden hatte. Crick hielt eine leere Kaffeetasse in der Hand. Er schaute nicht hoch, aber er wusste verdammt genau, dass sie es war.

»Habe ich noch einen Job?«, fragte Sonora schließlich. Jemand musste den Anfang machen.

Crick drehte sich langsam mit dem Stuhl um. Falls sie angenommen hatte, dass er über Nacht gealtert oder ergraut war, wurde sie enttäuscht. Er sah so aus wie immer. Außerordentlich selbstbewusst und leicht bedrohlich.

»Schließen Sie die Tür.«

Sie gehorchte. »Habe ich noch einen Job?«

»Setzen Sie sich.«

»Nicht, bevor Sie meine Frage beantwortet haben.«

Sie entdeckte die Andeutung eines Lächelns und wusste, dass er ärgerlich war und gleichzeitig ihre Courage bewunderte. Sie vermisste die Kameradschaft, die sie verbunden hatte. Noch etwas, das auf Jack Van Owens Konto ging.

»Ob Sie noch einen Job haben, hängt von zwei Dingen ab. Erstens, dass die Pathologen keinen Beweis dafür finden, dass Sie bei Jack Van Owens Sprung vom Dach nachgeholfen haben. Dem Gerichtsmediziner zufolge hat Van Owen keine Schussverletzung erlitten, und Ihre Waffe wurde nicht abgefeuert. Solange die laufenden Ermittlungen nichts ergeben, sind Sie sauber. Morgen müssen Sie mit der Dienstaufsicht reden. Und heute mit mir. Und das ist Teil zwei. Ich werde mich nach unserem Gespräch entscheiden. Möchten Sie sich jetzt setzen, Detective?«

»Ja, Sir, ich glaube schon.«

Er lehnte sich in seinem Stuhl zurück und dehnte das dramatische Schweigen weidlich aus. Falls er sie damit einschüchtern wollte, war es ein voller Erfolg. Sie konnte sich irren. Sie konnte diesen Gedanken nicht abschütteln.

»Sie hätten die Dinge auf sich beruhen lassen sollen, Sonora. Sie haben mich enttäuscht.«

Sie sprühte vor Zorn, der dichter als ratsam unter der Oberfläche lauerte. »Sie haben *mich* enttäuscht, Sir.«

»Ich hatte Sie von dem Fall abgezogen.«

»Ohne für mich verständlichen Grund. Vielleicht habe ich Ihre Gründe aber auch nur zu gut verstanden.«

»Ich glaube es jetzt nicht, und ich werde es niemals glauben, dass Jack Van Owen etwas mit dieser Schlächterei zu tun hatte.«

»Dieser Mann war nicht der Jack Van Owen, den Sie kannten. Dieser Mann war das, was nach einer schweren Kopfverletzung übriggeblieben war.«

»Die er in Ausübung seiner Pflicht erlitt.«

»Es war eine Tragödie, Sir. Genau wie das Blutbad bei den Stinnets. Was hat Mickey über die Handschuhe gesagt?«

»Für Ergebnisse ist es noch zu früh.«

»Was *glaubt* er, Sir?«

»Er räumt die Möglichkeit ein, dass Sie recht haben könnten.«

»Also gab es einen dritten Mann.«

»Der versuchte, das Ganze zu beenden.«

»Der es verursachte.«

»Was wollten Sie erreichen, Sonora? Einfach nur die Legende zerstören? Fühlen Sie sich jetzt besser? Alle sind nun tot. Wir werden nie erfahren, was wirklich geschah. Sie haben es nicht geschafft, ihn lebend zu fassen, deshalb werden wir niemals wissen, in welchem Ausmaß er schuldig war.«

»Wer zum Teufel glauben Sie hat Kinkle und Aruba umgebracht? Und was noch wichtiger ist, wer, glauben Sie, schoss auf Sam?«

»Wir gehen dem nach. Falls Eddie Stinnet es nicht selbst war, kennt er vielleicht den Täter.«

»Jede Wette.«

»Das war daneben, Detective.«

»Es ist mein Fall.«

»Und wovon träumen Sie nachts? Warum waren Sie beide dort oben auf dem Dach? Was hatten Sie ganz allein in dem Gebäude zu suchen?«

»Wen hätte ich als Unterstützung anfordern sollen?«

»Ihre Antwort gefällt mir nicht, und ich glaube Ihnen nicht.«

»Ich wollte ihm eine Chance geben, sich selbst zu stellen. Bei den Ermittlungen behilflich zu sein.«

Er rieb sich das Kinn. »Falls ich Zweifel an Jacks Unschuld gehegt hätte, vermutet hätte, dass er etwas mit dem Mord an der Familie zu tun hatte, hätte ich ihn persönlich verhaftet.«

»Nein, Sir, denn als es soweit war, haben Sie es nicht getan. Er hat mit Ihnen geredet. Sie kannten ihn. Und Sie wussten vom ersten Tag an, dass er etwas damit zu tun hatte.«

»Dann müssen wir uns darauf einigen, dass wir uns nicht einigen können. Sie sind sehr hartnäckig, Sonora.«

»Sie haben mir das beigebracht.«

Sonora saß in der Sporthalle der Grundschule, ihr Rücken schmerzte vom Sitzen auf dem polierten Holzfußboden. Tim saß neben ihr, winkte Mädchen zu, die zwei Jahre jünger als er waren, und beeindruckte sie mit seiner lässigen Haltung und seinem Brad-Pitt-Haarschnitt. Sie hatte angenommen, dass er sich langweilen würde, aber es waren genug ältere Brüder und hübsche Mädchen anwesend, um ihn zufriedenzustellen.

Er stupste sie mit dem Ellbogen an. »Mom, macht es dir etwas aus, wenn ich mich zu ...«

»Nein, geh nur.«

Nach ihrem Gespräch mit Crick hatte sie den Rest des Tages am Telefon verbracht und Nachforschungen angestellt, wobei es ihr egal war, ob jemand mithörte, obwohl ganz offensichtlich alle lauschten. In Arlington, Texas, war kein Totenschein für Angelo Van Owen ausgestellt worden, und auch für die fünf Jahre vorher und nachher existierte keine Sterbeurkunde für jemanden dieses Namens. Auf keinem der Friedhöfe in Arlington, Texas, gab es Aufzeichnungen über eine Grabstätte für Angelo Van Owen.

Sonora ertappte sich dabei, dass sie an ihrer Unterlippe nagte. Sie hörte damit auf. Ein gebeugter Mann in Khakis rollte ein weißes Klavier auf die andere Seite der Sporthalle, und Kinder reihten sich auf den drei Stufen des Podiums auf. Das Programm, das aus einem in der Mitte gefalteten roten Blatt bestand, listete die musikalischen Darbietungen auf, die von der sechsten, siebten und achten Klasse gesungen wurden, die einzelnen Namen standen auf der Rückseite. Sonora suchte nach Heathers Namen, sah, dass er korrekt geschrieben war, und legte die Hände in den Schoß, um zu warten.

Die Kinder befanden sich im schlimmsten Alter, was sich an ihren seltsamen Haarschnitten, ihren angespannten Mienen und einem gewissen argwöhnischen Ausdruck zeigte. Einige von ihnen wirkten nach wie vor unschuldig, andere aufgedonnert und erfahren. Die meisten machten einen zutiefst verlegenen Ausdruck, den Kinder dieses Alters schon allein deshalb haben, weil sie am Leben sind; ganz zu schweigen davon, dass sie sich jetzt vor ihren Kameraden und Eltern aufbauen und singen mussten.

Chorleiter und Pianist waren Frauen, beide in nüchternes, offizielles Schwarz gekleidet, was Sonora zusagte. Sie betrachtete die Gesichter der anderen Eltern. Alle wirkten müde. Sie erkannte die interessanten Sitzordnungen, die bei solchen Schulfeiern zutage traten: geschiedene Paare mit ihren neuen Partnern, nur verbunden durch die in der Mitte sitzenden gemeinsamen Kinder.

Die Chorleiterin stellte die Sänger, die Pianistin und den Mann, der an den Mikrofonen und Lautsprechern herumfummelte, vor, dann drehte sie sich zu den Kindern um, hob die Hände und das Konzert begann.

Die Stimmen klangen jung und süß, schüchtern zunächst, aber dann, unter der erfahrenen und freundlichen Ermutigung der Leiterin, immer begeisterter. Heather sah in ihrem schwarzen Rock, der weißen Bluse und der roten Weste eine Spur zu erwachsen aus. Sie balancierte in ihren hochhackigen Schuhen vorsichtig auf der mittleren Stufe, und Sonora betete darum, dass ihre Tochter nicht stolpern und fallen möge, wie sie selbst bei einem solchen Konzert vor unendlich langer Zeit. Sie umklammerte die einzelne Rose, die sie ihrer Tochter nach dem Konzert schenken würde, eine Familientradition. Sie war heute nachmittag beim Floristen gewesen, in zweierlei Mission.

Sonora wurde bewusst, dass sie den dunklen Dingen viel zu nahe stand. Das sie sehr dicht an etwas herangekommen war, dass sie nicht einmal beim Namen nennen wollte.

Die Menschen lächelten, der Saal wurde von den fluoreszierenden Lampen aufgeheizt. Das erste Lied verklang, alles klatschte, und Heather, die das Publikum nach ihrer Mutter abgesucht hatte, begrüßte Sonora mit einem Lächeln, bevor sie ihre Aufmerksamkeit wieder der Leiterin und dem nächsten Lied zuwandte.

72 Sonora stand einsam auf dem Friedhof. Hier, in der Grabstelle neben der von Jack Van Owens Frau hatte sie die letzte Spur Angelo Van Owens entdeckt. Obwohl keine Unterlagen über dieses Grab existierten und es keinen Totenschein gab, war ihr Gesuch um eine Exhumierung abgelehnt worden.

Ihre Handflächen hinterließen feuchte Spuren auf einer viereckigen Pappschachtel, in der eine weiße Orchidee auf lavendelfarbenem Papier ruhte. Sie stand eine Weile nur da und dachte darüber nach, dass es mit zunehmendem Alter immer schwieriger wurde, mit all den schwierigen Dingen fertig zu werden.

Sie konnte ihn nicht hassen. Er hatte die ganze Zeit recht gehabt, sie waren sich sehr ähnlich, auf eine Weise, die man nur schwer zugeben konnte. Was wäre geschehen, wenn er nicht in Ausübung seiner Pflicht angeschossen worden wäre, das Auto seiner Frau nicht den Weg eines Kohlelasters gekreuzt, sein Sohn nicht in das Steuer des Wagens gegriffen hätte?

Wenn sie seine Hand in jener Nacht am Ende der Welt ergriffen hätte.

Die Abteilung hatte den Fall Jack Van Owen letztendlich zögernd zu den Akten gelegt. Offiziell wurden der Mord an Kinkle und Aruba und der Anschlag auf Detective Sam Delarosa weiter verfolgt.

Einige waren überzeugt, dass sie Jack Van Owen über den Rand dieses Gebäudes gestoßen hatte. Leute, die flüsterten, wenn sie vorbeikam, Männer, die sie mit einer unheimlichen Art von Respekt und widerwilliger Bewunderung musterten. Sie hatte einen Massenmörder erledigt, die Leute hatten die Tatortfotos gesehen. Sie hatte einen Polizisten erledigt, und die Leute waren unangenehm berührt.

Gerüchte.

Crick war sehr sorgfältig vorgegangen. Dokumente bewiesen, dass sich auf Sonoras Armen keine Kratzer gefunden hatten, dass sich keine Fragmente von Sonora Blairs Haut oder DNA unter Jack Van Owens Fingernägeln befunden hatten, dass nichts auf einen Kampf hinwies.

Es zählte nicht. Einige behaupteten, Sonora hätte es wegen einer Beförderung getan, dass sie von Vorgesetzten unter Druck gesetzt worden war, von Crick. Ein Ex-Polizist auf Abwegen war eine Demütigung, die die Abteilung nicht brauchte, nicht bei einem Fall, der ihr den warmen Beifall im Scheinwerferlicht eingetragen hatte.

Sonora las die Inschriften auf den Grabsteinen. Lacy Van Owen, geliebte Frau und Mutter, 1953 bis 1987. In der Mitte, das Geheimnis, Angelo »Engel« Van Owen, geliebter Sohn, 1972 bis 1989.

Und Jack. Erst vor ein paar Tagen beigesetzt, die Erde war noch frisch, bis jetzt kein Grabstein. Sie ließ die Orchidee für ihn dort.

Die Leute sollten glauben, was sie wollten. Auf diese Weise wurden Legenden geboren.

Keith Ablow

Kalt, kaltes Herz

Roman

Der Polizeipsychologe Frank Klevenger ist ausgebrannt. Trotzdem verstrickt er sich in einen neuen Fall. Es gibt eine verstümmelte Frauenleiche im Park und einen obdachlosen Geständigen. Doch das furchtbare Morden geht weiter. Und immer passiert es dort, wo er sich gerade aufhält …

»Das Buch ist von der ersten bis zur letzten Seite packend.«
Berliner Morgenpost

Eiskalte Thriller,
mit warmherziger Heldin

LYNN S. HIGHTOWER

Zahltag
Roman

Flashpoint Killer
Roman

Der blinde Fleck
Roman

Tödlicher Ritt
Roman

Trilogie der Rache

Julie Parsons bei Knaur:

Mary, Mary
Roman

Rache kennt kein Gebot
Roman

Die Insektenforscherin
Roman

»Julie Parsons hat ein ungewöhnliches Gespür für das Böse, ein sublimes Talent, Angst aufzubauen.«
Die Welt

»Feinster Nervenkitzel«
Petra